KB169268

나쓰메 소세키 기담집

나쓰메 소세키 지음
히가시 마사오 엮음

김소운 옮김

나쓰메 소세키 기담집

기이하고 아름다운 열세 가지 이야기

글항아리

일러두기

• 이 책은 夏目漱石, 文豪怪奇コレクション幻想と怪奇の夏目漱石(雙葉文庫, 2020)를 완역한 것이다.
• 주는 모두 옮긴이 주다.

100리를 떠도는 나그네의 마음,

옛 가람伽藍에서 밤을 지새우네.

기와지붕에서 새는 빗물 소리 고즈넉하고

슬픔 가득한 내 몸에 저승의 죽은 이가 왔도다.

바람 없이 흔들리는 법당法幢이

어둠 속에서 나풀거릴 때,

부처님도 추워서 앉지 않는구나.

황금색으로 반짝이는 거미의 눈이

어둠을 수놓을 뿐,

은실을 당겨보면

저승의 색보다 더 끔찍하도다.

바로 그때 머리맡에

• 설법 중이라는 표시로 세우는 깃발, 또는 장수가 깃발을 세우고 적군을 무찌르듯 번뇌를 쳐부수는 부처의 가르침을 깃발에 비유한 말이다.

무언가 다가오는 기분이 들어
사나운 꿈에서 깨고,
밤중에 소름 끼치는 푸른 불이
나를 부르는 것만 같아
돌을 안는다고 생각하는 사이에
부처의 눈佛眼에 휙 핏발이 서는구나.
여자인지 무언지 모를 것이 서 있는데
희고 얇은 옷감 사이로 비치는
눈썹이 덧없이 검고 곱도다.
부처님이라고 보자니 여자 같고,
여자라고 보니 귀신인가.
가냘픈 목소리로 외치는
세상을 등진 자의 저주
나에게 하는 노래인가, 시인가
옛 생각 하면 구슬이 맺힌다.
속눈썹의 이슬에 비친 너의 모습
비추어 보면 깨지거나
사람이 야속해서 달을 사랑하고
달이 애처로워서 바라나니
죽은 20년
어느 날 밤 몰래 빌자
하늘에 떠도는 별이 쏜살같이 반짝하고

어둠을 가르며 오래된 우물 속에 떨어지는 소리
오랜 세월 흐트러진 머리가
아지랑이 피어오르듯 검은 머리로 변하면
땅에 난과 사향蘭麝의 향기도 퍼지리로다.
이슬이 말라 제비꽃 시들고
사랑, 쉬이 풀리지 않는 보랏빛

시퍼렇게 맺힌 한을 보라.
끝나지 않은 인연에 얽히면
생사의 고해를 건너는 맹세만이라도
무덤도 움직이라고 우는 소리를 들어라.

무덤도 움직이라고 우는 소리에
무덤이 움직이고
가을바람 밤새도록 불어
새벽이 희미하게 밝았도다.
초저녁에 꾼 꿈의 흔적을 보니
잡초가 무성하게 새벽이 밝았도다.

❋ 1904년경

물 밑의 느낌

물 밑, 물 밑. 살면 물 밑. 깊은 전생의 인연, 깊이 가라앉은, 오래 살지 않은 너와 나.

오랜 세월 흐트러진 검은 머리. 물귀신도 뒤엉켜 흐느적거린다. 꿈이 아닌 꿈의 생명인가.

어둠이 아닌 어두운 물 밑 따위.

기쁜 물 밑. 깨끗한 우리에게 비난은 멀고 근심은 통하지 않는다. 애매한 마음은 동요하고 사랑하는 이의 모습은 아득하다.

❋ 1904년 2월 8일
데라다 도라히코寺田寅彦에게 보낸 엽서에서

◀ 첫째 날 밤 ▶

이런 꿈을 꿨다.

반듯이 누운 여자의 머리맡에 팔짱을 끼고 앉아 있는데, 여자가 조용한 목소리로 말했다. "곧 죽을 거예요." 베개에 긴 머리를 깔고 누운 여자의 코는 오뚝하며 얼굴은 희고 갸름했다. 부드러운 인상이었다. 새하얀 뺨에 따뜻한 핏기가 돌아 발그레하고 입술은 물론 빨갰다. 도무지 곧 죽을 사람처럼 보이지 않았다. 그러나 여자는 조용한 목소리로 곧 죽는다고 분명히 말했고, 나도 점차 이 여자가 죽을 것이란 확신이 들었다. "그래? 곧 죽는다고?" 나는 빤히 바라보며 물었다. "죽고말고요." 답하자마자 여자는 눈을 번쩍 떴다. 긴 속눈썹에 덮여 있던 커다란 눈이 온통 새카맣고 촉촉하게 젖은 채였다. 그 새카만 눈망울에 내 모습이 또렷이 어른거렸다.

나는 깊고 투명한 여자의 검은 눈망울을 바라보며 생각했다. '이렇게 멀쩡해 보이는 사람도 죽는 건가?' 그래서 베개 옆에 입을 갖다 대고 또다시 다정하게 물었다. "죽지 않는 거지? 괜찮은 거지?" 여자는 까만 눈을 졸린 듯이 치켜뜬 채 여전히 조용한 목소리로 말했다. "아니요, 저는 죽는걸요. 어쩔 수 없어요."

"그럼 내 얼굴이 보여?" 내가 진심으로 묻자, 여자는 씽긋 웃으며 말했다. "보이냐니요. 보세요, 여기에 비치잖아요." 나는 잠자코 베개에서 얼굴을 들었다. 그러고는 다시 팔짱을 끼면서 기어이 죽는 걸까 생각했다.

잠시 후 여자가 또 이렇게 말했다.

"제가 죽으면 묻어주세요. 큰 진주조개로 구덩이를 파고, 하늘에서 떨어지는 별 조각을 묘비에 놓아주세요. 그런 다음 무덤 옆에서 기다리세요. 다시 만나러 올 테니."

나는 언제 만나러 올 것이냐고 물었다.

"해는 뜨고, 또 지지요. 그리고 또 뜨고, 또다시 지지요. ─붉은 해가 동쪽에서 서쪽으로, 동쪽에서 서쪽으로 지는 동안─여보, 기다리실 수 있어요?"

나는 잠자코 고개를 끄덕였다.

여자는 목소리를 한층 높여서 "100년 기다리세요" 하고 단호하게 말했다.

"100년 동안 제 무덤 옆에 앉아서 기다리세요. 꼭 만나러 올 테니까."

나는 그저 그러겠노라고 대답했다. 그러자 여자의 검은 눈망울에 또렷이 비쳐 아른거리던 내 모습이 일순간 확 흐트러졌다. 여자의 눈에 조용히 차오른 눈물에 비친 내 모습이 지워지더니 눈이 딱 감겼다. 긴 속눈썹 사이로 눈물이 조용히 뺨을 타고 흘러내렸다. ―이미 죽어 있었다.

여자의 말대로 마당에 내려가 진주조개로 구덩이를 팠다. 진주조개 껍데기는 크고 매끈매끈했으며 가장자리가 날카로웠다. 흙을 파낼 때마다 조개껍데기 안쪽으로 달빛이 반사되어 반짝였다. 축축한 흙냄새가 풍겨왔다. 구덩이를 다 파낸 뒤, 여자를 넣었다. 그리고 그 위에 부드러운 흙을 가만히 뿌렸다. 흙을 뿌릴 때마다 진주조개 껍데기 안쪽에 달빛이 비쳤다.

떨어진 별 조각을 주워온 다음 흙 위에 사뿐히 얹었다. 별 조각은 둥글었다. 오랫동안 드넓은 하늘을 날아 내려온 사이에 모서리가 닳아 매끄러워졌겠거니 했다. 별 조각을 두 팔로 안아들어 흙 위에 올려놓는 동안 가슴과 손이 조금 따뜻해졌다.

나는 이끼 위에 앉았다. 앞으로 100년 동안 이렇게 기다려야 하는구나 생각하면서 팔짱을 낀 채 둥근 묘비를 바라보았다. 그러는 사이 여자가 말한 대로 동쪽에서 해가 떴다. 크고 붉은 해였다. 이윽고 또 여자가 말한 대로 서쪽으로 졌다. 붉은빛 그대로 느릿느릿. 나는 "하나" 하고 셌다.

잠시 후 또다시 진홍색 태양이 느릿느릿 떠올랐다. 그리고 조용히 가라앉아버렸다. 또다시 "둘" 하고 셌다.

이렇게 하나, 둘 세는 동안 붉은 해를 몇 번이나 보았는지 모른다. 붉은 해는 세고 또 세도 이루 다 셀 수 없을 만큼 숱하게 머리 위를 지나갔다. 그래도 100년이 되려면 아직 멀었다. 결국 이끼 긴 둥근 묘비를 바라보던 나는 여자에게 속은 것은 아닐까 하고 의심했다.

그때 묘비 아래로부터 푸른 줄기가 비스듬히 뻗어 나왔다. 그것은 보고 있는 동안에도 계속하여 점점 길어지더니 정확히 내 가슴께까지 와서 멈췄다. 그러고는 낭창낭창한 줄기 꼭대기에 고개를 갸우뚱하는 듯한 모습의 길쭉한 꽃봉오리 하나가 소담스럽게 꽃잎을 펼쳤다. 코앞에 피어난 새하얀 백합이 뼈에 사무칠 만큼 진한 향기를 풍겼다. 까마득히 먼 위쪽에서 이슬이 툭 떨어지자 꽃은 그 무게에 못이겨 한들거렸다. 나는 고개를 앞으로 내밀어 차가운 이슬방울이 맺힌 하얀 꽃잎에 입을 맞추었다. 백합에서 얼굴을 떼며 무심코 먼 하늘을 보니 새벽하늘에 별 하나가 홀로 반짝이고 있었다.

"벌써 100년이 다 되었구나." 그제야 나는 깨달았다.

❨ 둘째 날 밤 ❩

이런 꿈을 꿨다.

스님의 방을 나와서 복도를 따라 내 방으로 돌아오니 사방등行灯이 희미하게 켜져 있었다. 방석 위에 한쪽 무릎을 꿇고 등의 심지를 돋우자, 정향나무꽃처럼 향기로운 정향유가 주홍색으로 칠해진 대

위로 똑 떨어지면서 방 안이 확 밝아졌다.

미닫이문의 그림은 요사 부손與謝蕪村*의 작품이었다. 진하게도 흐리게도 그린 검은 버드나무가 여기저기 서 있고, 차가워 보이는 못 너머에서 삿갓을 비스듬히 쓴 어부가 둑 위를 지나간다. 도코노마床の間 **에는 바닷속의 문수보살을 그린 족자가 걸려 있었다. 타다 남은 선향線香이 구석진 곳에서 아직도 냄새를 풍겼다. 크고 넓은 절이었다. 쥐 죽은 듯 고요했으며 인기척도 없었다. 검은 천장에 비친 사방등의 둥근 그림자가 고개를 젖히자 마치 살아 있는 듯 보였다.

한쪽 무릎을 세우고 앉은 채 왼손으로 방석을 걷어 젖히고 오른손을 넣어보았다. 생각했던 곳에 잘 있어서 안심하고 방석을 원래대로 놓은 다음 그 위에 털버덕 앉았다.

"자네는 무사야. 무사라면 깨닫지 못할 리가 없을 걸세." 스님은 말했다. "그런데 두고두고 깨닫지 못하는 것을 보면 자네는 무사가 아닌 게야." 그렇게 말하며, 인간쓰레기라고도 불렀다. "아하, 화가 났군." 스님이 웃었다. 자기 말이 분하면 깨우침의 증거를 가져오라며 획 돌아앉았다. 분노가 일었다.

옆쪽 큰방의 도코노마에 놓인 탁상시계가 다음 시각을 알릴 때까지는 기필코 깨닫고 말리라. 그런 다음 오늘 밤 다시 스님을 찾아가서 그의 목과 깨달음을 바꿀 것이다. 깨닫지 못하면 스님의 목숨을 빼앗을 수 없다. 반드시 깨달아야만 한다. 나는 무사다.

• 1716~1784. 마쓰오 바쇼松尾芭蕉와 함께 에도 시대를 대표하는 하이쿠 시인이자 화가다. 주요 작품으로 중요문화재인 「소철도蘇鐵圖」, 교토의 야경을 그린 「야색루대도夜色樓台圖」 외에도 이케 다이가池大雅와 공동으로 작업한 「십편십의도十便十宜圖」 등이 있다.
•• 다다미방의 바닥을 한 단 높게 만들어 벽에는 족자를 걸고 바닥에는 꽃이나 장식물을 둔 공간.

그러나 만일 깨닫지 못한다면 자결하겠다. 무사가 모욕을 당하고도 살아 있을 수는 없다. 깨끗이 죽겠다.

그렇게 생각한 나는 또다시 무심코 방석 밑으로 손을 넣었다. 그리고 주홍색 칼집에 든 단도를 끄집어냈다. 칼자루를 단단히 쥐고 붉은 칼집을 반대쪽으로 잡아당기자 모습을 드러낸 서늘한 칼날이 어두운 방 안에서 번뜩였다. 손잡이에서 스르르 빠져나간 무서운 살기가 전부 칼끝에 모이는 것 같았다. 원통하게도, 못 끄트머리를 박듯이 9치 5푼 앞까지 다가온 예리한 날을 보자니 갑자기 폭 찌르고 싶은 충동이 나를 사로잡았다. 피가 오른쪽 손목을 타고 흘러 내려와 쥐고 있던 손잡이가 끈적끈적해졌다. 입술이 떨렸다.

단도를 칼집에 넣고 오른쪽 옆구리에 낀 뒤 가부좌를 틀었다. ― 조주趙州•는 가로되 '무無'라고 하였다. 대체 '무'란 뭘까. "땡추중 새끼." 말하면서 이를 갈았다.

어금니를 악물었더니 코로 거칠고 뜨거운 숨이 뿜어져 나왔다. 관자놀이가 당기며 아팠다. 눈은 평소보다 배는 크게 떴다.

족자가 보인다. 사방등이 보인다. 다다미가 보인다. 스님의 민머리가 똑똑히 보인다. 메기입을 벌리고 비웃는 목소리까지 들린다. 괘씸한 중놈이다. 기필코 저 빡빡이 중놈의 목을 베어야 한다. 기필코 깨닫고야 말 것이다. "무다, 무." 우물거리는데 여전히 선향 냄새가 났다. 저놈의 선향 냄새.

나는 퍼뜩 주먹을 불끈 쥐고 머리를 콱 쥐어박았다. 그리고 어금니를 바드득바드득 갈았다. 양쪽 겨드랑이에서 땀이 났다. 등이 막대

• 778~897. 당나라 때의 승려로 여러 화두를 남겼다.

기처럼 뻣뻣했다. 갑자기 무릎의 관절이 아팠다. 무릎이 꺾인들 상관할쏘냐. 하지만 아프다. 괴롭다. '무'에 대한 깨달음은 여전히 오리무중이다. 깨달았나 싶으면 또다시 아프다. 화가 난다. 원통하다. 몹시 분하다. 눈물이 주르르 흐른다. 차라리 눈 딱 감고 커다란 바위에 몸을 부딪쳐 이 몸의 뼈와 살을 박살 내고 싶다.

그래도 참고 가만히 앉아 있었다. 온몸의 근육 아래에서부터 솟구치는 애절한 마음이 꽉 막힌 모공을 비집고 나오려 했다.

그러는 사이에 머리가 이상해졌다. 사방등도 부손의 그림도, 다다미도, 서로 어긋나게 매단 도코노마의 선반도, 모든 것이 아른아른했다. 그러나 '무'가 뭔지는 여전히 깨닫지 못했다. 그냥 어영부영하며 앉아 있었던 모양이다. 그런데 홀연히 옆 객실의 시계가 땡 하는 소리를 냈다.

깜짝 놀랐다. 오른손을 얼른 단도 위에 올렸다. 시계가 두 번째로 땡 하고 울렸다.

《 셋째 날 밤 》

이런 꿈을 꿨다.

여섯 살배기 아이를 업고 있었다. 분명히 내 아이였다. 다만 희한하게도 어느새 눈이 멀었고 머리는 파르라니 짧게 깎은 채였다. 내가 "네 눈은 언제 멀었니?" 하고 묻자 "그야 옛날부터지"라고 대답했다.

목소리는 분명 아이 목소리이건만, 꼭 어른 말투 같았다. 게다가 나와 맞먹었다.

길 양옆으로는 벼 이삭이 파릇파릇한 논이고, 가운데로 좁은 길이 나 있었다. 때때로 해오라기 그림자가 어른거렸다.

"논으로 접어들었군." 아이가 등 뒤에서 말했다.

고개를 뒤로 돌려 "어떻게 알아?" 하고 물었더니, "해오라기가 울잖아"라고 대꾸했다. 말 떨어지기가 무섭게 해오라기가 정말로 두어 번 울었다.

내 아이지만 약간 무서웠다. '이런 놈을 업고 있다가는 앞으로 무슨 일을 당할지 몰라. 어디 버릴 곳 없나.' 고개를 들어 앞을 보니 어둠 속에 큰 숲이 보였다. 저기가 좋겠다고 생각한 순간 등 뒤에서 코웃음 치는 소리가 났다.

"흥."

"왜 웃는 거야?"

아이는 대답하지 않았다. 단지 되물었다.

"아버지, 무거워?"

"무겁지 않아"라고 대답하자,

"곧 무거워질 거야"라고 했다.

나는 잠자코 숲을 향해 걸어갔다. 밭 가운데로 난 길이 삐뚤빼뚤해서 똑바로 걷기가 여의치 않았다. 잠시 후 두 갈래 길이 나타났고, 그 앞 갈림목에 서서 잠시 쉬었다.

"돌이 서 있을 텐데." 꼬맹이가 말했다.

아이의 말마따나 얼추 내 허리춤까지 오는 여덟 치 정도의 각진 돌이 서 있었다. 돌의 왼쪽에는 '히가쿠보日ヶ窪', 오른쪽에는 '홋다하라堀田原'*라고 적혀 있었다. 어둠 속에서도 영원**의 배 색깔과 비슷한 붉은 글자가 선명하게 보였다.

"왼쪽으로 가는 게 좋을 거야." 꼬맹이가 명령하듯 말했다. 왼쪽을 바라보니 좀 전에 보았던 숲이 머리 위로 어두운 그림자를 드리우고 있었다. 나는 살짝 망설였다.

"망설일 것 없어." 꼬맹이가 또다시 말했다. 나는 하는 수 없이 왼쪽 숲을 향해 걷기 시작했다. 장님 주제에 용케도 잘 안다고 생각하면서 외길을 따라 숲으로 다가갔다. 아이가 말했다. "장님은 정말 불편하다니까."

"그래서 업어주니까 좋지, 뭘 그래."

"업어달라고 해서 미안한데, 남들이 업신여기는 것도 모자라 부모까지 업신여기면 안 되잖아."

왠지 싫증이 났다. 얼른 숲으로 가서 버려야겠다는 생각에 걸음을 재촉했다.

"좀더 가보면 알아. —꼭 이런 밤이었지." 아이가 등에서 혼잣말처럼 말했다.

"뭐가?" 절박한 목소리로 물었다.

"뭐가, 라니, 알면서 뭘 물어." 아이는 비웃는 투로 대답했다. 그러자 어쩐지 정말로 내가 알고 있는 것만 같은 기분이 들었다. 확실치

• 히가쿠보는 현재의 롯폰기六本木 부근으로, 소세키가 살았던 당시는 아자부麻布라고 불렸다. 홋다하라는 현재의 미나토구港區와 시부야구渋谷區 히로오広尾의 경계 부근이다.
•• 도롱뇽목 영원과의 동물을 통틀어 일컫는다.

는 않으나 그냥 이런 밤이었던 것 같다. 가보면 알 테고 아이가 눈치 채면 큰일이므로, 그 전에 얼른 버려야 마음이 놓일 것 같아 나는 걸음을 더 재촉했다.

아까부터 비가 내리기 시작했고 길은 점점 어두워져갔다. 꿈결이나 진배없었다. 다만, 내 등에 찰싹 달라붙은 작은 꼬맹이는 마치 거울을 들여다보듯 나의 과거, 현재, 미래를 낱낱이 밝혔다. 심지어 그놈이 내 아들이고, 게다가 장님이니, 정말로 미칠 노릇이었다.

"여기다, 여기. 분명 그 삼나무 뿌리야."

빗속에서 꼬맹이의 목소리가 또렷이 들렸다. 그 소리에 엉겁결에 걸음을 멈췄다. 어느새 숲속 한가운데였다. 6자가량 떨어진 자리 앞에 보이는 검은 것은 분명 꼬맹이가 말한 대로 삼나무였다.

"아버지, 그 삼나무 뿌리였지?"

"응, 그래." 무심코 대답하고 말았다.

"무진년戊辰年이던 1808년(분카文化5)이었지."

아이의 말대로 정말 무진년이었던 것 같았다.

"네가 나를 죽인 게 지금으로부터 꼭 100년 전이야."

이 말을 듣자마자 지금으로부터 100년 전인 1808년, 무진년의 이런 어두운 밤에 이 삼나무 뿌리에서 한 장님을 죽인 사실이 문득 떠올랐다. 내가 살인자였다는 사실을 비로소 깨달은 순간, 등에 업힌 아이가 갑자기 지장보살 석상처럼 무거워졌다.

넓은 봉당 한가운데에 살평상 같은 것이 놓여 있고, 그 주위로 작은 걸상이 늘어서 있었다. 검은빛 평상은 반짝반짝 윤이 났다. 한쪽 구석에서는 할아버지가 네모난 밥상을 앞에 두고 홀로 앉아 술을 마시고 있었다. 술안주는 고기야채조림인 듯했다.

알딸딸하게 취한 할아버지의 얼굴은 불그스름했다. 게다가 반들반들 윤기가 흘렀고, 주름이라고 할 만한 것은 눈 씻고 살펴봐도 없었다. 흰 수염이 자랄 대로 자라서 노인이라는 사실만 알 수 있을 뿐이었다. 아이인 나조차 이 할아버지의 나이는 과연 몇 살일까 궁금했다. 마침 뒤쪽 홈통에서 들통으로 물을 길어온 아주머니가 앞치마로 손을 닦으면서 물었다. "할아버지는 연세가 어떻게 되세요?"

할아버지는 볼이 미어지도록 입 안 가득 넣은 고기야채조림을 삼키고는 시치미를 뗐다. "몇 살인지 잊었어." 아주머니는 물기를 닦은 손을 가느다란 앞치마 끈 사이에 찔러넣고, 옆에서 할아버지의 얼굴을 보며 서 있었다. 할아버지는 찻종처럼 생긴 큰 사발에 따른 술을 쭉 들이켜더니 흰 수염 사이로 후우, 하고 긴 숨을 내쉬었다. 그러자 아주머니가 물었다. "할아버지 댁은 어디세요?"

할아버지는 숨을 몰아쉬다 말고 말했다. "배꼽 속이야." 아주머니는 여전히 양손을 가는 앞치마 띠 사이에 찔러넣은 채 재차 물었다. "어디 가세요?" 그러자 할아버지가 또다시 찻종처럼 생긴 큰 사발에 뜨거운 술을 따라서 쭉 들이켜더니 좀 전처럼 후우, 하고 길게 숨을 내쉬며 대답했다.

"저기로 갈 거야."

"곧장 저기로요?" 아주머니가 물었을 때, 할아버지가 후우, 하며 내쉰 숨이 미닫이문을 지나서 버드나무 아래를 빠져나가 곧장 강변 쪽으로 갔다.

할아버지가 문밖으로 나갔다. 나도 뒤따라 나갔다. 할아버지의 허리에 작은 표주박이 매달려 있었다. 어깨에 걸친 네모난 상자는 겨드랑이 아래 끼어 있었다. 잠방이와 민소매 상의까지 연노란색이라서, 노란 버선만 어쩐지 가죽으로 만든 듯 보였다.

할아버지가 곧 버드나무 아래에 다다랐다. 그곳에 서너 명의 아이가 있었다. 할아버지는 잠시 웃고서는 허리춤에서 연노란색 수건을 꺼내더니 지노肝心絢*처럼 길고 가느다랗게 꼬아서 땅 한가운데에 놓은 다음, 그 수건의 둘레에 커다랗게 동그라미를 그렸다. 그러고는 어깨에 걸친 상자에서 놋쇠로 만든 엿장수 피리를 꺼냈다.

"이 수건이 곧 뱀이 될 테니까 잘 보고 있거라. 잘 봐야 해." 할아버지가 반복해 말했다.

아이들은 뚫어지게 수건을 보았다. 나도 지켜보았다.

"보고 있거라. 잘 봐. 알았지?" 할아버지는 그렇게 말한 뒤 피리를 불며 동그라미 위를 빙빙 돌기 시작했다. 수건만 뚫어지게 바라보았으나 꿈쩍도 하지 않았다.

할아버지는 피리를 삑삑 불어대고 짚신 발로 발돋움하며 살금살금 조심조심 수건 주위를 맴돌았다. 무서워 보이기도 하고, 재미있어

• 화지和紙를 잘게 잘라 손끝으로 꼬아서 실처럼 만든 뒤 두 가닥을 합쳐서 꼰 것.

보이기도 했다.

이윽고 피리 소리가 딱 그쳤다. 할아버지가 목에 감았던 수건을 살짝 집어 올리더니 어깨에 걸친 상자를 열어 그 안에 푹 쑤셔넣었다.

"이렇게 하면 수건이 상자 안에서 뱀이 된단다. 곧 보여줄게. 기다리렴." 할아버지는 곧장 버드나무 아래를 빠져나가 좁은 길을 똑바로 내려갔다. 뱀 구경이 하고 싶었던 나는 좁은 길을 따라 끝까지 쫓아갔다. 할아버지는 이따금 "곧 될 거야"라거나 "뱀이 돼" 하고 말하며 계속 걸어갔다. 결국은,

"곧 될 거야, 뱀이 돼, 꼭 돼, 피리가 운다."

주절거리듯 흥얼대더니 이윽고 강가에 도착했다. 다리도 배도 없으니 여기서 쉬면서 상자 안의 뱀을 보여주겠거니 했는데, 할아버지가 갑자기 강물 속으로 첨벙첨벙 걸어 들어가기 시작했다. 처음에는 무릎 정도의 깊이였으나 점차 허리에서 가슴까지 물에 잠겼다. 그래도 할아버지는, "깊어진다, 밤이 돼, 곧바로 돼"라고 노래하면서 끝까지 멈추지 않고 강물 속을 걸어갔다. 이제는 수염도 얼굴도 머리도 두건도 전혀 보이지 않았다.

나는 할아버지가 맞은편 강가로 올라갔을 때 뱀을 보여주겠지 싶어 그곳으로 가서 갈대가 우는 곳에 선 채 홀로 하염없이 기다렸다. 그러나 할아버지는 끝내 나타나지 않았다.

◀ 다섯째 날 밤 ▶

이런 꿈을 꿨다.

확실히는 모르겠으나 신화시대神代●에 가까운 아주 먼 옛날인 듯한데, 전쟁에서 패한 내가 운 나쁘게 생포되어 적장 앞에 꿇어앉아 있었다.

당시 사람들은 모두 키가 컸으며, 하나같이 길게 수염을 길렀다. 허리에 맨 가죽띠에는 막대기처럼 긴 검을 차고 있었다. 옻칠은 고사하고 광택도 내지 않은 투박한 활은 굵은 등나무 덩굴을 그대로 쓴 듯 보였다.

적장은 오른손으로 활의 중간을 잡고 풀밭 위에 쿡 찍듯 꽂더니 술독처럼 생긴 것을 엎어놓고 그 위에 걸터앉았다. 면도기가 없던 시절이어선지 코 위로 두툼한 양쪽 눈썹이 맞닿아 있었다.

포로 신세인 나는 적장처럼 앉을 수 없었기에 풀밭에 양반다리를 한 채로 앉았다. 발에는 커다란 설피가 신겨져 있었다. 이 시대의 설피는 목이 무척 길어서 일어나면 무릎까지 왔다. 술처럼 늘어뜨린 끝부분은 지푸라기를 엮을 때 일부러 장식으로 약간 남겨놔서 걸음마다 가닥가닥 움직이도록 했다.

적장은 화톳불에 비친 내 얼굴을 보며 죽을 것인지 살 것인지 물었다. 이는 그 시대의 관습으로 어떤 포로에게든지 일단은 이렇게 물어보았다. 살겠다는 답은 항복하겠다는 의미이고, 죽겠다는 답은 굴복하지 않겠다는 뜻이 된다. 나는 죽겠다고 말했다. 적장은 풀밭에

● 일본 신화에서 신이 다스렸다고 전해지는 진무천황神武天皇 이전까지의 시대.

꽂아두었던 활을 반대편으로 던진 다음, 허리에 찬 막대기 같은 검을 쑤욱 뽑았다. 때마침 옆에서 바람에 나부끼던 화톳불이 날아들었다. 나는 잠깐 기다리라는 뜻으로 적장을 향해 오른손을 단풍잎처럼 쫙 펼쳐서 눈 위로 들어올렸다. 적장이 두툼한 검을 칼집에 철커덕 집어넣었다.

그 시절에도 사랑은 존재했다. 나는 죽기 전 마지막으로 사랑하는 여자를 만나게 해달라고 했다. 적장은 날이 밝아 닭이 울 때까지만 기다리겠다고 했다. 닭이 울기 전까지 여자가 이리로 와야만 한다. 닭이 울어도 여자가 오지 않는다면 나는 사랑하는 여자를 만나지 못하고 죽는다.

적장은 술독 위에 걸터앉은 채 화톳불을 바라보았다. 나는 커다란 설피 한 켤레를 가지런히 모아놓고 풀밭 위에서 여자를 기다렸다. 밤은 점점 깊어만 갔다.

이따금 화톳불이 무너지는 소리가 들렸다. 그럴 때마다 일렁이던 불길이 적장 쪽으로 기울었다. 새카만 눈썹 밑에서 적장의 눈이 반짝반짝 빛났다. 누군가 와서 새 나뭇가지를 잔뜩 던져넣고 가자 불은 금세 딱딱 소리를 내며 타올랐다. 마치 어둠을 튕겨내는 듯한 소리였다.

그 무렵, 여자가 뒤켠의 졸참나무에 묶어놓은 하얀 말을 끌고 나왔다. 말갈기를 세 번 쓰다듬고는 안장도, 등자도 없는 높은 말 등에 홀쩍 올라탔다. 길고 흰 다리로 말의 불룩한 배를 차자 말이 쏜살같이 달리기 시작했다. 누군가가 화톳불을 더 지폈고, 먼 하늘이 어슴

푸레하게 밝아지기 시작했다. 여자를 태운 말은 이 밝은 빛을 향하여 어둠 속을 날아오고 있었다. 코에서 불기둥 같은 숨을 두 갈래로 뿜어내며 달려왔다. 여자는 가느다란 다리로 끊임없이 말의 배를 찼다. 들판을 내달리는 요란한 말발굽 소리가 허공에 울렸다. 여자의 머리는 기드림吹流し*처럼 어둠 속에서 휘날렸다. 그래도 화톳불이 있는 곳까지 오려면 아직 멀었다.

곧이어 캄캄한 길옆에서 갑자기 닭이 꼬끼오 하고 우는 소리가 났다. 여자는 몸을 뒤로 젖히고 두 손에 쥔 고삐를 힘껏 앞으로 당겼다. 그와 동시에 말의 앞발굽이 단단한 바위에 탁 찍혔다.

꼬끼오 하고 닭이 또 한 번 울었다.

앗 하는 순간 고삐를 죄던 여자의 손에 힘이 빠졌다. 두 무릎을 구부린 말은 자신의 등에 탄 여자와 함께 정면으로 고꾸라졌다. 바위 아래는 깊은 연못이었다.

말발굽 자국은 아직도 바위 위에 남아 있다. 닭 우는 소리를 흉내 낸 것은 아마노자쿠天邪鬼**였다. 적어도 이 말발굽 자국이 바위에 찍혀 있는 동안, 아마노자쿠는 나의 원수다.

---

* 군진에 세우는 기로, 여러 개의 조붓하고 긴 헝겊을 반달 모양의 고리에 매어 장대 끝에 달아 바람에 나부끼게 한다.
** '우리코히메瓜子姬' 이야기 등 많은 설화에 악역으로 등장하는 요괴로, 사람의 마음을 읽고 반대로 행동하게 한다.

운케이運慶•가 고코쿠사護國寺••의 산문山門에서 인왕仁王을 조각한
다는 소문을 듣고 산책할 겸 그곳에 들러보았다. 먼저 온 사람들이
벌써 잔뜩 모여서 항간에 떠도는 소문에 관해 끊임없이 떠들어대고
있었다.

산문에서 대여섯 간 떨어진 자리에 서 있는 커다란 적송 줄기는
산문의 기와를 비스듬히 가리며 파란 하늘을 향해 멀리 뻗어 있었
다. 푸르른 소나무와 주홍색으로 칠한 문의 배색이 참으로 멋들어지
게 어울렸다. 소나무의 위치도 좋았다. 눈에 거슬리지 않도록 비스듬
히 잘라낸 문의 왼쪽 끝 틈을 통과한 소나무 줄기가 위로 갈수록 가
지를 넓게 드리우며 지붕까지 닿는 모습은 어딘지 고풍스러웠다. 가
마쿠라 시대鎌倉時代 같기도 했다.

그런데 구경꾼들은 모두 나와 마찬가지로 메이지 시대明治時代 사람
이었다. 그들 중에는 인력거꾼이 특히 많았는데, 사거리에서 손님을
기다리다가 지루해지자 그곳에 서 있게 된 것이 분명했다.

"크기도 크군." 누군가 말했다.

"사람을 만드는 것보다 훨씬 힘들 거야"라는 소리도 들렸다.

어떤 남자는 이렇게 말했다. "우와, 인왕이잖아. 요즘도 인왕을 조
각하는 사람이 있나? 허참, 그런가 보네. 난 또 인왕은 죄다 골동품
만 있는 줄 알았지."

• 1150~1223. 헤이안 말부터 가마쿠라 초에 걸쳐 활동한 불상·제구제작자로, 일본 불교 조
각에 큰 영향을 끼쳤으며 다수의 작품이 일본 국보로 지정되었다. 대표작으로는 「금강역사」
「대일여래좌상」 등이 있다.
•• 도쿄 분쿄구文京區에 있는 사찰.

그러자 다른 남자가 말을 건넸다. "정말 세 보이는군요. 하긴, 그 럴 만도 하지. 옛날부터 제아무리 세다고 한들 인왕보다 센 사람은 없었다고 하잖아요. 야마토타케루노미코토日本武尊●보다도 셌다고 하 니까요." 상당히 천박해 보이는 이 남자는 옷의 뒷자락을 걷어올려 허리춤에 집어넣은 차림이었다. 모자는 쓰고 있지 않았다.

운케이는 구경꾼들이 이러쿵저러쿵하는 소리에도 전혀 개의치 않 고 끌질과 망치질을 계속했다. 아예 사람들 쪽을 돌아보지도 않았다. 그저 인왕의 얼굴 주변에 올라서서 열심히 끌로 쪼아댈 뿐이었다. 머 리에 삭은 에보시烏帽子●● 같은 것을 얹고, 스오素袍●●●인지 뭔지 모를 옷의 넓은 소맷자락을 등 뒤로 묶은 모습이 자못 고리타분해 보였다. 와자지껄 떠드는 주변의 구경꾼들과는 전혀 어울리지 않는 모습이었 다. 어째서 운케이가 지금까지 살아 있는 건지 의아했다. 거참 희한 한 일도 다 있다 싶긴 했지만, 나 역시 다른 사람들처럼 서서 그 모습 을 구경했다.

조각에 열심히 매진하는 운케이의 모습은 신기하다거나 기묘하다 는 느낌과는 거리가 멀었다. 고개를 젖히고 그 모습을 바라보던 한 젊은 남자가 사람들을 돌아보며 칭찬했다. "과연 운케이야. 우리는 안중에도 없고, 천하의 영웅은 그저 인왕과 나뿐이라는 태도잖아. 정말 대단해."

● 『고사기古事記』와 『일본서기日本書紀』 등에 등장하는 야마토 왕조의 왕자다. 게이코景行 천황 의 셋째 아들로 용감하고 무예가 뛰어났으나 성정이 사나워 형까지 죽이자, 천황이 일부러 규슈의 구마소熊襲와 동북부의 야만족蝦夷을 토벌하라고 보냈다고 한다.

●● 관례를 올린 남자가 쓰는 검은 모자.

●●● 마포麻布에 가문家紋을 넣은 옷으로, 처음에는 서민의 평상복이었으나 후에 무사의 평상 복이 되었다가 에도 시대에는 무사의 예복이 되었다.

참 재밌는 말이라고 생각되어 그 젊은 남자를 슬쩍 봤더니, 그가 곧바로 말했다.

"저 끌과 망치 다루는 솜씨를 보게나. 자유자재한 손길이 최고의 경지에 도달했어."

바로 그때 운케이는 끌로 한 치 위 자리를 가로로 쪼아 두툼한 눈썹을 만든 다음, 끌의 날을 세로로 돌린 뒤 위쪽에서 비스듬히 망치로 내리치고 있었다. 단단한 나무를 한 번에 쪼개고 깎아내는 망치 소리에 따라 두꺼운 대팻밥이 튀는가 싶더니, 순식간에 콧방울이 평퍼짐한 코의 측면이 모습을 드러냈다. 끌의 날을 다루는 손길에는 참으로 거리낌이 없었다. 조금의 의심도 없는 눈치였다. 크게 감탄한 내가 중얼거렸다.

"원하는 모양의 눈썹과 코를 끌로 저리도 간단히 만들다니."

그러자 아까 그 젊은 남자가 말했다.

"아니, 끌로 눈썹과 코를 만든 게 아니야. 그냥 나무 속에 묻혀 있는 눈썹과 코를 끌과 망치로 파냈을 뿐이라고. 흙 속에서 돌을 파내는 것이나 마찬가지니 결코 틀릴 리가 없지."

이때 처음으로 조각에 흥미가 생겼다. 뜬금없이 자신감이 솟아오른 나는 인왕을 조각해보고자 냉큼 자리를 떠 집으로 돌아왔다.

공구함에서 끌과 쇠망치를 꺼내 들고 뒤뜰로 나가자 장작더미가 보였다. 일전에 폭풍으로 떡갈나무가 쓰러졌을 때, 나무꾼이 땔감용으로 쓰기 적당하도록 톱으로 켜둔 것이었다.

가장 큰 장작을 골라서 호기롭게 조각해보았으나 불행히도 인왕

은 구경도 못 했다. 그다음에도 운 나쁘게 허탕이었다. 세 번째 조각
에서도 인왕은 만날 수 없었다. 남은 장작더미의 한쪽 끝에서부터 하
나하나 새겨보았으나 인왕을 숨기고 있는 나무는 단 한 개도 없었다.
짐작건대 운케이가 오늘까지 살아 있는 이유는 메이지 시대의 나무
에는 인왕이 묻혀 있지 않았기 때문이리라.

◀ **일곱째 날 밤** ▶

잘은 모르겠으나 아무튼 큰 배에 타고 있었다.

이 배는 매일 밤 무시무시한 소리와 함께 끊임없이 검은 연기를 토
해내면서 물결을 가르며 어딘가를 향해 달려갔다. 벌겋게 달궈진 부
젓가락 같은 태양은 저 멀리 물결 아래로부터 솟아올라 높은 돛대 바
로 위에 잠시 걸려 있다가, 어느새 큰 배를 앞질러 가버렸다. 그리고
결국엔 다시금 달군 부젓가락처럼 지글지글하며 물결 아래로 가라앉
았다. 그럴 적마다 푸르렀던 파도는 먼 저편에서 탁한 보랏빛이 도는
적색蘇枋色•으로 변해 들끓었다. 배는 무시무시한 소리를 내며 그 혼
적을 쫓아갔지만 절대로 따라잡지 못했다.

언젠가 배에서 만난 사람을 붙잡고 물어보았다.

"이 배는 서쪽으로 갑니까?"

배에서 만난 사람은 의아한 표정으로 잠시 나를 보더니, 이윽고
되물었다.

• 다목을 삶아 우려낸 검붉은 물감의 색.

"왜 그러시죠?"

"지는 해를 쫓아가고 있는 것 같아서요."

그러자 그 사람은 껄껄 웃고서는 맞은편으로 가버렸다.

"정말로 서쪽으로 가는 해의 종착지가 동쪽인가? 그럼 반대로 동쪽에서 뜬 해의 고향도 정말 서쪽인가? 몸은 파도 위. 배 안에서 잔다. 흘러가라, 흘러가라." 장단을 맞추는 소리가 들려와 뱃머리로 가보니 뱃사람들이 몰려와서 굵은 용총줄을 끌어당기고 있었다.

나는 불안감을 느꼈다. 이 배가 언제 상륙할지는커녕 어디로 가는지도 몰랐다. 확실한 것은 오로지 검은 연기를 토해내고 파도를 가르면서 나아간다는 사실뿐이었다. 파도는 제법 커서 끝도 없는 파란색으로 보였다. 때로는 보라색으로 보이기도 했다. 다만 움직이는 배 주위에서는 언제나 새하얗게 거품이 일었다. 몹시 불안했다. 이런 배에 머무느니 차라리 몸을 던져 죽어버릴까 생각했다.

배 위에는 많은 사람이 있었다. 대부분 외국인 같았는데 다들 표정이 제각각이었다. 하늘이 흐리고 배가 흔들리던 그때 난간에 기대서 하염없이 울던 한 여자가 손수건으로 보이는 흰 천으로 눈물을 훔쳤다. 사라사로 지은 듯한 양장 차림의 이 여자를 본 순간 슬픈 사람이 나 말고도 또 있구나, 싶었다.

어느 날 밤, 갑판 위로 올라가 홀로 별을 바라보고 있으려니 한 외국인이 다가와 천문학을 아느냐고 물었다. 머릿속에는 온통 죽고 싶다는 생각뿐이었다. 그까짓 천문학 알 게 뭐냐, 하는 생각에 심드렁해져 잠자코 있었다. 외국인은 황소자리의 꼭대기에 있는 북두칠성

이야기를 들려주었다. 그러고는 별도 바다도 모두 신이 만든 것이라면서, 마지막으로 신을 믿느냐고 물었다. 시큰둥한 나는 그저 말없이 하늘만 바라보았다.

하루는 살롱에 들어갔더니 화려한 의상을 입고 피아노를 치는 젊은 여자의 뒷모습이 보였다. 키가 큰 멋진 남자가 그 옆에 서서 창가를 불렀는데, 노래하는 입이 매우 커 보였다. 두 사람 모두 다른 일은 전혀 개의치 않는 모습이었다. 배에 타고 있다는 사실조차 잊은 듯했다.

점점 더 시시해진 나는 마침내 죽기로 작정했다. 그래서 어느 날 밤 주변에 사람이 없는 틈을 타서 눈을 질끈 감고 바닷속으로 뛰어들었다. 그런데—내 발이 갑판을 떠나 배와 인연이 끊긴 바로 그 찰나에 불현듯 목숨이 아까워졌다. 마음속 깊은 곳에서부터 이러지 말걸 하고 뼈저리게 후회했다. 하지만 이미 늦었다. 싫든 좋든 바닷속으로 들어가야만 했다. 얼마나 높이 뛰어올랐던지, 몸은 이미 배를 떠났건만 발은 쉽게 물에 닿지 않았다. 그러나 공중에는 잡을 것이 없으니 차츰 물에 가까워질 것이었다. 아무리 다리를 오므려도 물에 가까워지고 있었다. 물빛은 까맸다.

그러는 사이 배는 여느 때처럼 검은 연기를 토해내며 나아갔다. 역시 목적지를 알 수 없는 배라도 그냥 타고 있는 편이 나았음을 비로소 깨달았지만, 이미 소용없었다. 결국 한없는 후회와 두려움을 품은 채 검은 파도 속으로 조용히 떨어졌다.

이발소의 문턱을 넘자 흰옷을 입고 모여 있던 서너 명이 일제히 말했다. "어서 오세요."

한가운데에 서서 둘러보니 네모난 방 안이었다. 양쪽 벽에 난 창이 열려 있고, 남은 두 벽에는 거울이 걸려 있었다. 거울의 수를 세어 보니 모두 여섯 개였다.

그중 한 거울 앞에 다가가 앉자 엉덩이가 푹 꺼지는 소리가 났다. 상당히 편한 의자였다. 거울에 비친 내 얼굴은 꽤 멋졌다. 얼굴 뒤로 창이 보였다. 대각선 방향으로 보이는, 격자 칸막이를 두른 계산대 안에는 사람이 없었다. 창밖을 오가는 행인들의 상반신이 잘 보였다.

여자를 데리고 지나가는 쇼타로의 모습도 보였다. 그새 파나마모자를 사서 쓰고 있었다. 여자는 또 언제 만든 건지. 언뜻 보니 처음 보는 여자인데, 두 사람 모두 우쭐한 표정으로 걸어갔다. 여자의 얼굴을 자세히 보려던 차에 시야에서 사라지고 말았다.

이번엔 두부 장수가 나팔을 불며 지나갔다. 입에 바짝 대고 나팔을 불어서 두 뺨이 벌에 쏘인 것처럼 불룩했다. 평생 저렇게 벌에 쏘인 것처럼 빵빵한 볼로 다니는 건지 궁금해 죽겠다.

그다음으로 기생이 등장했다. 화장기 없는 얼굴이었다. 시마다마게島田髷•형으로 말아 올리려고 따로 묶은 머리가 느슨해져서 부스스한 행색이었다. 잠에 취한 얼굴도 안쓰러울 만큼 푸석푸석했다. 인사

• 일본 여성의 대표적인 전통 머리 모양으로 앞머리와 타보(머리 뒤쪽으로 나온 부분)가 튀어나오게 하고 마게まげ, 즉 정수리에서 상투처럼 묶은 머리를 접거나 구부려서 앞뒤로 길고 크게 묶은 형태다. 에도 초기 도카이도東海道 시마다 여관에 있던 유녀의 머리 형태에서 유래한 이름으로, 화류계 여성이나 결혼하는 신부가 예식용으로 한다.

말을 몇 마디 건넸으나, 상대방은 도무지 거울 속에 나타나질 않았다.

흰옷을 입은 커다란 사내가 뒤로 와서는 가위와 빗을 들고 내 머리를 바라보았다. 나는 성긴 수염을 꼬면서 머리를 다듬으면 한 인물 나겠느냐 물었다. 흰옷을 입은 사내는 입을 다문 채 호박색 빗으로 내 머리를 톡톡 두드렸다.

"머리 모양도 쌈박하게 바꿔줄 수 있겠나." 흰옷을 입은 남자에게 물었다. 남자는 역시 묵묵부답하며 싹둑싹둑 가위질을 시작했다.

거울에 비친 모습을 빠짐없이 지켜보려고 했지만, 가위질 소리가 날 때마다 검은 머리카락이 날려 행여 눈에 들어갈까 연신 눈을 감았다 뜨느라 바빴다. 흰옷을 입은 남자가 이렇게 말했다.

"손님은 문밖의 금붕어 장수를 보셨습니까?"

못 봤다고 하자 흰옷을 입은 남자는 다시금 입을 다물고 열심히 가위질을 했다. 그때 창밖에서 어떤 사람이 난데없이 위험하다고 소리쳤다. 번쩍 눈을 뜨자 흰옷을 입은 남자의 소매 아래로 자전거 바퀴가 얼핏 보였다. 인력거 채도 본 듯했는데, 흰옷을 입은 남자가 양손으로 내 머리를 잡고 옆으로 홱 돌렸다. 자전거와 인력거는 어느새 시야에서 사라지고 또다시 싹둑싹둑 가위질하는 소리가 들렸다.

곧이어 흰옷을 입은 남자가 내 옆으로 돌아서서 귀 주변 머리카락을 깎기 시작했다. 이번에는 머리카락이 앞쪽으로 날리지 않았으므로 안심하고 눈을 떴다. 바로 그때 "좁쌀떡, 찰떡, 찰떡" 하는 소리가 들렸다. 그 소리에 박자를 맞추며 작은 절굿공이로 절구 속의 찰떡을 찧고 있었다. 좁쌀떡 장수는 어릴 때 봤을 뿐이라서 어떤 모습인지 살짝 궁금했다. 그러나 좁쌀떡 장수는 결코 거울 속에 나타나지 않았다. 떡 찧는 소리만 날 뿐이었다.

나는 곁눈질로 거울 모서리를 흘끔거렸다. 어느새 계산대의 칸막이 격자 안에 한 여자가 와서 앉아 있었다. 머리는 이초가에시_{銀杏返}[•]로 틀어올렸고, 속옷 없이 검은 공단_{黑繻子}의 장식용 깃_{半襟}을 덧댄 겹옷을 입은 채였다. 짙은 눈썹에 피부가 까무잡잡하고 몸집이 컸으며 한쪽 무릎을 세우고 앉아 10엔짜리로 보이는 지폐를 세고 있었다. 긴 속눈썹을 내리깔고 얇은 입술을 다문 채 열심히 지폐를 세는데 그 속도가 자못 빨랐다. 게다가 지폐는 아무리 세도 줄어들 기미가 보이지 않았다. 무릎에 놓인 지폐는 기껏해야 100장 정도였는데 아무리 세도 그대로였다.

나는 멍하니 이 여자의 얼굴과 10엔짜리 지폐를 번갈아 쳐다보았다. 그런데 하필이면 그때 흰옷 입은 남자가 내 귓가에 대고 큰 소리로 말했다. "썻으시죠." 의자에서 일어서기가 무섭게 계산대의 칸막이 격자 쪽을 돌아보았다. 격자 안에는 여자도 지폐도 없었다.

이발비를 내고 밖으로 나오자 문간 좌측에 금화 모양의 통이 다섯 개가량 쪼르르 놓여 있었다. 자세히 보니 그 안에 빨간 금붕어와 반점이 있는 금붕어, 홀쭉한 금붕어, 살찐 금붕어가 잔뜩 담겨 있었다. 금붕어 장수는 통 뒤에서 턱을 괸 채로 가만히 앉아 진열된 금붕어를 응시하는 중이었다. 시끌벅적한 길 위에서 벌어지는 일 따위는 개의치 않는다는 듯 말이다. 나는 잠시 서서 이 금붕어 장수를 바라보았다. 그러나 금붕어 장수는 내내 꼼짝도 하지 않았다.

• 뒤에서 묶은 머리채를 좌우로 갈라 반달 모양으로 둥글린 다음 은행잎 모양으로 틀어올려서 붙인 여성의 머리 형태를 말한다.

◀ 아홉째 날 밤 ▶

세상이 어쩐지 뒤숭숭했다. 당장이라도 전쟁이 일어날 것만 같았다. 화재로 집을 잃어버린 안장 없는 말이 밤낮없이 집 주위를 돌며 날뛰자, 아시가루足輕•들이 밀치락달치락하며 쫓아다니는 모양이었다. 그런데도 집 안은 으슥하고 고요했다.

집에는 젊은 어머니와 세 살배기 아이가 있었다. 아버지는 달이 뜨지 않은 한밤중에 어디론가 가버렸다. 어머니는 마루 위에서 짚신을 신고 검은 두건을 쓴 뒤 부엌문 밖으로 나갔다. 어머니가 든 본보리雪洞••에서 나온 길고 가느다란 불빛이 컴컴한 어둠 속 산울타리 앞에 서 있는 오래된 노송나무를 비췄다.

아버지는 그뒤로 돌아오지 않았다. 어머니는 날마다 세 살배기 아이에게 물었다. "아버님은?" 처음에 아이는 아무 말도 하지 않았으나, 얼마 후부터는 "저기"라고 대답했다. 어머니가 "언제 오시지?"라고 물어도 역시 "저기"라고 대답했으므로, 어머니도 함께 웃었다. "곧 돌아오세요"라는 말을 골백번도 넘게 가르쳤으나 아이는 "곧"이라는 말만 기억했다. 간혹 "아버님은 어디 계시니?"라고 물었는데, 그때도 아이의 대답은 마찬가지로 "곧"이었다.

밤이 되어 주변이 조용해지면 어머니는 허리띠를 고쳐 매고 상어가죽 칼집에 든 단도를 허리춤에 꽂는다. 그러고는 가는 띠를 둘러서 아이를 등에 업고 쪽문을 통해 몰래 밖으로 빠져나간다. 어머니가 항상 짚신을 신었던 탓에 아이는 사각사각 걷는 짚신 소리를 자장가 삼

• 무가에서 평시에는 잡역에 종사하다가 전시에는 병졸이 되는 말단 무사.
•• 단면이 육각이고 위가 벌어진 틀에 종이를 발라 불을 켜는 작은 등롱.

아 잠들곤 했다.

토담이 이어진 고급 주택가 서쪽의 완만한 비탈길 아래로 내려가자 큰 은행나무가 나온다. 이 은행나무에서 오른쪽으로 꺾어 안쪽으로 60간가량 들어가면 신사 입구에 돌로 만든 기둥 문인 도리이鳥居가 서 있다. 한쪽 옆은 논이고, 다른 한쪽 옆은 얼룩 조랏대뿐인 길을 지나 신사 입구에 도착한 뒤 도리이 너머로 나가면 어두운 삼나무 숲이 나타난다. 그리고 20간가량 되는 포석을 따라서 막다른 곳까지 가면 오래된 배전拜殿*의 계단 아래에 다다른다. 판자의 이음매가 드러날 만큼 깨끗이 씻은 회색 새전함賽錢函**위에는 큰 방울이 끈으로 매달려 있다. 낮에는 그 방울 옆에 걸린, '하치만구八幡宮***라고 적힌 액자가 보인다. 비둘기 두 마리가 서로 마주 보는 모양처럼 '팔八' 자를 적은 서체가 무척 재미있다. 그 밖에도 다양한 액자가 걸려 있다. 대부분 가신藩士의 이름과 함께 그들이 맞힌 금색 과녁金的****이 붙어 있고 더러는 장검이 들어 있기도 하다.

아이를 업은 어머니가 도리이를 빠져나가면 언제나 그렇듯 삼나무의 맨 꼭대기 줄기에서 올빼미가 울고 있다. 이어서 철벅철벅 막치짚신合ゃ飯草履*****을 신고 걷는 소리가 난다. 그 소리가 배전 앞에서 그치면, 어머니는 먼저 방울을 울린 뒤 곧바로 몸을 웅크리고 손뼉을

---

* 신사에서 배례하기 위해 본전 앞에 지은 건물.

** 신령이나 부처 앞에 바치는 돈을 넣는 함.

*** 하치만신을 모신 신사로 오진應神천황을 주신으로 삼고 보통은 히메가미ヒメガミ, 진구神功황후를 함께 모신다. 하치만신은 '야와타노미야'라고도 하며 전쟁의 신으로 무사를 중심으로 예로부터 널리 숭배되어왔다.

**** 사방 3센티미터의 종이나 판자에 그린 직경 1센티미터가량의 작은 금빛 과녁으로 갈망하는 목적을 이루어달라고 빌면서 맞자의 이름을 달아둔다.

***** 신발 끈과 바닥 모두를 짚으로 만든 조잡한 짚신.

친다. 대개는 이때 올빼미 소리가 뚝 그친다. 어머니는 오로지 남편이 무사하기만을 빌며 치성을 드린다. 남편이 무사였으니 전쟁의 신인 하치만께 이렇게라도 소원을 빌면 기필코 들어주시리라 철석같이 믿었기 때문이다.

방울이 울리면 아이는 잠에서 깨 캄캄한 주변을 둘러보다가 등에서 와락 울음을 터뜨리기도 한다. 그럴 때면 어머니는 입으로는 연신 기도하면서 아이를 달래려고 등롱을 흔든다. 간혹 아이는 용케 울음을 그쳤다가, 점점 더 자지러지게 울기도 한다. 어쨌든 어머니는 쉽사리 자리에서 일어나지 않는다.

남편이 무탈하기를 비는 기도가 얼추 끝나면, 몸에 두른 가는 띠를 풀고 등에 업은 아이를 앞으로 당겨서 두 손으로 안은 채 배전을 오른다. "착하지. 잠시만 기다리렴." 그렇게 말하면서 자신의 뺨을 아이의 뺨에 비벼댄다. 그리고 가는 띠의 끝으로 아이의 몸을 묶어놓고 반대쪽 끝은 배전의 난간에 동여맨 다음, 층계를 내려와서 20간 길이의 포석을 100번 오가며 소원을 빈다.

배전 난간에 가는 띠로 묶인 아이는 어둠 속의 넓은 툇마루에서 그 띠가 닿는 곳까지 기어다닌다. 그러는 동안만큼은 어머니에게 아주 편안한 밤이다. 그러나 묶어놓은 아이가 칭얼대면 어머니는 정신없이 바빠진다. 소원을 이루어달라고 빌며 포석을 오가는 발걸음이 몹시 빨라진다. 가쁜 숨이 턱까지 차오른다. 어쩔 수 없을 때는 도중에 배전으로 올라와서 갖가지 방법으로 아이를 달랜 다음, 또다시 포석을 오가며 소원을 빌기도 한다.

어머니는 이런 식으로 밤잠도 못 자고 수없이 많은 밤을 애태우며 남편을 걱정했다. 그러나 남편은 이미 아주 오래전에 떠돌이 무사에 게 살해당했다.

이 슬픈 이야기를 꿈속에서 어머니에게 들었다.

◀ 열째 날 밤 ▶

쇼타로가 여자에게 납치됐다가 이레째 되던 날 밤 홀연히 돌아왔 는데 갑자기 열이 나더니 덜컥 몸져누웠다며, 겐 씨가 와서 알려주 었다.

쇼타로는 동네에서 알아주는 호남아로 매우 선량하고 정직한 사 람이다. 그의 유일한 취미는 저녁때 파나마모자를 쓰고 과일 가게 앞 에 걸터앉아 행인들을 구경하는 일이다. 오가는 여자들의 얼굴을 보 며 연신 감탄하는 것 외에 딱히 특별한 점은 없다.

지나다니는 여자가 별로 없을 때는 과일을 보곤 했다. 과일 가게에 는 다양한 과일들이 있었다. 물복숭아와 사과, 비파, 바나나는 바구 니에 보기 좋게 담겨 그 즉시 병문안 선물로 가져갈 수 있도록 두 줄 로 진열되어 있었다. 쇼타로는 이 바구니를 보고서 정말로 예쁘다며, 장사하려면 모름지기 과일 가게가 최고라고 말했다. 그러나 정작 자 신은 파나마모자를 쓴 채 빈둥빈둥 놀고만 있었다.

여름밀감 등을 보면 때깔이 좋다며 평가하곤 했지만, 돈을 내고 과일을 산 적은 단 한 번도 없었다. 물론 공짜로도 먹지 않았다. 단지 그 색깔만 칭찬할 뿐이었다.

그러던 어느 날 저녁, 느닷없이 한 여자가 과일 가게 앞에 멈춰 섰다. 옷차림이 근사한 걸 보니 지체 높은 사람인 듯했다. 쇼타로는 여자의 옷 색깔을 무척이나 마음에 들어했을뿐더러 그녀의 얼굴에도 크게 감탄했다. 그래서 애지중지하는 파나마모자를 벗으며 정중하게 인사했더니, 여자가 가장 큰 과일 바구니를 가리키며 달라고 말했다. 쇼타로가 즉시 그 바구니를 들어서 건네자 여자는 살짝 들어보고서 너무 무겁다고 했다.

원래 꽤 싹싹한 성격이기도 하거니와 딱히 할 일이 없기도 해서, 쇼타로는 여자의 집까지 바구니를 들어다주겠다며 함께 과일 가게를 나섰다. 쇼타로는 그길로 한동안 돌아오지 않았다.

아무리 쇼타로라 해도 너무 태평한 짓이었다. 친척과 친구들은 예삿일이 아니다 싶어 난리였는데, 그가 사라진 지 7일째 되던 밤에 홀연히 돌아온 것이었다. 다들 쇼타로에게 우르르 몰려들어 어디 갔었느냐고 물었다. 쇼타로는 전차를 타고 산에 갔었다고 답했다.

잘은 몰라도 꽤 오랫동안 전차를 탄 게 분명했다. 쇼타로의 말에 따르면 전차에서 내리자마자 눈앞에 벌판이 나타났다고 한다. 사방을 둘러봐도 온통 풀만 가득한 드넓은 벌판이었다. 여자와 함께 풀밭을 걸어가자 갑자기 벼랑 꼭대기가 나왔고, 그때 여자가 쇼타로에게 뛰어내리라고 했다. 아래를 내려다보니 벼랑만 보일 뿐 그 끝은 보이지 않았다. 쇼타로는 파나마모자를 벗으며 뒷걸음질을 쳤다. 그러자 여자가 당장 뛰어내리지 않으면 돼지가 핥아먹을 텐데 괜찮겠냐고 물었다. 돼지와 구모에몬雲右衛門*은 질색이었다. 그러나 절벽에서 뛰어내려 목숨을 잃고 싶지 않았고, 그 못지않게 돼지가 핥는 것 역시 싫었다. 그는 망설였다. 곧이어 돼지 한 마리가 그를 향해 코를 킁킁거리며 다가왔다. 쇼타로는 하는 수 없이 들고 있던 가느다란 빈랑나무 지팡이로 돼지의 코끝을 쳤다. 돼지는 끽 하면서 벌러덩 나자빠지더니 절벽 아래로 떨어졌다. 쇼타로가 후유 하고 한숨을 쉬자, 또 한 마리가 큰 코를 벌름대며 쇼타로에게 달려왔다. 쇼타로는 하는 수 없이 또 한 번 지팡이를 휘둘렀다. 돼지는 끽 하더니 벼랑 아래로 곤두박질쳤다. 그러자 또 한 마리가 나타났다.

이때 문득 정신을 차리고 맞은편을 보니 아득한 푸른 초원의 끝자락에서 족히 몇만 마리는 되어 보이는, 셀 수 없이 많은 돼지가 일렬로 떼를 지어 벼랑 위에 서 있는 쇼타로를 향해 코를 킁킁거리며 다가오고 있었다. 쇼타로는 진심으로 돼지들에게 미안했다. 그러나 어쩔 수 없었으므로 다가오는 돼지의 코끝을 일일이 공손하게 빈랑나무 지팡이로 때렸다. 이상하게도 지팡이가 코에 닿기만 하면 돼지는 데구르르 골짜기 아래로 떨어졌다. 내려다보니 바닥이 보이지 않는 절벽으로 돼지들이 거꾸로 줄지어 떨어지고 있었다. 이토록 많은 돼지를 골짜기로 떨어뜨렸다고 생각하니, 쇼타로는 자기 자신이 무서워졌다. 하지만 돼지들은 계속해서 꾸역꾸역 다가왔다. 먹구름에 발이라도 달린 양 마치 구름 떼처럼 코를 킁킁거리면서 초원을 헤치며 나왔다.

• 1873~1916. 샤미센 반주에 곡조를 붙여서 부르는 로쿄쿠浪曲(나니와부시浪花節)를 낭송하던 일본의 전통 창 소리꾼이다. 풍각쟁이들의 예능에 불과했던 로쿄쿠를 대극장에서 공연하는 예능으로 승격시킴으로써 주류로 발돋움하게 한 인물이다.

쇼타로는 필사적으로 힘을 내서 꼬박 엿새 동안 돼지의 코끝을 쳤다. 그렇지만 마침내 기력이 다하여 손이 곤약처럼 흐물흐물해지자 돼지가 그의 손을 핥아먹었고, 결국 쇼타로는 절벽 위로 쓰러졌다.

겐 씨는 쇼타로의 이야기를 갈무리하면서, 그러니까 너무 여자의 얼굴만 봐서는 못쓴다고 했다. 나도 옳은 말이라고 생각했다. 그런데 겐 씨가 쇼타로의 파나마모자를 받고 싶단다. 쇼타로는 살아나지 못할 테니, 파나마모자는 겐 씨의 차지가 될 것이다.

❙ 뱀 ❙

　홍행장의 출입문을 열고 밖으로 나오니 큼지막하게 팬 말 발자국에 빗물이 잔뜩 고여 있었다. 발바닥이 땅에 닿을 때마다 진흙 밟는 소리가 났다. 뒤꿈치를 들고 걷는 게 힘들 정도였다. 오른손에 들통을 들고 있어서 발을 움직이기가 꽤 불편했다. 아슬아슬하게 발에 힘을 주고 버티면서 상체의 균형을 잡아야 할 때면, 차라리 들통을 내팽개치고 싶었다. 결국 어쩔 수 없이 진흙 바닥에 들통을 털썩 내려놓고 말았다. 하마터면 넘어질 뻔했으나 들통 손잡이를 잡고 버텼다. 맞은편을 보니 삼촌이 한 간쯤 앞에 서 있었다. 도롱이를 입은 어깨 뒤로 세모지고 바닥이 빵빵한 망태기가 덜렁거렸다. 머리에 쓴 삿갓이 살짝 움직였다. 삿갓 안쪽에서는 길이 엉망이라고 중얼거리는 삼촌의 목소리가 들렸다. 비를 맞은 도롱이는 금세 흠뻑 젖었다.

돌다리 위에 서서 밑을 내려다보니 검은 물이 풀 사이로 세차게 밀려오고 있었다. 평소에는 복사뼈 위로 세 치도 올라오지 않고, 하늘거리는 긴 수초가 들여다보일 만큼 깨끗한 시냇물이었다. 그런데 오늘은 바닥에서부터 진흙탕 물이 올라와서인지 무척 탁했다. 빗물과 진흙이 뒤섞인 채 소용돌이치며 흘러가는 물을 한참 동안 바라보던 삼촌이 웅얼거렸다.

"잡을 수 있겠어."

다리를 건넌 우리 두 사람은 곧바로 왼쪽으로 방향을 꺾었다. 푸른 논을 지나 끝 간 데 없이 구불구불 소용돌이치며 뻗어 나가는 시냇물을 따라서 100미터쯤 내려갔다. 단둘이 넓은 논 위에 쓸쓸히 섰다. 사방으로 퍼붓는 빗속에서 삼촌은 삿갓을 쓴 채 하늘을 쳐다보았다. 찻주전자 뚜껑처럼 봉해진 어두운 하늘 어딘가에 구멍이라도 난 듯 빗방울이 쉴 새 없이 쫙쫙 쏟아졌다. 몸에 걸친 삿갓과 도롱이에, 사방으로 펼쳐진 논에, 그리고 저 너머로 보이는 기오貴王의 숲에 떨어지는 빗방울 소리가 한데 어우러져 들리는 듯했다.

숲 위로 옹기종기 모인 검은 구름이 삼나무 가지 끝에 깊숙이 걸려 있었다. 제 무게에 겨워서 아래로 내려온 비구름은 이제 삼나무 위를 휘감고 있었다. 잠시 후면 숲속으로 떨어질 것 같았다.

문득 정신을 차리고 발치를 보았더니 물이 상류에서부터 소용돌이치며 끝없이 흘러왔다. 기오 님을 모신 신사 뒤쪽의 연못 물에도 저 비구름이 들이닥쳤으리라. 소용돌이가 갑자기 더 거세진 듯했다. 삼촌은 또다시 소용돌이치는 냇물을 지켜보며, 마치 뭔가를 잡을 것처럼 말했다.

"잡을 수 있어."

그러고는 곧바로 도롱이를 입은 채 흐르는 물속에 내려섰다. 거센 물살에 비해 물은 그다지 깊지 않았다. 일어서면 허리까지 잠기는 정도였다. 삼촌은 강 한가운데에 자리를 잡고 기오신사의 숲을 정면으로 바라보면서 시냇물 상류를 향해 어깨에 멘 망태기를 내렸다.

삼촌과 나는 요란한 빗소리에도 꼼짝하지 않고 선 채, 밀려오는 소용돌이를 정면으로 바라보았다. 기오신사의 연못에서 떠내려온 물고기가 소용돌이치는 물 밑을 틀림없이 지나갈 것이었다. 삼촌은 잘만 하면 큰 고기를 잡을 수 있다는 일념을 품고서, 무섭게 휘몰아치는 물을 응시했다. 물이 너무 탁하여 바깥에서 보면 물속으로 무엇이 떠내려가는지 전혀 알 수 없었다. 그래도 삼촌은 눈도 깜빡이지 않고 망태기를 잡은 양손을 물속에 담갔다. 그 손이 얼른 움직이기를 기다렸으나 좀처럼 움직이지 않았다.

빗줄기가 점점 검어지고 강물 또한 점차 무거운 색으로 변해갔다. 소용돌이를 품은 물살이 상류에서 거세게 돌아 나왔다. 거무칙칙한 물결이 날렵하게 눈앞을 지나치던 순간, 언뜻 색다른 모양이 눈에 들어왔다. 기다란 뭔가가 순식간에 번쩍하며 지나간 것 같았다. 큰 장어임을 직감했다.

바로 그때 망 손잡이를 잡은 채 물살을 거스르며 서 있던 삼촌이 오른쪽 손목을 도롱이 아래에서 어깨 위로 풀쩍 들어올렸다. 삼촌의 손을 떠난 기다란 형체는 줄기차게 퍼붓는 시커먼 빗줄기를 뚫고 포승줄 같은 곡선을 그리며 맞은편 둑 위로 날아가 바닥에 털썩 떨어졌다. 그리고 풀 속에서 대가리를 한 자쯤 벌떡 쳐든 채 우리 두 사람을 험악하게 노려보았다.

"기억해라."

삼촌의 목소리가 분명한데, 대가리를 꼿꼿하게 쳐든 그놈은 말이 끝남과 동시에 풀숲으로 사라졌다. 삼촌은 창백한 얼굴로 뱀을 던진 곳을 바라보았다.

"삼촌, 지금 기억하라고 말한 게 삼촌이세요?"

삼촌은 서서히 내 쪽으로 고개를 돌렸다. 그러고는 나지막한 목소리로 누가 한 말인지 잘 모르겠다고 대답했다. 지금도 삼촌에게 그날의 이야기를 할 때면 누가 한 말인지 잘 모르겠다며 묘한 표정을 짓는다.

◀ 고양이 무덤 ▶

와세다로 이사 온 후로 고양이가 점점 야위어갔다. 아예 아이들하고 놀려고도 하지 않았다. 햇볕이 들면 툇마루에 가만히 누워 있는데 가지런히 모은 앞발 위에 각진 턱을 올려놓고 가만히 정원수를 바라볼 뿐, 마냥 움직일 낌새가 보이지 않았다. 아무리 옆에서 떠들어도 모른 척했으므로 아이들 역시 고양이를 상대해주지 않았다. 고양이는 그저 심드렁하게 누운 채 옛 친구를 남처럼 데면데면하게 대할 뿐이었다. 아이들만이 아니라 하녀 또한 세 끼 먹을 밥만 부엌 구석에 놓아주고 그 외에는 세심하게 돌보지 않았다. 심지어 근처에 사는 커다란 얼룩 고양이가 제집인 양 와서 자기 밥을 먹어 치워도, 고양이가 화내거나 싸우는 일은 거의 없었다. 그저 가만히 누워 있기만 했다. 그런데도 어쩐지 여유로워 보이지 않았다. 편안하게 누워 한가로이 햇빛을 쬔다기보다는 운신할 자리가 없어 가만히 있는 듯했다. 아니, 말로는 미처 표현할 수 없다. 죽도록 께느른하긴 한데 움직이려니 더욱 적적해서 차라리 꾹 참고 견디는 듯 보인달까. 눈은 언제나 마당의 정원수를 향하고 있지만, 아마 정원수의 나뭇잎이나 줄기가 어떻게 생겼는지조차 모를 터였다. 푸르스름한 빛이 도는 노란 눈동자로 멍하니 응시할 뿐이니 말이다. 우리 집 아이들이 고양이의 존재를 인정하지 않듯이, 고양이 역시 세상의 존재를 확실하게 인정하지 못하는 듯했다.

그래도 가끔은 볼일이 있는지 밖으로 나가는데 그럴 때마다 근처의 얼룩 고양이가 쫓아오곤 했다. 고양이는 무서워서 툇마루로 튀어 올라 세워진 미닫이를 밀어뜨리고 이로리圍爐裏* 옆까지 도망쳐왔다. 집안사람들이 녀석의 존재를 알아차리는 것은 바로 이때뿐이었다. 이때만은 녀석도 자신이 살아 있다는 사실이 매우 흡족할 것이었다.

이런 일이 되풀이되면서 고양이의 긴 꼬리털이 점점 빠지기 시작했다. 처음에는 우묵우묵한 정도였으나 나중에는 맨살이 벌겋게 드러날 정도로 털이 빠진 꼬리가 보기에도 딱할 만큼 축 늘어졌다. 녀

---

* 일본의 전통적인 난방 장치로 마룻바닥을 사각형으로 도려 파내고 난방용이나 취사용으로 불을 피운다.

석은 만사에 지칠 대로 지친 몸을 옹송그리고 연신 아픈 부위를 핥았다.

고양이의 상태가 심상치 않은 것 같다고 하자 아내는 매몰차게 말했다.

"그러게요. 나이가 든 탓이겠지요."

그래서 나도 얼마간 그냥 내버려두었더니 이번에는 끼니로 먹은 밥을 가끔 토했다. 목 언저리를 꿀렁꿀렁하며 재채기인지 딸꾹질인지 분간이 가지 않는 앓는 소리를 내곤 했다. 고통스러워 보였지만 어쩔 수 없어서 정신이 들면 바깥으로 내쫓았다. 그냥 뒀다가는 다다미고 이불이고 마구 더럽히기 때문이었다. 손님용으로 장만한, 황색과 갈색의 격자 줄무늬 비단 방석八端織り은 대부분 그 녀석 때문에 더러워졌다.

"어쩔 수 없군. 위장이 나쁜가 봐. 호탄寶丹*이라도 물에 타서 먹여 봐."

아내는 아무 말도 하지 않았다. 그로부터 2, 3일쯤 지나서 호탄을 먹였냐고 물었더니 도통 입을 안 벌려서 못 먹였다며 생선 가시를 먹으면 토하더라고 말했다. 그럼 주지 말라고 퉁명스럽게 핀잔을 주고는 책을 읽었다.

고양이는 구토 증상만 없으면 여전히 얌전하게 누워 있었다. 요즘에는 제 몸을 지탱해주는 툇마루만이 의지가 되는 양 바짝 웅크리고 있었다. 눈빛도 조금 변했다. 처음에는 허공을 맴도는 시선이 나른하면서도 어딘가 차분했으나 점점 그 움직임이 심상치 않아졌다.

• 1862년 이케노하타池之端의 모리타 지헤에守田治兵衛가 경영하던 가게에서 출시한 적갈색 습윤성 분말의 각성제로 두통, 구토, 현기증 등에 사용한다.

눈빛도 갈수록 침울해졌다. 해가 진 뒤 치는 희미한 번개처럼 눈동자는 생기를 잃고 탁하게 변했다. 하지만 그냥 내버려두었다. 아내도 신경 쓰지 않는 듯했다. 당연히 아이들도 고양이가 있다는 사실조차 잊었다.

어느 날 밤, 녀석이 아이들이 자는 이부자리 끝에 엎드려 있다가 자신이 물어온 생선을 빼앗겼을 때나 낼 법한 그르렁그르렁 소리를 냈다. 이상한 낌새를 눈치챈 사람은 나뿐이었다. 아이들은 잘 잤고, 아내는 바느질하느라 여념이 없었다. 금세 고양이가 다시 그르렁거렸다. 아내가 겨우 바느질하던 손을 멈췄다. 내가 왜 저러냐며, 밤중에 아이의 머리라도 물면 큰일이라고 말하자 아내는 설마 그러겠느냐며 다시 주반襦袢●의 소매를 꿰맸다. 고양이는 이후에 이따금씩 그르렁그르렁했다.

이튿날 고양이는 이로리 가장자리에 올라가 온종일 그르렁거렸다. 우리가 차를 따르거나 주전자를 드는 게 기분 나쁜 모양이었다. 그러나 밤이 되자 나도 아내도 또다시 고양이를 까맣게 잊었다. 그날 밤 고양이가 죽었다. 아침에 하녀가 뒷마당의 헛간에 땔감을 꺼내러 갔을 때는 이미 낡은 부뚜막 위에 쓰러져 딱딱하게 굳어버린 뒤였다.

아내는 일부러 녀석의 죽은 모습을 보러 가는 듯했다. 이제껏 그리도 쌀쌀맞게 굴더니만 언제 그랬냐는 듯이 부산을 떨었다. 단골 인력거꾼을 불러 네모난 묘표를 사오게 한 뒤 내게 글귀를 써달라고 했다. 나는 묘표 앞쪽에 '고양이 무덤'이라고 쓰고, 뒤쪽에는 '이 아래에 번개 치는 밤이 있으리로다'라고 썼다. 인력거꾼은 이대로 고

● 기모노 안에 입는 짧은 속옷.

양이를 묻어도 되냐고 물었다. 하녀가 그럼 화장이라도 해야 하느냐
며 놀렸다.

아이들도 고양이의 곁을 떠나지 않았다. 묘표 양쪽에 유리병을 하
나씩 묻고 싸리꽃을 잔뜩 꽂았다. 또 밥그릇에 물을 떠서 무덤 앞에
놓고 꽃도 물도 날마다 갈아주었다. 사흘째 저녁에 서재 창문으로 내
다보았는데, 네 살배기 딸아이가 홀로 고양이 무덤 앞에서 하얀 나무
묘표를 잠시 쳐다보다가 손에 든 장난감 국자로 고양이 무덤에 올린
밥그릇의 물을 떠서 마셨다. 한 번이 아니었다. 싸리꽃이 동동 떠 있
는 그릇의 물은 조용한 저녁놀 속에 몇 번이나 아이코愛子의 자그마
한 목을 적셨다.

고양이의 기일이면 아내는 꼭 연어 한 조각과 가다랑어포를 뿌린
밥 한 그릇을 무덤 앞에 올린다. 지금까지 단 한 번도 잊은 적이 없
다. 다만 요즘은 마당까지 들고 나가지 않고 대개 거실의 장롱 위에
올려놓는 듯하다.

◀ **따뜻한 꿈** ▶

고층 건물에 부딪혀 순조롭게 빠져나가지 못하고 번개에 한풀 꺾
인 바람이 머리 위로부터 포석까지 비스듬히 불어왔다. 길을 걷던 나
는 쓰고 있던 중산모를 오른손으로 눌렀다. 앞에서 손님을 기다리던
한 마부가 마부석에서 이 광경을 보고 있었던지, 내가 모자에서 손

을 떼고 자세를 바로잡자 검지를 곧추세웠다. 마차를 타지 않겠냐는 암호였다. 내가 마차를 타지 않자 마부는 오른 주먹으로 가슴께를 쿵쿵 쳤다. 4, 5미터 떨어진 거리에서도 쿵쿵 소리가 들렸다. 런던의 마부나 나나 이렇게 잠시나마 시린 손을 녹였다. 뒤돌아서 마부를 슬쩍 보았다. 색이 조금 바랜 딱딱한 모자 아래로 서리가 앉은 더벅머리가 삐져나와 있었다. 담요를 이어 붙인 듯한 조악한 갈색 외투의 등부터 어깨, 오른쪽 팔꿈치까지 나란히 뻗은 채 으쓱하고는 가슴을 쿵쿵 두드리는데 마치 기계가 움직이는 모양 같았다. 나는 다시 걸어갔다.

길을 가는 사람들이 모두 나를 앞질러갔다. 심지어 여자들조차. 그들은 허리 뒤로 치마를 가볍게 쥐고 혹여 구두 굽이 부러지진 않을까 걱정될 만큼 요란하게 포석을 울리며 종종걸음 쳤다. 자세히 보니 누구랄 것도 없이 모두가 다급한 표정이었다. 남자는 정면을 보았고, 여자 역시 한눈팔지 않으며 오로지 가고자 하는 방향으로 곧장 달렸다. 입은 앙다문 채였고, 눈두덩이는 푹 꺼져 있었다. 코는 오뚝하고 머리통은 짱구였다. 그들은 볼일이 있는 쪽을 향해 똑바로 발걸음을 옮겼다. 거리는 걸어다닐 수 없고 바깥은 있을 곳이 못 되니, 평생의 수치를 겪기 싫다면 한시바삐 지붕 아래로 숨어야 한다는 듯한 태도였다.

느릿느릿 걷는 내내 나는 왠지 이 도시가 거북했다. 위를 올려다보니 드넓은 하늘이 언제부터인지 양쪽에 절벽처럼 솟은 건물의 용마루에 막혀서 동쪽에서 서쪽으로 향하는 띠처럼 뻗어 있었다. 아침부터 회색빛을 띤 띠는 점차 다갈색으로 변했다. 원래부터 회색이던 건물들은 따뜻한 햇볕에 완전히 지치기라도 한 듯 거리낌 없이 양쪽 하늘을 막고 있었다. 높이 뜬 태양이 얼씬도 하지 못하게끔 2층 위에 3층을 쌓고, 3층 위에 4층을 쌓아서 넓은 땅을 응달의 비좁은 골짜기로 만들어버렸다. 응달 속에서 검고 자그마한 형체가 된 사람은 오들오들 떨며 높은 건물들 사이를 지나다녔다. 나는 그 움직이는 검은 형체 중에서 가장 느린 분자였다. 골짜기 사이에 갇혀 빠져나갈 기회를 놓친 바람이 쌩 지나쳐갔다. 작고 검은 형체들은 그물코를 빠져나가는 송사리 떼처럼 사방으로 쫙 흩어졌다. 느린 나도 마침내 그곳을 빠져나와 건물 안으로 도망쳤다.

긴 회랑을 빙빙 돌아 층계를 두세 개 정도 오르면 용수철 장치가 달린 큰 문이 나왔다. 체중을 실어 큰 문을 천천히 밀자 몸이 저절로 커다란 갤러리 안에 슥 미끄러지듯 들어갔다. 눈 아래쪽이 시릴 만큼 환했다. 뒤돌아보니 문은 어느새 닫히고 실내는 봄처럼 따스했다. 빛에 익숙해지려고 눈을 잠시 깜빡거렸다. 좌우를 둘러보니 수많은 사람이 모두 조용하고 침착하게, 만면에 미소를 띠고 있었다. 서로서로 기분을 누그러뜨리고 있어서, 이토록 수많은 사람이 나란히 서 있음에도 전혀 힘들지 않았다. 위를 보았다. 큰 원형 천장은 짙고 현란한 색채로 눈을 자극하고 가슴이 설렐 만큼 선명한 금박으로 찬란히 빛났다. 앞을 보았다. 난간뿐이었다. 난간 바깥에는 아무것도 없었다. 그저 커다란 구멍이었다. 난간 옆으로 다가가 목을 쑥 빼고 구멍 속을 들여다보았다. 까마득한 구멍 아래는 그림으로 그린 듯한 작은 사람들로 가득했다. 수많은 사람이 어쩜 그렇게 선명하게 보이는지! 사람의 바다란 바로 이런 걸 두고 하는 말인가 보다. 투명하고 맑으며 드넓은 바닷속 바닥에 늘어놓은 하양, 검정, 노랑, 파랑, 보라, 빨강 등 화사한 오색의 비늘이 파문이 일 때마다 작고 예쁘게 꿈틀거리는 듯했다.

그 순간, 꿈틀거림이 사라지고 커다란 천장부터 아득히 먼 골짜기 밑바닥까지 단숨에 어두워졌다. 지금까지 나란히 앉아 있던 수천 명은 어둠 속에 묻힌 채 그 어떤 소리를 내지 않았다. 마치 그들 모두가 거대한 어둠에 잠식되어 온데간데없이 사라진 양 잠잠했다. 그런데 아득히 먼 밑바닥의 한복판이 어둠 속에서 네모나게 뻥 뚫리는가 싶더니 어느샌가 희붐해졌다. 처음에는 그냥 저러다 말겠거니 했는데, 어둠이 점점 걷히고 있었다. 부드러운 빛이 쏟아져 들어올 때 나는 희뿌연 빛줄기 속에서 무언가 흐릿한 색을 발견했다. 노란색과 보라색과 남색이었다. 그중 노랑과 보라가 움직였다. 나는 두 눈의 시신경이 지칠 때까지 눈도 깜빡이지 않고 긴장한 채 움직이는 형체를 바라보았다. 눈앞에 자욱하던 연무는 금세 활짝 개었다. 저편에 밝고 따스한 햇볕을 받아 아름답게 빛나는 바다가 다시금 보였다. 그 옆의 푸른 풀밭에 노란색 웃옷을 입은 아름다운 남자와 보라색 소매를 질질 끄는 아름다운 여자가 또렷하게 나타났다. 여자가 감람나무 아래에 놓인 긴 대리석 의자에 앉자 남자는 의자 옆에 서서 여자를 내려다보았다. 남쪽에서 따뜻한 바람이 불어오더니 이윽고 편안한 음악 소리가 가늘고 긴 여운을 남기며 멀리 파도 위를 건너왔다.

구멍의 위와 아래가 일제히 술렁이기 시작했다. 그들은 어둠 속으로 사라진 것이 아니었다. 어둠 속에서 따뜻한 그리스를 꿈꿨다.

◀ 인상 ▶

　문밖으로 나가자 넓은 길이 똑바로 집 앞을 통과하고 있었다. 길 한가운데에 서서 둘러보니 전부 같은 색으로 칠해진 4층짜리 건물들이 시야에 들어왔다. 옆집이나 건넛집이나 분간하기 힘들 정도로 구조가 비슷해서 4, 5미터쯤 가다가 되돌아오면 방금 내가 나온 집이 어딘지 알 수가 없었다. 희한한 동네였다.

　간밤에는 기차 소리에 휩싸인 채 잠들어야 했다. 설상가상으로 밤 10시가 지나서는 꿈결처럼 어둠 속을 달리는 말발굽 소리와 방울 소리까지 들렸다. 처음 보는 아름다운 등불의 환영이 수도 없이 내 눈 위를 점점이 오갔다. 그것 말고는 아무것도 보지 못했다.

　이 희한한 마을을 나서기 전 위아래로 두세 번 그 생김새를 훑어본 뒤 왼쪽으로 100미터쯤 걸어갔다. 마침내 사거리가 나왔다. 이 길을 잘 기억해두고 오른쪽으로 돌자, 이번에는 아까보다 넓은 도로가 나왔다. 마차들이 길 가운데로 수없이 지나갔다. 모두 지붕 위에 사람을 싣고 있었다. 빨간색이든, 노란색이든, 파란색이든, 혹은 갈색이든 남색이든 간에 마차는 끊임없이 내 옆을 지나쳐서 멀어져갔다. 저 멀리에서도 각양각색의 마차 행렬이 끝없이 이어졌다. 돌아보니 색색의 마차가 구름처럼 몰려왔다. 대체 저 마차들은 사람을 태우고 어디에서 어디로 가는 걸까, 궁금해진 나는 잠시 멈춰 서서 생각에 잠겼다. 그때 뒤쪽에서 키 큰 사람이 나타나 덮치듯이 내 어깨를 밀었다. 피하려는데 오른쪽에도 키 큰 사람이 있었다. 왼쪽도 마찬가지였다. 그 사람들 역시 누군가가 뒤에서 밀어서 내 어깨를 민 것이므로 잠자코 있었다. 그렇게 다들 저절로 떠밀려갔다.

이때 나는 비로소 사람의 바다에 빠졌다는 사실을 깨달았다. 이 바다가 어디까지 펼쳐져 있는지는 알 수 없었다. 그러나 넓은 바다치고는 매우 조용했다. 다만 나아갈 수 없을 뿐이었다. 오른쪽을 봐도 가슴이 답답하고, 왼쪽을 봐도 숨이 막혔다. 뒤돌아보아도 발 디딜 틈이 없었다. 그래서 묵묵히 앞으로 갔다. 오직 이 길에 자신의 운명이 달린 양, 수만 개의 검은 머리가 보조를 맞추며 한 걸음씩 앞으로 나아갔다.

나는 걸으면서 조금 전에 나온 집을 떠올렸다. 똑같은 색깔의 똑같은 4층 건물로 이루어진 그 희한한 동네는 아마도 멀어진 모양이었다. 어디를 어떻게 돌아서 가야 그 동네에 닿을 수 있을지 막막했다. 용케 도착하더라도 어젯밤 어둠 속에서 칙칙하게 서 있던 그 집을 찾을 수 있을지는 모를 일이었다.

나는 불안한 마음으로 키 큰 군중에 떠밀리며 어쩔 수 없이 두세 개의 큰길을 돌았다. 돌 때마다 어젯밤 내 몸을 뉘었던 칙칙한 집과는 차츰 반대 방향으로 멀어지는 기분이 들었다. 그리고 눈이 피로할 만큼 수많은 사람 속에서 말할 수 없는 고독을 느꼈다. 그때 완만한 비탈길이 나왔다. 큰 도로 대여섯 개가 만나는 광장인 듯싶었다. 지금까지 한 줄로 움직이던 인파가 비탈길 아래에서 여러 방향에서 몰려온 인파와 합쳐지며 조용히 회전하기 시작했다.

비탈길 아래에는 회색의 커다란 사자 석상이 있었다. 가느다란 꼬리에 비해 소용돌이치듯 숱이 풍성한 갈기를 휘감은 머리는 네 말들이 술통만큼 컸다. 두 마리 사자가 앞발을 가지런히 모은 채 파도치는 군중 속에 잠들어 있었다. 포석이 촘촘히 깔린 바닥 한복판에는 굵은 구리 기둥이 서 있었다. 나는 조용히 움직이는 사람의 바다에 서서 기둥 위를 쳐다보았다. 꼿꼿이 우뚝 선 기둥 위는 온통 드넓은 하늘이었다. 하늘 한복판을 꿰뚫듯이 솟은 높은 기둥 끝에 무엇이 있는지는 알 수 없었다. 결국 또다시 사람의 파도에 떠밀려 광장에서 오른쪽으로 뻗은 길을 따라 정처 없이 내려갔다. 잠시 후 돌아보니 장대같이 가느다란 기둥 위에 작은 사람*이 홀로 서 있었다.

◀ 모나리자 ▶

이부카는 일요일이면 목도리를 두르고 팔짱을 낀 채 근처 고물상을 기웃거렸다. 그중에서 가장 지저분하고 케케묵은 물건만 늘어놓은 가게를 골라 들어가 이것저것 만지작댔다. 물론 풍류를 즐기는 사람이 아니어서 보는 족족 물건이 좋은지 나쁜지는 알지 못했으나, 가끔 싸고 재미난 물건을 사다보면 1년에 한 번 정도는 귀한 물건을 건

• 런던 트래펄가 광장의 넬슨 제독 기념탑을 뜻한다.

질 수 있으리라 기대했다.

이부카는 한 달 전쯤 15센을 주고 산 쇠주전자 뚜껑을 문진으로 썼다. 지난 일요일에 25센으로 산 날밑 또한 문진으로 썼다. 오늘 그는 좀더 큰 물건을 노리고 있었다. 족자든 액자든 눈에 확 띄는 서재 장식품을 하나 갖고 싶어서 고물상을 둘러보았다. 색도 인쇄한 서양 여자의 그림이 먼지를 뒤집어쓴 채 벽에 기대어 세워져 있었다. 홈이 마모된 우물 두레박의 도르래 위에는 정체 모를 꽃병이 올라가 있었고, 그 안에 놓인 노란 퉁소의 취구가 이 그림을 방해하는 중이었다.

서양화는 이 고물상과 어울리지 않았다. 다만 까마득히 먼 옛날의 분위기가 칙칙한 색채에서 물씬 풍긴 덕에 처음부터 이 고물상에 있던 그림처럼 보였다. 이부카의 눈에는 분명 싸구려였으므로 그 서양화의 값이 1엔이라는 말에 고개를 갸우뚱했으나, 액자의 유리도 깨지지 않고 테두리 또한 멀쩡해서 고물상 노인과 흥정한 끝에 80센까지 깎았다.

이부카는 여자의 상반신이 그려진 그림을 안고 추운 저녁 무렵 집으로 돌아왔다. 어둑어둑한 방에 들어가 얼른 액자의 포장을 벗겨 벽에 기대놓고 그 앞에 가만히 앉자 아내가 램프를 들고 다가왔다. 이부카는 아내에게 불을 그림 옆쪽으로 비춰달라고 말한 뒤, 다시 한번 80센짜리 액자를 찬찬히 들여다보았다. 세월 탓인지 전체적인 색감이 수수하고 칙칙했는데 얼굴만 유난히 누랬다. 이부카는 앉은 채로 아내를 돌아보며 어떠냐고 물었다. 아내는 램프를 든 손을 살짝 들어

올리고 누런 여자의 얼굴을 말없이 한참 바라보더니 기분 나쁘게 생겼다고 했다. 이부카는 그저 웃으면서 80센짜리인데 어련하겠냐고만 했다.

밥을 먹고 난 뒤 발판을 딛고 서서 란마_{欄間}•에 못을 박은 다음 사온 액자를 걸었다. 아내는 그림 속의 여자가 무슨 짓을 할지 모를 인상이라며, 보고 있으면 괜스레 기분이 이상하니 걸지 않는 게 좋겠노라고 연신 말렸다. 그러나 이부카는 왜 그렇게 예민하게 구냐며 아내의 말을 듣지 않았다. 아내는 거실로 내려가고 이부카는 책상에 앉아 자료 조사를 시작했다. 10분쯤 지났을까, 문득 액자의 그림이 보고 싶어진 이부카는 고개를 들었다. 붓을 내려놓고 그림을 향해 시선을 돌리니 누런 낯빛의 여자가 액자 속에서 엷은 미소를 짓고 있었다. 이부카는 물끄러미 여자의 입가를 바라보았다. 음영을 처리하는 화가의 방식이 절묘했다. 살짝 올라간 얇은 입술의 양쪽 입꼬리는 약간 패어 있었다. 다문 입을 막 벌리려는 것처럼 보이기도 했다. 혹은 벌린 입을 애써 다문 것 같기도 했다. 다만 무슨 까닭인지는 몰라도 이상한 기분이 들었으므로 이부카는 다시 책상 앞으로 시선을 돌렸다.

자료 조사라고는 하나 거지반은 베끼는 작업이었다. 별로 주의를 기울일 필요도 없어서 얼마 못 가 다시 고개를 들고 그림을 보았다. 역시 입가에 뭔가 사연이 담긴 듯했다. 그렇지만 여자는 놀랍도록 차분했다. 가늘고 긴 외까풀 속 조용한 눈동자가 다다미방을 내려다보았다. 이부카는 다시 책상 쪽으로 몸을 돌렸다.

그날 밤 이부카는 수도 없이 이 그림을 보았다. 보면 볼수록 어딘

• 문이나 미닫이 위의 상인방과 천장 사이에 통풍과 채광을 위해 가로로 길게 짜넣은 창.

지 모르게 아내가 한 말이 맞는 것 같았다. 이튿날 그는 아무렇지 않은 얼굴로 관청에 출근했다가 오후 4시쯤 집에 돌아왔다. 어젯밤에 걸어두었던 액자가 책상 위에 뒤집힌 채 놓여 있었다. 정오가 조금 지났을 무렵 갑자기 란마에서 떨어져 유리가 산산조각이 났다고 했다. 이부카는 액자를 뒤로 돌려보았다. 어찌 된 영문인지 어젯밤에 끈을 꿰었던 고리가 빠져나가 있었다. 내친김에 액자 뒤를 열어보았다. 그러자 뒷면끼리 맞대어진, 두 번 접힌 서양 종이가 나왔다. 종이를 펼쳐보니 다음과 같은 묘한 말이 잉크로 적혀 있었다.

「모나리자」의 입술에는 여성의 비밀이 담겨 있다. 원시 시대 이후 이 비밀을 그려낸 사람은 오직 다빈치뿐이다. 그 외에 이 비밀을 푼 사람은 한 명도 없다.

다음날 관청에 출근한 이부카는 사람들에게 「모나리자」가 뭐냐고 물어보았다. 아무도 아는 사람이 없었다. 그럼 다빈치는 누구냐고 물었으나 역시 아무도 대답하지 못했다. 이부카는 아내가 권하는 대로 이 불길한 그림을 넝마주이한테 5센에 팔아버렸다.

◀ 화재 ▶

숨이 차서 걸음을 멈추고 위를 올려다보니 어느새 백발이 성성한 머리 위로 불티가 지나갔다. 맑고 깊은 하늘 위로 쉴 새 없이 날아왔다가 휙 사라졌다. 그런가 하면 곧바로 뒤에서 온통 시뻘건 불티가 또다시 깜박깜박하며 날아들더니 앞서거니 뒤서거니 하다가 별안간 사라졌다. 날아오는 방향을 보았더니 큰 분수처럼 불길을 뿜어내는 발화 지점에서 한꺼번에 쏟아져 나온 불티가 차가운 하늘을 빈틈없이 물들이고 있었다. 4, 5미터 앞쪽에 있는 큰 절의 긴 돌계단 중턱에 굵은 전나무가 조용한 밤하늘로 가지를 뻗고 둑 위로 우뚝 솟아 있었는데, 불이 난 곳은 그 뒤쪽인 듯했다. 검은 줄기와 움직이지 않는 가지를 뺀 나머지 부분은 온통 시뻘겠다. 추측건대 필시 불은 이 높은 둑 위에서 시작된 듯했다. 여기서부터 100미터쯤 더 내려가서 좌측의 언덕을 오르면 현장에 다다를 것이었다.

다시 잰걸음을 옮겼다. 뒤에서 오는 사람은 모두 나를 앞질러 갔다. 어떤 사람은 지나가면서 큰 소리로 말을 걸기도 했다. 어두운 길을 걷다보니 나도 모르게 신경이 곤두섰다. 언덕 아래까지 걸어 내려간 다음 겨우 다시 올라가려는데, 경사가 가슴을 짓누를 만큼 가팔랐다. 언덕은 위에서 아래까지 사람들의 머리만 보일 만큼 인파로 북적였다. 언덕 바로 위의 불길에서 튀어오른 불티가 가차 없이 날아올랐다. 사람의 소용돌이에 휘말려 언덕 위까지 떠밀려갔다가는 되돌아가기도 전에 재가 되어버릴 것 같았다.

50미터쯤 더 가서 왼쪽으로 꺾자 마찬가지로 큰 언덕이 나왔다. 어차피 가야 한다면 이 길로 올라가야 더 쉽고 안전할 것 같다는 생각에 마음을 돌렸다. 행여 마주칠세라 성가신 사람들을 피해가며 간신히 모퉁이까지 나왔다. 건너편에서 증기 펌프를 갖춘 소방마차가 요란하게 벨을 울리며 달려왔다. 비키지 않으면 모조리 깔아뭉갤 기세로 인파 속을 전속력으로 내달리다가 또각또각 경쾌한 말발굽 소리와 함께 말 머리를 언덕 쪽으로 돌렸다. 거품을 문 말은 입을 목에 문질러대며 앞쪽으로 귀를 쫑긋 세우더니 앞발을 나란히 하고서 정면으로 냅다 튀어 나갔다. 그 순간 밤색 털로 뒤덮인 말의 몸통이 한텐神纏[•]을 입은 남자의 초롱을 스치며 벨벳처럼 빛났다. 주홍색으로 칠한 굵은 바퀴가 내 발에 닿을락 말락 아슬아슬하게 돌더니, 소방마차는 그길로 곧장 언덕을 달려 올라갔다.

언덕 중턱까지 오르자 조금 전까지만 해도 정면으로 보이던 불길이 지금은 비스듬한 뒤쪽에서 보였다. 언덕 위에서 다시 왼쪽으로 되돌아가야 했다. 어디 적당한 샛길이 없는지 주변을 두리번거리자 중도에 좁은 골목 같은 것이 하나 보였다. 사람들에게 떠밀려 들어간 그 캄캄한 골목은 서 있을 자리가 없을 만큼 빽빽해서, 서로 죽을힘을 다해 소리치고 있었다. 화재 현장은 분명 저쪽이었다.

10분 뒤에 간신히 골목을 빠져나와 거리로 나갔다. 이 거리도 너비가 구미야시키組屋敷[••] 정도밖에 되지 않았고 그조차 이미 사람들로 가득 찬 상태였다. 골목을 나오자 아까 땅을 박차며 달려 올라갔던 소방마차가 눈앞에 서 있었다. 겨우 여기까지 말을 달려왔건만 소방마차는 4, 5미터 앞의 모퉁이에 가로막혀 속수무책으로 구경만 하고 있었다. 불길은 코앞에서 계속 타올랐다.

곁에 선 사람들에 밀려 꼼짝달싹 못 하게 된 사람들은 저마다

• 하오리羽織와 비슷한 짧은 겉옷으로 깃을 뒤로 접지 않고 가슴의 옷고름이 없다.
•• 에도 시대에 요리키나 돈신 등의 하급 무사들이 한 조를 이루어 살던 주택.

"어디야, 어디" 하고 외쳤다. 그 말에 사람들은 "거기야, 거기"라고 대답했다. 그렇지만 어느 쪽이든 화재가 발생한 곳까지는 갈 수 없었다. 더욱 거세진 불길은 고요한 하늘에 닿을 듯 무시무시하게 활활 타올랐다.

이튿날, 정오가 지나 산책을 하던 나는 문득 든 호기심에 발화 지점을 확인하려고 어제 간 언덕을 다시 올라갔다. 어젯밤 사람들로 빽빽하던 골목을 빠져나와 소방마차가 서 있던 구미야시키로 가서 4, 5미터 앞의 모퉁이를 돌아 어슬렁어슬렁 걸었다. 다닥다닥 붙은 집들은 겨울잠을 자는 양 조용히 잠들어 있을 뿐이었다. 불에 탄 흔적은 어디에도 보이지 않았다. 발화 지점으로 짐작되는 곳에는 예쁜 삼나무 울타리만 이어져 있고, 그중 한 집에서 희미하게 거문고 소리가 새어 나왔다.

(**안개**)

어제는 밤중에 베갯머리에서 탁탁거리는 소리를 들었다. 근처에 클래펌정크션•이라는 큰 역이 있기 때문이었다. 이 역에는 매일 1000여 대의 기차가 모여든다. 분 단위로 환산하면 1분에 한 대꼴로 드나드는 셈이다. 안개가 자욱한 날이면 열차는 역 바로 근처에 다다랐을 때 모종의 장치로 폭죽 같은 소리를 내며 신호를 보낸다. 안개가 낀 날에는 신호등 불빛이 파랑이든 빨강이든 전혀 도움이 되지 않기 때

• 1863년에 개통한 영국 런던의 기차역.

문이다.

침대에서 기어 내려와 북쪽 창문의 블라인드를 감아올리고 바깥을 내려다보니 온통 뿌옜다. 아래의 잔디밭부터 세 방향을 빙 둘러싼 2미터가 안 되는 높이의 벽돌담에 이르기까지, 무엇도 보이지 않았다. 쥐 죽은 듯 얼어붙은 공허한 풍경만이 가득할 뿐이었다. 이웃집도 마찬가지였다. 그 집 마당에는 잔디가 깔끔하게 깔려 있었는데, 따뜻한 초봄 무렵이면 흰 수염을 기른 할아버지가 햇볕을 쬐러 나왔다. 할아버지의 오른손에는 언제나 앵무새가 앉아 있었다. 할아버지는 앵무새 부리에 쪼일락 말락 아슬아슬할 만큼 가깝게 눈을 들이댔다. 앵무새는 푸드덕푸드덕하며 연신 울어댔다. 할아버지가 나오지 않을 때는 딸이 긴 옷자락을 바닥에 끌며 잔디 깎는 기계를 끊임없이 돌렸다. 이토록 많은 추억이 담긴 이웃집 마당도 지금은 완전히 안개에 묻혀 황량한 나의 하숙집 정원과 별다른 경계 없이 내쳐 이어져 있었다.

뒷골목 건너편에는 고딕 양식으로 지어진 교회 탑이 높이 솟아 있었다. 하늘을 찌르는 회색 탑 꼭대기에서는 언제나 종이 울렸다. 일요일에는 특히 심했다. 그러나 오늘은 날카롭고 뾰족한 탑 꼭대기는커녕 마름돌을 들쭉날쭉 쌓아 올린 중간 부분마저도 보이지 않아, 어디가 어딘지 전혀 알 수 없었다. 첨탑이라고 짐작되는 거뭇한 곳이 아련하게 보이긴 했으나 종소리는 전혀 들리지 않았다. 종의 형체는 보이지 않는 짙은 그림자 속에 깊숙이 갇혔다.

밖으로 나오자 가시거리가 3미터가량 되는 듯했다. 3미터를 가면 다시 그 거리만큼의 앞이 보였다. 세상이 사방 3미터로 자꾸 줄어드는 건지 걸으면 걸을수록 새로운 사방 3미터만 나타났다. 대신 방금 지나온 과거의 세계는 지나고 나면 이내 사라져버렸다.

네거리에서 버스를 기다리는데 어두운 회색빛 공기를 가르며 눈앞으로 불쑥 말 머리가 나타났다. 버스 지붕에 탄 사람은 아직 안갯속에서 모습을 드러내지 않았다. 안개를 뚫고 버스에 오르자 벌써 아래쪽에 있는 말 머리가 흐릿하게 보였다. 색깔이 예쁜 버스를 마주쳐도 예쁘다고 느낄 수 있는 건 그때뿐이었다. 무엇을 더 생각할 겨를도 없이, 버스는 탁한 허공 속으로 사라져버렸다. 나는 지금 막막한 무색속에 휩싸여 있었다. 웨스트민스터 다리를 지날 때 하얀 물체가 한두 번 눈앞에서 펄럭이며 스쳐갔다. 날아가는 물체를 유심히 바라보니 갈매기가 봉인된 희뿌연 대기 속에서 꿈처럼 희미하게 날고 있었다. 그때 머리 위에서 빅벤이 엄숙하게 10시를 알렸다. 위쪽을 보니 허공에서 그저 소리만 날 뿐이었다.

빅토리아에서 볼일을 보고 테이트미술관 옆 템스강을 따라 베터시에 다다르자 해가 지면서 지금까지 엷은 회색으로 보였던 세계가 온통 캄캄해졌다. 토탄을 풀어서 몸 주위로 흘려보내는 듯, 시커멓게 물들어 묵직하게 내려앉은 안개가 내 눈과 입과 코로 스며들었다. 축축한 외투가 온몸을 짓눌렀다. 멀건 갈탕 같은 공기를 들이마신 탓에 숨이 막혔다. 발밑도 물론 움막 바닥처럼 눅눅했다.

나는 이 답답한 다갈색 공기 속에서 잠시 망연히 멈춰 섰다. 내 옆으로 많은 사람이 지나가는 듯한 느낌이 들었다. 그러나 그들과 어깨가 닿지 않으니, 과연 사람이 지나가는 건지 의심스러웠다. 그때 콩알만 한 노란 점이 어두침침한 망망대해 위를 흘러갔다. 그리로 네 걸음쯤 갔더니 어느 가게의 유리창에 내 얼굴이 비쳤다. 가게 안은 가스등이 켜져 있어서 비교적 밝았다. 사람들은 평소처럼 행동했다. 나는 겨우 안심했다.

손으로 더듬어 찾지 않은 탓에 베터시를 지나쳐 건너편 언덕까지 갔다. 언덕 위에는 폐업한 집들뿐이었다. 비슷한 골목들이 여러 갈래로 나란히 나 있어서 맑은 날에도 길을 헷갈리기 쉬울 듯했다. 정면 좌측의 두 번째 골목으로 돌아서 200미터쯤 곧장 걸었던 것 같다. 그 이후는 전혀 알 수가 없다. 홀로 어둠 속에 서서 고개를 갸우뚱했다. 오른쪽에서 들렸던 구둣발 소리가 점점 가까워지고 있었다. 그 소리는 8, 9미터 앞까지 와서 멈췄다가, 차츰 멀어지면서 잠잠해지더니 결국엔 정적만이 남았다. 나는 다시 홀로 어둠 속에서 생각에 잠겼다. 하숙집으로 되돌아가려면 어떻게 해야 할까.

◀ 목소리 ▶

도요사부로가 이 하숙집에 이사 온 지 사흘째다. 첫날은 어둑어둑한 해거름에 열심히 짐과 책 정리를 하느라 그림자처럼 바삐 움직였다. 그후 동네 목욕탕에 갔다가 돌아오자마자 곯아떨어졌다. 이튿날은 학교에서 돌아온 뒤 책상 앞에 앉아 책을 보았지만, 갑자기 환경이 바뀐 탓인지 심드렁했다. 그때 창밖에서 줄기차게 톱질하는 소리가 들려왔다.

도요사부로는 앉은 채로 손을 뻗어 미닫이문을 열었다. 바로 코앞에서 정원사가 부지런히 벽오동나무의 가지를 치고 있었다. 제법 큼직하게 갈라져 뻗어 나온 나뭇가지의 밑부분을 아낌없이 쓱싹쓱싹 톱질해서 떨어뜨렸다. 그러는 사이에 하얀 단면이 부쩍 늘어났고, 동시에 창문 위쪽으로 활짝 트인 하늘이 드넓게 펼쳐졌다. 도요사부로는 책상에 턱을 괴고서 벽오동나무 위로 멀리 펼쳐진 쾌청한 가을 하늘을 무심히 바라보았다.

벽오동나무에서 하늘로 시선을 옮기자 갑자기 마음이 너그러워졌다. 잠시 너그러워진 마음을 만끽하는 동안 그리운 고향의 기억이 도요사부로의 마음 한구석에 점점이 떠올랐다. 아득한 기억 저편에 있으나 책상 위의 점처럼 똑똑히 보였다.

고향 산기슭에 커다란 초가집이 있다. 마을에서 200미터 정도 올라가면 우리 집 대문 앞에서 길이 끝난다. 문안으로 들어서면 말이 있다. 안장 옆에 국화꽃 한 무더기를 묶어주자, 말은 방울을 울리며 흰 벽 너머로 숨는다. 높이 뜬 해가 용마루를 비춘다. 뒷산을 가리는 울창한 소나무 줄기가 하나같이 밝게 빛난다. 버섯의 계절이다. 도요사부로는 책상에서 방금 딴 버섯의 향기를 맡는다. 그리고 아주 멀리서 "도요, 도요" 하고 부르는 어머니의 목소리를 듣는다. 그 목소리가 손에 잡힐 듯이 또렷이 들린다. 어머니는 5년 전에 돌아가셨다.

도요사부로는 놀라서 퍼뜩 눈을 뜨고는 주변을 두리번거렸다. 아까 본 벽오동나무가 다시 눈에 들어왔다. 굵직하게 뻗은 갈라진 나뭇가지를 바특이 잘라서 불끈불끈 솟은 옹두리가 나무 전체에 다닥다닥 붙어 있었다. 도요사부로는 마지못해 다시 책상 앞으로 바싹 다가앉았다. 벽오동나무 너머의 울타리 밖을 내려다보자 지저분한 연립주택長屋들이 서너 채 보였다. 솜이 삐져나온 이불이 가을 햇살을 받으며 마르고, 쉰 남짓한 나이의 할머니가 그 곁에 서서 벽오동나무를 보고 있었다.

할머니는 색이 바래 군데군데 줄무늬가 지워진 기모노에 폭이 좁은 띠를 감고 숱이 적은 머리를 큰 빗에 감아서 꽂은 채, 가지를 솎아낸 벽오동나무 꼭대기를 우두커니 바라보았다. 도요사부로는 할머니의 얼굴을 보았다. 얼굴은 푸르퉁퉁하게 붓고 눈꺼풀은 부석부석했다. 할머니가 눈이 부신 듯 가늘게 뜬 눈으로 도요사부로를 쳐다보았다. 도요사부로는 갑작스레 시선을 책상 위로 떨궜다.

사흘째 되는 날, 도요사부로는 꽃집에서 국화를 사왔다. 고향 집 마당에 피던 국화와 같은 것을 사려고 했으나 찾을 수 없었다. 어쩔 수 없이 꽃집에서 주는 대로 세 송이를 짚으로 묶어서 집에 가져와서는 술병처럼 생긴 꽃병에 꽂았다. 고리짝 바닥에서 호아시 반리帆足萬里*가 쓴 작은 족자를 꺼내 벽에 걸었다. 몇 해 전 고향에 갔을 때 장식용으로 쓰려고 일부러 챙겨온 것이었다. 도요사부로는 방석 위에 앉아 족자와 꽃을 번갈아 보았다. 그때 창 앞의 연립주택 쪽에서 "도요, 도요" 하는 소리가 들렸다. 말투며 음색이 다정하던 고향의 어머니와 조금도 다르지 않았다. 도요사부로는 얼른 미닫이 창문을 드르

• 1778~1852. 에도 후기의 유학자로 번주 기노시타 도시아쓰木下俊敦의 요청에 가로로 취임해서 번의 재정난을 타개했다. 주요 저서로는 서양의 물리학서를 참고하여 역법·지구·인력引力·대기·생물 등을 논한 『궁리통窮理通』 등이 있다.

륵 열었다. 어제 본 푸르퉁퉁하게 부은 얼굴의 할머니가 쏟아지는 가을 햇살을 받으며 열두세 살쯤 되어 보이는 코흘리개 꼬마를 손짓해 부르고 있었다. 도요사부로가 창문을 여는 소리에 할머니도 몸을 돌려 부은 눈으로 그를 쳐다보았다.

◀ 마음 ▶

　목욕을 한 뒤 2층 난간에 수건을 널고 봄볕이 좋은 마을을 내려다보았다. 흰 수염이 듬성듬성 난 나막신 굽갈이 할아범이 두건을 쓴 채 울타리 밖을 지나갔다. 멜대에 낡은 장구를 동여매고 대나무 주걱으로 귀가 따갑게 둥둥 치는 소리는 머릿속에서 문득 떠오른 기억처럼 어딘지 모르게 맥이 **빠졌다**. 화창한 봄날, 할아범이 비스듬히 마주 보는 의사의 집 대문 옆에 와서 어설픈 솜씨로 장구를 둥 치자 머리 위로 꽃이 새하얗게 핀 매화나무 속에서 작은 새 한 마리가 튀어나왔다. 이를 알아차리지 못한 굽갈이 할아범은 푸른 대나무 울타리 건너편으로 비스듬히 돌아 들어가 더는 모습을 보이지 않았다. 새는 날갯짓 한 번에 난간 아래까지 날아왔다. 가느다란 석류나무 가지에 잠깐 머물러 있다가 불안한 듯 요리조리 움직이더니 문득 난간에 기댄 나를 쳐다보자마자 탁 하고 움직임을 멈추었다. 가지 위에서 연기처럼 아른아른하던 작은 새는 어느새 예쁜 발로 난간의 살을 딛고 서 있었다.

아직 본 적이 없는 새라 이름을 알 수는 없었으나 깃털의 색조가 무척 감동적이었다. 휘파람새를 닮아서인가 날개의 색이 고상한 느낌을 짙게 풍겼고, 가슴 깃의 색은 수수한 벽돌색과 비슷한데 불면 날아갈 듯이 두둥실 떠 있었다. 이따금 주위에 부드러운 바람이 넘실거려도 꼼짝하지 않고 얌전히 있었다. 괜히 움직여서 겁을 주기라도 하면 죄를 짓는 느낌이 들 것만 같아서 나도 잠시 난간에 기댄 채 손가락 하나 까딱하지 않았다. 의외로 새가 태연해 보여서 큰맘 먹고 몸을 살며시 뒤로 뺐는데, 그와 동시에 새가 폴짝 난간 위로 날아올라 곧장 내 눈앞까지 왔다. 나와 새 사이의 거리는 불과 한 자였다. 나는 그 아름다운 새를 향해 엉겁결에 오른손을 내밀었다. 새는 부드러운 날개와 연약한 발과 올랑올랑하는 가슴까지, 자신의 운명을 전부 나에게 맡기듯 손바닥으로 편안히 옮겨왔다. 그 순간 새의 동그스름한 머리를 내려다보며 생각했다. '이 새는…….' 그러나 '이 새는……' 다음에 이어질 말이 도무지 떠오르지 않았다. 다만 마음속 저 깊은 곳에 숨어 있는 그다음 말을 어떤 불가사의한 힘으로 한곳에 모아놓고 바라보면 그 형태는 역시 이 순간, 이 자리에, 내 손 안에 있는 새와 같은 색깔이자 모습일 것이었다. 나는 새를 얼른 새장 안에 넣고 봄날의 햇살 속에서 해가 기우는 모습을 바라보았다. 그리고 이 새가 어떤 마음으로 나를 볼지 상상했다.

곧 나는 산책을 하러 나갔다. 신바람이 나서인지 딱히 갈 곳도 없는데 동네를 몇 개나 지나고 번화한 거리를 갈 수 있는 거리만큼 갔다. 오른쪽으로 꺾거나 왼쪽으로 돌아가자 낯선 사람들이 꼬리에 꼬

리를 물고 나타났다. 아무리 걸어도 신이 나고, 밝고, 편안해서, 내가
붙임성이 없어 낯을 가린다는 사실은 거의 상상할 수 없을 정도였다.
낯선 사람 수천 명을 만나도 그저 즐거워 보이기만 할 뿐, 그들의 눈
매나 코의 생김새가 어떤 느낌이었는지 전혀 기억나지 않았다. 그때
어디선가 처마의 기와에서 은방울寶鈴*이 떨어지는 듯한 소리가 났
다. 덜컥 놀라서 맞은편을 보니 10미터가량 떨어진 큰길 입구에 한
여자가 서 있었다. 무슨 옷을 입었고 어떤 모양으로 머리를 올렸는지
알아보기 어려웠으나 얼굴만은 또렷이 보였다. 다만 눈이며 입, 코,
눈썹과 이마를 따로따로 묘사하기가 어려웠다. 그 모든 것은 오로지
단 한 사람, 오직 나만을 위해 만들어진 얼굴이었다. 100년 전부터
여기에 서서 나를 기다렸던 얼굴이었다. 100년 후에라도 나를 따라
어디든 갈 얼굴이었다. 얼굴로 말하는 여자가 뒤돌아보았다. 따라오
라는 뜻인 것 같았다. 잠자코 여자를 쫓아가보니 큰길이라고 생각했
던 곳은 골목이었다. 평소의 나라면 들어가기를 망설일 만큼 좁고 어
두컴컴했다. 그러나 여자는 말없이 그 안으로 들어갔다. 계속 따라오
라는 뜻인 듯해서 몸을 움츠리고 골목 안으로 들어갔다.

　가게 입구에 달린 검은 포렴이 살랑거렸다. 흰 글자를 뺀 나머지
부분이 염색되어 있었다. 이어서 머리를 스칠 정도로 낮게 달린 처
마의 등이 보였다. 한가운데에는 소나무 가지와 잎이 3층으로 포개
진 산카이마츠三盖松 문양이 있고, 그 밑에 본점이라는 표시가 있었
다. 유리 상자에는 가루야키 아라레輕燒の霰**가 잔뜩 들었고, 처마 밑
에는 사라사 천 대여섯 조각을 나란히 놓은 네모진 틀이 걸려 있었

* 불전에 바치는 방울을 아름답게 이르는 말.
** 밀가루나 쌀가루에 설탕 등을 가미하여 반죽한 뒤 철제 틀에 넣어 얇게 구운 센베이를
　작게 깍둑썰기한 과자.

다. 곧이어 향수병이 보였다. 새카만 흙으로 지은 광의 벽에 가로막혀 걸음을 멈췄다. 그런데 두 자쯤 앞서가던 여자가 휙 돌아보더니 급히 오른쪽으로 돌아갔다. 그때 나는 갑작스레 내가 아닌 아까 본 새의 마음으로 바뀌었다. 여자를 따라 얼른 오른쪽으로 돌았다. 아까보다 길고 좁으며 어두컴컴한 골목이 쭉 이어졌다. 여자가 말없이 이끄는 대로, 나는 이 좁고 어두컴컴한 골목을 새처럼 하염없이 따라갔다.

"아름다운 많은 사람의 아름다운 많은 꿈을……." 수염 난 사람이 두세 번 작은 소리로 읊조리다가 생각에 잠긴 체했다. 불이 비치는 도코노마의 장식 기둥에 기댄 곧은 등이 구부정해지자, 양팔로 끌어안은 무릎에 험한 그림자 산이 생겼다. 아름다운 문장을 받고도 아름다운 문장으로 이어나가지 못하는 게 못내 아쉬워서인지 부드럽게 뻗은 검은 눈썹 아래에서 반짝이는 눈빛이 편치 않아 보였다.

"그려도 이루어지지 않고, 그려도 이루어지지 않는구나." 툇마루 끝에 양반다리를 하고 앉아서 되뇌었다. 아울러 즉흥적으로 기억나는 선어禪語로써 때울 작정인가. 억센 머리카락을 다섯 푼 정도로 짧게 자른, 수염 없는 남자가 둥근 얼굴을 갸우뚱하며 "그리고 그려도 꿈이라면 그려도 이루어지기 어렵네"라고 소리 높여 낭송한 뒤 껄껄 웃으며 방 안의 여자를 돌아보았다.

여자는 대바구니로 뜨거운 빛을 가려 희미하게 밝힌 램프를 사이에 둔 채 녹음이 우거진 정원을 마주 보고 있었다. 오른쪽에는 판자 두 개를 아래위로 어긋나게 매어 단 선반이 있었다. "화가라면 그림으로도 그리겠지요. 여자라면 비단을 틀에 끼워 수를 놓겠지요." 여자가 말하며 살며시 한쪽 다리를 펴자, 아즈키가와小豆革* 방석 위 흰 유카타 속에서 하얀 발등이 미끄러지듯 나타났다. 속되지 않을 정도로만 요염한 모습이었다.

"아름다운 많은 사람의, 아름다운 많은 꿈을⋯⋯." 무릎을 끌어안은 남자가 다시 읊조리자, 여자가 뒤이어 말했다. "수로는 놓지 않으리. 수를 놓은들 누구에게 보내리. 누구에게 주오리까." 여자가 겸연쩍어하면서 살짝 웃었다. 주홍색으로 칠한 부채의 손잡이로 뺨에 흘러내린 검은 머리를 성가신 듯 넘기자 손잡이 끝에 달린 보라색 술이 진한 녹음 속에서 찰랑찰랑 흔들리며 향기로운 냄새를 풍겼다.

"내게 보내." 곧바로 수염 없는 사람이 대답하듯 덧붙이고서는 다시 껄껄 웃었다. 여자의 우윳빛 뺨에 이해할 수 없는 웃음이 활짝 피어나고 눈시울이 스윽 붉어졌다.

"수를 놓으면 어떤 색으로?" 수염 난 사람이 진지하게 물었다.

"비단을 살 때는 하얀 비단, 실을 살 때는 은실, 금실이지요. 사라지려 하는 무지개 실, 밤과 낮의 경계인 황혼의 실, 물론 사랑의 색, 원한의 색도 있겠지요?" 여자가 말하더니 눈을 들어 도코노마의 장식 기둥을 보았다. 시름을 녹여 빚은 구슬은 세찬 불길도 감당할 수 없을 만큼 서늘했다. 시름의 색은 본디 검은색이다.

이웃으로 통하는 골목의 경계에 심은 네댓 그루의 노송나무 위로

---

* 검붉은색으로 염색한 뒤 무두질한 주름진 가죽으로, 과거 네덜란드에서 수입했다.

구름이 모여들더니 방금 그친 장맛비가 또다시 내리기 시작했다. 얼굴이 둥근 사람은 어느새 이부자리를 치우고 툇마루에 두 발을 늘어뜨린 채 앉아 있었다. "저 나무는 가지를 쳐준 적이 없나 본데. 장마가 참 오래도 가는군. 질리지도 않고 잘도 내리네." 중얼거리면서 문득 떠오른 듯 손바닥을 세워 자신의 무릎을 찰싹찰싹 두드렸다. "각기병일까, 각기병일까?"

나머지 두 사람은 꿈에 관한 시인지, 시 같은 노래인지, 얼핏 이해하기 어려운 이야기의 실마리를 찾았다.

"여자의 꿈은 남자의 꿈보다 아름답겠지?" 남자가 말했다. "하다못해 꿈에서라도 아름다운 나라에 갈 수 없다면." 여자가 답하며 이 세상이 더럽다는 듯한 표정을 지었다. "세상이 찌들었나?" 남자가 물었다. "더러워졌지요." 여자가 답하며 고운 피부에 비단부채를 대고 살랑살랑 부쳤다. "오래된 항아리에는 오래된 술이 있을 터. 맛을 보시게." 남자가 말하며 자단목 손잡이가 달린 거위 깃털 부채를 접어서 무릎 언저리를 털었다. "낡은 세상에 취할 수만 있다면 기쁠 거예요." 여자가 끝까지 볼멘소리로 말했다.

"각기병일까, 각기병일까?" 자꾸 자기 다리를 만지작거리며 말하던 사람이 이때 갑자기 무릎을 두드리던 손을 들고 쉿, 하며 두 사람의 말을 막았다. 세 사람의 목소리가 뚝 끊긴 그때 새가 날카롭게 쿠쿠 하고 울며 노송나무 윗가지를 스쳐 선사禪寺 쪽으로 빠져나갔다. 쿠쿠—.

"저게 두견새 우는 소린가?" 질문한 남자가 깃털 부채를 내려놓고는 툇마루로 기어 나왔다. 처마 끝을 올려다보는 얼굴에 검은 빗물이 비스듬히 떨어졌다. 각기병일까 걱정하던 남자는 손가락을 세워 서남쪽을 가리켰다. "저쪽이야." 데츠큐사鐵牛寺 본당 위쯤에서 쿠쿠― 쿠쿠― 하는 소리가 들렸다.

"처음 듣자마자 두견새란 걸 알았어. 다시 들으니 정말 좋더군." 남자는 다시 장식 기둥에 기대면서 즐거운 듯 말했다. 수염을 기른 이 남자는 두견새 소리를 태어나서 처음으로 들은 듯했다. "첫눈에 반하는 것도 그런 것일까요?" 여자가 물었다. 딱히 수줍어하는 기색도 보이지 않았다. 머리를 짧게 깎은 남자가 돌아서며 말했다. "가슴이 후련해지는 소리지만 반했다면 가슴이 메겠지. 반하지 말 것. 반하지 말 것……. 아무래도 각기병 같아." 그러고서는 엄지손가락으로 정강이를 힘껏 눌러보았다. "구인공휴일궤九仞功虧一簀•라고, 더하지 않으면 부족하고, 더하면 위험하지. 마음에 둔 사람과는 만나지 않는 편이 나을 거야." 남자가 말하며 다시 깃털 부채를 들어 부쳤다. "그러나 철 조각이 자석을 만나면?" "처음 만나도 인사는 하지 않을 거야." 대답하면서 엄지손가락으로 누른 자국을 거꾸로 어루만져 진정시켰다.

"본 적도 들은 적도 없는데 바로 이 사람이라고 아는 게 신기해."

남자는 무슨 사연이라도 있는 듯이 수염을 꼬았다.

"내가 아는 우타마로••가 그린 '미인도'의 미인을 살릴 묘안이 없을

• 『서경』에서 「주서周書」의 '여오旅獒' 편에 "아홉 길 산을 만드는 일이 한 삼태기로 무너진다爲山九仞 功虧一簀"라고 한 데서 비롯되었다. 주나라 무왕武王의 동생 소공召公 석奭이 주나라를 건국한 후 혹시 만심하여 정치를 등한시할까 염려하여 무왕에게 한 말이다.

•• 1753(?)~1806. 기타가와 우타마로喜多川歌麿는 우키요에 양식의 '미인도' 연작으로 유명한 다색 판화의 대가이자 삽화가이다. 길쭉한 여인과 반신 혹은 얼굴 부분만을 그린 '오쿠비에' 초상이 특징이다. 그 밖의 작품으로는 삽화를 넣은 자연 연구 서적과 성애를 다룬 다수의 춘화가 있다.

까?" 남자가 말하며 다시 여자 쪽을 보았다. "실존 인물이 아니면." 여자가 말하고서 부채의 술을 가느다란 손가락에 감았다. 수염 난 남자가 대수롭지 않게 대답했다. "꿈이라면 바로 살아나지." "어떻게?" "내 경우는 이래." 수염 난 남자가 이야기하려는 찰나 모깃불이 꺼졌고, 그 순간 어둠 속에 숨어 있던 놈이 불쑥 날아와 목덜미 부근을 물어서 따끔했다.

"재가 눅눅한 모양이군." 여자가 말하며 모깃불 통을 끌어다가 뚜껑을 여니 빨간 명주실로 묶어놓은 모깃불의 그을음이 모락모락 피어올랐다. 동쪽의 이웃집에서 거문고와 통소의 합주 소리가 우거진 수국 사이로 아련히 나더니 이내 또렷하게 들리기 시작했다. 수국 사이로 보니 방문을 열어젖힌 객실의 불까지 언뜻언뜻 보였다.

한 사람이 "글쎄" 하고 말하자, 한 사람이 "보통은 돼"라고 대답했다. 여자는 말이 없었다.

"내 경우는 이래." 한 사람이 하다 만 이야기로 돌아갔다. 모깃불에 다시 불을 붙이자 통에 뚫린 세 개의 구멍에서 세 줄기의 연기가 피어올랐다. 여자가 말했다. "이번에는 붙었어요." 세 줄기의 갈색 연기는 뚜껑 위에서 한 갈래로 합쳐져 동그랗게 뭉쳐지는 듯싶다가도 비를 머금은 바람이 슥 불어오면 이내 흩어졌다. 하나로 뭉치기 전에 바람이 불면 세 개의 원을 그리며 마키에蒔繪* 기법으로 문양을 넣은 검은 칠기 주위를 맴돌았다. 어떤 것은 천천히, 어떤 것은 빨리 맴돌았다. 어떨 때는 원을 그릴 틈조차 없이 흩어져버렸다. "다비茶毘**다,

---

• 칠기의 표면에 옻칠로 그림을 그리고 그 위에 금·은 가루를 뿌려 무늬를 놓는 일본의 독자적인 칠공예 기법.

•• 불에 태운다는 뜻으로 시체를 화장하는 일을 일컫는다.

다비야." 얼굴이 둥근 사내가 갑작스레 화장터의 광경을 떠올리며 말했다. "모기의 세계도 편치만은 않겠지." 여자는 인간을 모기에 비교하며 말했다. 그처럼 하려다 만 이야기는 모깃불과 함께 바람에 흩어져버렸다. 이야기를 이어가려던 사내도 딱히 말을 계속하려 들지 않았다. 세상만사가 전부 이렇다는 것을 진작부터 알고 있었던 듯했다.

잠시 시간이 흐른 뒤 여자가 물었다. "꿈 이야기는?" 남자는 양가죽 표지에 붉은색 제목이 적힌 시집을 옆에서 집어 무릎 위에 놓았다. 읽다 만 자리에는 상아를 얇게 깎아 만든 종이칼이 끼워져 있었다. 책보다 길어서 밖으로 길게 삐져나온 곳에 미세하게 물방울이 맺혀 있었다. 손끝으로 만지자 미끈미끈하고 이상한 글자가 생겼다. "꿉꿉해서 죽겠네." 남자가 눈썹을 찌푸렸다. "끈끈해." 여자도 말하면서 한 손으로 소맷자락을 쥐어보더니 자리에서 일어나며 말했다. "향이라도 피울까요?" 꿈 이야기는 또다시 미뤄졌다.

선덕宣德* 향로의 자단나무 뚜껑 한가운데에는 원숭이를 새긴 파란 구슬 손잡이가 달려 있었다. 여자는 손이 뚜껑에 닿은 순간 말했다. "어머, 거미가." 긴 소매가 옆으로 나부꼈다. 두 남자는 함께 바닥을 보았다. 향로 옆에 놓인 백자병에 연꽃이 꽂혀 있었다. 꽃봉오리는 한 송이, 피기 전에 오그라진 어린잎은 두 개, 비가 내리던 어제 도롱이를 입고서 잘라온 이의 마음이 담긴 꽃을 도코노마에서 바라보았다. 그 잎 위로 세 치 정도 떨어진 천장에서 거미 한 마리가 백금색 실을 길게 뽑으며 내려왔다. 굉장히 우아했다.

"연잎에 거미 내려가 향을 피우네." 여자가 읊으며 꽃잎을 한 움큼

• 중국 명나라 선종의 칙명으로 만들어진 선덕동기를 모방하여 만든 구리 그릇.

집어 향로에 던져넣었다. "장수갈거미가 매달려서 움직이지 않고 굽이굽이 피어오르는 연기는 대나무 어량竹粱을 맴도네." 수염 난 사내도 읊으며 거미의 모습을 바라볼 뿐, 쫓으려 하지 않았다. 거미도 움직임을 멈추었다. 바람이 불 적마다 조금씩 흔들릴 뿐이었다.

"거미도 꿈 얘기를 들으러 온 모양이군." 얼굴이 둥근 사내가 말하고서 웃었다. "그래, 맞아. 꿈으로 그림을 살리는 이야기였지. 거미 너도 듣고 싶으면 들어라." 수염 난 남자가 말하며 읽을 마음도 없는 무릎 위 시집을 펼쳤다. 글자를 보는 눈동자에 비치는 것은 시의 나라인가, 꿈의 나라인가?

"120간間의 회랑에 120개의 등롱을 달았어. 120간의 회랑에 봄의 바닷물이 밀려오고, 120개의 등롱이 봄바람에 깜빡이는 어슴푸레한 바닷속에는 신사 입구에 세운 도리이가 성불할 수 없는 거인 도깨비처럼 우뚝 서 있어……."

때마침 대문에 달린 종이 요란하게 울리고 문이 열리는 소리가 들렸다. 이야기하던 사람의 말이 뚝 끊기고 나머지 사람들은 자세를 살짝 고쳐 앉았다. 그러나 누군가 들어오는 인기척은 없었다. "옆집이야." 수염 없는 남자가 말했다. 이윽고 종이우산을 펼치는 소리 다음으로 젊은 여자의 목소리가 들렸다. "내일 밤에 또 오세요." 남자의 목소리가 대답했다. "꼭 올게." 세 사람은 말없이 얼굴을 마주 보며 싱긋 웃었다. "저건 그림이 아니야. 살아 있어." "저걸 평면에 담으면 역시 그림이지." "그러나 저 목소리는?" "여자는 보랏빛이 도는 등나무색藤紫色•이야." "남자는?" "글쎄." 수염 난 남자가 판단이 서지 않는

• 헤이안 시대 무렵부터 여성에게 인기를 끌었던 연보라색藤色과 고귀함을 상징하는 보라색을 조합한 색으로 연보라색보다는 보랏빛이 더 강하다.

듯 여자 쪽을 보았다. 여자는 경멸하듯 대답했다. "주홍."

"120간 회랑에 걸려있는 235개의 액자 중 232번째 액자에 그려진 미인의……."

"목소리는 노란색인가요, 갈색인가요?" 여자가 물었다.

"그렇게 단조로운 목소리가 아니야. 색으로는 표현할 수 없는 목소리지. 굳이 말하자면 글쎄, 당신 같은 목소리랄까?"

"고마워요." 웃는 여자의 눈빛에는 수심이 가득했다.

이때 어딘가에서 개미 두 마리가 기어 나오더니, 그중 한 마리가 여자의 무릎 위로 기어 올라갔다. 개미는 아마도 당황스러웠으리라. 올라선 꼭대기에는 먹잇감도 없고, 내려가는 길마저 잃어버렸으니. 여자는 놀라는 기색도 없이 갈팡질팡하는 검은 녀석을 하얀 손가락으로 톡 털어버렸다. 여자의 무릎 위에서 떨어진 개미는 흰 바탕에 검은 무늬를 넣은 다다미의 테두리 부근에서 또 다른 개미와 딱 마주쳤다. 두 녀석은 한동안 머리와 머리를 맞대고 무언가 속삭이는 듯 하더니 이번에는 여자 쪽으로 향하지 않고 고이마리古伊萬里• 양식의 과자 접시 앞까지 함께 가서는 각각 오른쪽과 왼쪽으로 갈라졌다. 세 사람의 시선은 예기치 않게 두 마리 개미에게로 향했다. 수염 없는 사내가 마침내 말했다.

"여덟 첩疊짜리 객실에 손님 세 사람이 앉아 있어. 홍일점의 무릎으로 개미 한 마리가 올라가. 개미 한 마리가 올라간 미인의 손은……."

"하얗지. 개미는 검고." 수염 난 사내가 덧붙였다. 세 사람이 일제

•사가현佐賀県 이마리시에서 만든 초기 이마리 양식의 도기伊萬里燒로 간에이寬永 중엽부터 겐로쿠元祿 시대 전후에 제작되었다.

히 웃었다. 개미 한 마리는 담배합의 꽁초 담는 통 위로 올라가 꼭대기에서 무언가 생각에 잠겼다. 나머지 한 마리는 과자 그릇에서 요행히 구즈모치葛餅*와 해후했는데 너무도 기쁜 나머지 우물쭈물하는 것 같았다.

"그 그림에 그린 미인이?" 여자가 다시 하던 이야기로 돌아갔다.

"파도 소리조차 없는 희미한 달밤에 문득 그림자가 지더니 어느새 움직여. 길게 이어진 회랑을 날지도, 밟지도 않고 그저 그림자인 채로 움직여."

"얼굴은?" 수염 없는 남자가 물었을 때 다시 동쪽 이웃집에서 합주하는 소리가 들렸다. 첫 번째 곡은 진작에 끝났고, 이제 새로운 곡을 시작한 모양이었다. 썩 훌륭한 연주는 아닌 듯했다.

"꿀을 머금고 침을 꽂는군." 한 사람이 평했다.

"비프스테이크 화석을 먹이고." 또 다른 사람이 말했다.

"조화라면 난꽃과 사향의 향이라도 배게 해야겠네." 이건 여자의 주장이었다. 세 사람이 각기 다른 해석을 했으나 전부 매우 난해했다.

"산호의 가지는 바닷속에서 약을 먹고 독을 뱉는 운명을 타고난 경박한 놈." 정신을 차린 수염 난 사내가 말하다 말고 또다시 머뭇거렸다. "그것 말이야, 그거. 합주보다 꿈 이야기를 계속하는 게 중요하지―. 그림에서 빠져나온 여자의 얼굴은…….."

"그려도 이루어지지 않네. 그려도 이루어지지 않네." 얼굴이 둥근 사내가 말의 장단에 맞춰 가볍게 은주발을 두드렸다. 구즈모치를 얻은 개미는 이 소리에 당황했는지 과자 그릇 속에서 우왕좌왕했다.

• 칡뿌리에서 얻은 갈분을 물로 반죽해서 끓인 뒤 상자에 붓고 식혀서 굳힌 일본 전통 과자.

"개미가 꿈에서 깨어났어요." 여자가 꿈을 이야기하는 사람에게 말했다.

"개미의 꿈은 구즈모치인가?" 상대방은 나지막하게 웃었다.

"빠져나오지 못하는가, 빠져나오지 못하는가." 얼굴이 둥근 남자는 말하면서 자꾸만 과자 그릇을 두드렸다.

"그림에서 여자가 빠져나오는 것보다 당신이 그림이 되는 편이 쉽지 않겠어요?" 여자는 다시 수염 난 사내에게 물었다.

"그 생각은 못 했는걸. 앞으로는 제가 그림이 되지요." 남자가 천연덕스럽게 대답했다.

"개미도 구즈모치만 될 수 있다면 이렇게 갈팡질팡하지 않아도 될 것을." 그릇을 두드리던 얼굴이 둥근 사내는 어느 틈엔가 의젓하게 여송연을 피우고 있었다.

장맛비에 네 자나 자란 해장죽이 손 씻는 물을 떠놓은 푼주 위로 드리워져 있었다. 나머지 한두 줄기는 높다랗게 자라 처마에 닿을 듯한데 바람이 불 때마다 두껍닫이에 스치며 장소를 가리지 않고 초록 잎에 맺힌 물방울을 툇마루 위에 후드득후드득 떨어뜨렸다. "저기에 그림이 있어." 말한 사내가 여송연 연기를 그쪽으로 혹 내뿜었다.

도코노마의 장식 기둥에 걸린 불자拂子* 끝에는 타다 남은 향의 연기가 배어들었고, 족자는 이토 자쿠추伊藤若冲** 의 갈대와 기러기처

• 승려가 법상에서 강연할 때 지니는 총채처럼 생긴 의식용 불구로 본래 먼지를 털거나 벌레를 쫓는 데 사용했다고 하며, 마치 먼지를 털듯 번뇌와 어리석음을 물리친다는 의미로 사용된다.

•• 1716~1800. 18세기 교토에서 활약한 화가로 화조도를 많이 그렸고 대표작으로는 「수국쌍계도紫陽花雙鷄圖」가 있다. 그 밖에도 무를 부처에 비유한 그림이나 교토의 채소나 과일을 나열해 열반도를 패러디한 작품 등 대담한 발상과 독특한 위트를 띤 수묵화를 여럿 발표했다.

럼 보였다. 기러기의 숫자는 일흔세 마리, 갈대는 애초부터 셀 수 없었다. 안쪽의 길이가 세 자인 도코노마가 희미한 대나무 램프의 빛을 받아 흡사 오래된 그림처럼 은은한 정취를 자아냈다. "여기에도 그림이 생겼어." 기둥에 기댄 사람이 말하고는 뒤돌아서 물끄러미 보았다.

여자는 방금 감은 까만 머리를 어깨에 늘어뜨린 채 둥근 비단부채로 살랑살랑 부쳤다. 때때로 살쩍이 스르르 흐트러지고 수심에 찬 표정이 평온해져서 평소보다 한층 더 화려해 보였다. 벚꽃을 빻아넣은 듯 발그레한 뺨 위로 서글서글하면서도 봄밤의 별처럼 초롱초롱한 눈을 크게 뜨고서 물었다. "저도 그림이 될까요?"

하얀 천에 칡 잎을 으깨서 물들인 유카타의 옷깃을 여밀 때면 따뜻한 피가 흐르는 대리석처럼 빼어난 목덜미가 비치며 남자의 마음을 매료시켰다.

"지금 그대로, 이 모습 그대로, 그 자체가 명화야." 한 사람이 말했다.

"움직이면 그림이 망가집니다." 다른 한 사람이 주의를 주었다.

"그림이 되는 것 역시 힘든 일이네요." 여자는 두 사람의 시선에도 기쁜 내색 없이 무릎에 얹은 오른손을 뒤로 휙 돌리더니 몸을 비스듬히 쿵 뒤로 젖혔다. 길고 검은 머리카락이 등불의 불빛에 반짝이고, 거죽이 파르께한 새 다다미에 슥슥 닿는 소리마저 들렸다.

"아뿔싸, 호사다마로다." 수염 난 사람이 무릎을 톡 치며 말했다. "찰나를 위해 천금을 아끼지 않는다." 또 그렇게 말하면서 피우고 난 여송연 꽁초를 마당으로 내던졌다. 이웃집의 합주는 어느덧 멈추고 홈통을 따라 흐르는 빗방울 소리만이 높게 울려 퍼졌다. 모깃불은 어느새 꺼졌다.

"밤도 꽤 깊었군."

"두견새도 울지 않아."

"이만 잘까요?"

꿈 이야기는 결국 중간에서 끊기고 말았다. 세 사람은 각자 잠자리에 들었다.

반 시간 뒤 그들은 '수많은 아름다운 사람의······'라는 구절도 잊은 듯했다. 쿠쿠— 하는 새소리도, 꿀을 머금고 침을 쏘는 이웃집의 합주도 잊었다. 개미가 담배합의 꽁초 담는 통을 기어오른 일도, 연잎에 내려앉은 거미도 잊었다. 그들은 마침내 아무 근심 걱정 없이 꿈의 세계로 들어갔다.

모든 것을 말끔히 잊은 여자는 자신이 아름다운 눈과 머릿결의 주인이라는 사실을 잊었다. 한 남자는 자신의 얼굴에 수염이 있다는 사실을 잊었다. 또 다른 한 남자는 수염이 없다는 사실을 잊었다. 그들은 태평하게 잠에 빠져들었다.

옛날에 아수라가 제석천과 싸워서 졌을 때는 8만4000의 권속을 호령하여 연꽃실藕絲●의 구멍 속으로 숨었다고 한다. 유마維摩●●는 주지의 방에서 불법을 듣는 대중의 숫자가 1000명인지 1만 명인지를 잊었다. 햄릿이 강보 속에 숨어 자신을 모든 대천세계의 왕이라고 생각지 않는다고 술회한 장면을 기억한다. 좁쌀 알갱이와 겨자 알갱이

● 연꽃대나 뿌리에서 뽑아내는 가는 섬유.

●● 원명은 비말라키르티Vimalakirti이며, 한자로 음역한 유마힐維摩詰의 약칭으로 "중생이 아프기 때문에 나도 아프다"라는 유명한 말을 남겼다.

粟粒芥顆 안에는 맑고 푸른 하늘도, 대지도 있다. 평생의 스승에게 분자를 젓가락으로 집을 수 있느냐고 묻는다. 분자에 관한 얘기는 잠시 제쳐놓겠다. 천하는 젓가락 끝에 잡힐 뿐만 아니라 일단 잡기만 하면 언제든 위 속으로 들어가기 마련이다.

그리고 생각건대 100년은 1년 같고 1년은 1각劍 같다. 1각을 알면 곧 인생을 안다. 해는 동쪽에서 떠서 반드시 서쪽으로 진다. 달은 차면 기운다. 헛되이 손꼽아 기다리다가 백발이 되는 일은 망망한 영겁의 세월 속에서 인간이 유한한 존재라는 사실을 원망하는 꼴이다. 세월은 속일지라도 자신 또한 속이는 사람을 지혜롭다고 할 수는 없다. 1각에 1각을 더하면 2각으로 늘어날 뿐이다. 각양각색의 촉강금 蜀川の錦•과 꽃으로 치장한들 안색이 얼마나 달라지겠는가.

8첩짜리 방에 수염 난 남자와 수염 없는 남자, 서글서글한 눈매를 가진 여자가 모여 이와 같은 하룻밤을 보냈다. 내가 묘사한 그들의 하룻밤은 그들의 생애다.

세 사람은 왜 만난 걸까? 그건 알 수 없다. 세 사람은 각각 어떤 신분과 혈통과 성격을 지녔을까? 그것도 알 수 없다. 세 사람의 말과 동작은 일관된 사건으로 발전하지 않았다.

인생을 쓴 것일 뿐 소설을 쓴 것이 아니기에 어쩔 수 없다. 왜 세 사람 모두 동시에 잠들었을까? 세 사람 모두 동시에 졸렸기 때문이리라.

• 나라의 금강錦江에 실을 빨아 짠 비단이라는 뜻. 촉금蜀錦 또는 촉강금蜀江錦이라고도 한다. 촉의 청두에서 생산한 정교한 무늬의 비단으로 노란색, 남색, 녹색 등을 섞어서 짠다. 둥글게 줄에 꿴 구슬連珠圓이나 격자 안에 든 꽃과 동물 같은 세 가지 문양이 있다.

"내 기억으로는 분명 연말 27일이었어. 도후東風가 문예에 관한 고견을 듣고자 방문하려고 하니 꼭 집에 계셔달라는 연락이 와서 아침부터 기대하며 기다리고 있는데, 그 친구가 당최 오질 않는 거야. 그래서 점심을 먹고 스토브 앞에서 배리 페인•의 익살스러운 통속 소설을 보다가 시즈오카靜岡에 계신 어머님으로부터 온 편지를 읽었네. 노인이신지라 지금도 나를 마냥 아이처럼 여기시지. 한중에는 밤에 외출하지 말라는 둥, 찬물로 목욕하더라도 난로를 때서 방을 따뜻하게 한 뒤 해야 감기에 걸리지 않는다는 둥, 온통 시시콜콜한 잔소리로 가득하더군. 물론 남이라면 누가 이렇게까지 날 살뜰히 챙기겠어. 나를 염려해주시는 부모님이 고마워서 만사태평한 나도 이때만큼은 크게 감동했다네. 그래서 이렇게 빈둥거리고 있는 것이 너무나도 죄스러워 대작이라도 저술해서 집안의 명예를 높여야 한다, 어머니가 살아 계신 동안 메이지 시대의 문단에 이 메이테이 선생이 있다는 사

• 1864~1928. 영국의 저널리스트이자 시인, 작가로 대표작으로는 『일라이자Eliza』 등이 있다.

실을 널리 알려야 한다는 생각이 들었어. 그리고 다시 편지를 읽으니 러시아와 전쟁이 벌어져 젊은 사람들이 나라를 위해 엄청난 고초를 겪고 있는 마당에 우란분재盂蘭盆齋와 섣달에도 설날처럼 태평하게 놀고 있다며 나더러 참으로 행복한 사람이라고 쓰셨더군.―이래 봬도 어머니가 생각하시는 만큼 판판이 놀지만은 않아―그 뒤로는 얼마 전 전쟁에 나가 전사하거나 부상당한 나의 소학교 시절 친구들의 이름이 열거되어 있었지. 그 이름들을 하나하나 읽을 때, 왠지 세상이 너무 따분하고 인간 또한 하찮은 존재라는 생각이 들었어. 마지막에는 결국 나도 나이를 먹었으니 새해를 축하하며 조니雜煮*를 먹는 것도 이번이 마지막인가……싶더군.

쏩쓸한 내용을 읽었더니 한층 더 마음이 울적해져서 어서 빨리 도후가 오기를 바랐는데, 아무리 기다려도 오질 않는 거야. 그러는 사이에 결국 저녁 시간이 되어 잠시 어머니께 부칠 답장을 열두세 줄 정도 썼어. 어머니께서 쓰신 편지의 길이는 여섯 자가 넘어 보였는데, 나는 도저히 그렇게까지 쓸 자신이 없어서 으레 열 줄 내외에서 갈무리하곤 하지. 그런데 온종일 움직이지 않은 탓인지 속이 묘하게 거북하더군. 만약 도후가 오면 기다리라고 하면 되지, 싶어서 편지도 부칠 겸 산책하러 나갔다네. 평소와 다르게 후지미정富士見町** 쪽으로는 발길이 가질 않아서 무심코 도테산반정土手三番町 쪽으로 걸음을 옮겼지. 마침 그날 밤은 날씨도 약간 흐렸고 땅을 파서 만든 수로 건너편에서 강바람이 세차게 불어와 몹시 추웠네. 가구라자카神樂坂 쪽에서 오는

• 떡을 간장이나 된장 국물에 넣고 끓여 먹는 전통적인 일본 요리로 주로 정월에 먹는다. 들어가는 건더기와 양념은 지역에 따라 다르다.

•• 나가노현長野縣 중부.

기차가 기적을 울리며 강둑 아래를 지나갔지. 기분이 몹시 쓸쓸하더군. 연말, 전사, 노쇠, 무상신속 등의 단어가 머릿속에서 빙글빙글 맴돌았어. 요즘 들어 사람들이 종종 목을 맸다고 하는데, 혹시 이런 날 문득 분위기에 휩쓸려 죽을 생각을 한 건 아닐까 싶더군. 머리를 약간 들어 강둑 위를 보니 어느새 그 소나무 바로 아래에 와 있더라고."

"소나무라니, 그게 뭔데?" 주인이 끼어들었다.

"목을 매는 소나무일세." 메이테이가 말하며 목을 움츠렸다.

"목을 매는 소나무는 고노다이鴻之台에 있죠." 간게쓰의 말에 파문이 일었다.

"고노다이에 있는 건 종을 매다는 소나무고, 도테산반정에 있는 건 목을 매는 소나무일세. 왜 이런 이름이 붙었냐면, 옛날부터 전해 내려오는 이야기로 누구나 이 소나무 아래에 오면 목을 매고 싶은 충동을 느낀다고 하더군. 누가 강둑 위에서 목을 맸다고 해서 와보면 수십 그루의 소나무 중 으레 이 나무에 매달려 있었대. 그것도 일 년에 두세 번은 꼭. 도무지 다른 소나무에서는 목을 매보고픈 생각이 들지 않더라고. 옆의 도로 쪽으로 뻗어 있는 가지가 목을 매기에 안성맞춤이어서 그냥 가려니 너무 아깝더군. 어떻게든 저 나무에 사람을 매달아보고 싶은 생각이 들 정도였어. 혹시나 싶어서 주위를 둘러보니 공교롭게도 아무도 오지 않아서 하는 수 없이 나라도 매달려볼까 했으나, 괜히 매달렸다가 자칫 목숨을 잃을까 염려되어 그만두기로 했지. 옛날 그리스인은 연회에서 목을 매는 흉내를 내어 여흥을 북돋웠다는 이야기가 있네. 한 사람이 받침대 위에 올라가 새끼줄의 동그란 매듭 안으로 목을 넣으면 그와 동시에 다른 사람이 받침대를 걷어차는 거야. 목을 집어넣은 당사자는 받침대가 빠지는 순간 새끼줄을 풀고 뛰어내리지. 그것이 사실이라면 별로 두려워할 필요가 없는 거야. 내친김에 가지를 만져보니 알맞게 휘어지더군. 실로 예술적이었어. 나무 아래에 목이 매달려 둥둥 떠 있는 장면을 상상하니 기뻐서 견딜 수가 없었네. 그래서 꼭 해보고 싶었으나 도후가 기다리고 있을까봐 미안하더군. 그렇다면 우선 도후를 만나 약속대로 이야기를 나눈 뒤 다시 오기로 마음먹고 결국 집으로 돌아온 걸세."

"그게 끝이야?" 주인이 물었다.

"재미있네요." 간게쓰가 히죽거리며 말했다.

"집에 와보니 도후는 그때까지도 오지 않았더군. 그러나 '오늘은 부득이한 사정이 생겨서 나갈 수 없다, 어느 봄날 만나 뵙고 말씀 들을 수 있기를 기대한다'라는 내용의 엽서가 와 있기에 겨우 안심했지. 이만하면 마음 놓고 목을 맬 수 있겠다 싶어서 기쁘더군. 그래서 즉시 게다를 신고 종종걸음으로 왔던 곳으로 되돌아갔더니……."

메이테이는 문득 새초롬한 표정으로 주인과 간게쓰의 얼굴을 보았다.

"되돌아갔더니, 어떻든가?" 약간 감질난 듯 주인이 물었다.

"드디어 막바지에 접어들었군요." 간게쓰는 하오리• 끈을 만지작거렸다.

"돌아가보니 이미 누군가 와서 그곳에 매달려 있더군. 간발의 차이로 말일세. 안타까울 따름이었네. 지금 생각하면 아무래도 그때는

• 일본 옷 위에 입는 짧은 겉옷.

죽음의 신에게 홀렸던 것 같아. 제임스의 말을 빌리자면, 잠재의식 속의 유명계와 내가 존재하는 현실계가 일종의 인과율 때문에 서로 감응한 거겠지. 참으로 희한한 일 아닌가?" 메이테이의 표정이 또다시 새초롬해졌다.

주인은 또 당했다고 생각하면서 구야모치空也餅[*]를 볼이 미어지도록 입안에 넣고 잠자코 우물우물 씹었다.

고개를 숙인 간게쓰는 화로의 재를 정성스럽게 고르며 히죽히죽 웃다가 이윽고 매우 차분한 어투로 입을 열었다.

"과연 들어보니 신기한 일이네요. 그런 일이 쉬이 있을 것 같진 않지만, 저도 최근에 그와 아주 비슷한 경험을 했기 때문에 조금도 의심하지 않습니다."

"저런, 자네도 목을 매고 싶었던 적이 있었나?"

"아니요, 저는 목이 아니에요. 정확히 말하자면 작년 말에, 게다가 선생님께서 그 일을 겪었던 날과 같은 날, 같은 시각쯤에 일어난 일이어서 더욱 희한하게 느껴집니다."

"이거 재미있는 일이군." 메이테이도 말하며 입 안 가득 구야모치를 밀어넣었다.

"그날은 무코지마向島섬에 사는 지인의 집에서 망년회 겸 합주회를 열기로 한 날이라 저도 바이올린을 가지고 갔어요. 열대여섯 명의 아가씨들과 부인들이 모여 상당히 성대한 규모인 데다 근래에 보기 드문 유쾌한 연회다 싶을 정도로 모든 것이 완벽했지요. 만찬도 합주도 모두 끝나고 사람들과 시간 가는 줄 모르고 세상 돌아가는 이야기를

• 반쯤 친 찰떡에다 으깬 팥소를 넣고 둥글게 뭉친 떡으로, 우에노 이케노하타의 과자점 구야空也에서 처음 만들었다고 한다.

하다가 밤이 꽤 늦었기에 작별 인사를 하고 돌아갈 준비를 하고 있었어요. 그런데 그때 모 박사의 부인이 제 옆으로 와서는 ○○코 씨의 병을 아느냐고 작은 소리로 묻더군요. 실은 그분을 2, 3일 전에 만났는데 그때는 평소와 다름없이 전혀 아파 보이지 않았거든요. 부인의 말에 놀라 그분의 상태를 자세히 꼬치꼬치 캐물었더니, 저를 만난 그날 밤부터 갑자기 열이 나고 갖가지 헛소리를 주절주절했대요. 그 정도면 양반이게요. 헛소리하는 도중에 간간이 제 이름이 나왔다더군요."

주인은 물론 메이테이 선생도 '심상치 않군' 따위의 상투적인 말은 하지 않고 그저 얌전히 듣고 있었다.

"어쨌거나 급히 의사를 불러 진찰을 받았는데 정확한 병명은 모르겠고 극심한 열이 뇌에 손상을 입혔다면서, 처방한 수면제가 효과가 없으면 위험할 거라고 진단했대요. 그 말을 듣자마자 너무 찜찜했어요. 가위눌릴 때처럼 갑자기 경직된 분위기가 사방에서 제 몸을 옥죄어서 무척 갑갑했지요. 돌아가는 길에도 그 일로 머릿속이 꽉 차서 괴로워 미치겠더군요. 그토록 예쁘고, 쾌활하고, 건강했던 ○○코 씨가……."

"미안하지만 잠시 뭐 좀 물어보겠네. 아까부터 듣자 하니 두어 번 '○○코 씨'라고 하던데, 혹시 별문제가 없다면 정확한 이름을 알고 싶네만." 메이테이 선생이 주인을 돌아보며 말하자, 주인도 "음" 하고 건성으로 대답했다.

"아니요, 당사자에게 폐가 될지도 모르니 그것만은 참아주세요."

"계속 그렇게 알쏭달쏭한 상태로 이야기할 셈인가?"

"비웃으시면 안 됩니다. 아주 진지한 이야기니까요…… 여하튼 그 부인이 덜컥 그런 병에 걸린 것을 생각하면, 가을에는 꽃이 지고 잎은 단풍이 들어 떨어지듯 끊임없이 변하는 세상이 실로 무상하다 싶어서 가슴이 벅찹니다. 온몸의 활기가 한꺼번에 파업을 일으킨 듯 순식간에 기운이 쭉 빠진 저는 그저 비틀비틀 휘청거리며 아즈마 다리吾妻橋에 다다랐어요. 난간에 기대어 내려다보니 밀물인지 썰물인지 알 수 없는 검은 물이 출렁이더군요. 그때 하나가와도花川戶 쪽에서 인력거 한 대가 달려와 다리 위를 지나갔어요. 인력거에 달린 초롱의 불빛은 점점 작아지더니 이내 삿포로맥주집 옆에서 사라졌지요. 저는 다시 강물을 보았어요. 그런데 멀리 상류 쪽에서 제 이름을 부르는 소리가 들리는 거예요. '거참, 이 시간에 날 부를 사람이 없는데 누구지?' 하며 강물을 바라보았으나 어두워서 당최 누구인지 종잡을 수가 없더라고요. 분명 기분 탓이겠거니 생각하고 빨리 돌아가려 한두 걸음을 뗐는데, 또다시 멀리서 희미한 목소리로 제 이름을 부르는 소리가 들리는 겁니다. 다시 멈춰 서서 그 소리에 귀를 기울였어요. 그 소리가 세 번째로 들렸을 때는 무릎이 덜덜 떨려 난간을 붙잡고 있었지요. 멀리서, 혹은 강바닥에서 들리는 그 소리는 틀림없는 ○○코 씨의 목소리였어요. 그래서 저도 모르게 큰소리로 '네?' 하고 대답했어요. 조용한 강물 위에 제 목소리가 쩌렁쩌렁 울려 퍼지자 놀라서 퍼뜩 주위를 둘러보았지요. 사람도, 달도, 개도 아무것도 보이지 않았어요. 그때 불현듯 밤의 어둠에 휘말렸는지 그 목소리가 들려오는 곳으로 가보고 싶은 마음이 들었어요. 그러자 또다시 괴로운 듯, 호소하는 듯 구원을 요청하는 듯 내 귀를 찌르는 ○○코의 목소리가 들려왔고, 이번에는 '지금 바로 갈게요'라고 대답한 뒤 난간 밖으로 상반신을 내밀고 검은 강물을 바라보았어요. 나를 부르는 가냘픈 그 목소리가 아무래도 강물 아래에서 새어 나오는 것 같아서요. 그렇게 확신한 저는 마침내 난간 위로 올라섰어요. 한 번만 더 부르면 뛰어들려고 흐르는 강물을 응시하고 있는데, 과연 물결을 타고 또다시 실낱같은 가련한 목소리가 들리는 거예요. '지금이야!' 하고 냅다 몸을 던져 한낱 돌멩이처럼 미련 없이 강물로 떨어졌지요."

"마침내 뛰어든 건가?" 주인이 눈을 깜빡거리며 물었다.

"거기까지 가리라고는 생각하지 못했어." 메이테이가 말하며 제 코끝을 손가락으로 살짝 집었다.

"강물로 뛰어든 후에는 한동안 정신을 잃었어요. 눈을 떴을 땐 몹시 춥긴 한데, 어디 한 군데 젖기는커녕 물을 마신 느낌조차도 없었어요. 분명 뛰어들었는데 참으로 희한하다 싶었죠. 뭔가 이상하다고 깨달은 저는 주변을 둘러보고 소스라치게 놀랐어요. 분명 물속으로 뛰어들었다고 생각했는데, 알고 보니 실수로 그만 다리 한복판에 뛰어내린 거예요. 그땐 정말 아쉬웠죠. 난간의 안팎을 착각한 나머지, 목소리가 들려오는 곳으로 가지 못한 거예요." 간게쓰는 히죽히죽 웃으면서 여느 때처럼 하오리 끈을 거추장스러운 듯 매만졌다.

"하하하, 거참 재미있군. 특히 내 경험과 아주 비슷한 점이 참으로 묘하단 말이야. 역시 제임스 교수의 연구 재료가 될 수 있겠어. '인간의 감응'이라는 제목으로 사생문寫生文*을 쓴다면 문단에서도 깜짝 놀랄 거야…… 그나저나 그 ○○코 씨의 병은 어떻게 되었나?" 메이테이 선생이 캐물었다.

"2, 3일 전 세배하러 갔을 때 대문에서 하녀와 하네쓰키羽根突**를 치고 있었으니까, 완쾌한 모양이에요."

• 회화의 사생 기법을 문장에 도입하여 자연 또는 인간사를 보거나 느낀 대로 묘사하는 문장을 뜻한다. 메이지 중기에 마사오카 시키正岡子規가 주장한 이래로 활발해졌다.
•• 모감주나무 열매에 새의 깃을 꽂아 만든 제기처럼 생긴 것을 탁구채 같은 도구로 치는, 배드민턴과 비슷한 일본의 전통 놀이.

환청에 들리는 거문고 소리

"별일이군. 한동안 발길이 뜸하지 않았나?"

램프 불을 줄이며 쓰다가 물었다.

나는 바지가 찢어져서 보일락 말락 하는 무릎 위에 소마 지방에서 만든 찻종相馬燒의 실굽을 올려놓고 세 손가락으로 빙글빙글 돌리면서 생각했다. 쓰다의 말마따나 분명 별일이긴 하다. 지난 설에 만난이후로 쓰다의 하숙집에 온 건 오늘이 처음이니까. 밖은 어느새 꽃들이 한창이었다.

"와야지, 와야지, 하면서도 바빠서 그만—."

"물론 바쁘겠지. 아무래도 학교에 있을 때와는 다르니까. 요즘도 오후 6시까지 근무하나?"

"뭐, 대개 그때쯤 집으로 돌아와서 밥을 먹고 나면 그대로 곯아떨어져. 공부는커녕 목욕도 제대로 못 할 정도라네." 나는 무릎의 찻종을 다다미 위에 놓고 학교를 졸업한 게 원망스럽다는 표정을 지었다.

쓰다는 이 한마디에 약간 동정심이 생겼는지 이렇게 말했다. "정말로 조금 야윈 것 같은데. 어지간히 힘든가보군." 기분 탓인지 그렇게 말하는 쓰다 본인은 대학을 졸업한 뒤 약간 살이 찐 듯 보여서 솔직히 좀 아니꼬웠다. 책상 위에는 뭔가 흥미로운 책이 펼쳐져 있었는데 오른쪽 장에 연필로 달아놓은 주석이 보였다. 그의 이런 여유가 부러우면서도 분했고, 한편으로는 내 신세가 원망스럽기도 했다.

"자네는 계속 공부를 하고 있으니 좋겠군. 읽다 만 저 책은 뭔가? 주석까지 쓰면서 아주 꼼꼼하게 살펴보았던데."

쓰다는 자못 태연한 얼굴로 말했다. "이거 말인가? 그냥 유령에 관한 책이야." 이 바쁜 세상에 그런 한물간 내용의 책을 탐독하다니, 천하태평을 넘어 사치스럽다는 생각이 들었다.

"나도 마음 편히 유령이나 연구하고 싶지만—아무래도 매일 시바芝에서 고이시카와小石川의 후미진 동네로 퇴근해야 하니, 연구는 고사하고 내가 유령이 될 판이라네. 미래를 생각하면 불안하지."

"그랬군. 깜빡 잊고 있었어. 그나저나 난생처음 집주인이 된 기분이 어때? 세대주가 되니 마음가짐도 절로 새로워지던가?" 쓰다가 유령을 연구하는 사람답게 심리 작용과 관련된 질문을 했다.

"마음가짐은 개뿔. 역시 하숙할 때가 더 홀가분하고 좋은 것 같아. 세간살이를 모두 정리했다면 그나마 집주인만이 느낄 수 있는 특별한 감정이 들었을지도 모르지. 그러나 여하튼 놋쇠 주전자로 물을 끓이거나 양철 대야에 세수하는 동안은 집주인이라는 실감이 나지 않을 걸세." 나는 솔직히 털어놓았다.

"그래도 주인인데 내 집이라고 생각하면 은근히 살맛 날걸. 대개 소유란 애착을 동반하는 법이니까." 쓰다는 심리학적으로 사람의 마음을 설명해주었다. 학자란 부탁하지도 않은 것을 일일이 설명해주는 사람이다.

"내 집이라는 생각이 든다면야 어떨지 몰라도 솔직히 내 집이라고는 생각하고 싶지 않거든. 엄연히 내 명의로 된 집이긴 하지. 그래서 문간에도 명함통을 달아놓았고. 하지만 그래봤자 집세가 겨우 7엔 50센인 초라한 집의 주인이야. 관직에 비유한다면 조칸屬官*이랄까. 삶의 낙을 느끼려면 조쿠닌勅任**이나 적어도 소닌奏任***은 되어야지. 그게 아니면 그냥 하숙할 때보다 귀찮은 일만 더 늘어날 뿐이라네." 횡설수설 푸념만 쏟아놓은 나는 쓰다의 눈치를 살폈다. 쓰다가 내 말에 조금이라도 동의하는 듯싶으면 곧바로 나머지 불평도 쏟아놓을 작정이었다.

"하긴, 진리는 그쯤에 있을지도 몰라. 계속 하숙하는 나와 새로이 집주인이 된 자네와는 당연히 처지가 다르니까." 쓰다는 꽤 어렵게 말하긴 해도, 어쨌든 내 말에 찬성은 해주었다. 낌새를 보아하니 좀더 불평을 늘어놓아도 지장은 없을 듯했다.

"우선 집에 돌아가면 할멈이 옆으로 길게 철한 장부를 들고 온다네. 오늘은 된장 3센어치, 무 두 개, 강낭콩 1센 5린어치를 샀다며 미주알고주알 보고해서 귀찮아 미치겠어."

"그렇게 귀찮으면 그만두라고 하지 그래?" 쓰다는 하숙하는 사람

---

* 옛 관제에서 관청에 소속된 차관 이하의 관리. '조쿠屬'의 별칭이다.
** 옛 관제에서 칙명으로 임명되던 관리.
*** 내각의 추천으로 왕이 임명하는 형식을 뜻한다.

답게 대수롭지 않게 말했다.

"나도 적당히 알아서 하라고 했어. 할멈이 말을 듣지 않으니까 문제지. 시시콜콜한 것까지 일일이 말할 필요 없다는데도, 펄쩍 뛰면서 안주인이 없는 집의 부엌살림을 맡은 이상 1센, 1린이라도 틀려서는 안 된다며 완강히 버틴다니까."

"그럼 그냥 건성으로 대답하며 듣는 척만 하든가." 쓰다는 심리학자답지 않게 사람이 외부의 어떤 자극도 아랑곳하지 않고 마음대로 일할 수 있다고 생각하는 듯했다.

"어디 그뿐인 줄 알아. 상세한 회계 보고가 끝나고 나면 이번에는 다음날 반찬에 관해 꼬치꼬치 지시해달래서 난처해 죽겠어."

"적당히 골라서 차려달라고 하든가."

"본인이 제대로 할 줄 아는 반찬이 별로 없는데 어쩌겠어."

"그럼 자네가 일러줘. 반찬 만드는 순서와 방법 정도야 간단하잖아."

"말처럼 쉬우면 내가 왜 그 고생을 하겠어. 사내인 내가 반찬에 대해 알면 얼마나 안다고, 내일 토장국의 건더기는 뭘 넣느냐는 질문에 무슨 수로 그 자리에서 대답해주냐고."

"토장국이 뭔가?"

"된장국을 말하는 거라네. 도쿄 할멈이라서 된장국을 도쿄식으로 토장국이라고 하더군. 일단 그 국에 건더기로 뭘 넣을지를 묻고는 그것들을 질서 있게 늘어놓은 다음 하나하나 골라야 한다니까. 일일이 생각하는 것도 힘들지만, 그중에서 골라야 하는 것도 진짜고역이더군."

"밥 한 끼 먹기가 그렇게 힘이 들어서야, 원. 보아하니 자네가 특별히 좋아하는 음식이 없어서 힘든 것 같군. 두 가지 이상의 음식을 엇비슷하게 싫어하거나, 엇비슷하게 좋아할 때는 결정하기가 쉽지 않으니까." 쓰다가 또다시 뻔한 이야기를 굳이 어렵게 했다.

"된장국의 건더기까지 의논하더니만, 이젠 이상한 간섭을 해."

"저런, 설마 또 음식 때문인가?"

"응, 아침마다 흰 설탕을 뿌린 매실장아찌를 가져와서는 기어이 먹이려고 든다니까. 하나라도 먹지 않으면 할멈이 얼마나 언짢아한다고."

"굳이 그걸 먹이려는 이유가 뭔가?"

"역병을 쫓기 위한 액땜이라더군. 그런데 할멈이 말해준 그 이유가 흥미로웠네. 일본에 있는 어느 여관에 묵더라도 아침상에는 꼭 매실장아찌를 올리는데, 그 액땜이 통하지 않는다면 이렇게 풍습이 됐을 리 없다며 자신만만하게 매실장아찌를 먹인다니까."

"하긴 그 말에도 일리는 있어. 모든 풍습은 나름의 정성과 노력을 들여야 이어지는 법이니 매실장아찌를 먹는 풍습도 무시할 수는 없지."

"모처럼 왔는데 자네까지 할멈 편을 드니 더욱더 내가 한심한 주인이라는 생각이 드는군." 나는 피우다 만 궐련을 화로의 잿더미 속으로 휙 던져넣었다. 흩어진 타다 남은 성냥 속에 하얀 담배꽁초가 들어가며 비스듬히 '한 일一' 자가 생겼다.

"어쨌든 고루한 할멈이로군."

"인습은 진작에 뗐고, 미신을 믿는 할멈이야. 확실히는 모르지만 한 달에 두세 번은 덴쓰인傳通院 부근의 어떤 스님을 만나러 가는 듯해."

"친척 중에 스님이라도 있는 건가?"

"아니, 그 스님은 용돈벌이 삼아 점을 봐주는데 그 역시 쓸데없는 소리만 해서 아주 처치 곤란이라네. 실제로 내가 그 집을 샀을 때도 귀문鬼門이라느니, 팔방이 막혔다느니 해서 얼마나 난처했다고."

"그 할멈은 집을 사고 나서 들였잖아?"

"집에 들인 건 이사할 때지만, 약속은 그전에 해두었거든. 실은 그 할멈도 요쓰야四谷의 우노宇野가 소개했어. 어머님이 할멈을 직접 만나 보시고는 집을 맡겨도 안심될 만큼 든든한 사람이라고 하시기에 들이기로 한 거라네."

"미래의 자네 장모님 눈에 들었다면 오죽이나 잘 뽑으셨겠나."

"물론 그 점은 나도 동감해. 그렇지만 미신이라면 환장한다니까. 여하튼 이사하기 사흘 전에 그 스님을 찾아가서 점을 봤대. 그랬더니 지금 혼고本郷에서 고이시카와 쪽으로 움직이면 불길하다며, 필시 집 안에 불행한 일이 닥친다고 했다는 거야. 쓸데없는 참견 아닌가? 스님 주제에 뭐 하러 아는 체하며 그런 망언을 하느냔 말일세."

"그게 직업이니 별수 있나."

"직업이라면 봐줄 테니 돈이나 받고 무난한 얘기나 해주든가."

"내 잘못도 아닌데 그렇게 화내봤자 소용없어."

"게다가 젊은 여자가 화를 입을 거라는 말을 덧붙였다더군. 그러니 할멈이 안 놀라고 배기겠나? 우리 집에서 젊은 여자라면 누구를 말하겠는가? 조만간 아내로 맞을 우노의 딸이라며 혼자 지레짐작하고 걱정했다네."

"하지만 아직 자네 집에 오지 않았잖아."

"공연히 생가슴을 태우는 거지."

"객쩍은 소리인지 진담인지 헷갈리는군."

"도무지 말이 안 되는 소리일세. 그런데 이상하게도 최근에 집 주변에서 들개가 짖는 소리가 들리더군……."

"개 짖는 소리와 할멈이 대체 무슨 관계인데? 너무 넘겨짚는 거 아닌가?" 아무리 심리학에 능통하다고 해도 이 말은 도무지 이해하기 힘든지, 쓰다는 살짝 눈썹을 찌푸렸다. 나는 일부러 태연자약하게 차를 한 잔 달라고 했다. 소마 지방에서 만든 차 사발은 흔한 싸구려 제품이었다. 전해 듣기로 원래 가난한 무사의 가문이 부업으로 도자기를 구운 데서 유래했다고 한다. 쓰다가 이 싸구려 차 사발에 30몬메刃의 차 찌꺼기를 재탕한 물을 찰랑찰랑하게 따라준 순간, 어쩐지 불쾌한 기분이 들면서 마시고 싶은 마음이 싹 가셨다. 사발 바닥에는 화공法眼• 가노 모토노부狩野元信•• 풍의 힘차게 뛰어오르는 말이 그려져 있었다. 싸구려 그릇에 어울리지 않는 생동감 넘치는 말 그림에 감탄했으나, 그렇다고 마시고 싶지도 않은 차를 마셔야 할 이유는 없

• 무가 시대의 의사·화가·유학자 등에게 내린 칭호.

•• 1476~1559. 무로마치室町 말기의 화가로 중국 수묵화의 재료인 수묵과 힘찬 필치를 일본 전통 화풍인 야마토에大和繪의 장식성, 밝고 선명한 색감, 문양 및 평면적 구성 등과 결합한 독자적인 양식을 구축하며 가노파狩野派의 기반을 다졌다. 대표작으로 묘신사妙心寺의 레이운인 靈雲院이 소장한 「산수화조도山水花鳥圖」 등이 있다.

으므로 차 사발에는 손을 대지 않았다.

"자, 마시게."

쓰다가 재촉했다.

"상당히 활기찬 말이로군. 꼬리를 흔들고 갈기를 흩날리는 모습이 야생마 같아."

나는 차를 마시지 않는 대신 말 그림을 칭찬했다.

"말 돌리지 말고. 할멈 이야기를 하다가 뜬금없이 개 이야기를 꺼내더니, 이번에는 또 말 이야기인가? 너무 심하잖아. 그래서 어떻게 됐나?"

쓰다는 자꾸만 다음 이야기를 궁금해했다. 차는 마시지 않아도 괜찮을 듯했다.

"할멈이 말하기를, 저 소리는 그냥 울부짖는 소리가 아니라더군. 아무래도 이 근처에 틀림없이 변고가 있는 듯하니 조심해야 한다고 말이야. 하긴 각별히 조심한다고 해봤자 달리 뾰족한 수가 없으니 그건 상관없었지만, 어찌나 시끄러운지 학을 뗐다니까."

"개 짖는 소리가 그렇게 시끄러웠나?"

"아니, 난 시끄럽기는커녕 아무렇지도 않았네. 심지어 개가 언제, 얼마나 짖는지조차 전혀 모를 정도로 곯아떨어져서 쿨쿨 잘 자거든. 문제는 바로 그 성가신 할멈이야. 꼭 내가 깨어 있을 때만 골라서 하소연하러 온다니까."

"하긴, 아무리 할멈이라 해도 자네가 잘 때 와서 조심하라고 하지는 않겠지."

"그런데 설상가상으로 아내 될 사람이 감기에 걸렸지 뭔가. 할멈이 바란 대로 변고가 끊이질 않으니 정말 돌아버리겠어."

"그래도 우노 댁의 아가씨가 아직 요쓰야에 머물고 있으면 걱정하지 않아도 될 것 같은데."

"웬걸. 가뜩이나 미신이라면 환장하는 할멈이 자기 말대로 되니까 아주 살판났지 뭔가. 이사를 해야 아가씨 병이 빨리 낫는다며 이번 달 안에 꼭 길한 방향으로 집을 옮기라더군. 대단한 예언자에게 붙잡혀서 귀찮아 죽겠다니까."

"이사하는 것도 좋을지 몰라."

"바보 같은 소리 하지 말게. 이사한 지 얼마나 됐다고. 그렇게 자주 이사하다가는 파산할 걸세."

"그건 그렇고, 환자는 괜찮나?"

"잠깐 사이에 덴쓰인의 스님한테 물이라도 든 건가? 자네까지 이상한 말을 하는군. 사람을 그렇게 놀라게 하면 못써."

"놀라게 하려는 게 아니라, 내 딴에는 자네의 아내 될 사람의 건강이 걱정되어서 괜찮은지 묻는 거라고."

"아주 멀쩡해. 기침이 조금 나기는 하지만 독감인걸."

"독감?"

쓰다가 갑자기 움찔할 만큼 큰 소리로 말했다. 이번에는 나도 정말 놀라서 말없이 쓰다의 얼굴을 바라보았다.

"정말로 조심해."

쓰다가 나지막한 목소리로 말했다. 어리둥절했으나 처음에 커다란 목소리로 했던 말과는 반대로 나직하게 건넨 이 말이 내 귓속을 뚫고 머릿속까지 쑥 파고들었다. 나지막이 말했어도 귀에 쏙쏙 들려서 더욱 骨(뼈)에 사무치는 것이리라. 파란 유리 같던 넓은 하늘에 눈동자만 한 검은 점이 콕 찍힌 기분이었다. 지워져 사라질지, 녹아서 흘러내릴지, 무코산武庫山에서 부는 산바람이 될지 알 수가 없었다. 이 눈동자만 한 점의 운명은 앞으로 쓰다가 말해줄 설명으로 결정될 것이었다. 나도 모르게 차 사발을 들어 식은 차를 단숨에 쭉 들이켰다.

"조심해야 해."

쓰다는 같은 말투로 좀 전에 한 말을 되풀이했다. 눈동자만 한 검은 점이 한층 더 진해졌다. 그러나 흘러내릴지 퍼져나갈지는 아직 몰랐다.

"평소의 자네답지 않게 불길한 소리로 겁을 주다니. 와하하!"

애써 크게 웃었으나 공허하게 울리는 힘없는 목소리에 아차 싶어 곧바로 정신을 차리고 도중에 뚝 그쳤다. 그러나 웃음을 그치자마자 한층 더 어색해진 분위기에 차라리 그냥 끝까지 웃을걸 그랬다고 후회했다. 내 웃음을 어떻게 들었는지는 모를 일이나, 쓰다는 여전히 전과 다름없는 말투로 다시 입을 열었다.

"아니, 사실은 바로 얼마 전에 친척 중 한 명이 독감에 걸렸는데, 대수롭지 않게 여기고 어영부영하다가 일주일 뒤 폐렴으로 악화돼서 결국은 한 달도 못 돼서 죽고 말았다네. 그때 의사가 요즘 독감은 아주 고약해서 바로 폐렴이 되므로 조심해야 한다고 했는데—정말 꿈만 같았어. 너무 가엾어서 말이야." 쓰다가 섬뜩한 표정을 지었다.

"저런, 돌이킬 수 없는 일이로군. 근데 어쩌다가 폐렴이 된 건가?"
걱정스러운 마음에 참고하려고 물었다.

"특별한 사정 같은 건 없었다네. 그래서 자네한테도 조심하라고
한 거야."

"명심할게." 나는 진심을 가득 담아 말하며 쓰다의 눈을 골똘히
들여다보았다. 쓰다의 표정은 여전히 싸늘했다.

"싫어, 정말 싫어. 생각하기도 싫다고. 스물두셋에 죽으면 인생이
너무 시시하잖나. 더군다나 남편은 전쟁에 나가고—."

"흠, 가엾게도 돌아가신 분이 여자인가? 남편은 군인이고?"

"응, 남편은 육군 중위라네. 결혼한 지 아직 1년도 안 됐지. 나는
혼쓰야本通夜•에도 가고 장례식을 할 때도 유족들과 함께 있었는데.
고인의 장모님이 너무 우서서—."

"딸이 그렇게 됐는데 심정이 오죽하셨겠는가."

"마침 발인이 있던 날은 눈이 푸슬푸슬 내리던 추운 겨울이었는
데, 독경을 마치고 마침내 관을 묻는 순서가 되자 어머님이 구덩이
옆에 웅크리고 앉은 채 꼼짝도 하지 않으시더군. 날리는 눈이 머리
위에 듬성듬성 쌓여서 내가 양산을 씌워드렸지."

"자네한테 그런 상냥한 면이 있었다니, 놀라운걸."

"너무 딱해서 그냥 보고만 있을 수는 없었거든."

"아무렴." 나는 다시 화공 모토노부의 화풍으로 그려진 말을 바라
보았다. 내가 생각해도 이때는 틀림없이 쓰다의 싸늘한 표정이 전염
되었던 것 같다. 눈 깜짝할 사이에 부인을 여윈 남편의 안부가 궁금

• 초상 때의 밤샘이 2, 3일씩 계속될 때 장례식 전날 밤에 하는 정식 밤샘.

해졌다.

"그래서 남편은 무사한가?"

"남편은 구로키黑木군 소속인데 다행히 별다른 부상은 없는 모양이야."

"아내가 죽었다는 소식을 듣고 필시 놀랐을 걸세."

"아니, 듣기로는 신기하게도 일본에서 아내의 부고를 전하는 편지가 도착하기도 전에 아내가 먼저 남편을 찾아갔다는군."

"찾아갔다니?"

"만나러 갔다고."

"왜?"

"왜냐니? 만나러 갔다니까."

"만나러 가든 뭘 하러 가든, 당사자는 이미 죽었잖아."

"죽어서 만나러 간 거야."

"참나, 황당한 소리를 하는군. 아무리 남편이 그리워도 무슨 수로 그런 재주를 부린단 말인가? 꼭 하야시야 쇼조林屋正三*의 괴담 같군."

"아니, 진짜로 간 걸 난들 어쩌라고." 쓰다가 고등 교육을 받은 사람답지 않게 완고한 말투로 어리석은 주장을 했다.

"어쩌냐니, 마치 실제로 보고 온 사람처럼 말하는군. 이상한데. 자네 진심으로 하는 이야기인가?"

"물론 진심이지."

"자네가 마치 우리 집 할멈처럼 이야기하니, 기가 막히는군."

"할멈이든 할아범이든, 그게 사실이니 난들 별수 있겠나?"

• 1846~1920. 만담 소리꾼으로 여러 제자를 거느렸다.

쓰다가 기를 쓰고 변명했다. 아무리 봐도 나를 놀리는 것 같지는 않았다.

한데 진지하게 하는 이야기라면 필시 무언가 사연이 있으리라. 쓰다와 나는 대학에서 서로 다른 과를 전공했지만, 고등학교 시절에는 같은 반인 적도 있었다. 그때 나는 마흔 몇 명 중 꼴찌를 하는 일이 다반사였고 녀석의 성적은 월등히 뛰어나 언제나 2, 3등 밑으로 떨어진 적이 없으니 필시 머리는 나보다 서른대여섯 수쯤 명석할 것이었다. 그런 쓰다가 이렇게 기를 쓰고 변명하니 마냥 허무맹랑한 소리만은 아닐 터였다. 법학과 출신인 내게 지금의 사건을 있는 그대로 보고 상식적으로 판단하는 대신 폭넓게 고려하라는 것은 불가능하다기보다는 오히려 바람직하지 않은 일이었다. 나는 유령이네, 인과응보네, 운명이네 하는 허황한 생각들이 가장 싫었다. 그런데 놀랍도록 명석한 두뇌를 가진 녀석이 진지하게 유령 이야기를 하니, 나마저 이 문제에 대한 관점을 바꾸고 싶을 지경이었다. 솔직히 말해서 유령과 뜨내기 가마꾼은 메이지 유신 이후 영원히 폐업했다고 믿었다. 그런데 아까부터 쓰다의 모습을 보고 있자니 왠지 유령이라는 것이 나도 모르는 사이에 부활한 듯싶기도 했다. 내 기억대로라면 쓰다는 조금 전 그의 책상 위에 있는 책이 무엇이냐고 물었을 때도 유령에 관한 책이라고 대답했었다. 어쨌든 손해 볼 일은 없다. 바쁜 내게는 다시없을 기회다. 후학을 위해서 이야기만이라도 듣고 가자고 겨우 마음속으로 다짐했다. 쓰다도 뒷이야기를 마저 하고 싶은 눈치였다. 하고 싶은 이야기는 하고, 듣고 싶은 이야기는 듣는 것이 순리다. 한강 물漢水이

제 곬으로 흐른다고, 순리를 거스르면 탈이 나게 마련이다.

"차근차근 캐물어보니 그 부인이 출정을 앞둔 남편에게 미리 맹세했다더군."

"뭘?"

"만에 하나 혹시 남편이 돌아오기 전에 자신이 병으로 먼저 죽더라도 그냥은 죽지 않겠노라고."

"세상에."

"자신의 혼백만은 당신 곁으로 가서 꼭 다시 만날 거라고 했는데, 활달한 성격이던 군인 남편은 웃으며 흔쾌히 전쟁 구경을 시켜줄 테니 언제든 오라는 말만 남긴 채 만주로 건너갔대. 그리고 그 일은 새까맣게 잊은 채 아예 신경조차 쓰지 않았다더군."

"하긴. 나 같으면 전쟁에 나가지 않아도 잊어버렸을 걸세."

"한데 그 남자가 떠날 때 아내가 이것저것 사서 꾸려준 짐 속에 손거울이 있었다는 거야."

"흠, 꼼꼼히도 조사했군."

"그게 아니라 나중에 전장으로 편지가 와서 전후 사정이 밝혀졌거든―. 그 남편이란 녀석은 그 거울을 늘 품에 지니고 다녔어."

"음."

"어느 날 아침 남편은 평소처럼 손거울을 꺼내 무심코 보았어. 그런데 그 거울 속에 비친 것이…… 늘 보던 때에 찌든 본인의 수염투성이 얼굴이겠거니 했는데―희한한 일도 다 있지, 뭔가―참으로 기묘한 일이 일어난 거야."

"무슨 일인데?"

"병으로 야윈 아내의 창백한 모습이 슥 나타났다는데…… 물론 좀 황당한 이야기긴 하지. 누가 들어도 거짓말이라고 생각할 거야. 실제로 나도 그 편지를 읽기 전까지는 다른 사람들처럼 믿지 않았으니까. 그러나 전장에서 편지를 보낸 것은 물론 본토에서 보낸 사망 통지서가 도착하기 무려 3주 전 일이었네. 거짓말을 하려 해도 할 구실이 없는 시기라고. 게다가 그 남편이 뭐하러 그런 거짓말을 하겠나? 생사를 넘나드는 전쟁통에서 누가 한가하게 그런 소설 같은 허풍을 써서 고향에 보내겠냐는 말일세."

"그야 그렇지."

그렇게 말은 했으나 실은 아직 반신반의했다. 그러면서도 한편으론 왠지 무섭고 으스스한, 한마디로 말해서 법대를 졸업한 사람에게는 어울리지 않는 기분이 들었다.

"다만 거울 속에서 아내는 남편의 얼굴을 뚫어지게 쳐다보기만 할 뿐 아무런 말도 하지 않더래. 그때 남편의 마음속에는 기약 없는 이별을 앞두고 아내가 했던 말이 소용돌이처럼 홀연히 떠올랐다는데, 그럴 만도 하지. 불에 달군 인두로 뇌를 치지직 지지는 기분이었다고 편지에 썼더군."

"괴상한 일도 다 있군." 편지 글귀까지 인용하니 어쩐지 꼭 믿어야만 할 것 같았다. 기분이 뒤숭숭했다. 쓰다가 만약 겁주려고 '악!' 소리쳤다면 어김없이 화들짝 놀랐을 것이다.

"그래서 시간을 알아봤더니 남편이 거울 속에서 아내를 본 바로 그날, 그 시간에 아내가 숨을 거두었다는 걸 알게 됐지."

"들을수록 신기하군." 이때는 진심으로 한 소리였다. "하지만 정말 그런 일이 일어날 수 있을까?" 나는 혹시나 하는 마음에 쓰다에게 물어보았다.

"내게도 그와 비슷한 내용의 책이 있어." 쓰다가 좀 전의 그 책을 책상 위에서 집어 올리더니 태연자약하게 말했다. "요즘이라면 있을 법한 일이라는 사실만은 증명이 된 것 같아." 법대 출신이 모르는 사이에 심리학자들 사이에서 유령이 부활하고 있었다면, 유령이라는 것도 더는 무시할 수 없게 된 듯했다. 모르는 일에는 참견할 수 없고, 모르는 것은 무능이다. 적어도 유령에 관한 한 법대 출신은 문과대 출신을 덮어놓고 따라야 한다.

"서로 멀리 떨어져 있는 어떤 사람의 뇌세포와 다른 사람의 뇌세포가 감응해서 일종의 화학적 변화를 일으키면……."

"나는 법대 출신이라서 그런 이야기는 들어도 잘 모르네. 어쨌든 결론은 이론상으로도 그런 일이 가능하다는 말이지?" 나처럼 두뇌가 명석하지 않은 사람은 이유를 듣는 것보다 결론만 이해하는 쪽이 편했다.

"맞아, 결국은 거기로 귀결돼. 그리고 이 책에도 관련 사례가 잔뜩 실려 있는데, 그중 로드 브로엄이 본 유령은 이 사례와 완전히 똑같아. 꽤 재미있어. 자네, 브로엄이 누군지는 알지?"

"브로엄? 브로엄이 뭐하는 사람인데?"

"영국의 문학가라네."

"그럼 그렇지. 자랑은 아니지만 내가 아는 문학가라고는 기껏해야 셰익스피어랑 밀턴, 그 외에 두어 명이 전부인걸."

쓰다는 이런 인간과 학문상의 토론을 하는 것은 시간 낭비라고 생각했는지 이야기를 원점으로 돌렸다 "그러니까 우노 댁의 아가씨도 특별히 조심해야 한다는 말이야."

"응, 조심하라고 할게. 하지만 만일 무슨 일이 생기면 꼭 보러 가겠다는 맹세는 하지 않았으니 유령 걱정은 안 해도 될 거야." 너스레를 떨었으나 마음은 왠지 불편했다. 시계를 꺼내보니 밤 11시가 다 되어 갔다. 큰일 났다. 필시 집에서 할멈이 개 짖는 소리에 괴로워하고 있을 텐데 한시바삐 돌아가야겠다. "어쨌든 조만간 자네 집 할멈과 친해지러 가겠네" 하고 말하는 쓰다에게 "맛난 음식을 대접할 테니 꼭 오게"라고 화답하고서, 하쿠산白山 고텐정御殿町에 있는 그의 하숙집을 나섰다.

꽃이 흐드러지게 핀 올벚나무를 보고 드디어 봄이 왔다면서 2, 3일간 반짝 신이 났다. 그저께는 미지근한 바람이 불어서 모자를 쓴 이마 언저리에 개기름이 꼈다. 그러나 지금은 벚꽃 자신조차 너무 성급했다며 후회하고 있을 터였다. 어제부터 갑자기 추워져서 이마에 들러붙은 모래 먼지를 닦아낸 일이 마치 작년 같았다. 오늘 밤은 한층 더 추웠다. 매서운 꽃샘추위가 찾아올 시기도 아닌데 갑작스레 들이닥친 호된 추위에 외투 깃을 세웠다. 맹아학교 앞을 지나 식물원 옆의 완만하게 경사진 내리막길을 내려갈 때, 어디서 쳤는지 모를 종소리가 한밤중의 공기를 가르며 출렁이듯 넘실넘실 다가왔다. 11시정각인 모양이었다. 시간을 알리는 종은 누가 발명했는지 모르겠다. 지금까지는 깨닫지 못했는데 주의해서 들어보니 어쩐지 소리가 묘했다. 찰진 떡을 잡아 뜯듯이 좍좍 갈라진 소리는 끊길락 말락 가늘게 다음 소리로 이어지며 굵어졌다가 이내 다시 붓끝처럼 제풀에 가늘어졌다. 커졌다가 작아졌다 하는 소리를 이상하게 여기며 걷자니, 심장의 고동 소리도 물결치는 종소리와 함께 커졌다가 작아졌다 하는 느낌이었다. 심지어 종소리에 호흡을 맞추고 싶어졌다. 오늘 밤은 아무래도 법대 출신답지 않다고 생각하며 종종걸음으로 파출소의 모퉁이를 돈 순간, 차가운 바람에 실려온 굵은 빗방울이 얼굴에 툭 떨어졌다.

고쿠라쿠스이極樂水 •는 묘하게 음산한 곳이었다. 요즘에는 양쪽으로 연립주택이 들어서서 옛날만큼 호젓하지는 않으나 양쪽 모두 빈집처럼 적막한 분위기를 풍겨 썩 기분 좋은 풍경은 아니었다. 가난한 사람은 일을 놓을 수 없다. 노동은 가난한 사람의 본성이므로 일하지 않는다면 살아도 산 게 아니다. 지금 고쿠라쿠스이에 거주하는 빈민들은 몽둥이로 때려도 되살아날 기미가 보이지 않을 만큼 조용했다. —정말로 죽었나? 부슬비가 점차 추적추적 내리기 시작했다. 우산을 가져오지 않았다. 자칫하면 물에 빠진 생쥐 꼴로 집에 가겠구나, 하고 혀를 차면서 하늘을 보았다. 어둠 속에서 스산하게 내리는 비는 쉽게 그칠 것 같지 않았다.

그 순간 대여섯 간 앞쪽에서 난데없이 하얀 것이 시야에 들어왔다. 그것은 길 한복판에 멈춰 서더니, 목을 길게 빼고 빗줄기 사이로

• 분쿄구 고이시카와에 있는 우물. 료쇼케이쇼우닌f饗聖閑上人이 1415년에 덴쓰인의 전신인 암자를 창건한 곳으로, 불법을 준 용의 은혜에 보답하고자 좋은 물을 주었다고 전해지는 용천수다. 고이시카와의 칠복신七福神 변재천을 모시고 있다.

그것을 바라보던 나를 향해 냅다 다가왔다. 그러고는 30초도 안 돼서 내 오른쪽으로 스치듯 지나쳐갔다. 자세히 보니 검은 옷을 입은 사내 둘이 하얀 헝겊을 씌운 귤 상자 같은 것에 봉을 끼워 앞뒤로 멘 채 지나가는 중이었다. 아마도 장례식장이나 화장터로 가는 길이리라. 상자 안에는 틀림없이 젖먹이가 있을 것이었다. 검은 옷차림의 사내들은 묵묵히 입을 다문 채 자그마한 관을 들쳐 메고 갔다. 한밤중에 관을 메고 지나가는 일쯤이야 예사라는 듯 그저 담담하게 뚜벅뚜벅 걸어갔다. 어둠 속으로 사라져가는 관을 잠시 신기하게 바라보다 뒤돌아선 순간 길 앞쪽에서 다시 사람 목소리가 들렸다. 크지도 작지도 않은 목소리지만 밤이 깊어서인지 의외로 크게 울려 퍼졌다.

"어제 태어나서 오늘 죽는 녀석도 있다니." 한 사람이 말하자 다른 사람이 대답했다. "타고난 명줄이 그것밖에 안 되는 걸 어쩌겠어. 다 팔자소관이지 뭐." 두 사람의 검은 그림자가 다시 내 옆을 스쳐 지나가더니 순식간에 어둠 속을 파고들었다. 빗속에서 관의 뒤를 따르는 부산한 나막신 소리만 울렸다. 마음속으로 되뇌어보았다. '어제 태어나서 오늘 죽는 녀석도 있다니.' 어제 태어나서 오늘 죽는 사람도 있는데, 하물며 어제 병에 걸려서 오늘 죽지 말란 법이 어디 있는가. 26년이나 속세의 공기를 마신 사람은 병에 걸리지 않았더라도 충분히 죽을 자격을 갖췄다. 이렇게 4월 3일 밤 11시에 고쿠라쿠스이를 올라가는 길은 어쩌면 죽으러 가는 길인지도 모른다.

어쩐지 올라가기 싫어서 잠시 언덕 중턱에 섰다. 그러나 이마저도 죽으려고 서 있는 것인지도 모른다. 그래서 다시 걸었다. 죽음이 이토록 사람의 마음을 흔들어놓으리라고는 이제껏 알지 못했다. 정신을 차리고 보니 서 있으나 걸으나 걱정되기는 마찬가지였다. 이런 상태로 집에 가서 이부자리에 속으로 들어간들 걱정을 떨쳐버릴 수 있을까? 그동안 어쩜 그리 천하태평으로 살았을까? 학창 시절에는 시험과 야구 때문에 죽음을 생각할 겨를이 없었다. 졸업한 뒤에는 펜과 잉크, 또 알량한 월급과 할멈이 불평하는 소리 때문에 역시 죽음을 생각할 겨를이 없었다. 아무리 천하태평이어도 인간이 죽는다는 사실은 똑똑히 알고 있었지만, 오늘 밤 난생처음으로 그것을 실감했다. 걷든 혹은 서 있든 칠흑처럼 어두운 밤이 성큼성큼 다가와 나를 흔적도 없이 집어삼킬 것만 같았다. 나는 본디 느긋한 성격이어서, 솔직히 말하면 공명심에는 냉담한 사내다. 하여 죽는다 해도 딱히 아쉽진 않았으나 그래도 죽는 건 끔찍하게 싫었다. 절대 죽고 싶지 않았다. 살고 싶은 마음이 이리도 간절했던 적은 이번이 처음이었다. 주룩주룩 내리는 비 때문에 어느덧 외투가 흠씬 젖어 만지면 갯솜처럼 질퍽거렸다.

다케하야정竹부町를 가로질러 기리시탄切支丹坂 언덕에 들어섰다. 어째서 기리시탄이라고 부르는지는 모르겠으나 이 언덕 또한 이름 못지않게 괴상했다. 언덕 위에 오르자 문득 예전에 이곳을 지나다가 익살스러운 벽보를 보고 웃었던 일이 떠올랐다. 비스듬히 잘려서 둑 옆길로 삐죽 나온 벽보에는 '일본에서 제일 경사가 가파른 언덕. 목숨을 건지고 싶은 사람은 조심, 또 조심'이라고 적혀 있었다. 그러나 오늘 밤은 웃을 수가 없었다. 목숨을 건지고 싶은 자는 조심하라는 글귀가 성경 속 격언처럼 머릿속에 떠올랐다. 언덕길은 어두웠다. 함부로 내려갔다가는 미끄러져 엉덩방아를 찧고 말 터였다. 너무 위험하다 싶어서 8분의 1쯤 내려갔을 때부터는 발치를 보며 조심조심 걸었다. 어두워서 아무것도 보이지 않았다. 왼쪽 둑에는 오래된 팽나무가 제멋대로 내민 가지가 한낮에도 햇빛이 들지 않을 정도로 언덕을 뒤덮고 있었다. 고로 낮에 이 언덕을 내려갈 때도 계곡 아래로 떨어질 것 같아 마음이 찜찜했다. 고개를 드니 있는 듯 없는 듯 초라하게 서 있는, 팽나무인 듯한 검은 물체에 쉴 새 없이 빗방울이 부딪히는 소리가 들렸다. 이 어두운 언덕을 내려간 뒤 좁은 골짜기에 난 길을 따라가다가 묘가다니若荷谷 맞은편으로 올라가서 일고여덟 정丁쯤 가면 고히나타다이정小日向台町에 있는 우리 집으로 갈 수 있었는데, 묘가다니 맞은편까지 올라가는 길이 약간 으스스했다.

묘가다니 언덕의 중간쯤에서 뚜렷한 빨간 불빛을 보았다. 전에도 본 건지 아니면 얼굴을 든 순간 본 건지는 확실치 않았으나, 어쨌든 빗줄기 사이로 똑똑히 보였다. 저택 문간에 세워놓은 가스등인가 싶어서 물끄러미 바라보았다. 불빛은 우란분재 때 공양을 위해 켜놓는 등롱처럼 가을바람에 너울너울 움직였다. ……가스등은 아니었다. 그럼 뭘까 궁금하던 차에 불빛이 비와 어둠 속을 물결처럼 위아래로 누비며 다가왔다. 초롱불이라고 확신한 순간 불빛이 갑자기 사라졌다.

그 불을 본 순간 퍼뜩 쓰유코露子가 떠올랐다. 쓰유코는 장차 아내가 될 사람의 이름이다. 미래의 아내와 이 불빛 사이에 어떤 관계가 있는지는 심리학자인 쓰다도 설명할 수 없을 것이다. 그러나 심리학자가 설명할 수 없는 일이라 해서 생각하지 말란 법은 없다. 꼬리가 사라진 밧줄을 닮은, 뚜렷한 형체의 빨간 불빛은 분명 순간적으로 미래의 아내를 떠올리게 했다. —동시에 불빛이 사라진 순간, 나는 너무나도 자연스럽게 쓰유코의 죽음을 떠올렸다. 이마를 쓰다듬자 진땀과 비로 손이 주르륵 미끄러졌다. 다시 정신없이 걸었다.

언덕을 내려가면 좁은 골짜기가 나왔다. 그 골짜기가 끝나는 곳에서 다시 서쪽으로 방향을 틀면 완만하게 경사진 새 골짜기로 이어졌다. 이 근처는 이른바 적토로 이루어진 고지대여서 조금만 비가 내리면 나막신이 푹푹 빠질 정도로 질퍽거렸다. 어두운 데다 구두 뒤축이 흙에 깊숙이 박혀서 쉽게 움직일 수가 없었다. 꾸불꾸불한 길을 무턱대고 걸어가다가 구기자나무로 보이는 울타리의 날카롭게 꺾인 모퉁이에서 방금 보았던 빨간 불과 다시 딱 마주쳤다. 자세히 보니 순경이었다. 순경은 벌겋게 타는 불을 내 얼굴에 바짝 갖다대더니 "불길하니 조심하십시오"라고 내뱉고 스쳐 지나갔다. 생각해보니 쓰다도 순경과 비슷한 말을 했다. 그 생각이 떠오르자 가슴이 납덩이처럼 무거워졌다. 다시 불을 발견한 나는 헐레벌떡 묘가다니를 달려 올라갔다.

어디를 어떻게 걸어왔는지도 모르는 새 자정이 다 된 무렵, 나는 유성처럼 집으로 뛰어 들어갔다. 심지 폭이 세 푼밖에 안 되는 어두침침한 램프를 한 손에 들고 집 안에서 달려 나온 할멈이 새된 소리로 외쳤다. "주인어른, 어디 편찮으세요?" 할멈의 얼굴이 창백했다.

나도 큰 소리로 물었다. "할멈, 어디 아파?" 할멈이나 나나 피차 무슨 일 때문인지 듣기가 겁나서 말없이 잠깐 서로를 노려보았다.

"물이…… 물이 떨어집니다." 할멈의 관심이 내 외투로 쏠렸다. 할멈 말대로 비에 흠씬 젖은 외투 자락과 중절모 챙에서 차가운 물방울이 다다미 위로 마구 떨어졌다. 잡고 내팽개친 모자는 안쪽의 하얀 공단을 드러내며 할멈의 무릎 옆에서 나뒹굴었다. 이어서 평소보다 훨씬 묵직해진 회색 체스터필드 코트를 벗어 물기를 턴 다음 획 던졌다. 전통 복장으로 갈아입은 나는 덜덜 떨리던 몸이 잦아든 후에 간신히 정신을 차렸다. 할멈이 다시 물었다. "어떠세요?" 이번에는 할멈도 조금 차분했다.

"어떠냐니? 아무렇지도 않아. 그냥 비에 젖었을 뿐이야." 말하면서 되도록 약점을 보이지 않으려고 했다.

"아니요, 안색이 심상치 않으세요." 텐쓰인의 스님을 믿는 사람인 만큼 얼굴만 봐도 아는 모양이었다.

"할멈이야말로 어디 아픈 거 아냐? 아까는 이가 약간 덜덜 떨리는 것 같던데."

"주인어른께서 아무리 저를 놀리셔도 괜찮습니다. 그러나 주인어른, 저는 농담이 아니에요."

"응?" 무심결에 심장이 오그라들었다. "왜 그래? 집을 비운 사이에 무슨 일 있었어? 요쓰야에서 환자에 대한 전갈이라도 온 거야?"

"그것 보세요. 그렇게 아가씨를 걱정하시면서."

"뭐라고 왔던가? 편지가 왔어, 아니면 심부름꾼이 왔어?"

"편지도 심부름꾼도 오지 않았습니다."

"그럼 전보가 왔나?"

"전보도 오지 않았어요."

"그럼 대체 무슨 일이야. 얼른 말해봐."

"오늘은 울음소리가 달라서 걱정했어요."

"뭘?"

"뭐긴요. 초저녁부터 주인어른이 걱정돼서 견딜 수가 없었어요. 아무래도 예삿일이 아닙니다."

"무슨 소리야? 그러니까 얼른 말해보라니까."

"얼마 전부터 말씀드렸던 개 이야기인데요."

"개?"

"네, 그 개 짖는 소리가 심상치 않아요. 제가 말씀드린 대로 하셨더라면 이런 일을 겪지 않으셔도 됐을 텐데, 주인어른께서 미신이라며 제 말을 너무 무시하셔서……."

"이런 일이고, 저런 일이고 아직 아무 일도 일어나지 않았잖아."

"아니요, 그렇지 않습니다. 주인어른도 돌아오시는 길에 틀림없이 아가씨의 병에 관해 생각하셨겠지요."

할멈이 정곡을 푹 찔렀다. 써늘한 칼날이 조용히 번득이며 가슴을 베어낸 듯 간담이 서늘했다.

"정말 걱정하며 오기는 했어."

"그것 보세요. 역시 어쩐지 그런 예감이 들었습니다."

"할멈, 그런 예감이 들었다니 그건 또 무슨 황당한 소리야? 할멈은 그런 경험을 한 적이 있어?"

"있고 없고의 문제가 아닙니다. 옛날부터 흔히 까마귀가 울면 일진이 사납다고 하는 말도 있지요."

"그래, 그 얘기는 들어봤지만 개 짖는 소리가 불길하다는 말은 할멈한테서 처음 듣는 소리 같은데—" 내가 의심하자 할멈은 경멸하는 투로 내 말을 부정했다. "아니에요, 주인어른. 같은 겁니다. 저 같은 할망구는 멀리서 개가 짖는 소리로도 정확히 알 수 있습니다. 말보다는 증거인 법이라지요. 무슨 일이 일어났구나 싶으면 절대로 틀린 적이 없다니까요."

"그래?"

"노인네의 말을 무시해선 안 됩니다."

"그야 물론 무시할 수는 없지. 나도 잘 알아⋯⋯. 그래서 할멈을 절대⋯⋯ 그런데 개 짖는 소리가 그렇게 잘 맞아?"

"아직도 이 할멈의 말을 의심하고 계시는군요. 저야 아무래도 상관없으니 내일 아침 요쓰야에 가보십시오. 장담컨대 반드시 무슨 변고가 있을 겁니다."

"정말로 변고가 생겨선 안 되는데, 무슨 좋은 방법이 없을까?"

"그래서 얼른 이사하시라고 말씀드렸건만 주인어른께서 너무 고집을 부리셔서⋯⋯."

"앞으로는 고집부리지 않을게. 어쨌든 내일 아침 일찍 요쓰야에 가보기로 하지. 오늘 밤 당장 가보고는 싶지만⋯⋯."

"오늘 밤엔 이 할망구도 혼자 집을 볼 수가 없어요."

"왜?"

"왜냐고요? 섬뜩해서 죽겠어요."

"하지만 할멈도 요쓰야가 걱정되잖아."

"그렇긴 한데, 혼자서 집을 볼 생각을 하니 저도 무서워서요."

그때 마침 무언가 처마 주위의 땅을 기어다니며 울부짖는 소리가 빗소리에 섞여 사방에서 들렸다.

"아아, 바로 저 소리입니다." 할멈이 눈을 휘둥그레 뜨며 나지막하게 말했다. 과연 할멈의 말마따나 음산한 소리였다. 결국 오늘 밤에는 집에서 자기로 했다.

평소처럼 이부자리 속으로 들어갔으나 여전히 들려오는 울부짖음이 마음에 걸려 눈조차 감을 수 없었다.

보통 개가 울부짖는 소리는 앞뒤를 도끼로 팬 장작처럼 짤막짤막한 소절들이 길게 이어지며 곧게 뻗어 나간다. 그런데 지금 들리는 소리는 그처럼 간단하고 평범하지 않았다. 음역이 끊임없이 변하고 꺾이며 두루뭉술한 느낌을 주었다. 촛불처럼 가느다란 소리로 시작하여 점점 둔탁하게 퍼져 나가다가 다시금 기름이 떨어진 심지의 불꽃처럼 점차 스러져갔다. 어디서 짖는지도 알 수 없었다. 100리 밖에서 부는 바람에 실려 희미하게 들려오는가 싶다가도, 어떨 땐 처마 끝을 빠져나와서 베개로 막은 귓전까지 바싹 다가왔다. 여러 개의 부드러운 단락이 이어진 '우우우우' 소리가 집 주위를 두세 바퀴 돌다가 어느덧 '와와와와' 하는 소리로 변하고, 빠른 바람에 실려 '웅웅웅웅'으로 바뀌었다가 마지막에는 저 멀리 아득한 어둠의 세계로 들어갔다. 흥겨운 목소리를 쥐어짜서 울부짖는 듯 음산한 목소리였다. 미친 듯이 포효하는 목소리를 억지로 바꾼 양 비통한 목소리였다. 자유롭게 내는 소리가 아니라 억지로 쥐어짜는 소리여서 자연스럽게 나오는 음산하거나 비통한 소리보다 더 싫고 듣기 거북했다. 귀 바로 위까지 두꺼운 솜이불을 바짝 끌어올렸지만, 그 소리는 이불 속에서도 들렸다. 더구나 이불 밖에서 들을 때보다 한층 더 듣기 힘들어서 결국 다시 얼굴을 내밀었다.

잠시 후 개 짖는 소리가 딱 그쳤다. 캄캄한 어둠에 싸인 세계에서 개 짖는 소리를 빼자 아무런 소리도 나지 않았다. 집이 바닷속으로 가라앉아버린 듯 일순간 조용해졌다. 이 정적 속에서 무슨 일인가 벌어지리라 예감한 내 마음만 시끄러웠다. 그러나 무슨 일이 벌어질지는 상상조차 해보지 않았다. 그저 이 어둠의 세계에서 정체 모를 무언가가 잠깐 얼굴을 내밀지는 않을까, 하는 걱정에 신경이 극도로 예민해질 뿐이었다. 행여 그것이 지금 나타날까 조마조마했다. 머리카락 사이에 다섯 손가락을 찔러넣고 벅벅 긁었다. 목욕탕에 가서 머리를 감은 지 일주일 정도 지난 탓에 손가락 사이가 기름으로 끈적해졌다. 이 고요한 세계가 변했다면……. 아무래도 변할 듯싶다. 날이 밝기 전까지 틀림없이 무슨 일이 생길 것이다. 기다리는 사이에 1초가 지나고, 또다시 기다리며 1초를 보냈다. 무엇을 기다리느냐고 묻는다면 대답하기 곤란하다. 무엇을 기다리는지 몰라서 더 고통스러울 뿐이다. 머릿속에서 빼낸 손을 얼굴 앞으로 내밀어 무심히 바라보았다. 손톱 끝에 초승달 모양으로 거뭇하게 때가 끼어 있었다. 동시에 위장이 운동을 멈추고, 비에 젖은 사슴 가죽을 햇볕에 말릴 때처럼 속이 바짝바짝 타들어갔다. 개가 다시 짖으면 좋겠다. 짖는 동안에는 기분이 언짢아도 이처럼 불안하지는 않을 테다. 개 짖는 소리가 들리지 않으니 나도 모르는 사이 배후에서 어떤 언짢은 일이 벌어지고 있는지 짐작할 수가 없었다. 개 짖는 소리 정도는 참을 수 있다. 그러니 제발 짖어주기를 바라며 몸을 뒤척이다가 똑바로 누웠다. 천장에 희미하게 비친 둥그런 램프의 불빛이 움직이는 듯했다. 결국 이상한 일이 벌어지려는 건가 싶더니, 척추가 이불 위에서 갑자기 흐물흐물해졌다. 그저 눈을 휘둥그레 뜬 채로 틀림없이 움직이고 있는 건지 확인했다. ⋯⋯분명 움직이고 있었다. 평소에도 움직였는데 여태 깨닫지 못한 건지, 혹은 오늘 밤에만 움직이는 것인지는 모르겠다. 만약 오늘 밤에만 움직이는 것이라면 예삿일이 아니다. 그러나 어쩌면 그저 속이 거북한 탓에 벌어진 일일지도 모른다. 오늘 회사에서 돌아오는 길에 연못가에 있는 서양 요리점에서 먹은 새우튀김이 탈이 났나? 그따위 변변찮은 음식을 돈 주고 사 먹은 내가 한심하여 후회막급이었다. 이럴 때는 그저 마음을 가라앉히고 자는 것이 상책이라 여기며 눈을 질끈 감았다. 그러자 가루로 만든 무지개를 뿌린 듯 눈앞에서 오색 반점들이 아물아물했다. 이래선 안 된다는 생각에 다시 눈을 뜨자 이번엔 램프의 불빛이 마음에 걸렸다. 달리 방법이 없어서 중환자처럼 옆으로 누운 채 날이 밝기만을 가만히 기다리기로 했다.

옆으로 눕자 문득 미닫이문 뒤에 할멈이 정성스럽게 개어놓은, 지치부 비단秩父銘仙*으로 지은 평상복이 눈에 들어왔다. 얼마 전 요쓰야에 갔을 때 평소처럼 쓰유코의 머리맡에서 함께 잡담을 나누었다.

---

* 사이타마현埼玉縣 지치부 지방에서 생산되는 비단으로, 쌍고치에서 뽑아낸 마디가 많은 명주실로 짠다. 실 단계에서 염색하여 천의 앞뒤가 똑같이 염색되며 보는 각도에 따라 색감이 달라진다는 특징이 있다.

터진 소맷부리로 삐져나온 솜이 신경 쓰였는지 내가 말리는데도 굳이 이부자리에서 일어나 옷을 꿰매주던 쓰유코의 모습이 불쑥 떠올랐다. 그때는 안색만 약간 나쁠 뿐 웃음소리나 그 외의 것들은 평소와 다름없었는데……. 쓰유코 본인도 이제는 꽤 좋아진 듯하니 내일쯤 자리를 털고 일어나겠다고 말했는데, 지금 쓰유코의 모습을 떠올려보니―떠올린 것이 아니라 저절로 떠올랐다―긴 머리카락이 반쯤 젖은 채 누워 있고, 머리에는 얼음주머니를 얹고 끙끙 앓고 있었다. ……정말 폐렴일까? 그러나 폐렴에라도 걸렸다면 분명 무슨 소식이 왔을 텐데, 심부름꾼도 편지도 오지 않았으니 병은 틀림없이 완쾌되었으리라 단정하고 잠을 청했다. 마주한 쓰유코의 야윈 뺨과 움푹 팬, 마치 유리를 끼운 듯 쓸쓸히 반짝이는 눈망울이 너무도 생생했다. 아무래도 병이 낫지 않은 모양이다. 아직 감감무소식이지만 안심하기에는 이르다. 당장이라도 무슨 소식이 올지 모른다. 어차피 올 거면 빨리 오는 게 낫다. 하지만 오지 않을지도 모른다. 몸을 이리 뒤척이고 저리 뒤척였다. 아직 춥다고는 하나 4월에 두꺼운 이불을 두 장씩이나 포개어 덮고 있으면 가만히 있어도 더워서 잠들기 힘들 텐데, 손발과 가슴 속은 피가 전혀 통하지 않는 듯 무겁고도 차가웠다. 손으로 옷 안쪽을 쓰다듬어보니 기름과 땀으로 눅눅했다. 살갗에 차가운 손가락이 닿자 구렁이라도 기어오르는 양 오싹했다. 어쩌면 오늘 밤 안으로 심부름꾼이 올지도 모른다.

갑자기 누군가 현관의 덧문을 부서져라 두드렸다. 올 게 왔다고 생각하니 심장이 가쁘게 뛰며 네 번째 갈비뼈를 두드렸다. 뭔가 말하는 듯한데 문 두드리는 소리 때문에 잘 알아들을 수가 없었다. "할멈, 누가 왔어?" 내 말이 끝나기가 무섭게 할멈의 소리가 들렸다. "주인어른, 누가 왔습니다." 나와 할멈은 동시에 현관으로 나가 덧문을 열었다. 순경이 빨간 불을 들고 서 있었다. "방금 아무 일 없었습니까?" 순경이 인사도 없이 미심쩍은 표정으로 다짜고짜 물었다. 나와 할멈은 미리 짜기라도 한 양 서로 얼굴을 마주 보았다. 두 사람 모두 아무런 대답도 하지 않았다.

"실은 지금 이 근처를 순찰하는 중인데 웬 검은 그림자가 이 댁 문에서 나와서……."

할멈은 흙빛으로 변한 얼굴로 무슨 말을 하려다가 갑자기 말문이 막힌 듯 헐떡거렸다. 순경이 대답을 재촉하듯 나를 보았다. 그러나 나는 화석처럼 굳어서 멍하니 서 있었다.

"한밤중에 큰 실례인 줄은 알지만…… 실은 요즘 이 일대가 매우 뒤숭숭하고 위험해서 경찰에서도 무척 엄중하게 경계하고 있거든요……. 그런데 마침 이 댁 문이 열려 있고 무언가 나오는 것을 본 듯해서 문단속하시라는 말씀을 드리러 잠깐 들렀습니다."

나는 겨우 안도의 한숨을 내쉬었다. 목구멍에 걸린 납 구슬이 내려간 듯이 후련했다.

"아아, 친절하게 알려주셔서 감사합니다. 도둑이 들지는 않았습니다."

"그렇다면 다행입니다. 매일 밤 개가 짖어서 시끄러우시죠? 어떤 도둑놈인지 이 부근만 배회하고 있다니까요."

도둑 때문에 개가 짖는다는 순경의 말을 듣자 그나마 한결 마음이 놓여서 힘차게 대답했다. "수고하셨습니다." 순경이 돌아가고 날이 밝자마자 요쓰야에 갈 예정이었으나, 오전 6시에 자명종이 울릴 때까지 뜬눈으로 꼬박 밤을 지새웠다.

비는 마침내 그쳤지만 문제는 길이었다. 할멈에게 길이 질척거릴 때 신는 굽 높은 나막신足駄을 꺼내달라고 말했더니, 굽을 갈려고 맡겼는데 찾아오는 걸 깜빡했더랬다. 구두를 신자니 어젯밤에 비가 내린 탓에 도저히 신을 수 없을 것 같았다. 에라 모르겠다, 하고 바닥이 넓은 삼나무 나막신薩摩下駄을 신은 채 전속력으로 요쓰야사카정四谷坂町까지 달려갔다. 대문은 열렸으나 현관은 아직 닫혀 있었다. 서생*은 일어나지 않았을까 싶어 뒷문으로 돌아갔다. 시모우사下総 출신에 뺨이 발그레한 하녀인 기요淸가 지금 막 꺼내온 겨된장糠味噌에 절인 가느다란 무를 도마 위에서 썰고 있었다. "잘 있었어? 그 사람은 어때?" 내가 묻자 놀란 얼굴로 다스키繦**를 반쯤 내리며 "예에" 하고 대답했다. 그 말만으로는 궁금증이 해결되지 않아서 개의치 않고 뛰어올라가 거실로 성큼성큼 들어섰다. 어머님이 지금 막 일어난 얼굴로 서랍이 달린 비늘 같은 나뭇결의 직사각형 목제 화로를 정성껏 닦고 있었다.

"어머, 야스오靖雄 씨." 행주를 든 어머님이 어안이 벙벙한 표정으로 나를 보았다. 그 반응으로도 궁금증은 해결되지 않았다.

"어떻습니까? 많이 안 좋습니까?" 잽싸게 물었다.

순경이 도둑 때문에 개가 짖은 거라고 단정했을 정도니 어쩌면 병

또한 나왔을지 몰랐다. 병이 다 나았길 바라는 마음으로 숨죽인 채 어머님의 얼굴을 보았다.

"네, 좋지 않겠지요. 어젯밤에 비가 많이 내렸으니까요. 필시 난처하셨을 겁니다."

예상이 약간 어긋난 듯했다. 어머님은 어쩐지 놀란 눈치이긴 했으나 딱히 걱정하는 표정은 아니었다. 왠지 마음이 진정되었다.

"길이 정말 엉망입니다." 손수건을 꺼내 땀을 닦았지만, 역시 마음에 걸려서 물어보았다. "저기, 쓰유코 씨는……."

"지금 세수하고 있어요. 어젯밤에 중앙회당의 자선 음악회에 갔다가 늦게 들어오는 바람에 그만 늦잠을 자서……."

"독감은요?"

"네, 걱정해줘서 고마워요. 벌써 말끔히……."

"멀쩡한가요?"

"네, 감기는 벌써 나았어요."

춥지 않은 봄바람에 자욱하게 내리던 가랑비 덕분인지 하늘이 투명해 보였다. "일본에서 가장 좋은 기분이올시다日本一の御機嫌にて候"라는 문구를 어딘가에서 본 듯한데, 바로 이런 기분이 아닐까? 기분이 몹시 언짢던 어젯밤과는 반대로 지금은 가슴속이 무척이나 상쾌했다. 어째서 그런 일로 괴로워했을까? 어리석기 짝이 없는 일이었다. 생각할수록 기막혔다. 설사 친한 사이라고 해도 아침 댓바람부터 남의 집에 들이닥쳤으니 얼마나 한심했을까. 오죽 할 일이 없어 따분했으면 그랬겠는가 생각할 터였다.

"그런데 왜 이렇게 일찍……무슨 일이라도 생겼나요?"

어머님이 진지하게 물었다. 어떻게 대답해야 할지 모르겠다. 거짓말을 하려 해도 갑작스럽게 그럴싸한 거짓말이 떠오를 리 없었다. 나는 달리 방법이 없어서 "네"라고 대답했다.

"네"라고 말한 뒤, 그만두는 게 나았을 게다―그냥 눈 딱 감고 솔직하게 털어놓을 걸 그랬다며 곧바로 후회했으나, 이미 "네"라고 대답한 뒤여서 어쩔 수 없었다. 뱉은 말을 주워 담을 수도 없으니 살려야 했다. "네"라는 한마디는 간단할지언정 함부로 써서는 안 된다. 한번 뱉은 말을 살리려면 무던히 힘든 법이다.

"무슨 급한 일이라도 있나요?" 어머님이 따지듯 물었다. 별다른 신통한 묘안이 떠오르지 않아서 나는 다시 "네"라고 대답한 뒤 욕실을 향해 큰 소리로 "쓰유코 씨, 쓰유코 씨" 하고 불렀다.

"어머, 누구신가 했더니 일찍 오셨네요. 어쩐 일이세요? 무슨 볼일이라도 있으세요?"

쓰유코는 남의 속도 모르고 다시 같은 질문으로 괴롭혔다.

"그래, 갑자기 볼일이 생기셨다는구나." 어머님이 대신 대답했다.

"그래요? 무슨 일인데요?" 쓰유코가 순진하게 물었다.

"네, 그게 잠깐 볼일이 있어서 근처까지 왔다가." 말하고 나자 겨우 숨구멍이 트였다. 참으로 궁색한 핑계라고 내심 생각했다.

"그럼 나한테 볼일이 있어서 온 게 아니에요?" 어머님은 약간 수상하다는 표정이었다.

"네."

"벌써 일을 마치고 오셨어요? 정말 부지런하시네요." 쓰유코가 크게 감탄했다.

"아니, 아직, 이제 가봐야 합니다." 난처할 정도로 감탄하는 쓰유코에게 약간 겸손을 떨었지만, 어느 쪽이든 별반 다르지 않다는 생각이 들자 나 자신이 참으로 한심했다. 이럴 때는 가능한 한 빨리 돌아가는 것이 상책이었다. 오래 머물면 머물수록 실수만 더 할 것 같아 슬슬 자리에서 일어나려는데 도리어 어머님이 대뜸 물었다.

"안색이 너무 나쁜데 무슨 일 있는 거 아니에요?"

"머리를 깎는 게 좋겠어요. 수염이 너무 길어서 환자 같아요. 어머, 머리에 흙탕물이 튀었어요. 허겁지겁 걸어오셨군요."

"굽이 낮은 나막신日和下駄을 신어서 많이 튀었을 거예요." 등을 보여주자 어머님과 쓰유코가 약속이라도 한 듯 놀라며 동시에 말했다. "세상에."

말려준 하오리를 걸치고 굽 높은 나막신을 빌려 신은 다음, 아직 안방에서 잠들어 있는 아버님에게는 인사도 하지 않고 문을 나섰다. 날씨는 맑고 화창하며 더군다나 일요일이었다. 약간 겸연쩍기는 했으나 어젯밤의 걱정은 마치 불이 활활 타오르는 이로리 위에 날아든 눈처럼 순식간에 사라지고 이제 내 앞에는 버드나무와 벚나무가 군락을 이룬 봄 내음 가득한 길만 펼쳐져 있었다. 몹시 기뻤다. 어느덧 가구라자카까지 와서 이발소로 들어갔다. 미래의 아내에게 환심을 얻기 위해서라는 말을 들어도 괜찮았다. 실제로 나는 무슨 일이든 쓰유코가 원하는 대로 할 생각이었다.

"손님, 수염은 남겨둘까요?"

하얀 옷을 입은 이발사가 물었다. 쓰유코가 수염을 깎는 게 좋겠다고는 했지만 그게 턱수염을 가리킨 것인지, 아니면 수염 전체를 말한 것인지 모르겠다. 코밑수염만은 그냥 남겨두기로 마음먹었다. 이발사가 "남길까요?" 하고 확인할 정도이니 남겨도 그렇게 크게 눈에 띄지는 않을 터였다.

"겐 씨, 세상에 어찌 그런 멍청한 놈이 다 있나 몰라."

이발사가 이렇게 말하고서는 내 턱을 잡고 면도칼을 거꾸로 쥐며 화로 쪽을 힐끗 보았다.

겐 씨는 화로 옆에 자리 잡고 앉아 장기판 위에서 금장과 은장의 말 두 개를 줄곧 탁탁 두드리다가 말했다. "누가 아니래. 유령이네 망자네 그런 건 다 옛날이야기야. 전기등이 들어오는 요즘 세상에 어떤 작자가 그런 맹랑한 소리를 하는지." 그러면서 왕의 오른쪽 위 귀퉁이에 차를 놓았다. "이봐, 요시공, 이렇게 해서 말 열 개를 쌓아봐. 성공하면 내가 아타카 초밥安宅鮮 ● 10센어치 사지."

그러자 애벌 면도를 해주는 사환 아이가 높은 굽 하나만 달린 나막신을 신은 채 말했다. "생선 초밥은 싫어요. 유령을 보여주면 해볼게요." 그러고는 이제 갓 세탁한 수건을 개면서 웃었다.

"요시공까지 무시할 정도이니 유령도 행세하긴 글렀군." 이발사가 말하며 내 귀밑머리를 관자놀이 부근에서 싹둑 잘랐다.

"너무 짧지 않은가?"

"요즘에는 모두 이 정도 길이로 자릅니다. 귀밑머리가 길면 기생오

● 마쓰가 스시를 뜻하며, 게누키 스시毛拔鮮 그리고 요헤에 스시与兵衛壽司와 함께 에도 3대 초밥으로 꼽힌다.

라비처럼 보여서 이상합니다. —참 나, 다들 신경과민이라니까. 마음속으로 귀신을 무서워하니까 유령도 자연히 우쭐해져서 나타나고 싶어하는 거라고."

이발사는 면도날에 붙은 머리카락을 엄지와 검지로 닦으면서 다시 겐 씨에게 말을 걸었다.

"맞아, 신경과민이야."

겐씨가 야마자쿠라山櫻• 담배 연기를 내뿜으며 맞장구쳤다.

"겐 씨처럼 둔한 사람도 신경이란 게 있을까?"

요시공이 램프의 등피를 닦으면서 진지하게 질문했다.

"신경? 신경은 네놈들한테나 있지."

겐 씨가 조금 막연하게 대답했다.

하얀 포렴이 걸린 다다미방 입구에 앉아 아까부터 손때 묻은 얄따란 책을 보고 있던 마쓰 씨가 갑자기 큰 소리로 아주 재미있는 이야기가 적혀 있다며 혼자 웃었다.

"뭔데? 소설이야? 식도락 얘기 아냐?" 겐 씨가 묻자 마쓰는 그럴지도 모른다며 책의 겉표지를 봤다. 제목에는 『유행 심리 강의록浮世心理講義錄 유야무야 도인 저有耶無耶道人 著』라고 적혀 있었다.

"이름 참 길기도 하다. 어쨌든 식도락은 아니네. 가마鎌 씨, 저게 대체 무슨 책이야?" 겐 씨가 내 귓가에서 면도칼을 빙빙 돌리고 있는 이발사에게 물었다.

"영문 모를 얼빠진 이야기가 적힌 책이야."

"혼자서만 웃지 말고 우리한테도 좀 읽어줘."

• 1904년 전매제를 실시한 후 최초로 발매된 4종의 궐련 중 하나.

겐 씨의 말에 마쓰 씨가 큰 소리로 한 구절을 읽었다.

"너구리가 사람을 홀린다고 하는데, 그렇다면 무엇으로 사람을 홀릴까요? 전부 최면술이옵니다……."

"정말 묘한 책이로군." 겐씨가 어리둥절한 표정을 지었다.

"제가 한번은 오래된 팽나무로 변신한 적이 있는데, 겐베에무라源兵衛村의 사쿠조作藏라는 젊은이가 목을 매러 왔습니다……."

"뭐야, 너구리가 하는 말인가?"

"아무래도 그런 것 같은데."

"그럼 교활한 너구리가 남긴 책이잖아. 사람을 바보로 아는군. 그래서?"

"쭉 뻗은 제 팔에 낡고 아주 지독한 냄새가 나는 훈도시褌를 걸친 그 남자가 매달렸습니다."

"너구리 주제에 너무 배부른 소리를 하는군."

"사쿠조라는 젊은이는 거름통을 발판 삼아 대롱대롱 매달렸는데, 그 순간 제가 일부러 구불텅하게 팔을 내렸기 때문에 목을 매지 못하고 우물쭈물했습니다. 저는 이때다 싶어서 팽나무의 모습을 감추고 겐베에무라 전체에 들릴 만큼 '아하하하' 하며 큰 소리로 웃었습니다. 그러자 그 젊은이가 기절초풍하며 '사람 살려, 사람 살려' 하며 훈도시를 내버린 채 죽어라 줄행랑을 쳤습니다……."

"이 녀석, 입담이 좋은데? 하지만 너구리가 뭣하러 사쿠조의 훈도시를 가져가지?"

"뭐 불알이라도 가릴 생각이었겠지."

그러자 일제히 웃었다. "아하하하!" 나도 웃음을 터뜨릴 뻔해서 이 발사가 잠시 면도칼을 얼굴에서 뗐다.

"재밌는데 계속 읽어봐." 귀가 솔깃해진 겐 씨가 말했다.

"세상 사람들은 제가 사쿠조를 홀린 것처럼 말하지만 그건 좀 억지입니다. 오히려 사쿠조는 본인이 원해서 젠베에무라를 어슬렁거리고 있었지요. 저는 단지 사쿠조의 부탁을 잠깐 들어줬을 뿐입니다. 모든 너구리 일당의 수법은 오늘날 개업의들이 쓰고 있는 최면술로, 예전부터 이 방법으로 수많은 정치가를 어지간히 속여왔습니다. 서양의 너구리가 직접 전수한 방법을 수입하시어 이를 최면법이라고 부르며 응용하는 작자들을 선생으로 떠받들지요. 이는 완전히 서양 문물에 심취한 결과이므로 저 같은 놈은 남몰래 개탄을 금치 못할 정도입니다. 실제로 일본 고유의 전통 요술은 제쳐두고, 무조건 서양 것만 좋아서 난리들이지요. 지금의 일본인은 너구리를 너무 경멸하는 듯하니, 이 자리에서 제가 잠깐 전국의 너구리들을 대신하여 여러분께서 반성하시기를 희망합니다."

"너구리 주제에 변명 한번 별나게 하는군." 겐 씨가 말하자 마쓰 씨가 책을 덮고 너구리의 의견을 열심히 변호했다. "정말 너구리가 말한 대로야. 예나 지금이나 나만 정신 바짝 차리면 홀릴 일은 없으니까." 그렇다면 어젯밤, 나는 너구리에게 완전히 놀아난 걸까? 정나미가 떨어져서 이발소를 나왔다.

10시쯤 다이정에 있는 집에 도착했다. 문 앞에 검은 인력거가 대기하고 있었고 촘촘한 바둑판무늬 문틈으로 여자의 웃음소리가 흘러나왔다. 초인종을 누르고 현관으로 들어선 순간 "그이가 오셨나 봐요"라는 목소리가 들리고 이내 미닫이문이 슥 열리더니 쓰유코가 봄처럼 온화한 얼굴로 나를 맞이했다.

"우리 집에 와 있었어요?"

"네, 돌아가신 뒤에 어쩐지 모습이 좀 이상하다 싶어서 곧바로 인력거를 타고 왔어요. 그리고 어젯밤 일을 할멈에게 전부 들었어요." 쓰유코가 할멈을 보더니 포복절도했다. 할멈도 신이 난 듯 함께 웃었다. 쓰유코의 은처럼 청량한 웃음소리와 할멈의 놋쇠처럼 카랑카랑한 웃음소리, 그리고 나의 구리처럼 중후한 웃음소리가 한데 어우러지자 온 세상의 봄이 7엔 50센짜리 셋집에 전부 모인 것처럼 주변이 쾌활한 분위기로 충만해졌다. 제아무리 겐베에무라의 너구리라 한들 이토록 우렁찬 웃음소리는 낼 수 없으리라 생각될 정도였다.

기분 탓인지 그날 이후로 쓰유코는 예전보다 한층 더 나를 사랑하는 눈치다. 이후 쓰다를 만났을 때 그날 밤의 일을 남김없이 들려주었더니 좋은 이야깃거리라며 본인의 책에 싣게 해달라고 했다. 그리하여 이 이야기는 문과대 출신 쓰다 마카타津田眞方의 저서인 『유령론』 72쪽에 K군의 사례로 실려 있다.

취미의 유전

《 1 》

　날씨 때문에 신도 미쳤다. "인간을 도륙하여 굶주린 개를 구하라." 구름 속에서 외치는 소리가 동해를 출렁이게 하고 만주 끝까지 울려 퍼졌을 때, 흑심을 품은 일본인과 러시아인은 북방의 들판에 덜컥 100리도 넘는 어마어마한 크기의 도살장을 차렸다. 그러자 광활한 평원이 끝나는 지평선 아래로부터 맹견 무리가 피비린내 나는 바람을 종횡으로 가르며 네 발 달린 총알을 한꺼번에 발사한 듯 달려왔다. 미친 신이 덩실거리며 "피를 마셔라"라고 하자, 이를 신호로 날름거리는 불길이 어두운 대지를 비추고 부글부글 끓는 핏줄기가 목구멍을 넘어갔다. 이번에는 신이 먹구름의 끝에서 쿵쿵 구르며 "살을 먹어라"라고 외치자 개들도 일제히 짖어댔다. "살을 먹어라!" "살을 먹어라!" 그러고는 우두둑우두둑 팔을 끊어 먹고 긴 주둥이를 귀밑까지 벌려 몸통을 덥석 물었다. 두 녀석이 정강이 하나를 물고 양쪽에서 서로 끌어당겼다. 마침내 고기를 거의 다 먹어 치웠나 싶더니 또다시 자욱한 구름을 뚫고 무시무시한 신의 목소리가 들렸다. "살 다음에는 뼈를 빨아먹어라." 이크, 뼈다. 개의 이빨은 살보다는 뼈를 씹기에 적합하다. 미친 신이 만든 개에게는 그에 맞는 미친 흉기가 갖추어져 있다. 바로 이빨이다. '으르렁, 으르렁' 하고 적의를 드러내며, 개들은 뼈를 향해 달려들었다. 어떤 놈은 꺾어서 골수를 마시고, 어떤 놈은 부숴서 땅에 발랐다. 너무 단단해서 깨물지 못하는 놈은 옆으로 비켜서서 이를 갈았다…….

생각만 해도 끔찍했다. 그렇게 여느 때처럼 공상에 잠긴 채 어느덧 신바시新橋에 다다랐다. 둘러보니 정거장 옆 광장의 개선문을 통과하는 길 가운데에 폭 두 간가량이 뻥 뚫려 있고, 그 좌우에는 비집고 들어갈 틈이 없을 만큼 빼곡하게 사람들이 서 있었다. 뭐지?

행렬 속 어떤 사람은 괴상한 실크해트를 삐딱하게 썼는데, 모자가 귀에 걸린 덕분에 눈이 가려지지 않았다. 또 혹자는 꼭 끼는 센다이히라仙台平• 하카마袴••를 입고서 나나코오리七子織り•••에 넣은 가문의 문장을 마치 남의 옷처럼 뚫어지게 쳐다보기도 했다. 프록코트까지는 이해하지만 즈크로 만든 하얀 운동화를 신고, 하얀 장갑을 끼고, 여봐란듯이 손을 흔드는 광경은 참으로 진기했다. 그리고 스무 명당 한 명 정도의 꼴로 휴대용 깃발을 높이 들고 서 있었다. 대개 보라색

• 무사의 하카마를 만드는 견직물로 400여 년의 역사를 자랑하는 일본의 무형문화재다.
•• 겉에 입는 주름 잡힌 하의.
••• 일곱 가닥의 꼰 날실과 씨실을 이용해서 무늬 없이 짠 견직물로 표면이 어란처럼 보여 '魚子織'로 표기하기도 한다.

바탕에 흰 글자를 발염했지만, 더러 하얀 천에 능숙하게 휘갈겨 쓴 검은 글씨도 보였다. 이 깃발만 봐도 여기에 군중이 모인 의미가 대충 짐작이 갔다. 가장 가까이에 있는 깃발을 유심히 읽어보니 '기무라 로쿠노스케木村六之助의 개선을 축하하는 렌자쿠정連雀町 유지'라고 쓰여 있었다. 이들이 환영 인파임을 깨닫고 나니 비로소 방금 말한 색다른 옷차림의 신사도 왠지 근사해 보였다. 더구나 미친 신 때문에 전쟁이 벌어졌다거나, 군인은 개에게 잡아먹히기 위해 전쟁터로 간다고 상상했던 일이 갑자기 미안해졌다. 실은 오늘 이곳에서 만나기로 약속한 사람이 있어서 정거장으로 가던 길이었다. 정거장까지 가려면 반드시 이 좌우로 늘어선 군중을 보며 아무도 지나가지 않는 도로 한복판을 홀로 걸어가야만 했다. 설마 이 사람들이 나의 시상詩想을 꿰뚫어 보겠어? 그렇다 해도 사람들의 시선을 한 몸에 받으며 홀로 행진하려니 가뜩이나 쑥스러웠는데, 행여 개가 먹다 남긴 자의 가족이라는 말을 듣는다면 얼마나 화가 날까? 생각하니 순간 아찔했다. 애써 태연한 표정을 지은 채 잰걸음으로 겨우겨우 정거장의 돌계단 위에 도착했다.

정거장 안으로 들어가보니 여기에도 환영 인파가 빽빽이 들어차 있어서 쉽사리 목적지까지 갈 수 없었다. 간신히 일등 대합실로 와보니 약속한 사람은 아직 오지 않은 모양이었다. 난로 옆에서 쉴 새 없이 이야기하는 붉은 모자의 장교가 움직일 때마다 허리춤에 찬 칼에서 철컥철컥 소리가 났다. 그 옆으로 실크해트를 쓴 두 사람이 나란히 서 있었는데, 그중 한 명의 주위에서 동그란 여송연 연기가 나부졌다. 맞은편 구석에는 시로에리白襟*를 입은 젊은 부인이 고상한 50대 부인과 소곤소곤 속삭이고 있었다. 그때 도잔唐栈**으로 만든 하오리를 입고 사냥 모자를 삐딱하게 쓴 남자가 급히 달려오더니 알렸다. "입장권은 받지 않습니다. 개찰장 안은 이미 꽉 찼습니다." 여기 있는 사람들은 대부분 단골손님일 터였다. 대합실 중앙에 놓인 테이블 주위에는 기다리다 지친 사람들이 모여서 신문이나 잡지를 만지작거리고 있었다. 진지하게 읽는 사람은 극히 드물었으니 만지작거린다는 표현이 적당하겠다.

약속한 사람은 좀처럼 오지 않았다. 약간 따분해서 밖에 나가 구경이나 할까, 하며 출입구를 넘어가는 찰나 양복 차림에 수염을 기른 한 남자가 스쳐 지나가면서 말했다. "거의 다 됐어요. 2시 45분이니까." 시계를 보니 2시 30분이었다. 이제 15분만 있으면 전쟁에서 이기고 귀환하는 장병들을 볼 수 있다. 이런 기회는 쉽게 오지 않는다. 이왕 온 김에 구경해야겠노라고 하면 실례일까. 그러나 나처럼 도서관이 아닌 곳의 공기를 별로 마셔본 적 없는 사람은 이렇게 귀환 장병들을 환영한답시고 일부러 오기 전까진 여간해서 신바시까지 올 기회가 없다. 정말로 마침 잘됐다 싶어서 보고 가기로 했다.

대합실을 나가자 정거장 안 역시 거리처럼 줄지어 선 사람들로 가득했다. 그 틈으로 간간이 일부러 구경을 나온 서양인의 모습도 보였다. 서양인조차 구경 올 정도면 제국의 신민인 나는 환영해야 마땅하므로, 의무로라도 만세 한번 정도는 외치고 가자며 간신히 행렬 속에

• 흰 깃의 속옷에 가문이 박힌 겉옷을 입는 일본 여성의 예복으로 기생의 공식 복장이기도 하다.
•• 감색 바탕에 빨강과 엷은 노랑의 줄무늬를 세로로 넣은 무명천으로 에도 초기 네덜란드인을 통해 수입되었다.

비집고 들어갔다.

"친척을 환영하러 나오셨나요……."

"네, 너무 마음이 급해서 점심도 거르고 나왔는데…… 기다린 지 벌써 두 시간 반가량 지났네요." 그렇게 말하는 남자는 배는 고파도 꽤 기운이 넘쳐 보였다. 그때 서른 전후쯤 되어 보이는 부인이 와서 걱정스러운 목소리로 물었다. "전쟁에서 이기고 돌아온 병사들은 모두 여기를 지나갈까요?" 소중한 사람을 오랜만에 만나는 중대사이니 이 기회를 절대 놓치지 않겠다는 결의로 가득한 표정이었다. 배고픈 남자가 바로 그 말을 받아서 아주 자신만만하게 대답했다. "네, 그럼요. 한 사람도 빠짐없이 지나가니까 두 시간이든 세 시간이든 여기에 서 있기만 하면 꼭 보실 수 있습니다." 그러나 점심까지 거른 채 기다리라고는 하지 않았다.

어느 프랑스 소설가가 기차의 기적 소리를 천식을 앓는 고래 울음 소리 같다고 묘사한 적 있었다. 정말 적절한 표현이라고 생각하려던 찰나, 마침 열차가 긴 뱀처럼 꿈틀대며 들어오더니 순식간에 500여 명의 건아를 플랫폼 위에 토해냈다.

한 사람이 고개를 길게 빼고 말했다. "도착한 모양이군요." 배고픈 남자는 동요하는 기색 없이 태연하게 말했다. "그냥 여기에 서 있기만 하면 됩니다." 이 남자는 저들이 도착하든 말든 상관없는 모양이었다. 그나저나 배고픈 사람치고는 꽤 침착했다.

이윽고 1, 2정가량 거리의 맞은편 플랫폼에서 "만세!" 소리가 들렸다. 그 목소리가 물결처럼 차례로 밀려왔다. "뭐 아직 괜찮……" 아까 그 남자가 말을 끝맺기도 전에 좌우로 늘어선 행렬이 일제히 외쳤다. "만세!" 함성이 잦아들 즈음 한 장군이 거수경례를 하며 내 앞을 지나갔다. 얼굴은 햇볕에 그을리고 수염은 희끗희끗하며 몸집이 자그마한 사람이었다. 좌우에 늘어선 사람들은 장군의 뒷모습을 보면서 또다시 만세를 외쳤다. 나도—이상한 얘기일 수도 있지만 실은 태어나서 지금까지 한 번도 만세를 외쳐본 적 없었다. 누구도 나에게 만세를 외쳐서는 안 된다고 하지 않았다. 물론 만세를 외치면 안 된다고 주장하려는 것도 아니다. 다만, 그런 상황을 실제로 맞닥뜨렸을 때 크게 외치려 하면 목소리가 나오지를 않았다. 입에 재갈이 물린 듯 만세 소리가 숨통에 달라붙은 채 도통 나올 생각을 하지 않았다. 아무리 기를 써도 허사였다. 그러나 이번만큼은 기어코 만세를 외쳐보리라, 하며 아까부터 단단히 마음먹었다. 실은 어서 그 기회가 오길 기다렸을 정도였다. 옆에 선 작자의 아직 괜찮다는 말을 믿은 건 아니지만, 안심하고 기다렸다. 천식을 앓는 고래가 울부짖을 때부터 '아, 드디어 왔구나' 하며 이미 마음속으로 힘껏 외칠 준비를 했다. 그런데 하필 주위 사람들이 "와!" 하자마자 덩달아 함성이 목구멍까지 차올라 외치려 할 때, 장군이 내 앞을 지나간 것이었다. 햇볕에 그을린 장군의 낯빛이, 이어서 희끗희끗한 수염이 보인 순간, 또다시 내 목구멍에서는 만세 소리가 나오려다가 쏙 들어갔다. 대체 왜?

이유를 어찌 알겠는가. 지금 이러니저러니 따져봤자 소용없고 사건은 이미 벌어졌다. 냉철한 판단력을 회복한 후 당시를 회상해봐야 비로소 낱낱이 파헤칠 수 있을 테다. 그저 뻔한 이유였더라면 애초부터 만세 소리가 나오다 마는 일은 없었을 것이다. 순식간에 일어난, 예기치 못한 사건에 분별 있게 대처할 수 있었다면 인간의 역사가 이 토록 다사다난했겠는가. 만세 소리가 멈춘 일은 내 몸을 다스리는 능력을 벗어난 현상이라고밖에 할 수 없었다. 만세 소리가 나오려다가 만 그 순간, 가슴속에서 무언가 형언하기 힘든 감정이 물밀듯이 밀려와 울컥하더니 두 눈에서 눈물이 또르르 떨어졌다.

장군은 태어날 때부터 까무잡잡한 얼굴이었을까? 랴오둥반도의 바람과 펑톈奉天*의 비를 맞고 사하沙河의 강렬한 햇볕을 쬐면 십중팔구는 검게 그을려서 원래 피부가 거무스름한 사람도 아예 새까매진다. 수염도 마찬가지다. 출정한 뒤로 은백색 수염이 숱하게 늘었을 것이다. 오늘 장군의 모습을 처음 보는 우리에게는 예전의 장군과 지금의 장군을 비교할 재료가 없다. 하지만 장군을 밤낮으로 손꼽아 기다린 부인과 딸들이 그를 본다면 필시 놀랄 것이다. 전쟁은 사람을 죽이거나 늙도록 만든다. 장군은 굉장히 야위었다. 심하게 고생한 탓일지도 모른다. 그렇다면 장군의 몸에서 출정 전과 변함이 없는 부분은 키 정도일 테다. 나 같은 사람은 황권청질黃卷青帙**속에 기거하면서 서재 밖 세상에서 무슨 일이 일어나건 말건 유유자적한다. 평소신문을 통해서 전쟁 소식을 읽고 그 상황을 시적으로 상상해보기도했다. 그러나 상상은 어디까지나 상상이고, 신문은 구석구석 훑어봐도 그저 종잇조각에 불과하다. 따라서 아무리 전쟁이 한창이라 해도 실감은 나지 않았다. 그처럼 무사태평한 인간이 정거장에 왔다가 우

---

* 선양沈陽의 옛 이름.
** 황권은 책을 달리 이르는 말로 책이 좀먹는 것을 막으려고 황벽나무 잎으로 물들인 종이를 쓴 것에서 유래했다. 청질은 청포를 사용한 책싸개로 역시 책을 뜻한다.

연히 인파에 섞여 가장 먼저 본 것이 햇볕에 그을린 얼굴과 서리 내린 수염이었다. 전쟁을 눈앞에서 직접 볼 수는 없으나 전쟁의 결과—그 결과의 편린, 그것도 살아 움직이는 결과의 단편이 눈앞을 스쳐 지나 갔을 때 이 작디작은 한 조각에 이끌려 넓은 만주 벌판을 뒤덮은 큰 전쟁의 광경이 머릿속에 생생하게 그려졌다.

게다가 엄연한 전쟁의 그림자임에도 "만세"라는 환호성이 이 편린 의 주위를 에워싸고 있었다. 이 소리는 곧 만주 벌판에서 돌진하던 군대가 외쳤던 함성의 메아리다. 만세의 의의는 글자 그대로 축하 혹 은 축복하기 위해 내는 소리라는 데 있지만, 군대가 돌진할 때 외치 는 함성은 그 취지가 상당히 다르다. 이런 상황에서 "와" 하고 지르는 함성은 한낱 무의미한 소리일 뿐이다. 그러나 의미가 없다는 바로 그 점에 대단히 깊은 정성이 깃들어 있다. 사람의 음성은 새된 목소리, 탁한 목소리, 맑은 목소리, 굵은 목소리 등 다양하며 말투 또한 분류 할 수 없을 만큼 각양각색이지만, 하루 24시간 중에서 23시간 55분 까지는 누구나 의미가 담긴 말을 사용한다. 옷에 관한 건(#, 밥에 관 한 건, 교섭에 관한 건, 흥정에 관한 건, 인사에 관한 건, 잡담에 관한 건 등 '건'이 붙은 모든 말은 전부 입에서 나온다. 내 생각으로는 '건' 이 없다면 입에서 나올 말조차 없을 듯싶다. 따라서 '건'도 없는데 의 미 모를 음성을 낸다면 이는 이만저만한 큰일이 아니란 뜻이다. 별 쓸 모도 없는 소리를 사용하는 것은 경제주의적 관점에서는 물론 공리 주의적 관점에서도 당연히 손해다. 따라서 부득이한 경우가 아니면 그처럼 하등 득 될 것도 없는 소리로 아무런 이유도 없이 죄 없는 남의 고막에 피해를 줘서는 안 된다. 고로 돌진할 때 내는 함성은 그 부득이한 상황에서조차도 철저하게 따져서 벼르고 벼른 끝에 내는 소리다. 죽느냐 사느냐, 속세냐 지옥이냐 하는 아슬아슬한 철사줄 위에 서서 진저리를 칠 때 자연스럽게 횡격막 속에서 터져 나오는, 지극한 정성이 깃든 소리다. 살려달라는 말에는 진심이 담겨 있다. 죽여버리겠다는 말에도 당연히 진심이 담겨 있다. 그러나 말의 의미가 통하면 그만큼 진심은 줄어든다. 의미가 통하는 말을 쓸 만한 여유와 분별이 있을 때까지는 일심불란一心不亂의 경지에 도달했다고 할 수 없다. 돌진할 때 외치는 함성에는 이런 인간적인 요소가 섞여 있지 않다. "와아" 하고 외칠 때 이 "와―"에는 짓궂은 의도도, 사려思慮도 없다. 도리도, 부정도 없고, 거짓과 술수도 없다. 철두철미하게 그냥 "와아"다. 정신의 결정체가 단번에 파열하면서 사방의 공기를 뒤흔들어 "와―" 하고 울리는 것이다.

만세 소리에는 '살려줘'라거나 '죽여버리겠다'처럼 비열한 의미가 없다. "와―" 자체가 곧 정신이다. 그것은 영靈이고, 인간이며, 진심이다. 그리고 인간세계의 숭고한 감정은 이 진심을 들을 수 있을 때 비로소 누릴 수 있는 것이다. 또한 진심에 귀를 기울여서 수십 명, 수백 명, 수천 명, 수만 명의 진심을 한꺼번에 들을 수 있을 때 이 숭고한 감정은 비로소 더없이 절대적인 현묘한 경지에 다다른다. 내가 장군을 보고 눈물을 흘린 것은 이 현묘한 경지에 대한 반응이리라.

장군의 뒤를 이어 암녹색의 신식 군복을 입은 장교가 두세 명 지나갔다. 마중을 나온 듯한 그들의 표정이 장군과는 사뭇 달랐다.

사는 곳과 환경에 따라 사람의 성격과 사고방식이 바뀐다는 맹자의 말은 어릴 때부터 들어왔지만, 전쟁에서 돌아온 사람과 본토에서 생활하던 사람의 인상이 너무나도 다른 것을 보니 한층 더 감개무량했다.

어떻게든 한 번 더 장군의 얼굴을 보고 싶어서 발돋움해보았으나 허사였다. 정거장 밖에 모인 수만 명의 시민이 쩌렁쩌렁 울리도록 목청껏 외쳐대는 함성에 유리창이 깨질 듯했다. 주위에 줄지어 서 있던 사람들이 드디어 차츰 흩어지더니 입구 쪽으로 몰려들었다. 그들 또한 나만큼이나 장군을 보고 싶은 모양이었다. 나도 검은 인파에 떠밀려서 돌계단 쪽으로 한두 간가량 휩쓸려갔으나, 더는 앞으로 나아갈 수 없었다. 이럴 때면 나는 성격 때문에 늘 손해를 보곤 했다. 만담 공연을 보고 출입구를 나설 때, 약속이 있어서 전차를 탈 때, 인파 속에서 표를 살 때처럼 무슨 일이든 많은 사람과 경쟁할 때는 대개 맨 끝으로 뒤처졌다. 아니나 다를까, 이번에도 역시 사람들에게 밀려 뒤처지고 말았다. 그것도 그냥 뒤처진 정도가 아니라 멀찌감치 뒤떨어져 불안했다. 장례식에서 사람들에 밀려 세키항赤飯•에 손도 못 대는 경우라면 그러려니 하겠지만, 제국의 운명을 결정하는 활동력의 단편을 볼 수 없는 것은 못내 섭섭했다. 기어이 보고 싶다. 그 순간 광장을 에워싼 만세 소리가 절벽에 부딪혀 철썩철썩 부서지는 커다란 파도처럼 내 고막에 울려 퍼졌다. 더는 못 참겠다. 기필코 봐야만 한다.

문득 작년 봄 아자부••의 어떤 거리를 지날 때 겪은 일이 떠올랐다. 기와로 이은 높다란 토담이 세워진 넓은 저택 안에서 여럿이 모

• 찹쌀에 팥이나 강두를 1~2할 정도 섞어서 찐 팥밥으로 주로 깨소금을 뿌려 먹으며 축하하는 자리 혹은 지역에 따라 불교 행사에서 먹기도 한다. 고와메시 또는 오코와라고도 한다.
•• 도쿄 미나토구의 지명.

여서 놀이라도 하는지 즐겁게 웃는 소리가 들렸다. 대체 왜 그랬는지 알다가도 모를 일이지만, 잠깐 그 집 안을 들여다보고 싶었다. 순전히 배짱이 두둑한 탓이었다. 배짱 때문이 아니고서야 그토록 엉뚱한 생각을 할 리가 없었다. 무슨 이유 때문이든 간에 하고자 하는 마음이 너무도 간절하면 쉽사리 바뀌거나 가시지 않는다. 그러나 방금 말한 대로 높은 토담이 가로막고 있던지라 벽에 구멍이라도 뚫려 있지 않은 한 누구도 감히 그 안을 들여다볼 엄두도 낼 수 없었다. 주변 상황이 여의치 않아 좌절하니 더욱 보고 싶어졌다. 어리석은 얘기지만, 그때 나는 잠깐이라도 저택 안을 들여다보기 전에는 맹세코 이 동네를 떠나지 않으리라 작정했다. 그러나 초대받지도 않았는데 남의 집에 함부로 들어가는 것은 도둑이나 하는 짓이었다. 그렇다고 초대를 받아 들어가기는 더욱 싫었다. 이 저택 안 사람들의 신세를 지지 않고 품격을 지키며 정정당당히 보아야 직성이 풀릴 터였다. 그러려면 높은 산에 올라 내려다보거나 열기구를 타고 바라보는 방법밖에 없었다. 그러나 두 가지 모두 즉석에서 간단히 할 만한 방법은 아니었다. 좋다, 기왕 각오했으니 고등학교 시절에 연습했던 높이뛰기 기술을 응용해서 최대한 높이 뛰어올랐을 때 잠깐 들여다보기로 했다. 참으로 훌륭한 묘책이었다. 다행히 지나다니는 사람도 없고, 있다 한들 그냥 높이뛰기를 하겠다는데 무슨 이유로 트집을 잡겠는가? 나는 두 다리에 한껏 힘을 준 다음 펄쩍 뛰어올랐다. 숙련의 결과는 무서운 법이다. 내 짐작이 맞았다. 토담 위로 얼굴이, 아니, 어깨까지 솟아올랐다. 이번 기회를 놓치면 도저히 목적을 이룰 수 없을 듯싶어서 두 눈을 반짝이며 웃음소리가 나는 곳으로 짐작되는 쪽을 얼핏 보니 네 명의 여자가 테니스를 치고 있었다. 공교롭게도 내가 뛰어오를 적마다 네 명이 짠 듯이 새된 목소리로 "호호호" 웃었다. 얼떨결에 나는 다시 털썩 땅에 착지해 서 있었다.

누가 들어도 우스꽝스러운 얘기란 건 나도 잘 안다. 오죽했으면 모험의 주인공인 나조차 너무 어처구니가 없어서 이제껏 아무에게도 말하지 않았다. 다만 궁색한 변명이겠으나, 우습다거나 진지하다는 것은 상대방과 상황에 따라 달라진다. 하필 그 상황에서 높이뛰기를 한 것이 우스꽝스러울 뿐이지, 마음 자체는 진지했다. 여자들이 테니스를 치는 도중에 내가 뛰어올랐기 때문에 우스운 것이지, 로미오가 줄리엣을 보기 위해서 높이뛰기를 한다 해도 우스울까. 만일 로미오 정도의 상황에서 높이뛰기를 해도 우습다고 한다면 한 걸음 더 나아가 이 개선장군처럼 혁혁한 공을 세워 명성이 자자한 위인을 보려고 높이뛰기를 한다면 어떨까. 그래도 우스울까? 우습든 말든 상관없다. 보고 싶은 건 누가 뭐래도 봐야 한다. 높이뛰기를 하자. 그게 낫다. 그 방법밖에 없다. 마침내 나는 아까 말한 것처럼 땅을 박차고 올라가보기로 결심했다. 우선 모자를 벗어서 겨드랑이에 꼈다. 지난번에는 경험이 부족해서 인력의 작용으로 다리가 땅에 닿는 순간 그 반동 때문에 얼마 전 새로 산 중절모가 휘리릭 공중제비를 돌면서 반대편으로 한 간 정도 굴러갔다. 빈 인력거를 끌고 가던 인력거꾼이 그 모자를 주워서 히히거리며 내게 도로 건네던 모습을 기억한다. 이번에는 제대로 해보리라. 이렇게 하면 괜찮을 것이다.

모자를 꽉 누르는 동시에 발끝으로 포석 위를 콩콩 뛰며 넌지시 자세를 가다듬었다. 다행히 사람들로부터 한참 뒤처졌기 때문에 근처에 방해되는 이도 없었다. 마치 바다 위에서 세력을 회복한 파도가 바위에 부서지듯 잠시 잠잠해졌던 환호성이 주변에서 또다시 터져 나왔다. 두 다리를 배 안쪽에 바짝 들이민 채 정신을 가다듬고 '지금이야' 하며 땅을 박차고 뛰어올랐다.

덮개를 열어젖힌 랜도마차landau•가 개선문을 빠져나가려고 옆으로 도는 사이, 그가 보였다. 열광하는 소리에 둘러싸인 검은 얼굴은 화려한 축하 행렬 속에서 과거의 기념품처럼 도드라졌다. 장군을 마중 나온 의장병의 말이 만세 소리에 놀라 앞발을 높이 치켜들고 인파 속을 벗어나려 했다. 장군의 마차 위에서 한 폭의 자주색 깃발이 휙 나부꼈다. 신바시로 꺾어지는 모퉁이에 있는 3층짜리 여인숙 유리창 안쪽에서 연보랏빛이 감도는 회색 기모노 차림의 여자가 하얀 손수건을 흔드는 모습이 보였다.

또다시 눈보다 발이 먼저 정거장에 도착했다. 모든 작용이 한순간에 일어났다. 번개가 번쩍하며 환히 비추고 난 후의 세상이 평소보다 어둡게 보이듯이, 나는 어안이 벙벙해진 채 땅으로 내려갔다.

장군이 떠난 뒤에는 군중도 저절로 흩어졌다. 아까처럼 정숙하지 않았다. 줄지어 서 있던 일행의 한 귀퉁이가 무너지자, 견고하던 산이 우르르 움직이며 짙은 검은색 부분이 점점 엷어졌다. 성급한 사람들은 벌써 돌아가는 모양이었다. 마침 장군과 함께 기차에서 내린 병사들이 삼삼오오 모여서 정거장을 나왔다. 빛바랜 옷차림에 각반 대신

• 지붕을 덮은 포장이 앞뒤로 나뉘어 접히도록 만들어진 사륜마차.

노란 나사羅紗를 접어 정강이에 친친 감고 있었다. 얼굴에는 거뭇거뭇한 수염이 덥수룩하게 자랐다. 이러한 모습도 전쟁의 한 단면이다. 일본 민족의 고유한 정신인 야마토다마시大和魂•가 녹아든 작품이다. 기업인도, 신문쟁이도, 기생도 필요 없으며, 나 같은 백면서생도 물론 필요 없다. 다만 수염이 덥수룩하고 지저분하여 거지와 진배없는 이 기념물만은 없어선 안 된다. 그들은 일본의 정신을 대표할 뿐 아니라 넓게는 일반적인 인류의 정신도 대표한다. 일반적인 인류의 정신은 주판알로 튀길 수 없고, 감언이설로 속일 수도 없으며, 필설로 형용하기에는 세 장으로도 모자라고, 백과사전에서도 찾을 수 없다. 그저 이 병사들의 검은 얼굴, 초라한 몰골에 그 흔적이 아련히 남아 있다. 고행한 후 설산을 나온 석가는 화장품을 바르지 않았다. 금반지도 끼지 않았다. 너절한 누더기 한 장을 걸쳤을 뿐이다. 그조차 온몸을 가리기엔 부족하다. 북풍이 술술 통하는 옷은 가슴팍이 훤히 드러나서 갈비뼈가 몇 개인지 능히 셀 수 있을 정도다. 이러한 석가가 고귀하다면 이 병사들도 고귀하다고 해야 한다. 옛날에 원나라가 두 차례에 걸쳐 일본을 침공했을 때•• 호조 도키무네北條時宗•••를 만난 불광국사佛光國師••••가 무어라 했는가? 위엄을 떨치며 힘차게 돌진하라고 호통쳤을 뿐이다. 저 누추한 몰골의 병사들이 불광국사의 따끔한 호통을 들은 것도 아닐 텐데, 힘차게 돌진하라는 젠키禪機•••••, 즉 대사

• 외국과 비교할 때 '일본적'으로 생각되는 정신이나 지혜, 사상을 가리키는 용어·관념이다. 대화심大和心이나 화혼和魂り이라고도 한다.

•• 1274년부터 1281년까지를 뜻한다.

••• 1251~1284. 가마쿠라 시대의 무장이자 정치가.

•••• 1226~1286. 가마쿠라 시대에 송에서 넘어온 임제종의 승려로, 무학파武學派의 시조.

••••• 교의를 체득한 선승이 수행자를 대할 때 무아의 경지에서 나오는 독특한 동작이나 촌철살인의 말.

의 말과 시종時宗*의 방식은 예나 지금이나 한결같다. 그들은 힘차게 돌진하다가 덧없이 집으로 돌아온 사내의 영령이다. 우리가 천상과 천하를 종횡무진으로 누비는 기백을 존경하지 않는 이상, 천하에 존경해야 할 것은 티끌만큼도 없다. 검은 얼굴! 개중에는 일본 국적인지 의심스러울 정도로 검은 사람이 있었다. 깎지 못한 수염! 종려나무 빗자루를 다듬잇돌로 두드린 듯 엉겨 붙은 그 수염 속에 한데 뒤엉켜 응어리진 이 기백이 넓은 가슴 가득 넘쳐흘렀다.

병사들이 떼를 지어 나올 적마다 사람들은 만세를 외쳤다. 어떤 병사는 검은 얼굴에 미소를 머금고 기뻐하며 지나갔다. 어떤 병사는 한눈팔지 않고 느릿느릿 걸어갔다. '대체 무슨 환영을 한다고 이렇게 떼거리로 모인 거지?'라는 듯 미심쩍은 표정을 한 사람도 간혹 보였다. 어떤 병사는 자신을 환영하는 깃발 아래 득의양양하게 서서 뒤따라 나오는 동료들을 바라보는가 하면, 돌계단을 내려오자마자 마중나온 사람들이 와락 껴안아 인사조차 잊고 이 사람 저 사람과 내리 악수하는 병사도 있었다. 아마도 출정을 나간 만주에서 배운 방식이리라.

공교롭게도 이 장면이 이 글을 쓴 동기가 되었는데—스물여덟에서 아홉쯤으로 보이는 중사 한 명이 내 눈에 띄었던 것이다. 피부색은 동료 병사들과 마찬가지로 검고, 수염도 자랄 대로 자라서 필시 작년부터 면도를 미룬 듯싶었으나 이목구비는 다른 사람들과는 비교가 되지 않을 만큼 준수했다. 그뿐 아니라 나의 죽은 벗인 고高와 형제가 아닐까 착각할 만큼 판박이여서, 실은 이 남자가 홀로 돌계단을

• 정토교淨土教의 종파를 뜻한다.

내려올 때 흠칫 놀라 나도 모르는 새 그를 향해 달려갈 뻔했다. 그러나 고는 부사관이 아니었다. 지원병 출신의 승진한 보병 중위였다. 게다가 지금은 고인이 되어서 하쿠산의 절에 1년 남짓 신세를 지고 있다. 따라서 아무리 그를 고라고 생각하고 싶어도 이는 애초부터 가당치도 않은 일이었다. 그럼에도 사람의 마음이란 묘하여 그를 바라보며 탄로 날 염려 없는 이기적인 생각을 했다. 이 중사가 고 대신 뤼순에서 전사하고 고가 이 중사 대신 무사히 귀환했다면 얼마나 좋았을까, 고의 어머님도 필시 기뻐하셨으련만. 중사도 뭔가 허전한 듯 자꾸만 주위를 둘러보았다. 다른 사람들처럼 잰걸음으로 신바시 쪽에 가려는 기색도 없었다. 뭘 찾고 있는 걸까? 혹시 도쿄 사람이 아니라 상황을 모르는 것이라면 대신 가르쳐주려고 눈을 떼지 않은 채 지켜보았다. 그런데 어디서 튀어나왔는지 예순가량의 할머니가 달려오더니 느닷없이 중사의 소매를 잡고 매달렸다.

중사는 보통의 체격이었지만 키만은 보통 사람보다 분명 두 치는 커 보였다. 반면 할머니는 유난히 키가 작을뿐더러 나이 탓에 허리가 조금 굽은 터라, 그 중사를 껴안았다고 해야 할지 달라붙었다고 해야 할지 애매했다. 만일 이 광경을 표현하기 위하여 머릿속에 든 일본어와 한문의 자구字句를 총동원해 가장 적당한 말을 찾는다면, 으레 '매달리다'를 선택할 것이다. 중사는 꼭 잃어버린 물건을 찾았다는 얼굴로 할머니를 내려다보았다. 할머니는 드디어 잃어버린 아이를 찾았다는 표정으로 중사를 올려다보았다. 이윽고 중사가 걸어가자 할머니도 따라 걸었다. 역시나 매달린 채로. 근처에 서 있던 구경꾼들은 "만세, 만세!" 외치면서 두 사람을 축하해주었다. 할머니는 만세 소리 따위는 전혀 아랑곳하지 않는 눈치였다. 그저 중사에게 매달린 채 그의 얼굴을 올려다보며 자신의 아이에게 이끌려갔다. 막치짚신과 징이 박힌 군화가 어지러이 뒤엉켜 구불구불한 길을 돌아 신바시 쪽으로 멀어져갔다. 고가 떠올라 못내 서운하고 아쉬웠던 나는 짚신과 군화를 신고 걸어가는 두 사람의 모습을 지켜보았다.

◀ 2 ▶

고! 고는 작년 11월 뤼순에서 전사했다. 26일은 바람이 세차게 부는 날이었다고 한다. 랴오둥반도의 넓은 벌판을 이리저리 떠돌다 검은 해를 바다로 날려버릴 듯 불어오는 태풍 속에서 송슈산松樹山 돌격은 예정대로 이루어졌다. 시간은 오후 1시. 아군이 엄호를 위해 쏜 대포가 적의 보루 왼쪽 모서리에 명중하자 모래 먼지가 소용돌이치며 15미터가량 치솟았다. 이를 신호로 개미굴을 건드린 듯 몇백 명은 되어 보이는 병사들이 산병호에서 뛰어나오더니 어지러이 흩어져서는 앞쪽의 비탈을 기어올랐다. 앞으로 보이는 산 중턱은 적이 깔아놓은 철조망 때문에 파고 들어갈 여지도 없었다. 그러한 곳을 사다리를 어깨에 메고 흙 포대를 짊어진 채로 제각기 빠져나갔다. 공병이 터놓은 두 간 너비도 안 되는 길은 앞다투어 지나가는 병사들에게 빼앗기고, 뒤쪽에서도 병사들이 물밀듯이 몰려들었다. 내 눈에는 그저 한 줄기 검은 강이 산을 가르며 흐르는 듯 보였다. 적이 검은 강에 가차 없이 탄환을 퍼붓자 그곳의 모든 것이 깡그리 사라졌겠다 싶을 만큼 자욱한 연기가 피어올랐다. 성난 태풍이 연기를 흩트려 아득히 먼 하늘로 채갔다. 아수라장이 된 그곳에서 여전히 검은 줄기의 사람들이 꿈틀거렸다. 꿈틀거리는 사람들 속에 고가 있었다.

둥근 나무 화로 앞에 둘러앉아 이야기를 나눌 때, 고는 큰 남자였다. 거무스름한 수염이 무성한 멋진 남자. 고가 흥겨운 이야기로 말문을 열면 상대방의 머릿속에는 오롯이 고만 남았다. 오늘 일도 내일 일도 잊고, 넋을 놓은 채 이야기를 듣는 자기 자신도 잊고, 그렇게 고만 남았다. 고는 위대한 남자다. 고라면 어디에 내놓아도 안심이었고, 사람들의 눈에 띄기 마련이리라 생각했다. 그런 고에게 '꿈틀거린다' 라는 저속한 동사 따위는 쓰고 싶지 않지만, 어쩔 수 없다. 실제로 꿈틀거렸으므로. 괭이 날로 파헤친 개미굴 속 개미 떼 중 한 마리처럼 꿈틀거렸다. 국자에서 튄 물에 얻어맞은 거미 새끼처럼 꿈틀거렸다. 어떤 인간도 이런 상황에 놓인다면 끝장이다. 큰 산, 큰 하늘, 1000 리를 달려 나가는 태풍, 사방을 둘러싼 연기, 무쇠로 된 목구멍으로부터 포효하며 날아가는 총알 앞에서는 그 어떤 위인도 위인다울 수 없다. 가마니에 담긴 수많은 콩알 중 한 톨처럼 무의미해 보인다. 아, 고, 대체 어디서 뭘 하는 거냐? 빨리 평소의 너로 돌아와 제일 먼저 로스케露助* 놈들을 놀라게 해주면 좋으련만.

새까맣게 몰려드는 사람들은 총알 세례를 받을 때마다 휙 사라졌다가 이내 바람에 흩어지는 연기 속에서 다시 움직였다. 사라졌다 움

• 러시아 사람을 얕잡아 부르던 말.

직이기를 반복하면서 뱀이 담 넘어가듯이 머리부터 꼬리까지 온몸이 물결치며 점점 위로, 위로 올라갔다. 이제 곧 적의 보루였다. 고는 앞장서서 뛰어들어야 한다. 연기가 멎은 사이 검은 뱀의 머리 위로 깃발 같은 것이 나부꼈다. 바람이 강해서인지, 사람들에게 떠밀려서인지, 똑바로 섰나 싶으면 누웠다. 뛰어내렸나 싶어 놀라면 다시 높이 올라갔고 그러다 다시 비스듬히 기댔다.

고다, 고! 고가 틀림없어. 수많은 사람이 뒤섞여서 밀치락달치락하며 격렬하게 싸우는 와중에 단 한 명이나마 눈에 띄는 사람이 있다면, 분명 고일 테다.

만일 천하의 미인인 내 아내가 공식적인 자리에 갔을 때 돋보이기는커녕 옆자리의 부인과 별반 차이가 없다면 못마땅할 것이다. 마찬가지로 내 아이가 집에서 방자하게 굴어도 금쪽같은 도련님인데, 교복을 입은 채 학교에 갔더니 맞은편 방물 가게 아들과 나란히 앉는 데다가 둘 사이에 별반 차이도 없어 보인다면 서운할 것이다. 고에 대한 내 마음도 그랬다. 어디에 내놓아도 그가 평소의 고답지 않으면 직성이 풀리질 않았다. 절구 속에 넣고 휘저은 토란처럼 마구 뒤섞여서 이리저리 데굴데굴 굴러다니는 것은 아무래도 고답지 않다. 그러니 무엇이든 상관없다. 깃발을 흔들든, 검을 치켜들든, 아무튼 이 혼란 속에서 조금이나마 사람들의 이목을 끌 만한 일을 하는 사람이 있다면 그가 바로 고였으면 좋겠다. 바라는 정도가 아니다. 반드시 고여야만 한다. 아무리 착각이라 해도 고가 변변히 두각을 나타내지 못하리라는 경솔한 예측은 결코 할 수 없었다. 따라서 저 기수는 분명히 고다.

검은 덩어리가 적의 보루 아래까지 다다라서 이제 성벽을 기어오르겠거니 했는데, 순식간에 긴 뱀의 머리가 두세 치 정도 뚝 잘려 사라져버렸다. 희한한 일이었다. 총알을 맞고 쓰러진 것 같진 않았다. 저격을 피하려고 땅바닥에 누운 것 같지도 않았다. 어떻게 된 일일까? 그러다가 머리 잘린 뱀이 또다시 두세 치 정도 뚝 잘리더니 이내 사라져버렸다. 의아해서 계속 보고 있자니 아래서부터 순서대로 밀려 올라오는 기다란 행렬이 같은 장소에 도착하자마자 순식간에 사라졌다. 더구나 보루의 벽에는 누구 하나 매달린 사람이 없었다. 참호였다. 누구도 적의 망루와 아군 사이에 놓인 이 장애물을 넘어가기 전까지는 적에게 다가갈 수 없었다. 그들은 철조망을 뚫고 가파른 언덕 꼭대기까지 악착같이 올라가 이 해자 가장자리로 와서 깊은 도랑 속으로 두말없이 뛰어들었다. 어깨에 멘 사다리는 벽에 걸치기 위해, 걸머진 흙 포대는 해자를 메우기 위해 준비한 듯했다. 해자가 얼마나 메워졌는지는 몰라도 앞쪽에서부터 차례로 뛰어들고 사라지기를 반복하다가 이윽고 고의 차례가 왔다. 드디어 고다. 정신 바짝 차려야 한다.

높이 들어올린 깃발이 세찬 바람에 갈기갈기 찢어질 듯이 옆으로 나부끼던 그때, 깃대가 갑자기 기울어지기에 혹시 부러졌나 의심한 순간 고의 모습이 순식간에 사라졌다. 드디어 뛰어들었다! 때마침 얼룽산二龍山 방면에서 쏜 대여섯 발의 대포 모두가 세차게 부는 바람을 뚫고 산기슭에 명중했다. 넓은 하늘에 대포 소리가 꽝꽝 울려 퍼지고 산 중턱에서 솟구치는 모래 먼지가 쓸쓸한 초겨울 그늘처럼 자욱이 끼어 눈에 보이는 온갖 것을 가로막았다. 고는 어떻게 됐는지 모르겠다. 제정신이 아니었다. 모래 먼지가 부는 곳 아래의 어디쯤 있으리라 짐작하고 열심히 바라보았다. 소나기가 걷히듯 세찬 바람이 불어 빽빽하게 뒤덮인 먼지가 걷히기를 초조하게 기다렸다. 그러나 자욱한 먼지는 도통 걷힐 기미를 보이지 않았다. 약 2분간은 아무리 눈을 비벼도 맹인이나 다름없는 상태여서 어떻게 할 수도 없었다. 그러나 이 모래 먼지가 걷히면—만약 먼지가 말끔히 흩어지고 나면 해자 건너편에서 햇빛을 반사하여 온통 반짝반짝 빛나는 고의 깃발을 반드시 볼 수 있을 것이다. —아니, 고는 틀림없이 반대편 성벽 끝까지 올라가 저 높이 보이는 낮은 울타리 위에서 깃발을 펄럭펄럭 흔들고 있을 것이다. 다른 사람이라면 몰라도 고에게는 그 정도의 일이 벌어지기 마련이다. 모래 먼지가 빨리 걷혔으면 좋겠다. 대체 왜 걷히지 않는 걸까?

저들이 차지한 적의 보루를 계속 응시하고 있으려니 오른쪽 가장자리로 튀어나온 모서리가 어렴풋이 보였다. 중앙에 두껍게 쌓아 올린 석벽도 보였다. 그러나 사람의 모습은 보이지 않았다. 어, 이제 저 부근에서 깃발이 나부껴야 하는데 어떻게 된 거지? 그렇다면 분명 벽 아래의 제방 중간쯤에 있을 거야. 그때 모래 먼지가 위에서 아래까지 한번에 말끔히 싹 걷혔다. 한데 고는 어디에서도 보이지 않았다. 큰일이다. 우렁이처럼 꿈틀거리던 다른 병사들의 모습도 찾을 수 없었다. 정말로 큰일이다. 이제 나오려나. 5초가 지났다. 아직 이른 걸까. 10

초 지났다. 5초가 10초로 바뀌고 10초가 20초, 30초로 거듭 바뀌어
도 참호 속에서 나와 맞은편으로 기어오르는 사람은 없었다. 있을 리
가 없었다. 참호로 뛰어든 사람들은 맞은편으로 건너가기 위해 뛰어
든 게 아니었다. 죽기 위해 뛰어든 것이었다. 그들의 발이 참호 바닥
에 닿자마자 궁교 속에서 조준 중이던 적들의 기관포가 지팡이로 대
나무 울타리 옆을 긁으며 달릴 때처럼 드르륵 소리를 내며 눈 깜짝
할 사이에 그들을 쏴 죽였다. 죽은 자가 기어오를 리 없다. 사람 눈
에 띄지 않는 구덩이 속, 돌을 얹은 단무지처럼 차곡차곡 쌓인 채 쓰
러진 사람들에게 반대편으로 기어오르기를 바라는 것은 억지다. 쓰
러진 사람도 올라가고 싶다. 오르고 싶었기에 뛰어든 것이다. 하지만
마음이야 굴뚝 같아도 손발이 말을 듣지 않으니 어쩌겠는가. 눈이 멀
거나 몸에 구멍이 뚫려서는 오를 수가 없다. 피가 통하지 않아도, 머
리가 뭉개져도, 어깨가 날아가도, 몸이 막대기처럼 굳어도 불가능하
다. 얼롱산에서 쏜 대포의 연기가 완전히 걷힌 이 순간에만 오를 수
없는 게 아니다. 차가운 해가 뤼순의 바다로 지고, 차가운 서리가 뤼
순의 산에 내려도 마찬가지다. 아나톨리 스테셀°이 항복하고 성을 내
주어 스무 개의 대포와 보루가 모조리 일본의 수중에 들어온다 해도
올라갈 수 없다. 러일강화조약이 성사되어 노기 마레스케乃木希典°°
장군이 금의환향한다 해도 불가능하다. 100년, 3만6000일간 하늘과
땅을 거느리고 마중을 나와도 끝내 오를 수 없다. 이것이 참호에 뛰
어든 병사들의 운명이었다. 그리고 고의 운명이기도 했다. 올챙이처
럼 꼬물꼬물 움직이던 병사들은 돌연 바닥 없는 구덩이에 떨어져 덧

• 1848~1915. 제정 러시아의 장군으로 러일전쟁 당시 뤼순 요새의 러시아 관동군 사령관이
었다. 요새 함락 후 노기 마레스케와 항복 협상을 했다.
•• 1849~1912. 러일전쟁에서 제3군 사령관으로 뤼순을 공격했다.

없는 세상의 표면에서 어둠 속으로 사라져버렸다. 깃발을 흔들든 말든, 사람들의 눈에 띄든 말든 어차피 다 거기서 거기였다. 고는 열심히 깃발을 흔들 때만 해도 다행히 살아 있었지만, 해자 속에서는 다른 병사들과 뒤엉킨 채 죽어서 싸늘하게 식어 있었노라고 했다.

스테셀이 항복하며 러시아와의 강화조약이 성립되었다. 개선장군과 함께 돌아온 군대도 환영을 받았다. 그러나 고는 아직도 그 구덩이에서 올라오지 않았다. 우연히 들른 신바시에서 마주한 까무잡잡한 얼굴의 장군을 비롯하여, 역시 거무스름한 얼굴의 중사와 그의 키 작은 어머니를 보고 눈물까지 흘렸더니 기분이 한결 유쾌해졌다. 그러면서도 한편으로 생각했다. '고는 왜 구덩이에서 올라오지 않는 걸까?' 고에게도 어머니가 있다. 그 중사의 어머니처럼 키가 작지도, 막치짚신을 신은 적도 없으나, 만일 고가 전쟁터에서 무사히 돌아와 어머니가 이곳 신바시로 그를 마중하러 나왔더라면 어머니도 그 할머니처럼 고에게 매달렸을지 모른다. 고도 플랫폼 위에 서서 기대로 가득한 표정을 지은 채 수많은 군중 속에서 어머니가 나오기를 기다렸을 것이다. 그나저나 이렇게 생각하니, 구덩이에서 올라오지 못한 고보다 더 가엾은 사람은 세상 풍파에 맞서고 있는 어머니였다. 참호로 뛰어들기 전까지야 어찌 됐든, 일단 뛰어들면 그것으로 끝이다. 속세의 날씨가 맑든 흐리든 개의치 않을 테다. 그러나 남겨진 어머니는 그럴 수 없었다. 비가 오면 집에 틀어박혀서 고를 생각했다. 비가 개면 밖으로 나가서 고의 친구들을 만났다. 어머니는 환영식을 위한 국기를 꺼냈다. 그 녀석이 살아 있었더라면, 하고 넋두리를 했다. 대중

목욕탕에서 혼기가 찬 아가씨가 물을 떠주기라도 하면 진작에 저런 아가씨랑 짝을 맺어주었다면 좋았으련만, 하며 옛날을 그리워했다. 이래서는 사는 것 자체가 고통이다. 자식 복이 많은 사람이라면 나머지 자식이 위로해주었겠으나 고의 가족이라고는 달랑 홀어머니와 외아들 둘뿐이었다. 둘 중 하나가 사라지면 두 동강 난 표주박 같은 신세가 되어 영원히 온전한 하나로서는 살아갈 수 없다. 중사의 할머니와 달리 연로하신 어머니에게는 의지할 사람이 없다. 어머니는 고가 돌아와서 의지할 날만을 주름이 자글자글한 손가락으로 밤낮없이 손꼽아 기다렸다. 그렇게 어머니에게 의지가 되어줄 당사자는 깃발을 들고 냅다 참호 속으로 뛰어들어 지금껏 올라오지 않는다. 장군은 흰 머리가 늘었을지 몰라도 군중의 환호 속에 서 있었다. 중사는 얼굴은 까매졌을지 몰라도 플랫폼 위로 득의양양하게 뛰어내렸다. 백발이 되었든 햇볕에 그을렸든 어쨌든 돌아오기만 한다면 상관이 없다. 오른팔을 붕대에 매달았든 왼다리가 의족으로 바뀌었든 돌아오기만 한다면 상관없다. 그런데도 고는 여전히 구덩이 속에서 올라오지 않는다. 그렇다면 남은 방법은 어머니가 아들의 뒤를 따라 구덩이 속으로 뛰어드는 것뿐이다.

다행히 오늘은 한가하니 고의 집으로 가서 오랜만에 어머님을 위로해드릴까? 위로하러 가는 건 좋지만 갈 적마다 눈물 바람이 불어서 꽤 난처했다. 얼마 전에는 어머님이 한 시간 반가량을 하염없이 우는 바람에 결국 적당한 위로의 말은 바닥나버리고, 할 말이 궁해서 진땀을 뺄 정도였다. 게다가 이럴 때 상냥한 며느리라도 있었으면 힘이 되었으련만, 하며 어찌나 며느리 타령을 하시던지. 어머님의 넋두리가 어느 정도 잠잠해져서 이젠 돌아가야겠다고 생각한 순간, 네가 꼭 봐줬으면 하는 게 있다기에 무엇이냐고 물었더니 고이치의 일기라고 했다. 죽은 친구의 일기라는 말을 들으니 구미가 당겼다. 일기는 그날그날 있던 일뿐만 아니라 그때그때의 마음까지 허심탄회하게 적는 것이다. 아무리 친한 친구의 것이라 할지라도 미리 양해도 구하지 않고 봐서는 안 되는 법이다. 그러나 어머님이 승낙—아니, 먼저 부탁하니 당연히 흥미가 생겼다. 따라서 어머님이 읽어보라고 권했을 때는 꽤 솔깃했지만, 그 일기 때문에 또다시 눈물 바람이 불었다가는 큰일일 터였다. 내 재주로는 그 상황을 도저히 벗어날 방법이 없었다. 선약이 있는데 약속 시간이 다 되어 고의 일기는 다음에 다시 찾아뵙고 천천히 읽어보겠노라고 말하고 도망쳤을 정도였다. 이 같은 이유로 고의 어머니를 찾아뵙는 일이 망설여졌다.

하긴, 나도 고의 일기를 읽어보고 싶긴 하다. 어머님의 눈물 바람이 잠시라면 마다하지 않을 테다. 애초에 나는 목석이 아니니, 남의 불행에 일말의 동정 정도는 충분히 보여줄 수 있는 남자다. 그러나 유감스럽게도 천성이 무뚝뚝해서 그런 순간마다 어떻게 행동해야 할지 몰라 쩔쩔맨다. 어머님이 하소연하며 흐느끼면 어떻게 위로해야 할지 모르겠다. 마지못해 번지르르한 말로 어설프게 장단을 맞췄다가는 모처럼 슬픔을 달래려던 호의도 물거품이 될뿐더러 때로는 전혀 엉뚱한 결과를 초래해서 어머님이 불같이 벌컥 화를 내기도 했다. 이래서는 상대방도 위로를 하러 온 건지 화를 돋우러 온 건지 이해하기 힘들어진다. 따라서 찾아뵙지 않으면 약을 드릴 수 없지만, 그 대신 독을 드릴 위험도 없다. 아무래도 오늘은 일단 미루고 조만간 찾아뵈어야 할 것 같다.

방문은 미루기로 했으나 어제 신바시에서 있었던 사건을 생각하니 아무래도 고의 일이 마음에 걸렸다. 어떤 방법으로든 친구를 추모하고 싶었다. 나는 그럴듯한 애도의 말을 할 주제가 못 된다. 글재주라도 있다면 평소 가까이 지냈던 사람들과의 이야기를 진솔하게 써서 잡지에라도 투고하겠지만 내 재주로는 그른 일이다. 달리 방법이 없을까? 그래, 좋은 생각이 떠올랐다. 고는 아직도 송슈산의 참호에서 올라오지 않았으나, 그가 유품으로 남긴 머리카락은 그를 기리며 멀리 바다를 건너와 고마고메駒込의 작코인寂光院에 묻혔다. 절에 참배하러 가기 위해 니시카타정西片町에 있는 집을 나섰다.

초겨울이었다. 초겨울을 뜻하는 고하루小春*라는 말만 들어도 홍시를 볼 때처럼 기분이 좋아졌다. 특히 올해는 유난히 따뜻해서 안감을 덧댄 아와세바오리袷羽織에 안을 덧붙여 가운데에 솜을 넣은 와타이레綿入れ만 입고 나섰음에도 가볍고 상쾌했다.

끝이 비스듬하게 닳은 지팡이를 휘두르면서, 다이시류大師流** 서풍으로 작코인이라는 글씨를 새기고 감청색으로 물들인 오래된 액자를 바라본 뒤 문안에 들어섰다. 숙연한 분위기를 풍기는 이 사찰은 내게 각별한 곳이었다. 먼지 한 톨 없이 구석구석 깨끗이 청소한 모습을 보니 기뻤다. 질척질척하지도 바짝 마르지도 않은, 곱고 찐득찐

• 음력 10월의 다른 이름.

•• 홍법대사弘法大師 구카이空海를 시조로 하는 일본 서예의 한 유파. 구카이의 글씨를 과장시킨 서풍으로 무로마치 말기에 성립하여 에도 초기 무렵 칭송받았다.

득한 적토가 햇볕을 머금은 풍경만큼 진기한 것도 없다. 내가 사는 니시카타정은 학자들의 동네일지는 몰라도 우아한 집은 고사하고 차분한 흙 색깔은 구경조차 하기 힘들 정도로 근래 많은 주택이 들어선 상태다. 학자가 그만큼 늘어나서인지 아니면 학자가 그만큼 풍류가 없어서인지는 아직 연구해보지 않아서 모르겠지만, 이토록 널따란 경내에 오니 평소 학자들이 모여 사는 동네에 만족했던 내 눈에도 어쩐지 스님들의 생활이 부럽게 보였다. 문 좌우로는 둘레가 두 자쯤 되는 적송이 떡하니 서서 기다리고 있었다. 아마 100여 년 전부터 이처럼 기다리고 있었으리라. 의젓한 모습이 꽤 믿음직스러웠다. 옛날에는 '간나즈키神無月*의 소나무 낙엽'이라고 불렀다는데 지금은 낙엽이 깔린 풍경은 전혀 볼 수 없었다. 그저 깨끗한 흙 속에서 얼크러진 뼈마디처럼 옹두리가 울퉁불퉁한 뿌리가 한두 치 내밀어져 있을 뿐이었다. 노승이나 동자승 혹은 시주받는 일과 회계 같은 잡무를 담당하는 승려納所坊主 또는 문지기가 깐깐한 성격이어서 하루에 세 번 정도는 바닥을 쓸기 때문이리라. 어쨌든 소나무를 보면서 반정쯤 가면 막다른 곳에 본당이 있고, 그 오른편이 절의 부엌인 공수간이었다. 본당 정면에 걸린 금박을 입힌 액자에도 새똥인지 씹다가 던진 종이인지 모를 무언가가 점점이 붙어 있어서 필자의 신성한 작품을 모독했다. 횡단면이 약 여덟 치인 굵은 느티나무 각목八寸角에는 읽을 테면 읽어보라는 식으로 초서체로 휘갈겨 쓴 주련柱聯이 보였다. 대단한 명필가가 쓴 글이라서인지 도무지 못 읽겠다. 어쩌면 왕희

• 음력 10월을 부르는 말로, 매년 이때 전국의 신들이 시마네현의 이즈모타이샤出雲大社에 모여 회의를 하므로 전국의 신들이 자리를 비우는 달이라는 뜻에서 붙은 이름이다. 반대로 이즈모시가 있는 시마네현에서는 신들이 모여들기 때문에 가미아리즈키神在月라고 부르기도 한다.

지王羲之*의 글일지도 몰랐다. 대단한 작품인 것 같긴 한데 도무지 읽을 수가 없는 글자를 보면, 으레 내 맘대로 그것이 왕희지의 글일 것라고 생각했다. 왕희지의 글자처럼 오래된 물건을 볼 때면 마음속에서 야릇한 감정이 싹트기 때문이었다. 본당을 우측에 두고 왼쪽으로 돌아가면 묘소였다. 묘소의 입구에는 도깨비 은행나무가 서 있었다. 아, 도깨비라는 말은 내가 붙인 것이 아니다. 듣기로는 이 일대에서 작코인의 도깨비 은행나무라고 하면 모르는 사람이 없다고 한다. 그러나 제아무리 도깨비일지라도 이렇게 높이 자랄 것 같지는 않았다. 몸통 둘레가 세 아름은 족히 될 법한 거목이었다. 예년 같으면 지금쯤 벌써 잎이 다 떨어지고 앙상한 가지만 남아 태풍 속에서 신음하고 있었겠지만, 올해는 아주 파격적인 날씨가 이어지고 있는지라 높다란 가지마다 예쁜 잎이 달려 있었다. 아래에서 올려다보면 어마어마하게 큰 황금빛 구름이 온화한 햇빛을 받아 대모갑처럼 군데군데 빛나서 눈부시도록 멋졌다. 구름 덩어리가 바람도 없는데 팔랑팔랑 떨어졌다. 물론 잎이 얇아서 떨어져도 소리는 나지 않았다. 떨어지는 시간도 제법 길었다. 가지를 떠나서 땅에 도착하기까지 햇빛을 받아 다양한 색으로 빛나며 몇 번을 엎어졌다 뒤집혔다. 다채로운 색을 내긴 하지만 조급해하지 않고 아주 유유히, 매우 다소곳이 떨어졌다. 떨어지는 게 아니라 하늘에서 살랑살랑 춤추고 있는 듯 보였다. 한적했다—아무것도 움직이지 않을 때가 가장 한적하다는 생각은 착각이다. 한 점만 움직이기에, 나머지 부분의 정적이 더 크게 와닿는 것이다. 게다가 그 움직임마저 과하지 않아서 마음을 고요히 가라앉

• 303~361. 중국 동진의 서예가로 해서체, 행서체, 초서체를 완성하여 예술로서 서예의 지위를 확립했다.

히고 한곳에 집중시키므로 망상을 일으키지 않는다. 이를 가리켜 적정寂定*이라고 한다. 더욱이 그 나부끼는 모습이 정숙한 다른 부분을 돌이켜보게 한다면—그때가 가장 한적하게 느껴지는 법이다. 바람한 점 없는 날 은행잎이 지는 모습이 바로 그렇다. 수많은 잎이 진종일 떨어졌으므로 나무 아래로는 부채꼴 모양의 작은 잎들이 검은 땅이 보이지 않을 만큼 빼곡하게 깔려 있었다. 승려들의 손길도 여기까지는 미치지 않은 듯했다. 당장은 번거로워 청소하기를 꺼렸는지 혹은 수북이 쌓인 낙엽이 운치 있어 보여서 내버려뒀는지는 몰라도, 어쨌든 아름답다.

한동안 도깨비 은행나무 밑에 서서 위를 보거나 그 아래를 내려다보며 서성거리다가 잠시 후 줄기 밑을 떠나서 묘지 안으로 들어갔다. 유서 깊은 절이라는 말이 와닿을 만큼 커다란 연대蓮臺 위에 세워놓은 돌탑이 곳곳에 보였다. 오른편 울타리에 '매화원전 척학대거사 梅花院殿 瘠鶴大居士'라고 적혀 있는 걸 보니 다이묘大名**나 하타모토旗本* **의 무덤인 듯했다. 그중에는 한 자가 안 되는 지극히 간소한 무덤도 있었는데, 해서체로 '자운동자慈雲童子'라고 새겨져 있었다. 어린아이의 무덤이라 작은 것이었다. 무덤 이외에 석탑도 많았다. 법명도 질리도록 많이 새겨져 있었으나 약속이라도 한 듯 전부 옛날 사람뿐이었다. 요즘이라고 사람이 죽지 않는 것도 아니니, 역시 망자는 이전처럼 분수에 맞게 해마다 손님으로서 칠이 벗겨진 액자 아래로 숨어들 것이

• 마음의 번뇌와 몸의 괴로움을 벗어난 해탈·열반의 경지.

•• 10세기에서 19세기에 걸쳐 일본 각 지방의 영토를 다스리던 영주로 대개 쇼군의 직속 신하였으며, 에도 시대에는 1만 석 이상의 녹봉을 받았다.

••• 에도 시대 쇼군의 직속 가신으로 1만 석 미만의 녹봉을 받았고, 쇼군을 직접 알현할 수 있었다.

었다. 그러나 일단 도깨비 은행나무 밑을 지나가면, 그들은 갑자기 오래전에 죽은古る佛 사람이 되고 말았다. 이를 전부 은행나무 탓으로만 돌릴 수는 없었다. 절에 시주하여 돕는 집들의 경우, 스님들의 간청으로 좁은 빈 묘지가 아닌 조상 대대로 합장한 자리에 새로 장사 지낸 유골도 함께 모시기 때문이었다. 고도 그들 중 하나였다.

고의 무덤은 오래된 가문의 것답게 이 오래된 묘지卵塔場* 중에서도 제법 영향력이 있는 편이었다. 무덤이 언제쯤 생겼는지는 정확히 모르나 여하튼 고의 아버지와 할아버지도, 또 그의 할아버지도 묻혀 있다고 하니 결코 새로 생긴 무덤이라고는 할 수 없었다. 오래된 무덤인 만큼 풍경이 뛰어난 자리를 차지하고 있었다. 옆쪽의 절을 두고 경계로 쌓은 한 단 높이의 제방 위에 세 평쯤 되는 평지가 있었고, 돌계단 두 개를 밟고 올라가면 막다른 곳이 나왔다. 그 한복판에 고의 할아버지와 아버지 그리고 고가 함께 잠들어 있는 가와카미河上 가문의 무덤이 있었다. 찾는 건 무척 쉬웠다. 도깨비 은행나무를 지나서 외길을 따라 북쪽으로 스무 간 정도 걸어가면 됐다. 내게 익숙한 곳이었으므로 여느 때처럼 그 길을 따라 반쯤 가다가, 문득 눈을 들어 고의 무덤은 어느 쪽으로 가야 하는지 무감히 보았다.

어라! 누군가 이미 와 있었다. 모르는 사람이 등을 돌린 채 열심히 합장하고 있었다. 누구일까? 누구인지 알 도리는 없지만 멀리서 봐도 남자가 아닌 것만은 분명했다. 행색을 보아하니 분명 여자였다. 어머님인가? 나는 무심한 성격이어서 여자의 복장에는 영 문외한이지만, 어머님이 대체로 검은 공단으로 된 허리띠를 매는 건 알고 있었다. 그

• 난탑卵塔은 대좌臺座 위에 하나의 돌로 만든, 달걀 모양의 탑신을 세운 탑을 말한다. 흔히 선승의 묘표로 쓴다. '무봉탑無縫塔'이라고도 한다.

런데 이목을 집중시키는 저 여자의 등에 가득 펼쳐진 허리띠는 절대 거무스름하지 않았다. 휘황찬란하며 너무나 아름다웠다. 분명 젊은 여자다! 나도 모르게 응얼응얼 외쳤다. 약간 겸연쩍어진 나는 잠깐 멈춰 서서 계속 가야 할지 물러가야 할지 생각해보았다. 내가 온 줄 모르는 여자는 웅크린 채 가와카미 가문의 무덤을 향해 열심히 절을 올리고 있었다. 어쩐지 다가가기 어려웠다. 그렇다고 해서 도망쳐야 할 만큼 나쁜 짓을 한 것도 아니어서 어떡할지 망설이고 있는데, 여자가 벌떡 일어났다. 뒤편으로는 옆 절의 맹종죽 숲이 대낮에도 한기를 느낄 만큼 우거져 있었다. 여자는 싱싱하면서도 녹음이 울창한 그 대나무 숲 앞에 우뚝 섰다. 북쪽의 응달을 배경으로 검게 드리워진 그늘에 여자의 하얀 얼굴이 덩그러니 비쳤다. 커다란 눈에 뺨은 팽팽하고 목이 긴 여자였다. 축 늘어뜨린 오른손 끝에는 손수건 가장자리를 쥐고 있었다. 어두운 대나무 숲을 배경으로 눈처럼 흰 손수건이 선명하게 보였다. 앗! 탄성을 지른 순간에는 흰 얼굴과 깨끗하게 발염한 손수건 외에 그 무엇도 보이지 않았다.

이 나이가 될 때까지 수많은 여자를 보아왔다. 거리에서, 전차 안에서, 공원이나 음악회, 극장이나, 엔니치緣日[*]에서도, 충분히 볼 만큼 봤다. 그러나 이때만큼 놀란 적도, 이때만큼 아름답다고 생각한 적도 없었다. 나는 그에 관한 생각은 물론이고 성묘하러 온 사실도, 쑥스러움마저 잊은 채 하얀 얼굴과 흰 손수건만 바라보았다. 지금까지 뒤에 사람이 있으리라고는 꿈에도 생각지 못했던 여자 역시 돌아가려고 발걸음을 옮긴 순간 멍하니 서성이던 내 모습이 눈에 띄었는지 돌

• 특정 신불神佛을 공양하고 재를 올리는 날.

계단 위에 잠깐 멈춰 섰다. 다섯 간 떨어진 거리에서 올려다보는 내 시선과 내려다보는 여자의 시선이 마주치자, 여자는 바로 고개를 숙였다. 동시에 질리도록 새하얀 뺨 뒤쪽이 주홍색 물감을 풀어 흘려보낸 듯 붉게 달아오르고 이내 얼굴 전체가 발그레하게 물들더니 귀밑까지 새빨개졌다. 괜스레 미안한 짓을 했다 싶어서 도깨비 은행나무 쪽으로 되돌아가려다가 오히려 여자의 뒤를 살금살금 밟았다는 오해를 살까 봐 그만두었다. 그렇다고 넋을 놓고 멍하니 바라보는 것은 더욱더 실례일 것이었다. 『후한서』의 「외효공손술열전」에 따르면 죽을 고비에서 살길을 찾는 병법死中求活도 있다 하니 당당하게 전진하는 수밖에 없었다. 엄연히 성묘하러 왔는데 뭐가 잘못인가. 도둑이 제 발 저리다고 괜히 망설이는 대신 떳떳하게 행동하기로 작정했다. 나는 지팡이를 고쳐 잡은 뒤 여자 쪽으로 성큼성큼 걸어 올라갔다. 그러자 고개 숙인 여자도 도망치듯이 돌계단 아래로 소매를 스치며 내 옆을 지나갔다. 헬리오트로프 같은 향기가 물씬 풍겼다. 맑은 가을 햇볕이 내리쬐는, 아와세바오리를 입은 등으로 그 진한 향이 배어들 것만 같았다.

여자가 지나간 후에야 나는 겨우 안심하고서 제정신으로 돌아온 듯 침착하게 누굴까, 하며 다시 뒤돌아보았다. 그러자 운 나쁘게 또 한 번 눈이 마주쳤다. 이번에는 내가 돌계단 위에서 지팡이를 짚고 서 있었다. 여자는 도깨비 은행나무 아래에서 앞쪽으로 가려다가 몸을 비스듬히 틀어서 이쪽을 올려다보았다. 은행나무 잎은 바람이 없는데도 여전히 팔랑팔랑 흩날리며 여자의 머리카락이며 소매, 허리

띠 위로 떨어졌다. 시간은 1시나 1시 반쯤이었다. 작년 겨울, 깃발을 든 고가 사나운 바람을 뚫고 산병호에서 뛰쳐나온 바로 그 시간이었다. 가을 하늘은 마치 줄을 맞춰 걸어둔 날 선 검들처럼 청명했다. 가을에서 겨울로 바뀌기 직전만큼 하늘이 높이 보이는 때는 없다. 오늘은 하르르한 잠자리 날개 같은 구름조차 떠다니지 않았다. 날개가 있어 날아오를 수만 있다면 분명 한없이 날아오를 수 있을 것이었다. 그러나 이 하늘은 아무리 한없이 올라가도 끝이 없을 듯했다. 무한하다는 말은 이런 하늘을 바라볼 때 가장 실감이 난다. 이처럼 한없이 머나먼 조용한 하늘을 거리낌 없이 가르는 도깨비 은행나무가 구름을 황금빛으로 물들이고 있었다. 그 옆으로는 작코인의 기와지붕이 켜켜이 쌓인 수십만 개의 새까만 비늘처럼 창공 일부를 옆으로 가르며 따뜻한 햇볕을 반사했다. 오래된 하늘, 오래된 은행나무, 오래된 가람과 오래된 묘지가 존재하는 적막한 풍경 사이에 젊고 아름다운 여자가 서 있었다. 기막힌 대조였다. 대나무 숲을 등지고 섰을 때는 하얀 얼굴과 하얀 손수건만 눈에 들어왔으나, 이번에는 늘씬하게 차려입은 옷의 빛깔과 그 중앙에 두른 허리띠의 빛깔이 유독 눈에 띄었다. 줄무늬일까? 내가 풍류를 모르는 사내라 이를 묘사할 재주가 부족한 게 유감이지만, 그 색상만은 참으로 화려했다. 고색창연한 경내에 단 1분이라도 머물 만한 성질의 것이 아니었다. 필시 어디선가 얼떨결에 섞여 들어온 탓이리라. 마치 미쓰코시三越*의 진열장을 일부 떼어내 라쿠시샤落柿舎**의 빨랫줄에 걸어놓은 꼴이었다. 대조의 극치란 바로

• 1673년 에치고야越後屋라는 상호로 출발한 일본 최초의 백화점으로 세계 최초로 정찰제를 시행한 에치고포목점을 기원으로 한다.
•• 하이쿠의 대가 마쓰오 바쇼松尾芭蕉의 제자인 무카이 교라이向井去來가 살았던 집으로 교토시 우쿄구 사가에 있다.

이런 것을 두고 하는 말일 테다. 여자는 도깨비 은행나무 아래에서 비스듬히 돌아서서 내가 참배하는 무덤이 어디인지 확인하고 가려는 듯했으나, 공교롭게도 나 역시 돌계단 위에서 다시금 여자를 내려다본 탓에 여자는 이내 단념하고 본당 쪽으로 몸을 돌렸다. 팔랑팔랑 떨어진 은행잎이 검은 땅을 가렸다.

여자의 뒷모습을 바라보며 희한한 대조라고 생각했다. 옛날에 오사카의 스미요시住吉신사에서 게이샤를 본 적이 있다. 소나기 속에서 시마다마게로 머리를 올린 채 서 있는 모습이 평소보다 아리따워서 눈을 반짝이며 바라보았다. 또 하코네箱根의 오지고쿠大地獄*에서 스물여덟 남짓한 서양인을 만난 적이 있었다. 김이 열 길이나 피어오르며 펄펄 끓던 무시무시한 온천물이 잦아들었을 때, 내 마음도 편안해졌다. 모든 대조는 대개 이 두 가지로 마무리된다. 보통 우리가 예상하는 대조란 이전의 예민한 감각을 무뎌지게 하는 것 아니면 새롭게 시야에 나타난 현상을 평소보다 뚜렷이 뇌리에 각인시키는 것이다. 한데 지금 내가 보는 대상은 그런 느낌들을 추호도 불러일으키지 않았다. 서로 죽이거나, 서로 살리는 대조가 아니었다. 아름다운 옷으로 화려하게 차려입은 여자를 음악회나 원유회園遊會가 아닌 고풍스럽고 적적한 풍경에서 만나니 유달리 돋보였던 것도 아니었다. 작코인의 문을 빠져나온 순간, 덧없는 세상을 살아온 세월이 거꾸로 흐르며 나는 물론 부모님도 태어나기 이전父母未生前**으로 돌아갔나 싶을 만큼 낡고 고색창연한 정취가 물씬 풍겨왔다. 아련하기까지 한, 은은하고도 소극적인 감정이었다. 우거진 대나무 숲을 등지고서 벌떡 일어

---

* 하코네의 3대 절경 중 하나인 오와쿠타니大涌谷 분화구의 유적을 뜻한다. 3000년 전 최고봉인 가미야마神山가 폭발했을 때 생긴 활화산으로, 이 근방은 온천으로 유명하다.
** 부모미생전 본래면목本來面目, 대립과 차별을 초월한 본래의 자신을 가리키는 불교 용어다.

난 여자를 내려다보았을 때 이 정취에 상반되는 느낌은 털끝만큼도 들지 않았다. 오히려 낙엽을 밟고 돌아서는 여자를 바라본 순간 정취는 더욱 깊어졌다. 오래된 사찰과 칠이 벗겨진 액자, 도깨비 은행나무와 굳건히 자리를 지키는 소나무, 뒤섞인 채 늘어선 돌탑—죽은 사람의 이름을 새겨놓은 돌탑과 꽃 같은 미인이 한데 어우러진 데서 비롯한, 더할 나위 없이 원숙한 감동이 내 신경에 그대로 전해졌다.

분명 이처럼 억지스러운 말이 이해되지는 않을 것이다. 글쟁이의 거짓말이라며 비웃는 독자마저 있을 것이다. 그러나 말이 안 되더라도 사실은 사실이다. 글쟁이든 아니든 과장 없이 사실 그대로 썼다. 만일 작가가 잘못되었다고 여기는 사람이 있다면 미리 말해두겠다. 나는 작가가 아니며, 니시카타정에 사는 일개 학자다. 혹시 의심스럽다면 이 문제를 학자의 관점에서 설명해보겠다. 그 유명한 셰익스피어의 비극 『맥베스』에서는 맥베스 부부가 공모하여 덩컨 왕을 살해하는 장면이 나온다. 침실에서 왕을 죽인 순간 누군가가 연거푸 문을 두드린다. 그러자 문지기가 "두드려라, 두드려라!" 외치며 등장하더니 주정뱅이처럼 혀 꼬부라진 소리로 실없는 말들을 늘어놓는다. 이것이 대조다. 심지어 이만저만한 대조도 아니다. 살인자 옆에서 도도이쓰都都逸•를 부르는 정도의 대조다. 그런데 묘하게도 이 우스꽝스러운 장면 덕분에 이전 장면의 처참한 분위기가 누그러지거나 한결 편안해지지는 않는다. 이 해학적인 장면이 플롯에서 한층 더 많은 웃음을 가져다주는 것도 아니다. 그렇다고 해서 아무런 효과도 없느냐 하면, 천만의 말씀이다. 이 우스꽝스러운 장면 덕분에 극 전체에서 느껴지

• 속요의 한 종류로 이성 간의 정을 다룬 내용이 주를 이룬다. 즉석에서 7·7·7·5조로 가사를 만들어 샤미센 반주에 맞춰 부른다.

는 끔찍함과 두려움은 한층 고조된다. 심지어 이 경우에는 해학 자체가 몸을 벌벌 떨며 옴츠리게 만드는 오싹한 요소가 된다. 그 이유는 다음과 같다.

종래의 경험이 우리의 관찰력을 지배한다는 사실은 두말할 필요도 없이 명백하다. 어떤 일을 얼마나 자주, 또는 뜸하게 경험했는지에 따라 그 영향력이 강해지거나 약해진다는 사실에도 역시 반박의 여지가 없다. 비단 강보에 싸인 채 태어나 주변 사람들에게 언제나 분부대로, 말씀대로 하겠노라며 떠받들어지는 경험만 거듭하다 보면 세상 모든 사람이 자신에게 머리를 조아리기 위해서 태어났다고 믿게 되므로 거드름을 피우기 마련이다. 돈으로 술을 사고, 첩을 사고, 친구와 저택, 벼슬까지 산 사람들은 콧대가 하늘을 찔러서 금고를 흘깃거리며 돈만 믿은 채 사람들을 깔본다. 물론 단 한 번 경험했다고 해서 영향력의 예외가 되진 않는다. 하쿠야정薄屋町의 대화재로 전 재산을 날린 가장은 이타바시板橋에서 정오를 알리는 사이렌 소리에도 새파랗게 질릴지 모른다. 노비대지진濃尾の震災 • 때 기왓장 속에서 구조된 사람은 정오를 알리는 포 소리만 울려도 염불을 외울 것이다. 물론 정직한 사람이 평생 딱 한 번 도둑질했다면 그를 의심할 지인은 아무도 없을 것이며, 농담이 직업인 남자가 10년 만에 한나절 동안 진지하게 사건 이야기를 한들 누구 하나 상대해주지 않을 테다. 요컨대 우리의 관찰력이란 종래의 타성으로 해결된다. 우리의 생활은 천차만별이므로 우리의 타성 역시 각자의 전공에 따라, 직업에 따라, 나이에 따라, 기질에 따라, 성별에 따라 각기 다르다. 마찬가지로 연극

• 1891년 노비평야에서 일어난 최대 진도 8.0의 지진으로 모두 7273명이 사망했다. 태풍이 지나간 직후에 발생한 지진이라 피해가 더욱 컸고, 일본 역사상 최대의 직하형 지진으로 기록됐다.

이나 소설 속에도 전체적으로 흐르는 분위기가 있다. 이 분위기가 독자나 관객의 마음에 와닿으면 역시 일종의 타성이 된다. 이러한 요소가 강렬할수록 타성 자체도 깊숙이 뿌리를 내리면서 확고부동한 경향이 생겨나기 마련이다. 『맥베스』는 늙은 마녀, 악독한 여자, 악당의 행위와 동작을 고심하여 묘사한 비극이다. 서두부터 읽기 시작해서 문지기가 우스꽝스러운 짓을 하는 대목에 이를 즈음이면, 독자 본인도 모르는 사이에 생긴 유일한 타성은 '두려움'이라는 세 글자로 귀결된다. 과거에 두려움으로 떨었던 사람은 자연스럽게 그 경험을 이후에 겪을 모든 사건에 투영하므로 미래에도 두려움이 닥치리라 예견한다. 뱃멀미를 한 사람은 뭍에 오른 뒤에도 땅이 흔들린다고 느끼며, 타고난 겁쟁이인 참새는 허수아비만 봐도 전에 본 그 노인인가 의심한다. 마찬가지로 『맥베스』를 읽는 사람이 두려움이라는 세 글자에 얽매여 자질구레한 일까지 두려움과 결부하려 드는 것은 어찌 보면 지극히 당연한 일이다. 그러니 공포에 사로잡혀 전전긍긍하던 중에 등장한 문지기가 늘어놓은 실없는 소리를 평범한 농담이나 해학으로 받아들일 수는 없다.

세상에서는 풍자할 때 그 겉뜻과 속뜻을 서로 다르게 쓴다. 알다시피 '대장'은 막역한 사이에서 놀리는 투로 쓰는 호칭이며, '선생'은 '~치' '~녀석' 등의 의미로 멸시나 야유할 때 쓴다. 이처럼 풍자의 관점에서 보면 겸손한 태도는 사람을 더욱더 바보 취급하는 모습이며, 칭찬은 맹렬히 남을 매도하는 일이다. 피상적인 의미가 강할수록 이면에 함축된 의미도 깊어진다. 그러니 존칭 하나로 남을 우롱하기보다는 조고각하照顧脚下의 자세로 본인을 돌아보며 신중하게 야유하는 편이 더욱 뜻깊지 않을까? 이 심리를 한 걸음 더 발전시켜 생각해보자. 우리가 사용하는 명제의 대부분은 그 반대의 의미로도 생각할수 있다. 어떤 의미로 한 말일지 의심스러울 때면 앞서 말한 타성이저절로 발동한다. 해학을 해석할 때도 마찬가지다. 해학의 이면에는진실이 따라다닌다. 박장대소 속에는 뜨거운 눈물이 숨어 있다. 잡담속에서는 귀신이 구슬피 우는 소리가 들린다. 그렇다면 두려움이라는 타성에 젖은 눈으로 문지기의 해학을 읽은 사람은 그 해학을 곧이곧대로 해석했을까, 아니면 그 이면에 숨은 뜻을 헤아렸을까? 이면에숨은 뜻을 헤아렸다면 주정뱅이의 헛소리 속에서도 모골이 송연한두려움을 느꼈을 것이다. 원래 풍자는 비꼬는 말인 만큼, 바른말보다더욱 신랄하다. 그 아름다운 여인이 벌레조차 꺼리는 독사의 화신,즉 시치멘대선녀七面大天女●라는 사실을 간파한 순간, 그 죄악은 비슷한 다른 죄악과는 차원이 다른 공포심을 유발한다. 이는 신이 진짜인간의 모습을 빌어서 저지른 죄악이기 때문이다. 어떨 때는 대낮에나타나는 도깨비가 정석대로 나타나는 유령보다 더 무섭다. 당사자에게 뭔가를 암시하기 위해 나타난 것이기 때문이다. 폐허가 된 절에서 하룻밤을 지새우는데 누군가 뜰 앞의 삼나무 아래에서 갓포레

────────

● 나무야南無谷의 시치멘산七面山에 모신 일련종日蓮宗의 수호신이다. 복덕을 주는 고대 인도의 여신인 길상천吉祥天의 환생으로 굉장한 미인이며 귀문의 한 쪽 방향만 닫고 7면을 연다. 일련성인日蓮聖人은 항상 가이甲斐(지금의 야마나시현山梨縣) 남서부의 미노부身延(미나미코마군南巨摩郡)의 산골짜기에 있는 큰 바위에 앉아 설법했는데, 어느새 한 미인이 그 설법을 듣는 사람들 가운데 함께하더니 여러 시중을 들기 시작했다. 진작부터 그 미인을 수상히 여겼던 일련성인이 어느 날 돌아가라며 꽃병의 물을 끼얹자 미인은 사라지고 길이 3미터가량의 독사가 모습을 드러냈다. 이윽고 본래의 미인으로 돌아간 독사는 산속으로 사라지기 전 일련성인에게 "나는 미노부의 산에 사는 시치멘대선녀다. 앞으로는 수해와 화재, 전란으로부터 이산을 지킬 것이다"라고 말했다고 한다.

かっぽれ*를 춘다면 무척이나 무시무시하게 느껴질 것이다. 이 역시 풍자이기 때문이다. 『맥베스』에서 문지기가 늘어놓는 헛소리와 산사에서 추는 갓포레는 완전히 동격이다. 『맥베스』에서 문지기의 역할을 이해했다면, 내가 작코인에서 만난 미인의 역할도 이해할 수 있을 것이다.

꽃 중의 왕이라는 모란조차 질 때가 되면 그 화려한 색깔이 호사가들의 동정심을 사기에 충분할 만큼 초라해진다. 미인박명이라는 말도 있을 정도니 이 여자의 수명도 쉽게 보장할 수는 없다. 그러나 시쳇말로, 이 묘령의 아가씨는 활기로 넘쳤다. 앞날에 밝은 희망이 비추니 언뜻 보기에도 쾌활했다. 뿐만 아니라 유젠友禅**이나 슈친繻珍***처럼 확 띄는 색조의 옷을 두르고 있어서 이리저리 둘러봐도 화려하고 훌륭했다. 화창한 봄날 같은 모습을 한 사람이, 가장 아름다운 한 사람이 작코인의 묘지에 서 있었다. 음울하고 케케묵으며 차분한 풍경 속에서. 그 사랑스러운 눈과 화려한 소매에서 풍기는 분위기가 주위에 스며들어 경내는 을씨년스러울 정도로 적막했다. 이 세상에서 무덤만큼 고요한 곳이 또 있을까. 그러나 여자는 고요하다는 말이 무색하리만치 사뿐하게 일어섰다. 와중 적적한 경내에 쌓인 노란 은행잎은 오늘따라 유난히 쓸쓸해 보였다. 여자가 도깨비 은행나무 아래에서 옆얼굴을 보이며 우두커니 서 있을 때도 은행나무 줄기에서 정기가 빠져나간 게 아닐까 싶을 정도로 쓸쓸했다. 우에노上野에서 열

• 에도 말기부터 메이지 중기에 유행한 〈갓포레 갓포레 아마차데 갓포레〉라는 속요에 맞춰 추는 익살스러운 춤.

•• 유젠조메友禅染め의 준말로 날염하는 중 염색약이 배는 것을 막기 위해 풀을 바르고 인물·꽃·새·산수 따위의 문양을 염색한 것을 의미한다.

••• 생사 외에 여러 가지 색실을 이용하여 무늬가 도드라지도록 짠 직물.

리는 음악회에나 어울릴 법한 복장으로, 제국 호텔의 이브닝 파티에
라도 초대받은 것 같은 이 여자는 왜 이처럼 주위의 광경과 조화를
이루며 삭막한 느낌을 더하고 있는가. 이 또한 풍자이기 때문이다.
『맥베스』의 문지기가 무시무시한 느낌을 더해주었다면, 작코인의 이
여자는 쓸쓸한 느낌을 더해주어야 한다.

　무덤을 보니 꽃을 꽂아두는 통에 데이지꽃이 꽂혀 있었다. 울타리
에 핀 데이지꽃은 온통 하얀색뿐이었다. 틀림없이 방금 본 그 여자가
가져다놓은 것이리라. 집에서 꺾어왔는지, 오는 길에 샀는지는 모르
겠다. 혹시 꽃다발에 명함이라도 남겼을까 싶어 잎사귀 뒷면까지 들
여다보았으나 아무것도 없었다. 도대체 누굴까? 나는 고와 고등학교
때부터 친하게 지내왔고 집에도 곧잘 자러 갔기 때문에 그의 친척
이라면 거의 다 알았다. 그러나 손가락을 꼽아가며 차근차근 생각해
보아도 그 여자는 기억나지 않았다. 그렇다면 여자는 고와 일면식도
없는 생판 남일지도 몰랐다. 고는 천성적으로 사람을 좋아한 덕에 마
당발이었지만, 그에게 여자 친구가 있다는 말은 끝내 들어본 적 없었
다. 하긴 교제했다고 해서 꼭 내게 말하라는 법은 없지만. 그러나 고
는 그런 일을 숨길 만한 성격이 아니며 설사 다른 이에게는 숨겼다 할
지라도 내게는 털어놨을 것이다. 이상하게 들리겠지만, 나는 가와카
미 가의 비밀을 상속인인 고 못지않게 소상히 알고 있다. 고가 전부
말해주었기 때문이다. 따라서 장담컨대, 고에게 만일 사귀는 여자가
있었다면 내게는 진즉에 말했을 테다. 나는 들은 바가 없으므로 고
역시 모르는 여자임이 틀림없다. 그러나 모르는 여자가 고의 무덤에

꽃까지 들고 찾아올 리 없다. 수상하다. 조금 이상하지만 뒤쫓아가서 이름만이라도 물어볼까? 그 또한 이상하다. 그냥 말없이 뒤따라가서 행선지를 확인할까? 그건 탐정이나 하는 짓이다. 그런 저속한 짓은 하기 싫다. 무덤 앞에서 어떻게 해야 좋을지 생각했다. 고는 작년 11월에 참호 속으로 뛰어든 뒤 여태껏 올라오지 않았다. 가와카미 가에 대대로 내려오는 무덤을 지팡이로 두드리거나 손으로 흔들어도 고는 역시 참호 속에 누워 있을 것이다. 저런 미인이 이토록 아름다운 꽃을 들고 자신의 무덤을 찾아왔다는 사실도 모른 채 누워 있을 것이다. 그러므로 고는 그 여자의 집안도, 이름도 물을 필요가 없다. 고가 들을 필요도 없는 것을 내가 조사할 필요는 더더욱 없다. 아니, 그래서는 안 된다. 이런 논리에 따르면 여자의 신상을 조사해서는 안 된다. 그러나 이 말은 틀렸다. 왜? 그 이유는 나중에 상황이 정리된 뒤 설명하기로 하고, 지금은 기어코 캐물어야만 직성이 풀릴 테다. 나는 즉시 한달음에 돌계단을 뛰어 내려가 도깨비 은행나무의 낙엽을 흩뜨리며 작코인의 문을 나섰다. 왼쪽을 보았다. 없었다. 오른쪽을 보았다. 그곳에도 없었다. 잰걸음으로 사거리까지 나아가 사방을 두리번거리며 찾았다. 역시 보이지 않았다. 결국엔 여자를 놓쳐버리고 말았다. 하는 수 없다. 어머님을 찾아뵙고 여자의 모습에 대해 말씀드려보자. 어쩌면 아실지도 모른다.

여섯 첩짜리 다다미방에서 남향으로 반들반들하게 닦아낸 툇마루 끝에 진다이스기神代杉*로 만든 수건걸이가 놓여 있었다. 처마에 쇠사슬로 매달아둔 근사한 둥근 물통 아래 심어놓은 속새 한 무더기가 한층 운치를 더했다. 대를 성기게 엮은 네모난 칸살의 울타리 너머에는 2, 30평 너비의 차밭이 있었고 그 사이로 매화나무가 서너 그루 보였다. 울타리에 묶은 대나무 끝에는 세탁한 하얀 버선을 뒤집어 널어놓았고 그 옆에 거꾸로 엎어진 물뿌리개를 놓았다. 그 밑동에서 하얀 구슬을 꿰어놓은 듯 아기자기하게 겹겹이 핀 데이지꽃을 보고 어머님에게 말을 건넸다. "예쁘네요."

"올해는 따뜻해서 꽃이 오래가네요. 저 데이지꽃도 고이치가 아주 좋아했는데……."

"고이치가 흰 꽃을 좋아했었나요?"

"희고 작은 콩처럼 생긴 게 너무 재밌다며 직접 뿌리를 얻어다 일부러 심었답니다."

"그랬군요." 대꾸했으나 내심 살짝 언짢았다. 작코인에서 보았던 꽃도 이 꽃과 종류도 색도 똑같은 데이지꽃이었다.

"어머님, 최근에 성묘 다녀오셨어요?"

"아뇨, 얼마 전부터 감기 기운으로 대엿새 앓아눕는 바람에 성묘하러 가지 못했어요—집에 있어도 한시도 잊을 수 없지만. 나이를 먹으면 목욕탕 가는 것도 귀찮거든요."

• 오랫동안 물이나 땅속에 묻혀 있던 삼나무로 공예품이나 고급 건축의 장식에 쓰인다.

"가끔은 조금씩 밖을 걷는 편이 몸에도 좋습니다. 요즘에는 날씨도 좋으니……."

"살뜰히 챙겨줘서 고마워요. 친척들도 걱정해서 기운차리라고 이런저런 말로 위로해주지만, 누가 일부러 찾아와서 저 같은 할머니를 데리고 다니겠어요."

이럴 때마다 무슨 말로 빠져나가야 할지 몰라서 아주 난감했다. 궁여지책으로 "네에에"라며 말꼬리를 조금 길게 늘였으나 어머님은 좀 불만이신 눈치였다. 아차, 실수했구나 싶었으나 달리 수습할 방법도 떠오르지 않아 매화나무를 이리저리 뛰어다니는 박새를 바라보았다. 말허리를 잘린 어머님도 말이 없었다.

"친척 중에 젊은 아가씨라도 있으면 이럴 때 좋은 말동무가 되어드릴 텐데." 정적을 깬 나는 말주변 없는 놈치고는 제법 장한 말을 했다는 생각에 내심 뿌듯해했다.

"공교롭게 그런 아가씨는 없어요. 그리고 남의 자식은 역시 조심스러워서……. 아들놈이 살아 있을 때 며느리라도 얻었다면 이럴 때 오죽이나 마음 든든할까 싶어요. 그렇게 죽다니, 참으로 원통합니다."

아니나 다를까, 또 며느리란 말이 나왔다. 내가 올 때마다 며느리 얘기를 꺼내지 않은 적이 없다. 부모로서 혼기가 찬 아들이 아내를 맞이하기를 바라는 것은 인지상정이나, 죽은 아들이 며느리를 맞이하지 않았다고 안타까워하는 일은 다소 이치에 맞지 않는다. 사람은 염치를 알아야 한다. 아직 노인이 되어보지 않아서 잘은 모르나, 일반적인 상식에 비춰보면 어머님의 말은 조금 잘못된 듯싶다. 물론 누구나 홀로 쓸쓸하게 지내는 것보다는 수발드는 어여쁜 며느리와 함께 사는 편이 훨씬 더 의지가 될 게다. 그러나 며느리의 처지도 생각해봐야 한다. 결혼한 지 반년도 되기 전에 남편이 출정했다. 오랜 시간 기다린 끝에 드디어 전쟁이 끝났다고 생각했는데 덜컥 전사했다. 스물이 될까 말까 한 나이건만 시어머니와 단둘이 살다가 생을 마친다. 이토록 잔혹한 일이 또 어디 있는가? 어머님의 하소연은 노인의 처지에서는 당연하나 너무도 이기적인 바람이었다. 노인은 이래서 안된다며 속으로는 몹시 투덜댔지만 이 생각을 함부로 입 밖에 냈다가는 또 어머님의 기분을 언짢게 만들 위험이 있었다. 기껏 위로해드리러 와서 실수만 하고 돌아간다면 체면이 말이 아닐 것이다. 그저 잠자코 있는 것이 상책이라고 단단히 각오한 나는 오히려 반대 방향으로 키를 잡았다. 나는 천성적으로 솔직한 사람이다. 그러나 사회생활을 하면서 남들로부터 원망을 듣지 않고 살아가려면 아무래도 거짓말을 할 수밖에 없었다. 정직과 사회생활이 양립 가능하다면 거짓말은 바로 그만둘 작정이다.

"정말 안타까운 일입니다. 그런데 고는 대체 왜 아내를 맞아들이지 않았나요?"

"그게, 혼처 자리를 여럿 알아보다가 뤼순으로 가게 되었거든요."

"그럼 본인도 아내를 맞이할 생각이었군요."

"그건……" 어머님은 말을 멈춘 채 입을 다물었다. 뭔가 좀 이상했다. 혹시 작코인 사건의 단서를 여기서 찾을 수 있을까. 솔직히 말해서 이때는 고도 어머님도 안중에 없었다. 그저 그 이상한 여자의 정체와 고와의 관계에 관한 궁금증만 머릿속에 가득했다. 이날의 나는 평소처럼 남을 가엾이 여기는 동물이 아닌, 아주 냉정하고도 호기심 많은 동물로 변해 있었다. 인간도 그날그날의 상황에 따라 다양하게 변한다. 어떤 날엔 악인이 되었다가 이튿날에는 착한 남자로 변하고, 소인小人으로 낮을 보낸 뒤 군자로 밤을 맞이한다. 인간의 속성을 훤히 아는 양 떠들고 다니는 작자는 영리한 바보다. 그날그날의 자신을 연구할 능력조차 없으니 그런 허튼소리나 방약무인하게 해대며 혼자 신나서 낄낄거리는 게다. 이 세상에 탐정만큼 열등한 가업은 없다는 생각을 거리낌 없이 밝히던 내가, 순전한 탐정 같은 태도로 사물을 대하게 되었으니 참으로 어처구니없는 상황이었다. 잠깐 우물거리던 어머님이 단호한 어조로 말을 이었다.

"그 일에 관해서 고가 뭔가 이야기한 적 없나요?"

"며느리에 관해서요?"

"네, 자기가 좋아하는 사람이 있다는 얘기를."

"아니요"라고 대답했지만, 실은 그 질문이야말로 내가 어머님에게 물어봐야 할 문제였다.

"어머님께는 뭔가 말을 했겠지요?"

"아니요."

희망의 끈은 이것으로 끊겼다. 하는 수 없이 다시 정원 쪽으로 눈을 돌리니 박새는 이미 어디론가 날아가버린 후였다. 하얀 데이지꽃이 물기를 머금은 축축한 검은 흙에 반사되어 비치니 보기에 참 멋졌다. 그때 문득 일전에 어머님이 말한 일기가 떠올랐다. 어쩌면 어머님도 모르고 나도 모르는 그 여자에 관한 이야기가 적혀 있을지도 모른다. 설사 분명하게 적지 않았더라도 일단 훑어본다면 무언가 단서를 찾을 수 있을 테다. 어머님은 여자이므로 그 일기를 이해하지 못할 수도 있지만, 내가 본다면 무엇이든 짐작할 수 있을 것이다. 얼른 고의 일기를 보는 것이 상책이다.

"일전에 말씀하셨던 그 일기 말인데요, 그 안에 뭔가 적혀 있지 않던가요?"

"네, 일기를 보기 전에는 대수롭지 않게 생각했는데, 봤더니 그만……."

어머님이 갑자기 울먹였다. 이런, 또 울리고 말았다. 이래서 난처하다. 난처해지긴 했으나 그래도 뭔가 적혀 있는 것은 분명하다는 사실을 알았다. 이렇게 된 이상, 어머님이 우시든 말든 상관없었다.

"일기에 뭔가 적혀 있던가요? 그렇다면 꼭 봐야겠군요." 기세 좋게 말했지만, 지금 생각해보면 부끄러울 따름이다. 어머님은 자리에서 일어나 안쪽으로 들어갔다. 이윽고 미닫이문이 열리더니 어머님이 주머니에 든 수첩을 들고나왔다. 표지는 갈색 가죽이고 언뜻 보기에 지갑처럼 생겼다. 늘 안쪽 주머니에 넣고 다녔는지 갈색 부분이 가무스름하고 손때가 묻어 반짝반짝했다. 아무 말 없이 일기를 받아들고 펼쳐보려는데, 순간 대문이 드르륵 열리며 "부탁합니다" 하는 소리가 들렸다. 손님이 온 모양이었다. 어머님이 손짓으로 얼른 감추라고 하기에 나는 얼른 수첩을 품에 넣고 물었다. "이만 돌아가도 될까요?" 어머님이 현관 쪽을 보며 그러라고 답했다. 잠시 후 하녀가 급히 오더니 누가 찾아왔다고 알렸다. 찾아온 사람에게는 볼일이 없었다. 일기만 있으면 되었으니 얼른 돌아가서 그것을 읽어야겠다. "그럼 이만 가보겠습니다." 인사를 한 뒤 히사카타정久堅町의 거리로 나왔다.

덴쓰인의 뒷길을 지나 오모테정表町의 언덕길을 내려오면서 생각했다. 아무리 생각해도 소설이다 싶을 만큼 뭔가 어색하다. 그러나 지금부터 사건의 진상을 파헤쳐 전체적인 상황이 명료해지기만 하면 이 어색한 느낌도 저절로 사라질 것이다. 어쨌든 재미있다. 꼭 탐색—탐색이라고 하니 어쩐지 불쾌하다. 탐구라고 해두자. 꼭 탐구해봐야 한다. 그나저나 어제 그 여자의 뒤를 밟지 않은 게 못내 아쉬웠다. 앞으로 그 여자를 만나지 못한다면 이 사건은 명확히 알 수 없을 듯했다. 섬광처럼 지나쳐버린 것도 아닌데 쓸데없이 체면 차리다 좋은 기회를 놓친 게 너무도 아까웠다. 본디 지나치게 품위를 따지거나 고상하게 굴면 이런 꼴이 되는 법이다. 사람은 어딘가 도둑놈 같은 구석이 있어야 성공한다. 신사도 분명 훌륭하긴 해야 하지만, 때로는 신사의 체면이 깎이지 않는 범위에서 도둑놈 근성을 발휘해야 신사로서 인정받을 수 있다. 도둑놈 기질이 전혀 없는 순수한 신사는 대부분 행려병자가 된다고 한다. 그래, 앞으로는 좀더 천박해지기로 하자.

이런 시시한 생각을 하며 어느덧 야나기정柳町의 다리 위에 다다랐을 때, 인력거 한 대가 스이도바시水道橋 쪽에서 하쿠산 쪽으로 시원시원하게 달려갔다. 불과 몇 초 만에 내 앞을 지나가버려서 명상에 잠겨 있던 내가 문득 인력거에 탄 손님을 보았을 때는 이미 시야에서 멀어지고 있었다. 앗, 저 사람은? 그 손님이 작코인에서 본 여자라고 깨달은 순간, 인력거는 벌써 대여섯 간이나 앞서가고 있었다. 지금이 바로 천박해져야 할 때였다. 무슨 수를 써서든 뒤쫓아가려고 발길을 돌렸으나 나막신을 신고 인력거 뒤를 쫓아 달리는 것은 지나치게 천박한 행동이었다. 미치지 않고서야 누가 그런 어리석은 짓을 하겠는가. 다급하게 다른 인력거가 없는지 사방을 둘러보았지만 하필이면 한 대도 없었다. 그러는 동안 작코인의 여자는 저 멀리 멀어지더니 더는 모습조차 보이지 않았다. 이젠 글렀다. 역시 세상은 미치도록 천박해져야만 성공할 수 있나 싶어서 씁쓸한 마음으로 망연히 니시카타정에 돌아왔다.

　부랴부랴 집 안으로 들어간 나는 서재에 틀어박혀 품속의 수첩을 꺼내보았다. 아무래도 저녁이라서 또렷하게 보이질 않았다. 사실은 오는 길에도 띄엄띄엄 읽어봤으나 연필로 휘갈겨 쓴 탓에 밝은 곳에서도 알아보기가 쉽지 않았다. 램프를 켰다. 하녀가 와서 저녁은 어떻게 하겠냐고 묻기에 나중에 먹겠다며 돌려보냈다. 그런데 첫 페이지부터 차례대로 살펴보니 전부 진지에서의 기록뿐이었다. 게다가 바쁠 때 분초를 다투며 쓴 모양인지 대부분 한두 마디로 끝을 맺었다. 이를테면 이런 것들이었다.

　'바람. 갱도 안에서 식사. 주먹밥 두 개. 진흙투성이.' '밤새 감기 기운, 열이 남. 진찰받지 않고 여느 때처럼 근무.' '텐트 밖 보초, 산탄散彈에 맞았다. 텐트에 기댄 채 쓰러짐. 혈흔을 남김.' '5시 대돌격. 중대 전멸. 실패로 끝남. 아쉽다!!!' 아쉽다는 말 옆에 느낌표가 세 개 찍혀 있었다. 물론 기억을 돕기 위한 비망록이므로 문장다운 부분은 터

럭만큼도 없었다. 글을 수식하거나 매끄럽게 다듬은 흔적 역시 기를 쓰고 찾아봐도 없었다. 그러나 한편으로는 그 점이 무척 흥미로웠다. 그저 사실을 그대로 진술하게 글로 옮긴 점이 대단히 마음에 들었다. 특히 일상어처럼 쓰이는 비속어가 없다는 점이 기뻤다. 뚜껑이 열렸다거나, 싹퉁머리 없는 왈패 같은 러시아인이라거나, 오랑캐 놈들의 간담을 서늘하게 해주겠다거나, 잘난 체하는 저속한 표현은 어디에도 쓰여 있지 않았다. 그 문체가 너무나 마음에 들어서 역시 고답다고 감탄했지만, 중요한 작코인 사건에 관한 단서는 아직 나오지 않았다. 천천히 읽어나가다 네 줄가량 쓴 문장 위에 선을 그어 지운 곳을 발견했다. 의심쩍기는 하나 지운 이유를 모르니 답답했다. 수첩을 램프의 등피에 대고 비춰보았다. 두 줄을 그은 부분 아래로 글자 하나가 3분의 2 정도 삐져나와 있었다. '우郵' 자 같았다. 곧 우체국이라는 세 글자만 겨우 어렵사리 알아냈다. 우체국 위에 흐릿하게 '호ㄱ'이라고 보이는 글자가 뭔지 궁금하여 3분 정도 램프 앞에서 씨름하다가 간신히 그것이 혼고우체국이라는 사실을 알아냈다. 여기까지는 가까스로 읽어냈으나 그 밖의 글씨들은 뒤집어 보고 거꾸로 봐도 도무지 읽을 수 없어서 결국 단념했다. 이후 두세 쪽을 더 읽다가 갑자기 중대한 것을 발견했다. '2, 3일 한숨도 자지 못해서 근무 중에 갱 안에서 선잠. 우체국에서 만난 여자의 꿈을 꿈.'

엉겁결에 덜컥했다. '그저 2, 3분가량 얼굴만 본 여자를 조금 뒤에 꿈에서 보다니 이상하다.' 여기서부터 갑자기 구어체로 썼다. '어지간히 쇠약해졌다는 증거일 것이다. 그러나 쇠약하지 않을 때라도 그 여

자의 꿈이라면 꿀 것도 같다. 뤼순에 온 뒤 이번이 세 번째로 꾼 꿈이다.'

　나는 일기장을 탁 치며 외쳤다. "이거야!" 이 글을 읽으신 어머님이 입버릇처럼 며느리, 며느리 한 것도 무리가 아니었다. 그것도 모르고서 이기적이라느니 잔인하다느니 하며 구시렁구시렁했으니 내 잘못이었다. 아들에게 이런 여자가 있다면 부모로서는 하루라도 빨리 짝을 지어주고 싶었을 터였다. 그런 줄도 모르고 이제까지 어머님이 순전히 본인의 외로움을 달래기 위해 그토록 며느리 타령을 한 거라고 곡해했으니, 입이 열 개라도 할 말이 없었다. 그건 결코 이기심에서 꺼낸 말씀이 아니었다. 전사하기 전 반년만이라도 사랑스러운 아들의 소원을 풀어주고 싶었노라고 넌지시 꺼낸 말씀이었다. 역시 남자란 천하태평한 족속이다. 그러나 몰랐던 일이니 어쩔 도리가 없다. 그건 그렇고, 작코인에서 본 여자가 과연 우체국에서 만났다는 이 여자인가? 아니면 전혀 별개의 인물인가? 이 의문에 대해서는 아직 단정할 수 없었다. 이 일기만으로 성급하게 결론을 내리는 일은 너무 심한 비약이었다. 상상의 여지가 없으니 아무것도 판단할 수가 없었다. 고는 우체국에서 여자를 만났다고 했다. 우체국에 놀러가지는 않았을 테고 분명히 우표를 사거나 우편환을 부치러, 혹은 받으러 갔을 것이다. 고가 편지에 우표를 붙일 때 옆에 서 있던 여자가 보내는 이의 숙소와 이름을 우연히 보았을 수도 있다. 그때 그 여자가 고의 숙소와 이름을 외웠다 치고 거기에 소설적인 요소를 어느 정도 가미한다면, 작코인 사건이 일어나지 말라는 법도 없었다. 그러나 여자는 그런 식으로 이해한다 쳐도 고의 행동은 여전히 이상했다. 어째서 잠깐 본 여자를 그토록 여러 번 꿈에서 보았는지 모르겠다. 아무래도 좀더 확실한 토대가 필요할 것 같아서 고의 일기를 계속 읽어 내려가자 이런 말이 보였다. '근세의 군사 전략에서 성의 공격은 매우 어려운 일 중 하나로 꼽힌다. 공격하여 포위하는 우리 공위군攻圍軍의 사상자가 많다고 의아하게 생각할 필요는 없다. 내가 아는 장교 중 지난 2, 3개월 동안 성 밑에서 하루아침에 죽은 자의 수는 이루 헤아릴 수 없다. 죽음의 그림자는 매일 밤 나를 덮쳐올 테지. 나는 늘 적군과 아군의 포성을 들으며 이제나저제나 내 차례가 오기를 기다린다.' 역시 고는 죽음을 각오했던 모양이었다. 11월 25일의 글에는 이렇게 적혀 있었다. '내 운명의 날이 드디어 내일로 다가왔다.' 이번에는 구어체였다. '군인이 전쟁에서 죽는 것은 당연한 일이다. 그렇게 죽는 것은 명예다. 어떤 점에서 말하자면 살아서 본국에 돌아가는 것은 죽어야 할 곳에서 죽지 못한 것과 같다.' 전사한 당일의 기록을 보면, '나의 목숨도 오늘로 마지막이다. 얼룽산이 무너질 듯 대포 소리가 끊임없이 울린다. 죽으면 저 소리도 들리지 않겠지. 귀는 들리지 않아도 누군가 무덤을 찾아와 희고 조그만 데이지꽃이라도 올려주겠지. 작코인은 한적한 곳이다'라고 적혀 있었다. '바람이 강하다. 드디어 죽으러 간다. 총알에 맞아 쓰러질 때까지 깃발을 흔들며 전진할 작정이다. 어머니께서 추우시겠다.' 일기는 여기서 뚝 끊겼다. 고의 숨이 끊겼으므로.

오싹한 기분으로 일기를 덮었지만, 그 여자의 일이 점점 더 마음에 걸려 견딜 수가 없었다. 아까 본 인력거는 하쿠산 방향으로 달려 갔으니, 여자는 분명 하쿠산에 사는 사람일 터였다. 하쿠산 방면에 산다면 혼고우체국에 오지 말란 법도 없었다. 그러나 그 여자를 찾는 일을 잔디밭에서 바늘 찾기였다. 넓은 하쿠산에서 이름도 모르는 사람을 무슨 수로 빨리 찾아낸단 말인가. 어쨌든 오늘 밤 안으로 해결될 간단한 문제가 아니었다. 달리 방법이 없으니 그날 밤은 저녁 식사를 마치고 그냥 자기로 했다. 실은 책을 읽어도 무슨 내용인지 모른 채 바다를 보듯 그저 멍하니 쳐다보게만 되었으므로 어쩔 수 없이 잠자리에 든 것이었으나, 이부자리 속에서도 그 생각이 떠나질 않아서 밤새도록 편히 잠잘 수 없었다.

이튿날 학교에 출근해서 평소대로 강의했지만, 여전히 그 사건이 마음에 걸려 건성건성 했다. 대기실에서도 다른 직원들과 대화할 기분이 나지 않았다. 학교가 파하기를 기다리다 못해 그길로 작코인에 가보았으나 여자의 모습은 보이지 않았다. 어제 보았던 데이지꽃이 녹음이 우거진 대나무 숲에 비치며 눈같이 흰 경단처럼 보일 뿐이었다. 하쿠산에서 하라정原町, 하야시정林町을 빙빙 돌며 배회했건만 역시 아무런 단서도 찾지 못했다. 그날 밤은 피로해서인지 잠만큼은 잘 잤다. 하지만 그 전날과 마찬가지로 아침 수업에는 여전히 흥미가 생기지 않았다. 사흘째 되던 날에는 한 교사를 붙들고 하쿠산 근처에 미인이 살고 있느냐고 물었더니 아주 많다며 나에게 그리로 이사하라고 했다. 집으로 돌아오는 길에 한 학생을 뒤따라가서 하쿠산 근처에 사느냐고 물었더니 모리카와정森川町에 산다고 대답했다. 이런 멍청한 소동을 벌인들 새로운 단서가 나온다는 보장은 없었다. 역시 평소처럼 차분하게 시간을 갖고 탐구하기로 했다. 그래서 그날 밤은 번민하지도 초조해하지도 않고, 여느 때처럼 조용히 서재에 들어가 얼마 전부터 하던 조사를 계속하기로 했다.

요즘 나는 유전遺傳이라는 큰 문제를 조사하고 있다. 본래 나는 의사도, 생물학자도 아니다. 따라서 유전에 관한 전문적인 지식은 물론 없다. 바로 그 점이 나의 호기심을 자극했다. 최근 우연한 일로 이 문제의 기원과 발달의 역사, 최근 새롭게 대두된 학설 등을 대강 알고 싶어 연구를 시작했다. '유전'이라고 뭉뚱그려 말하면 아주 단순한 문제처럼 보이지만, 실제로 조사해보면 상당히 복잡한 문제여서 이것만 연구한다 해도 평생을 바쳐야 할 정도였다. 멘델의 법칙*이나 바이스만**의 이론, 헤켈***의 법칙, 그의 제자인 헤르트비히****의 연구, 스펜서*****의 진화심리설 등 많은 사람이 여러 학설을 주장했다. 오늘 밤에도 평소처럼 서재에 앉아 영국의 리드라는 사람이 최근 출간한 저술을 읽으려 자리를 잡았다. 두세 장 정도 가뿐히 읽고 넘겼는데,

---

* 오스트리아의 유전학자 그레고어 멘델이 완두의 잡종 교배 실험을 통해 제시한 유전법칙으로 우열의 법칙, 분리의 법칙, 독립의 법칙이 있다.
** 1834~1914. 아우구스트 바이스만은 독일의 진화생물학자로 다세포 생물은 유전 가능한 정보를 포함하고 있는 생식 세포와 일상적인 신체 기능을 수행하는 체세포로 구성된다는 생식질 연속설(생식질설)을 주장했다.
*** 1834~1919. 에른스트 헤켈은 독일의 생물학자로 개체가 성장하면서 진화의 단계를 반복한다는 반복발생설을 주장했다. 그의 저서와 강연은 이후 민족주의나 사회다윈주의 등 정치적 목적을 정당화하는 근거로 사용되기도 했다.
**** 1849~1922. 오스카 헤르트비히는 독일의 동물학자로 정자가 난자에 들어가며 정핵과 난핵이 합쳐진다는 사실을 성게의 수정 과정을 통해 확인했다. 또한 생식 세포가 만들어질 때 염색체가 반감한다는 사실 역시 발견했다.
***** 1820~1903. 허버트 스펜서는 영국의 철학자이자 사회학자로 진화론을 근거로 생물학, 심리학, 윤리학을 종합한 철학 체계를 수립하였으며, 사회유기체설을 주장하고 사회의 발전을 진화론적으로 설명했다.

어찌 된 일인지 문득 고의 일기 속 사건이 또다시 머릿속을 비집고 들어와 독서를 방해했다. 마음을 다잡고 다시 한 장쯤 읽었는데 이번에는 작코인 사건이 머릿속을 헤집어놓았다. 간신히 잡념을 쫓고 대여섯 장 정도 무사히 넘어갔으나 이번에는 책장 위로 어머님이 기리사게가미切り下げ髪*를 하고 히후被布**를 걸친 모습이 나타났다. 읽기로 한 책은 기어코 읽어야 했다. 하지만 책장 사이로 농담이 끼어들었다. 아랑곳하지 않고 쭉쭉 진도를 나가자 농담과 책 본문 사이가 차츰차츰 가까워졌다. 결국에는 어디부터가 농담이고 어디까지가 본문인지 알 수 없을 정도로 어리어리해졌다. 이처럼 몽롱한 상태가 5, 6분 지속되다가 갑자기 머릿속이 찌릿찌릿하더니 퍼뜩 정신을 차리자마자 불쑥 내뱉었다. "그래, 이 문제는 유전으로 풀어야 할 문제야. 유전으로 풀면 틀림없이 해결할 수 있어." 지금까지는 이 일이 그저 왠지 모르게 심란한 기분이 드는 기이한 소설 같아서 의혹을 풀려면 본인, 즉 그 여자에게 캐묻는 수밖에 없다고 속단했다. 그래서 친구들의 놀림감이 되기도 했고, 넝마주이처럼 고마고메 근방을 배회하기도 했다. 그러나 이 문제는 당사자의 손을 떠났고, 설사 본인을 찾아내 사실을 밝힌다 해도 의혹은 풀리지 않을 것이다. 본인에게 들을 수 있는 사실 자체가 불가사의한 이상 내 의혹은 가라앉을 리 없다. 옛날에는 이런 현상을 '업보'라고 했다. 체념한 사람과 도리를 모르는 사람에게는 이치가 통하지 않는 법이다.*** 업보라고 치부하면

---

* 목 부근에서 가지런히 잘라서 늘어뜨린 머리형으로 주로 미망인에게서 볼 수 있다.
** 하오리 위에 종종 덧입는 옷으로 하오리보다 기장을 5센티미터 정도 더 길게 만든 두루마기 비슷한 여성 방한용 외투.
*** 이치에 맞게 설명해도 그것이 통하지 않는 사람은 당해낼 재간이 없다는 일본 속담.

업보로서 끝날지도 모른다. 그러나 20세기 문명은 현상의 원인을 규명해야 인정을 받는다. 그리고 이처럼 연극적이고 몽환적인 현상의 원인을 가려낼 방법은 유전뿐이라는 결론에 도달했다. 처음에는 당연히 그 여자를 붙잡아서 일기 속 여자와 같은 인물인지 확인한 뒤 유전에 관한 연구를 하려 했다. 그러나 그 여자가 사는 곳조차 명확하지 않은 지금으로서는 달리 방법이 없었다. 그들의 혈통을 조사하여 아래에서 위로 거슬러 올라가는 대신, 옛날부터 후대로 내려오는 길뿐이었다. 방법이야 어떻든 결과는 어차피 같을 테니까, 크게 상관없었다.

그렇다면 어떻게 해야 두 사람의 혈통을 조사할 수 있을까? 여자는 누구인지도 모르니 우선은 남자부터 조사하기로 하자. 고는 도쿄에서 태어난 도쿄 토박이다. 들은 바로는 고의 아버지도 에도에서 태어나 에도에서 죽었다고 한다. 고의 할아버지도, 할아버지의 아버지도 에도 토박이였다. 그렇다면 고의 일가는 대대로 도쿄에서 살아온 것인데, 조닌町人*도 아니고 막부의 신하도 아니었다. 듣기로 고의 집안은 기슈紀州의 한시藩士**였다. 그런데 다이묘가 영지를 떠나 에도에 살게 되면서 다이묘 저택의 가신으로 대대로 근무하게 되어 이곳에 정착했다고 한다. 기슈 지방 영주의 가신이었다는 사실은 그 자체만으로도 충분한 단서가 될 수 있었다. 기슈의 한시가 몇백 명이나 되는지는 모르나, 현재 도쿄에 나와 있는 사람은 그렇게 많을 리 없었다. 특히 그 여자처럼 옷차림이 훌륭한 신분이라면 번의 영주인 한슈藩主 집안에 출입하는 사람이기 마련이었다. 영주의 집 안에 출입하는

• 도시에 사는 상공업 종사자.
•• 에도 시대의 제후에 소속된 무사로 다이묘의 가신을 뜻한다.

사람들의 이름은 대번에 알 수 있었다.

만약 내 가정이 틀렸고 그 여자가 고와 같은 번 출신이 아니라면 이 사건의 답은 당분간 얻지 못할 것이다. 그냥 모든 걸 내려놓고 작코인을 오가는 길에 여자와 자연스럽게 해후하기를 기다리는 수밖에 없다. 그러나 만일 내 가정이 적중한다면 필시 나머지는 대부분 내 생각대로 전개될 것이다. 짐작컨대 고의 조상과 여자의 조상 사이에 어떠한 일이 있어서 그 업보로 이런 사건이 일어난 게 분명하다. 이것이 내 두 번째 가정이다. 이처럼 가정하니 점점 재미있어진다. 단순히 내 호기심을 충족시키기 위한 것만이 아니다. 지금 연구하는 학문에 가장 흥미로운 소재를 제공하는 일에 공헌하는 셈이다. 이렇게 생각을 바꾸자 갑자기 후련해졌다. 지금까지는 나 자신이 저속한 탐정 나부랭이로 전락한 듯하여 불쾌하기 짝이 없었는데, 이렇게 가정하니 떳떳했다. 학문적인 영역에서의 연구일 뿐이니 양심의 가책은 조금도 느낄 필요가 없었다. 어떤 일이건 그에 어울리는 타당한 이유가 있는 법이다. 스스로 잘못되었음을 깨달았다면 그저 묵묵히 앉아서 다시 생각하는 게 제일이다.

이튿날 나는 학교로 가서 와카야마현和歌山縣 출신의 동료 모 씨에게 고향에 사는 노인 중 번의 역사를 소상히 아는 사람이 없느냐고 물었다. 동료는 고개를 갸우뚱하더니 잠시 후 있다고 답했다. 그 노인에 관해 묻자 원래는 가신의 우두머리로서 무가의 집안일을 통솔하는 가로家老였으나, 지금은 가레이家令*로 명칭을 바꿨고 여전히 살아 있다며 묘한 대답을 했다. 가레이라면 더욱 잘됐다. 틀림없이 평소 영

• 헤이안平安 시대에 왕의 방계 가문의 집안일과 회계를 관리하던 사람으로, 메이지 시대 이후부터는 황족이나 귀족 집안의 관리인도 포함된다.

주의 집에 드나들던 사람들의 이름과 직업을 아주 잘 알 것이다.

"그 어르신은 여러 가지 옛날 일을 기억하고 계시겠군."

"응, 뭐든지 아셔. 메이지 유신 때는 상당히 활약했다나 봐. 창槍의 명수로 말이지."

창 다루는 솜씨야 어떻든 상관없다. 노망나지 않았고, 옛날에 번에서 일어난 신기하고 야릇한 이야기만 기억하고 있으면 된다. 그나저나 동료의 말을 잠자코 듣고 있자니 이야기가 샛길로 빠질 것 같았다.

"아직도 가레이로 일하실 정도면 총기는 좋으시겠군."

"너무 좋아서 탈이지. 저택 안 사람들도 전부 맥을 못 춘다니까. 벌써 여든 가까이 되셨는데 여간 정정하신 게 아니야. 비결을 여쭤보면 전부 창술 덕분이래. 그래서 매일 아침 일어나기가 무섭게 호된 창술 훈련을 시키신다니까……."

"창술은 됐고, 그 어르신을 소개해줄 수 있어?"

"언제든 말만 해." 동료가 말하자 옆에서 이야기를 듣던 다른 동료가 하쿠산의 미인을 찾질 않나, 총기 좋은 어르신을 찾질 않나, 뭐가 그리 바쁘냐며 웃었다. 그러나 나는 웃을 상황이 아니었다. 그 노인을 만나기만 하면 내 판단이 맞았는지 틀렸는지 대강 짐작할 수 있을 테다. 한시라도 빨리 만나야 한다. 동료에게 언제 찾아뵈면 좋을지 편지로 여쭤봐달라고 했다.

아무런 소식도 없이 2, 3일이 지난 후, 비로소 내일 3시쯤 만나러 오라는 답신이 왔다고 해서 아주 기뻤다. 그날 밤 이 사건이 어떻게 전개될지 마음껏 상상의 나래를 펼쳤다. 일단 7할까지는 내가 예상한 대로 어둠 속에 묻혔던 진실이 백일하에 드러나리라 생각했다. 정말 기발한 생각, 아니, 발상이야. 학식이 없는 사람이라면 언감생심 엄두도 못 냈을걸. 학식이 있어도 재기가 없는 사람은 이렇게 효과적으로 응용하지는 못했을 거야. 다윈이 진화론을 공표했을 때도, 해밀턴이 사원수를 발명했을 때도 분명 이런 기분이었겠지 생각하며 한껏 기고만장해져서 잠자리에 들었다. 자기 집 땡감이 과일 가게에서 산 사과보다 맛있는 법이다.

이튿날엔 오전 수업뿐이어서 일이 끝나자마자 인력거 삯 25전을 치르고 서둘러 아자부까지 노인을 만나러 갔다. 노인의 이름은 굳이 밝히지 않겠다. 한눈에 보아도 정정한 할아버지였다. 흰 수염을 길쭉하게 늘어뜨린 노인은 몬쓰키紋付き•에 하치오지히라八王子平••차림으로 기다리고 있었다. "야아, 선생이 아무개의 친군가?" 노인이 동료의 이름을 말했다. 완전히 어린애 취급이었다. 앞으로 대발명을 통해 학계에 큰 공헌을 하게 될 나를 약간 괄시하는 듯했다. 지금 생각해보면 노인은 평소처럼 대했을 뿐인데, 내 자존심이 너무 강해서 노인이 나를 괄시한다고 여겼는지도 모르겠다.

세상 사는 이야기를 두세 가지쯤 주고받은 뒤, 드디어 본론으로 들어갔다.

"묘한 질문입니다만, 전에 봉직하시던 번에 가와카미라는 분이 계셨는지요." 학식은 있어도 사람 상대하는 재주는 영 젬병인 탓에 번 출신을 상대하기가 생각처럼 쉽지 않았다. 그래서 내 딴에는 공손한

• 가문의 문장을 넣은 예복.

•• 하치오지시 및 그 주변에서 생산되는 직물의 총칭.

표현이랍시고 봉직이라고 말해보았다. 이럴 때는 어떻게 말해야 하는지 아직도 모르겠다. 노인은 싱긋 웃었다.

"가와카미? 가와카미라는 사람이 있기는 있었지. 가와카미 사이조河上才三라고, 루스이留守居*였어. 그의 아들인 고고로貢五郎 역시 다이묘를 따라 에도의 저택에서 근무했는데—얼마 전에 뤼순에서 전사한 고이치의 아버지야. 자네도 고이치의 벗인가? 쯧쯧, 저런, 딱해서 어쩌나. 어머니가 아직 살아계실 텐데……." 노인이 혼잣말을 했다.

가와카미 가에 관한 이야기를 들으려고 일부러 아자부 같은 촌구석까지 내려온 게 아니었다. 가와카미 이야기를 꺼낸 것은 가와카미와 아무개의 관계가 궁금해서였다. 그러나 그 아무개의 이름을 모르니 콕 집어서 물어볼 수가 없었다.

"그 가와카미에 관한 재미있는 이야기는 없는지요?"

노인은 묘한 표정으로 나를 바라보더니, 드디어 중후한 목소리로 말문을 열었다.

"가와카미? 방금 말한 대로 가와카미는 한두 명이 아니야. 어느 가와카미를 말하는 건가?"

"누구든 상관없습니다."

"재미있는 일이라면 어떤 일?"

"어떤 일이든 괜찮습니다. 자료가 좀 필요해서요."

"자료? 어디에 쓰려고?" 성가신 할아버지였다.

"조사할 것이 좀 있어서요."

"재미있는 일이라면, 있지. 고고로라는 사람은 상당히 기개가 넘

---

* 에도 시대 번의 직위 중 하나로 통행 허가증 등을 관리하는 동시에 장군이 출정하면 성에 남아 성을 지키는 일을 했다.

치고 의협심이 강해서 메이지 유신 때도 대활약을 펼쳤었거든. 전에 한번은 장검을 들고 내게 의논을 하러 와서……."

"아니, 그런 얘기가 아니라 집안에서 일어났던 일 중에서 지금도 사람들이 기억하는, 좀더 흥미로운 사건은 없을까요?" 노인은 말없이 생각에 잠겼다.

"고고로라는 사람의 아버지는 성정이 어떠셨나요?"

"사이조 말인가? 그야 다정하기 짝이 없는—자네가 알고 있는 고이치와 판박이야. 쏙 빼다 박았지."

"닮았어요?" 나는 무심코 소리쳤다.

"그래, 정말 똑 닮았어. 그 무렵은 유신이 일어나기 전이어서 세상이 평온했고, 게다가 그의 직책이 루스이여서 깨나 흥청망청했다더군."

"그 사람에 관한 염문이랄까? 말이 좀 이상하지만, 그 비슷한 이야기는 없을까요?"

"사이조에 관한 애절한 이야기가 있긴 하지. 그 무렵 가신 중에 녹봉 200석을 받는 오노다 다테와키小野田帶刀라는 사무라이가 있었는데, 하필이면 가와카미네 맞은편에 살았지 뭔가. 그 다테와키에게 딸이 한 명 있었어. 번에서 제일가는 미인이었지."

"그렇군요." 잘됐다. 점점 실마리가 잡힌다.

"동지끼리 마주 보고 살았으니 두 집안 사람들은 서로의 집을 아침저녁으로 드나들었고, 그러다가 그 딸이 사이조를 연모하게 됐어. 사이조에게 꼭 시집가겠다, 시집가지 못하면 죽어버리겠다고 울고불고 난리를 쳤대—여자란 정말이지 감당이 안 된다니까."

"흠. 그래서 바라는 대로 됐습니까?" 이 정도면 성적은 양호하다.

"그래서 다테와키가 사람을 보내 사이조의 부모에게 혼담을 넣었어. 실은 사이조도 다테와키의 딸을 아내로 맞고 싶은 마음이 굴뚝같았기에 결국 혼담을 수락했지. 결혼 날짜까지 잡을 정도로 일이 순조롭게 진행되었다더군."

"잘됐네요." 그렇게 말했으나 결혼해버리면 좀 곤란한데 싶어서 내심 조마조마해하며 들었다.

"거기까지는 좋았는데—엉뚱한 사건으로 일에 차질이 생겼지."

"그래요?" 옳거니, 바로 그거야.

"그 무렵 구니가로國家老˙에게도 역시 사이조 또래의 아들이 있었다네. 그 아들 또한 다테와키의 딸을 연모해서 꼭 아내로 맞아들이고 싶다며 의향을 물었으나 그때는 이미 사이조와 장래를 약속한 뒤였어. 아무리 가로의 권세가 하늘을 찌른다 해도 이번만큼은 도무지 방법이 없었지. 그런데 그 아들이 어려서부터 영주님을 잘 따랐던 터라, 장성한 후에도 주군께서 그 아이를 아주 예뻐하셨어. 그 아들이 무슨 수작을 부렸는지 영주님이 다테와키의 딸을 가로의 아들에게 시집보내라고 분부하셨대."

"거참, 안됐군요." 이렇게 말했으나 내 예상이 척척 맞아떨어지니 참으로 좋아서 견딜 수가 없었다. 그나저나 친구가 전쟁터에서 죽는 흉한 일을 겪었음에도 그저 내 예상이 적중했다고 좋아하고 있었으니, 인간의 마음은 참으로 간사하기 그지없다. 만일 상대방에게 감기

˙ 에도 시대에 다이묘가 막부에 출사하기 위해 상경했을 때 영지에 머물며 가신을 통솔하고 집안일을 관리하던 중신.

에 걸리지 않게 옷을 껴입으라고 충고했는데도 말을 듣지 않고 빨빨거리고 돌아다니면 기분 나빠하고, 혹여 상대방이 감기에 걸리면 고소해한다. 인간은 이처럼 이기적이므로 나 한 사람만을 탓할 일은 아닌 듯싶다.

"정말 딱한 일이었지. 주군의 분부이니 이미 성사된 혼담이라 한들 무슨 소용이 있겠나. 다테와키가 딸에게 운명으로 여기라고 설득한 끝에 결국에는 가와카미네와의 혼담은 깨졌지. 이후 두 집안이 예전처럼 지내려니 서로 마주칠 적마다 어색하다고 해서, 우리 아버지가 나서서 다테와키는 영지로 돌려보내고 가와카미는 에도에 남도록 조치했어. 가와카미가 에도에서 돈을 흥청망청 쓴 이유도 전부 이런저런 사정으로 쌓인 울분을 풀기 위해서였을 거야. 이런 이야기도 지금이니까 할 수 있지, 당시엔 소문이 퍼졌다가는 두 집안 모두 체면이 땅에 떨어진다며 쉬쉬했어서 떠들썩했던 사건치고 아는 사람이 그리 많지 않아."

"그 미인의 얼굴을 아직도 기억하고 계십니까?" 내게 아주 중요한 질문을 던져보았다.

"기억하고말고. 당시에는 나도 젊었으니까. 젊은 사람 눈에는 미인이 가장 눈에 잘 띄는 법이라네." 노인이 깊게 팬 주름투성이 얼굴로 껄껄 웃었다.

"어떤 얼굴입니까?"

"어떤 얼굴이라고 딱히 표현할 수도 없어. 그러나 자고로 혈통이란 숨길 수가 없는 법이라, 지금 오노다小野田의 누이동생이 다테와키의 딸을 꼭 닮았더군. 모르시려나? 역시 대학을 나온 공학 박사 오노다를 말이야."

"하쿠산 쪽에 살고 있지요?" 이젠 괜찮겠다 싶어서 말해놓고는 노인의 눈치를 살폈다.

"역시 아시는구먼. 하라정에 사는 그 아가씨도 아직 시집가지 않은 모양이던데. 영주님 댁의 따님을 뵈러 종종 오시곤 하지."

됐다, 됐어. 이거면 충분하다. 하나부터 열까지 전부 내가 판단한 대로였다. 이렇게 기쁠 수가 없다. 작코인에서 만난 여자는 필시 이 오노다 집안의 아가씨일 게다. 나도 내가 이렇게까지 민첩하고 빈틈없는 사람인 줄은 꿈에도 몰랐다. 이로써 내가 평소 주장하던 '취미의 유전'이라는 이론을 입증할 완벽한 사례가 생겼다. 랜슬롯을 처음 만난 엘라인은 '이 남자구나' 하며 골똘히 생각에 빠졌고, 로미오 또한 줄리엣을 처음 보자마자 '이 여자'라고 확신했다. 이는 부모의 이전 세대로부터 물려받은 기억과 정서가 오랜 세월이 지난 뒤 뇌리에서 재현된 것이다. 20세기의 사람들은 산문적이다. 그들은 첫눈에 반하는 남녀를 경박하다고들 한다. 소설이라고 한다. 그런 바보가 어디 있느냐고 한다. 바보든 뭐든 사실을 왜곡할 수는 없다. 사실을 뒤바꿔서도 안 된다. 신비한 현상을 경험하지 못했다면 모를까, 직접 경험하고도 그런 일이 어디 있냐며 냉정하게 외면하는 사람은 바보다. 이처럼 과학적으로 고찰하고 조사해보면 어느 정도까지는 20세기가 만족할 만한 수준의 설명이 가능하리라. 그렇게 생각하며 우쭐해했으나, 퍼뜩 살짝 곤란한 일이 생각났다. 이야기를 들어보니 이 노인은 오노다 집안의 아가씨도 알고, 고가 전사한 사실도 알고 있었다. 이는 두 사람의 연고지가 같다는 뜻이었다. 그들은 평소 이 집을 드나들면서 서로의 얼굴 정도는 봤을지도 모른다. 어쩌면 이야기를 나눴을지도 모른다. 그렇다면 '취미의 유전'이라는 새로운 가설의 논거도 약간 빈약해진다. 두 사람이 혼고의 우체국에서 단 한 번 만난 게 아니었다면 내 주장은 부적합해진다. 그래도 고는 도쿠가와 집에 출입한다는 말을 끝내 한 적이 없으니 괜찮을 것이다. 특히 일기에 그렇게 적혀 있으니 틀림없을 테다. 그래도 혹시 모르는 일이니 만일을 위해서 물어보자고 마음먹었다.

"아까 고이치의 이름을 말씀하셨는데, 고이치가 생전에 영주님 댁에 자주 왔었습니까?"

"아니, 그저 이름만 들었을 뿐이야. 그 아버지는 조금 전에 말한 대로 나와 밤새도록 논쟁했을 만큼 친한 사이였지만, 아들은 대여섯 살 때 본 게 마지막이지—사실은 고고로가 일찍 세상을 떠서 영주님 저택에 드나들 기회도 끊겼고—이후로는 전혀 만난 적이 없어."

그래야지. 그렇지 않으면 앞뒤가 맞질 않는다. 무엇보다 내 이론의 증명에 대해서는 우선 안심할 수 있다. 많은 도움이 되었다고 인사한 뒤 돌아서는데, 노인은 이처럼 이상한 손님은 난생처음이라고 생각한 모양인지 내가 문을 나서서 뒤돌아볼 때까지도 현관에 서서 배웅하고 있었다.

이후의 이야기는 간략하게 말하겠다. 미리 양해를 구했다시피 나는 작가가 아니다. 작가라면 지금부터 실력을 발휘하겠지만, 나는 학문을 위한 독서에만 전념하는 처지여서 이처럼 소설 같은 일을 장황하게 쓸 겨를이 없다. 나는 신바시에서 군대를 환영하는 사람들을 보고 감동하여 그를 회고했고, 작코인에서는 불가사의한 현상을 경험했다. 학문적인 고찰을 통해 이러한 현상을 적절히 설명하는 과정을 독자들이 수긍했다면, 이 한 편의 이야기는 학설이 될 것이다. 사실 처음 이 글을 쓰기 시작했을 때는 벅찬 마음을 단단히 벼르고서 최대한 세밀하게 서술했다. 그러나 글 쓰는 작업이 서툴러서 군더더기 표현이나 불필요한 감상이 끼어들기도 했고, 다시금 읽어보니 이상하리만치 세세했다. 이제는 싫증이 난다. 이런 식으로 계속 글을 쓰다가는 족히 50, 60장은 더 써야 할 것 같다. 기말시험도 코앞이고, 아까 말한 유전설도 연구해야 하므로 한가하게 글이나 쓰고 있을 수는 없다. 더욱이 원래 이 글의 골자는 작코인 사건에 관한 설명이었기에 간신히 소기의 목적은 이루었구나 싶어 안도했는데, 갑자기 실망감이 밀려오면서 이야기를 이어갈 힘이 사라졌다.

노인을 만난 후에는 사건 해결의 열쇠를 쥔 공학 박사, 오노다를 만나는 게 급선무였다. 딱히 어려운 일도 아니었다. 앞서 노인을 만나게 해준 동료의 소개로 갔더니 흔쾌히 만나줘서 이야기를 나눌 수 있었다. 두세 번 방문하는 동안 우연한 기회로 박사의 누이동생도 만났다. 내가 추측한 대로 작코인에서 보았던 그 여자였다. 나를 보면 또다시 얼굴이라도 붉히려나 했는데, 의외로 담백한 데다 평소와 다른 낌새는 추호도 없어서 기분이 약간 묘했다. 여기까지는 일사천리로 진행됐지만 딱 하나, 그에 관한 이야기를 어떻게 꺼낼지가 문제였다. 미묘한 문제여서 선뜻 묻기가 어려웠다. 그렇다고 덮어두자니 뭔가 아쉬웠다. 개인적으로는 오늘 이미 학문적 호기심을 충족시켰으니 괜히 남의 일에 끼어들어 시답잖은 질문을 할 필요는 없다 싶기도 했다. 그러나 고의 어머님은 여자인 만큼 더욱 속속들이 알고 싶을 터였다. 다만 일본은 서양과 달리 이성 교제가 활발하지 않으므로 독신인 나와 미혼인 박사의 누이동생이 마주 앉아 이야기를 나눌 기회가 무척 드물었다. 설사 있다 할지라도 함부로 그런 이야기를 꺼냈다가는 공연히 처녀의 얼굴을 화끈거리게 만들거나, 모른다고 쏘아붙이는 답만 들을 테다. 게다가 친오빠 앞에서라면 말하기 힘든 정도가 아니라, 결코 말할 수 없을 것이다. 성묘 사건을 박사가 알고 있다면 몰라도, 만일 모른다면 나는 남의 비밀을 기꺼이 폭로한 무례를 범한 셈이 된다. 그렇다면 아무리 유전학을 내세워도 결말이 나지 않는다. 딴에는 빈틈없는 사람이라고 자부하며 돌아다녔던 나도 이쯤 되니 진퇴유곡이었다. 결국에는 어머님에게 사정을 하나하나 자세히 설명하고 상의했다. 그런데 여자란 상당히 지혜롭다.

내 이야기를 들은 어머님은 이렇게 말했다. "'요즘 외아들을 뤼순에서 잃고 아침저녁으로 쓸쓸하게 지내는 여자가 있다. 위로해드리고 싶으나 남자라서 마음처럼 되지 않는다. 아가씨가 한가하실 때 가끔 그 어머님 댁에 보내 놀다 오게 하는 게 어떻겠냐'고 박사님께 부탁드려보세요." 그길로 박사를 찾아가 어머님이 일러준 말을 앵무새처럼 읊어대며 그 뜻을 전하자, 박사는 두말없이 승낙했다. 그 일을 계기로 어머님과 아가씨는 가끔 만나게 되었다. 만날 적마다 사이가 좋아져서 마치 시어머니와 며느리처럼 함께 산책하고 식사한다. 어머님은 드디어 고의 일기를 꺼내 아가씨에게 보여주었더란다. 아가씨가 무어라 했냐고 물었더니 이미 절에 성묘하러 다녀왔노라고 대답했단다. 왜 무덤에 하얀 데이지꽃을 바쳤냐고 되물었더니, 본인이 하얀 데이지꽃을 제일 좋아하기 때문이라고 답했다고 한다.

나는 얼굴빛이 검은 장군을 보았다. 할머니가 매달린 중사를 보았다. 와—하고 환영하는 소리를 들었다. 그리고 눈물을 흘렸다. 고는 참호 속으로 뛰어든 뒤 지금껏 올라오지 않는다. 고를 마중 나온 사람은 아무도 없다. 이 세상에 고를 기억하는 사람은 어머님과 이 아가씨뿐이리라. 나는 화목한 이 두 사람을 볼 적마다 장군을 봤을 때보다도, 중사를 봤을 때보다도 더 맑고 깨끗한 눈물을 흘린다. 박사는 아무것도 모르는 듯하다.

런던탑

2년간 유학하며 딱 한 번 런던탑을 구경했다. 한 번 더 가볼까도 했으나 그만두었다. 다른 사람이 함께 가자고 한 적도 있었지만 거절했다. 처음 봤을 때의 기억을 두 번째 가서 망치려니 아쉬웠고, 세 번째 가서 말끔히 지워버리게 되면 가장 유감일 것이었다. '탑' 구경은 한 번으로 족하다고 생각했다.

'탑' 구경을 간 것은 런던에 도착하고 얼마 지나지 않았을 때다. 방향은 고사하고 지리도 모르던 때라 마치 고텐바御殿場*에 살던 토끼가 갑자기 니혼바시日本橋 한복판에 내팽개쳐진 듯한 기분이 들었다. 밖으로 나가면 인파에 휩쓸릴까, 집에 돌아오면 기차가 내 방에 충돌하지는 않을까, 늘 조마조마했다. 이 진동, 이 군중 속에서 2년을 살았다니. 결국에는 내 신경 섬유도 냄비 속 청각채처럼 끈적끈적해지고 말리라. 심지어는 막스 노르다우**의 『퇴화론Degeneration』을 대진리

---

* 시즈오카현 후지산 기슭에 있는 상업·휴양 도시.

** 1849~1923. 헝가리 출신의 독일 소설가이자 사회평론가, 의사로 19세기 말 유럽 문화에 등장한 '퇴화'에 대해 논한 책 『퇴화론』을 집필했다. 병리학의 입장에 서서 근대인의 성격 및 예술의 퇴화를 날카롭게 풍자한 책이다.

인 양 새삼스럽게 떠올리기도 했다.

더욱이 나는 다른 일본 사람들처럼 소개장을 들고 신세 지러 갈 곳도 없고, 또 이미 와 있는 사람들 중에도 아는 이가 없는 처지였다. 따라서 잔뜩 굳은 얼굴로 지도 한 장을 길잡이 삼아 매일 이리저리 구경하러, 혹은 볼일을 보러 돌아다녀야 했다. 물론 기차도 마차도 타지 않았다. 더러 편하게 교통 기관을 이용할까 하다가도 그것들이 또 나를 어디로 데려갈지 몰라 단념했다. 이 넓은 런던 천지를 거미발처럼 열십자로 오가는 기차와 마차, 전기철도와 강삭철도가 내게는 모두 그림의 떡이었다. 나는 사거리에 나갈 때마다 하는 수 없이 지도를 펼쳐들고 행인과 밀치락달치락하며 걸어갈 방향을 찾았다. 지도를 봐도 모를 때는 지나가는 사람에게 묻고, 그래도 모를 때는 경찰을 찾았다. 경찰로도 해결이 안 될 때는 또 다른 사람에게 물었다. 길을 아는 사람을 만날 때까지 수없이 붙잡고 묻고, 불러 세워서 또 물었다. 이렇게 해서 겨우겨우 목적지까지 갔다.

하필 '탑'을 보러 갔을 때는 이렇게라도 하지 않으면 외출할 수 없던 시절이었다. 오려니 올 곳도 없고, 가려니 갈 곳을 모른다고 말하면 선문답 같겠지만, 어떤 길을 거쳐 '탑'에 도착했으며 또 어떤 동네를 가로질러 집에 왔는지는 여전히 아리송하다. 도무지 생각나지 않는다. 단지 '탑'을 구경했던 것만은 확실하다. '탑' 자체는 지금도 눈에 선하다. '탑'을 보기 전이나 후에 관해선 물어도 대답할 수 없다. 앞의 기억은 잊어버리고 뒤의 기억은 사라져버려서 그 중간만이 유달리 또렷하다. 어둠을 가르는 번개가 내 눈썹 위로 떨어졌다가 휙 사라진 것 같은 느낌이 든다. 내 기억 속의 런던탑은 전생의 꿈이 하나로 만나는 곳인 듯하다.

런던탑은 영국의 역사가 집약된 장소다. 괴이한 과거를 감춘 장막이 저절로 찢어져 감실(龕室)의 희미한 불빛을 20세기로 반사하는 곳이 런던탑이다. 모든 걸 묻어버리는 시간이 거꾸로 흐르던 중 고대사의 한 조각이 현대로 떠내려왔다고 봐야 하는 곳이 런던탑이다. 사람의 피, 사람의 살, 사람의 죄가 응집되어 말, 마차, 기차 속에 남겨진 곳이 바로 런던탑이다.

그날 나는 타워브리지에서 본 템스강 건너편의 런던탑에 심취해서, 내가 요즘 사람인지 옛날 사람인지 헷갈릴 때까지 넋을 놓은 채 바라보았다. 초겨울이라고는 하지만 바람 한 점 없이 조용한 날이었다. 우중충한 하늘은 탑 위로 낮게 드리워져 있었다. 벽토를 풀어놓은 듯 누런 템스강은 께지럭께지럭 잔잔하게 소리 없이 흘렀다. 범선 한 척이 탑 밑을 지나갔다. 바람 없는 강에서 돛을 조정해서인지 들쭉날쭉한 삼각형의 하얀 날개가 줄곧 한곳에 머물러 있었다. 큰 거룻배 두 척이 올라왔다. 뱃사공이 홀로 고물에 서서 노를 저었다. 이 또한 거의 움직이지 않았다. 타워브리지 난간 근처에서 흰 그림자가 어른거렸다. 아마 갈매기일 터였다. 눈길이 닿는 모든 곳마다 과거인 양 나른해 보이며 조용히 잠들어 있었다. 그리고 그 가운데 냉연히 20세기를 경멸하듯, 런던탑이 우뚝 서 있었다. 기차가 달리든 전차가 달리든, 적어도 나만은 역사가 존재하는 한 이 자리를 지키겠노라고 말하는 듯 의연하게 선 그 위대한 모습이 새삼스레 놀라웠다. 세상은 이 건축물을 탑이라 부르지만, 탑이란 그저 이름뿐이며 실은 수많은 망루로 이뤄진 거대한 성곽이다. 주르륵 치솟은 망루들은 둥근 것, 뾰족한 것 등 갖가지 모양으로 그 위용을 다투고 있다. 다만 모두가 하나같이 지나간 세기의 기념물을 영원히 전하기로 맹세한 양 음산한 회색빛을 띤다. 구단九段의 유슈칸遊就館*을 20, 30동가량 석조로 나란히 지은 후 확대경으로 들여다보면 이 탑과 비슷하지 않을까. 나는 여전히 수분을 흠뻑 머금은 세피아 색 공기 속에 멍하니 서서 탑을 바라보았다. 20세기의 런던은 내 마음속에서 점점 사라지고 동시에 눈앞의 탑 그림자에 얽힌 과거의 역사가 환상처럼 뇌리에 떠올랐다. 아침에 홀짝이는 쓴 차 위로 피어오르는 김에서 간밤에 잠을 설치게 만든 꿈의 깊은 여운이 느껴진다고나 할까. 잠시 후 맞은편 강가에서 수상한 팔이 길게 뻗어 나와 나를 잡아당기려 했다. 이제껏 멈춰 서서 미동도 하지 않던 나는 불현듯 강을 건너 탑에 가고 싶어졌다. 긴 팔은 점점 더 세게 나를 잡아당겼다. 나는 홀연히 걸음을 옮겨 타워브리지를 건넜다. 긴 팔이 나를 홱홱 끌어당겼다. 타워브리지를 건너 쏜살같이 탑의 문으로 달려갔다. 3만 평이 넘는 커다란 과거의 자석은 현세를 부유하던 이 작은 쇠 부스러기를 순식간에 모조리 흡수해버렸다. 문에 들어서서 뒤를 돌아보았을 때,

나를 거쳐서 길은 황량한 도시로
나를 거쳐서 길은 영원한 슬픔으로
나를 거쳐서 길은 버림받은 자들 사이로

• 야스쿠니신사 안에 있는 박물관으로 청일전쟁, 러일전쟁의 전리품을 진열하고 있다.

나의 창조주는 정의로 움직이시어 전능한 힘과 한량없는 지혜,
태초의 사랑으로 나를 만드셨다.
나 이전에 창조된 것은 영원한 것뿐이니 나도 영원히 남으리라.
여기 들어오는 너희는 모든 희망을 버려라. *

그 같은 구절이 어딘가에 새겨져 있는 것만 같았다. 이때의 나는 이미 현세의 내가 아니었다.

메마른 해자 위에 걸린 돌다리를 건너가면 맞은편에 탑 하나가 있다. 돌로 만든 동그란 석유 탱크 모양의 물체가 거인이 지키는 문기둥처럼 좌우로 우뚝 솟아 있다. 그 중간을 잇는 건물 아래를 지나가 건너편으로 빠져나갔다. 이것이 바로 미들타워다. 좀더 가자 왼편에 우뚝 솟은 종탑이 보였다. 들판을 뒤덮은 쇠 방패와 무쇠 투구로 무장한 적이 멀찍이서 가을 아지랑이처럼 아물거리며 다가오는 모습을 발견하면 탑 위의 종을 울렸다. 별이 진 밤, 보초병이 바람벽 위를 순찰하는 틈을 노려 달아난 죄수가 거꾸로 떨어져 횃불 그림자보다 짙은 어둠 속으로 사라질 때도 탑 위의 종을 울렸다. 오만한 시민들이 왕의 정사를 비난하며 개미 떼처럼 탑 밑에 몰려와 와자지껄하게 소동을 피울 때도 탑 위의 종을 울렸다. 이처럼 탑 위의 종은 유사시면 반드시 울렸다. 다시없을 기회인 양 죽을힘을 다해 울렸다. 조상이 올 때는 조상을 죽여도 울렸고, 부처가 올 때는 부처를 죽여도 울렸다. 서리 내리는 아침, 눈 오는 저녁, 비 오는 날, 바람 부는 밤에 수도 없이 울렸던 그 종은 지금 어디로 갔는지. 고개를 들어 담쟁이

• 단테 알리기에리 지음, 윌리엄 블레이크 그림, 박상진 옮김, 『신곡-지옥편』, 민음사, 2007, 26쪽.

덩굴로 뒤덮인 오래된 성루를 쳐다보니 이미 조용하고도 쓸쓸하게 100년의 여운을 간직하고 있었다.

다시 좀더 가자 오른편에 반역자의 문이 있었다. 문 위로 세인트토머스타워가 우뚝 솟아 있었다. 반역자의 문이란 이름부터가 벌써 으스스했다. 예로부터 탑 속에 갇혀 죽어간 수천 명의 죄인은 모두 배를 타고 이 문까지 호송되었다. 그들이 배를 버리고 이 문을 통과한 순간부터 속세의 태양은 두 번 다시 그들을 비추지 않았다. 그들에게 템스강은 삼도천이었으며, 이 문은 저승으로 통하는 입구였다. 그들은 눈물진 얼굴로 일렁이는 배에 몸을 맡긴 채 동굴같이 어두침침한 아치 아래까지 끌려왔다. 입을 떡 벌린 채 정어리를 빨아들이는 고래가 기다리는 곳에 다다르면, 두꺼운 떡갈나무 문이 삐걱거리는 소리가 그들과 세상의 빛을 영원히 갈라놓았다. 이로써 그들은 마침내 숙명이라는 귀신의 희생물이 되었다. 내일 먹힐까, 모레 먹힐까, 혹은 다시 10년 후에 먹힐까. 귀신 말고는 아무도 모른다. 문을 향해 움직이는 배에 앉아 있던 죄수들의 마음은 어떠했을까. 노가 휘어질 때, 물방울이 뱃전에 튈 때, 사공의 손이 움직일 때마다 목숨이 잘게 썰리는 것 같지 않았을까. 흰 수염을 가슴까지 늘어뜨리고 헐렁한 검은 법복을 걸친 사람이 비틀거리며 배에서 올라온다. 토머스 크랜머* 대주교다. 푸른 두건을 눈이 가려질 정도로 푹 눌러쓰고, 하늘색 비단 속에 쇠사슬 갑옷을 걸친 멋진 사내는 토머스 와이엇**일 것이다. 이 남자는 인사도 없이 뱃전으로부터 뛰어 올라온다. 화려한 새 깃털이

---

* 1489~1556. 영국의 캔터베리 대주교이자 종교 개혁 시기의 기독교 신학자이며 종교개혁가다. 영국 성공회의 기초를 닦았으나 가톨릭 복귀 정책을 펼친 메리 1세에게 처형당했다.
** 1521~1554. 영국의 정치인으로 메리 1세 때 반란을 일으켰다가 처형당했다.

꽂힌 모자를 쓰고 황금으로 만든 칼 손잡이에 왼손을 걸친 채, 은 물림쇠로 앞굽을 장식한 구둣발로 사뿐사뿐 돌계단 위를 올라가는 이는 월터 롤리°인가. 나는 어두운 아치 아래를 들여다보며 맞은편으로 돌계단을 씻어 내리는 반짝이는 물살이 보이지 않을까 싶어 길게 목을 뺐다. 물은 없었다. 반역자의 문과 템스강은 제방 공사를 마친 후 서로 완전히 인연이 끊겼다. 수많은 죄수를 삼키고 수많은 호송선을 토해낸 반역자의 문은 그저 옛 자취로 남아, 문 아래에서 찰랑거리는 소리를 들을 기회를 잃어버렸다. 맞은편에 있는 피의 탑의 바람벽 위에 커다란 쇠고리가 매달려 있을 뿐이다. 옛날에는 이 쇠고리에 밧줄을 매어 배를 정박시켰다고 한다.

왼쪽으로 꺾어 피의 탑의 문으로 들어갔다. 먼 옛날 장미전쟁 시절, 이루 말할 수 없이 많은 사람을 유폐한 곳이 이 탑이었다. 풀처럼 사람을 베고, 닭처럼 사람을 도륙하며, 말린 연어처럼 시체를 쌓아놓았던 곳이 이 탑이었다. 피의 탑이라는 이름이 붙은 것도 무리는 아니다. 아치 아래에는 파출소처럼 조그만 집이 하나 있고, 그 옆에 투구 모양의 모자를 쓴 병사가 총을 짚고 서 있었다. 제법 진지한 표정이긴 했으나 실은 빨리 당번을 마치고 단골 술집에 들러 술 한잔 기울인 후 건수를 잡아 놀 궁리를 하는 듯했다. 탑의 벽은 들쭉날쭉한 돌을 겹겹이 쌓아서 두텁게 만든 탓에 표면이 울퉁불퉁했고 군데군데 담쟁이덩굴이 얽혀 있었다. 높은 곳에 난 창문이 보였다. 건물이 큰 탓인지 아래에서 보니 아주 작았다. 쇠창살이 끼워져 있는 듯했다. 당번병은 석상처럼 우두커니 선 채 속으로는 정부情婦와 시시덕거

• 1554~1618. 영국의 탐험가이자 시인으로 식민지 실패의 책임과 정적들의 모함을 이유로 처형당했다.

리는 생각을 했다. 그 옆의 나는 눈살을 찌푸리고 손으로 이마를 가린 채 높은 창문을 올려다보며 잠시 서 있었다. 쇠창살 너머에서 새어 든 햇빛이 고대의 색유리에 반사되며 은은하게 반짝였다. 이윽고 연기처럼 막이 열리며 공상의 무대가 또렷하게 나타났다. 창 안쪽은 두꺼운 장막이 드리워져서 낮에도 어두컴컴했다. 창의 맞은편 벽은 회반죽도 칠하지 않은 돌로 지어서 세상이 멸망하는 날이 온다 해도 꿈쩍하지 않을 듯, 옆방과의 사이에서 든든한 칸막이 역할을 하고 있었다. 다만 벽 한복판에는 3평 크기에 빛깔이 칙칙한 태피스트리가 덮여 있었다. 청회색 바탕과 누르스름한 무늬 속에 나체의 여신상이 서 있었고 그 주위는 온통 발염한 당초 무늬였다. 석벽 옆에는 큰 침대가 놓여 있었다. 굵은 떡갈나무의 심도 뚫을 만큼 깊이 조각한 포도와 포도 덩굴, 그리고 포도 잎은 손발이 닿는 자리마다 반짝였다. 침대 가장자리에 있는 어린아이 둘이 보인다. 하나는 열서너 살, 또 하나는 열 살쯤 먹은 듯하다. 어린 쪽은 이부자리에 걸터앉아 침대 기둥에 반쯤 몸을 기댄 채 두 발을 대롱대롱 늘어뜨리고 있다. 아이는 자신의 오른쪽 팔꿈치와 얼굴을 비스듬히 내밀어 나이가 더 많은 아이의 어깨에 걸친다. 나이가 더 많은 아이는 금으로 장식한 큰 책을 어린 아이의 무릎 위에 펼쳐놓고서 그 페이지 위에 오른손을 얹는다. 상아를 문질러 부드럽게 만든 듯 아름다운 손이다. 둘 다 까마귀 날개가 무색하리만치 새카만 윗도리를 입어서 뽀얀 피부가 더욱 두드러진다. 그러고 보니 둘은 형제인 듯하다. 머리와 눈 색깔은 물론이고 이목구비며 옷자락에 이르기까지, 서로 판박이처럼 닮아 있다.

형이 다정하고도 맑은 목소리로 무릎 위의 책을 읽는다.

"우리가 죽을 때의 모습을 생각해보는 이여, 행복 있으라. 매일 밤 낮으로 죽기를 바라라. 머지않아 신 앞에 갈 내가 무엇을 두려워하리……."

아우는 매우 애틋한 목소리로 말한다. "아멘." 때마침 멀리서 불어오는 초겨울의 찬바람에 높은 탑이 휘청하고, 벽이 당장이라도 무너질 듯 한차례 웅 하는 소리가 난다. 아우가 형에게 바싹 붙어서 형의 어깨에 얼굴을 비벼댄다. 눈처럼 하얀 이불 한 귀퉁이가 획 부풀어 오른다. 형은 다시 읽기 시작한다.

"아침이면 밤이 오기 전에 죽는다고 생각하라. 밤이면 내일이 있으리라 믿지 마라. 각오야말로 고귀한 것. 추한 죽음이야말로 그지없는 수치니라……."

아우는 떨리는 목소리로 또 말한다. "아멘." 조용히 책을 덮은 형은 밖을 보려고 작은 창문 쪽으로 성큼성큼 다가선다. 창문이 높아 키가 닿지 않는다. 걸상을 가져와 그 위에 올라서서 발돋움한다. 100리를 에워싼 검은 안개를 뚫고 겨울 해가 아련히 비친다. 도륙한 개의 생피로 그곳만 물들인 것 같다. 형은 아우를 돌아보며 말한다. "오늘도 또 이렇게 저무는 건가?" 아우는 그저 춥다고만 답한다. "목숨만 살려준다면 큰아버님께 왕위를 물려드릴 텐데." 형이 혼잣말처럼 중얼거린다. 아우는 말한다. "어머님을 뵙고 싶어." 이때 맞은편에 걸린 태피스트리 속 여신의 나체상이 바람도 없는데 두세 번 너풀거린다.

홀연히 무대가 돈다. 탑의 문 앞에 검은 상복을 입은 한 부인이 맥없는 표정으로 서 있다. 얼굴은 창백하고 까칠하지만 어딘가 고결하고 기품이 넘쳐 보인다. 이윽고 자물쇠가 삐걱거리는 소리가 들리더니 문짝이 끼익 열린다. 안에서 한 사내가 나와 부인에게 공손히 절한다.

"만나는 걸 허락하셨는가?" 여자가 묻는다.

"아니옵니다." 사내가 미안해하며 대답한다. "제가 온정을 베풀어 만나게 해드리는 것이 무엇이 어렵겠사옵니까. 하오나 국법이 지엄하니 부디 단념해주시옵소서." 그러고는 갑자기 입을 다물고 주위를 살핀다. 해자에서 논병아리 한 마리가 불쑥 떠오른다.

여자가 목에 건 금줄을 풀어 사내에게 건네며 말한다. "그저 슬쩍 얼굴만 볼 테니 내 소원을 들어주게. 여인의 청을 모른 척하다니 자네도 참 냉정하군."

사내는 여인이 건넨 금줄을 손가락 끝에 감고 생각에 잠긴다. 논병아리가 다시 휙 물속에 잠긴다. "옥지기는 감옥의 규정을 깰 수 없사옵니다. 왕자님들은 별일 없이 무탈하게 지내고 계시니 안심하시고 이만 돌아가주시옵소서." 잠시 후 사내가 말하며 금목걸이를 되돌려준다. 여자는 미동도 하지 않는다. 금줄이 포석 위에 쨍그랑 떨어진다.

"도저히 만날 수 없다는 말인가?" 여자가 묻는다.

"송구하옵니다." 문지기가 잘라 말한다.

"검은 탑의 그림자, 견고한 탑의 바람벽, 냉정한 탑지기." 여자가 중얼거리며 하염없이 운다.

무대가 또다시 변한다.

검은 옷차림의 키 큰 그림자 하나가 안뜰 구석에 나타난다. 이끼 낀 차가운 석벽 속에서 쑥 빠져나온 듯하다. 밤과 안개의 경계에 서서 몽롱히 주변을 둘러본다.

잠시 후 그와 똑같은 검은 옷차림의 그림자 하나가 그늘 속에서 또 솟아난다. 키 큰 그림자가 망루의 모서리에 높이 뜬 별빛을 우러러보며 말한다. "날이 저물었다." 다른 사람이 대답한다. "낮에는 세상에 얼굴을 내밀 수가 없어." 키 큰 그림자가 "전에도 살인은 많이 해봤지만, 오늘만큼 잠자리가 뒤숭숭한 적은 없어" 하고 말하며 키 작은 그림자 쪽을 본다. "태피스트리 뒤에 서서 둘의 이야기를 엿들었을 때 차라리 관두고 돌아갈까 생각했지." 키 작은 그림자가 정직한 말투로 말한다. "목을 조를 때 꽃 같은 입술을 바르르 떨더군." "투명한 이마에는 보라색 핏줄이 불거졌어." "그 신음 소리가 아직도 귀에서 떠나지를 않아." 검은 그림자가 다시 검은 밤 속으로 빨려든 듯 사라질 때, 망루 위에서 시계가 땡 하고 울렸다.

공상은 시계 소리와 함께 깨졌다. 석상처럼 서 있던 당번병은 어느덧 총을 어깨에 메고 때각때각 포석 위를 걸어가고 있었다. 걸으면서 정부와 팔짱을 끼고 산책하는 꿈을 꿨다.

피의 탑 밑을 지나 건너편으로 나가자 예쁜 광장이 모습을 드러냈다. 봉긋하게 솟은 한복판에는 화이트타워가 있었다. 탑 중에 가장 오래된 탑이며, 옛날 성의 중심에 지어진 가장 높은 망루다. 세로 36

미터, 너비 33미터, 높이 27미터, 벽 두께 4.5미터로 사방의 성벽 모서리에 망루가 우뚝 솟아 있고 군데군데 노르만 왕조의 총안銃眼도 보였다. 1399년, 국민은 이 탑에서 리처드 2세에게 서른세 개 죄목을 열거하며 양위를 강요했다. 리처드 2세가 승려, 귀족, 무사, 법사 앞에 서서 천하를 향해 양위를 선포한 곳 역시 이 탑이었다. 그때 왕위를 물려받은 헨리는 일어서서 이마와 가슴에 성호를 긋고 말했다. "성부와 성자와 성령의 이름으로, 나 헨리는 이 대영국의 왕관과 치세를 내 정의로운 피, 자비로운 신, 친애하는 벗의 도움을 빌려 물려받으리라." 그러나 선왕의 운명은 그 누구도 알지 못했다. 그의 주검을 폰트프랙트성에서 세인트폴대성당으로 옮겼을 때, 시체를 에워싼 2만여 명의 군중은 그 앙상한 모습에 경악을 금치 못했다. 혹자는 여덟 명의 자객이 리처드 2세를 에워쌌을 때 그가 한 자객에게서 도끼를 빼앗아 단숨에 한 명을 베고 두 명을 죽였는데, 엑스턴이 뒤에서 일격을 가하여 그만 원한을 품고 죽었노라고 말한다. 또 어떤 이는 하늘을 우러러보며 말한다. "아니야, 아니야. 리처드는 단식해서 스스로 목숨을 끊은 거야." 어느 쪽이 맞는 말이든 달갑지 않다. 제왕의 역사는 비참한 역사다.

아래층 방은 옛날에 월터 롤리가 유폐되었을 적 『세계사』를 기초한 곳으로 전해진다. 그가 엘리자베스 시대에 유행하던 반바지 차림에 무릎까지 오는 비단 양말을 신고, 오른발을 왼쪽 다리 위에 얹은 다음 거위 깃털로 만든 펜을 종이 위에 콕 박은 채 고개를 갸웃하며 생각에 잠긴 모습을 상상해보았다. 그러나 그 방은 볼 수 없었다.

남쪽으로 들어가 나선형 계단을 올라가면 유명한 무기 진열장이 있다. 자주 손보는지 전부 번쩍번쩍 광이 났다. 일본에 있을 때 역사책이나 소설책으로만 봐서 수박 겉핥기 식으로 알았던 것들을 실제로 낱낱이 명료하게 알게 되니 매우 기뻤다. 그러나 기쁨도 잠시, 지금은 이전처럼 말끔히 잊어버렸다. 단 갑옷과 투구만은 여전히 기억에 남아 있다. 그중 특히나 훌륭해서 정말로 감탄했던 것은 헨리 6세가 착용했던 갑옷이었다. 전부 강철로 만들어졌으며 군데군데 상감 기법으로 문양이 새겨져 있었다. 가장 놀라운 점은 그 위용을 과시하는 듯한 크기였다. 이런 갑옷과 투구를 입을 사람이라면 적어도 신장이 7척, 즉 최소 2미터 이상으로 덩치가 아주 큰 남자여야 한다. 탄복하며 갑옷과 투구를 바라보는데 누군가 내 곁으로 때각때각 걸어왔다. 돌아보니 비피터beefeater*였다. 비피터라면 허구한 날 쇠고기나 먹는 사람이라고 생각할 테지만, 천만의 말씀이다. 그는 런던탑의 근위병으로 찌그러진 실크해트 같은 모자를 쓰고 미술학교 학생 같은 옷을 걸쳤다. 두꺼운 소맷부리는 동여매고 허리춤은 띠로 졸라맸다. 옷의 무늬도 아이누인蝦夷人이 입는 한텐半纏**에 그려진 것처럼 아주 단순한 직선을 종횡으로 네모나게 배열한 것에 불과했다. 때로 그는 창을 들기도 했다. 『삼국지』에라도 나옴 직한, 짧은 창날에 깃털이 꽂힌 창이었다. 이윽고 비피터가 내 뒤에 멈췄다. 키는 별로 크지 않고 뚱뚱하며 흰 수염이 덥수룩한 자였다. "일본 사람이시죠?" 그가 미소 지으며 물었다. 현재의 영국인과 이야기하는 느낌이 아니었다.

---

* 영국 왕궁과 런던탑의 경호원을 이르는 말로, 비피터라는 명칭은 1800년대까지 봉급 일부를 쇠고기로 받았다는 데서 유래한다. 공식 명칭은 '요먼 워더Yeoman Warder'다.
** 하오리와 비슷한 짧은 겉옷의 일종으로 깃을 뒤로 접지 않고 가슴의 옷고름이 없다.

그가 300, 400년 전의 옛날로부터 살짝 얼굴을 내민 것 같기도 했고, 내가 300, 400년 전의 옛날을 불쑥 엿보는 것 같기도 했다. 나는 잠자코 고개를 끄덕였다. 그가 이끄는 대로 따라갔다. 그가 손가락으로 낡은 일제 갑옷과 투구를 가리키며 이걸 봤느냐는 듯 눈짓했다. 나는 또 말없이 고개를 주억거렸다. 비피터의 설명으로는 몽골이 찰스 2세에게 진상한 것이라고 했다. 그 말에 세 번째로 고개를 끄덕였다.

화이트타워를 나와 뷰챔프타워로 향했다. 전리품인 대포가 가는 길에 줄지어 놓여 있었다. 그 앞쪽으로는 철책이 약간 둘러져 있고 일부 쇠사슬에 달린 팻말에 사형장 터라는 글씨가 쓰여 있었다. 2년, 3년, 길게는 10년이나 해가 들지 않던 캄캄한 지하에 투옥됐던 이가 어느 날 갑자기 지상으로 끌려 나와 지하보다도 더 무서운 이곳에 꿇어앉는다. 오랜만에 본 푸른 하늘에 기뻐한 것도 잠시, 눈이 부셔서 사물의 색조차 제대로 보이지 않는 바로 그때 흰 도끼날이 세 척 높이에서 획 하고 공중을 가른다. 흐르는 피는 살아 있을 때부터 이미 차가웠을 게다. 날카로운 검은 부리의 까마귀 한 마리가 날개를 접은 채 내려앉으며 사람을 보았다. 숱한 세월 동안 응어리진 벽혈碧血*의 한이 섬뜩한 새로 환생하여 이 불길한 땅을 오래도록 지키고 있는 듯했다. 바람결에 움직이는 느릅나무가 와삭와삭 소리를 냈다. 나무 위에도 까마귀가 앉아 있었다. 어디서 오는지는 모르겠지만 잠시 후 또 한 마리가 날아왔다. 한 젊은 여자가 일곱 살쯤 되어 보이는 사내아이와 함께 까마귀를 보며 서 있었다. 그리스풍의 코와 영롱한 눈, 뽀

---

* 주나라의 충신이었던 장홍萇弘은 군주인 경왕敬王에게 충성을 바쳤으나, 신임을 잃고 촉나라 땅에서 죄 없이 자결했다. 그런데 장사 지낸 지 3년 만에 그가 흘린 피가 푸른 옥으로 변했고 시신은 보이지 않았다는 고사에서 유래된 말로, 강한 충성심을 비유할 때 사용된다.

얀 목덜미를 이루는 곡선이 적잖이 감동적이었다. 아이는 여자를 쳐다보며 신기하다는 듯 말했다. "까마귀다, 까마귀!" 그러더니 까마귀가 추워 보인다며 빵을 주고 싶다고 졸랐다. 여자가 조용히 타일렀다. "저 까마귀는 아무것도 먹고 싶지 않아요." 아이가 물었다. "왜?" 여자는 긴 속눈썹에 가려진 초점 잃은 눈으로 까마귀를 응시하며 "까마귀는 다섯 마리가 있답니다"라고 말할 뿐, 아이의 질문에는 대답하지 않았다. 홀로 뭔가 생각하는 양 새초롬했다. 나는 여자와 까마귀 사이에 어떤 이상한 인연이라도 있는 게 아닐까 의심했다. 그녀는 까마귀의 기분을 꼭 자신의 일처럼 말했으며, 세 마리밖에 안 보이는 까마귀가 다섯 마리라고 단언했다. 나는 수상한 여자를 뒤로하고 홀로 뷰챔프타워에 들어섰다.

런던탑의 역사는 뷰챔프타워의 역사이며, 뷰챔프타워의 역사는 비참한 역사다. 14세기 후반 에드워드 3세가 건립한 이 삼층탑의 1층 방에 들어가는 사람은 주변을 둘러싼 벽에서 오랜 세월의 원한이 응집된 무수한 기념물을 발견할 수 있다. 모든 원한과 분노, 시름과 슬픔은 이 극단적인 원한과 분노, 시름과 슬픔에서 생겨난 위안과 함께 91종류의 제언題言으로 남아서 지금도 보는 이의 간담을 서늘하게 한다. 차가운 철필鐵筆로 무정한 벽의 위아래를 파내어 자신의 불운과 직업을 새긴 사람은 과거라는 바닥없는 구멍에 묻히고, 공허한 글씨만 남아서 영원히 속세의 빛을 본다. 구태여 본인을 우롱하려고 쓴 글은 아니련만, 이상한 일이다. 사람들은 곧이곧대로 이야기하지만은 않는다. 하얗다는 말이 검다는 의미이기도 하고, 자신을 낮춤으로

써 큰 인물로 여기게도 만든다. 이 세상에서 자신도 모르는 새 후세에 남기는 반어만큼 지독한 반어가 또 있을까. 묘비나 기념비, 상패 또는 휘장이 있다 한들 한낱 덧없는 물질일 뿐이며, 살아 있던 때를 그리워하게 만드는 도구에 불과하다. 나는 떠난다. 내 자취를 남기겠다는 생각은 참혹하게 죽은 나 자신을 기록할 매개물을 남기겠다는 뜻이다. 이는 내게 남길 뜻이 없음을 잊어버린 사람이나 할 법한 말이다. 미래에까지 반어를 전하면서 덧없는 신세를 비웃으려는 사람이나 할 법한 짓이다. 나는 죽을 때 시 한 줄도 짓지 않겠다. 죽은 뒤에 묘비도 세우지 마라. 육신은 불태우고 뼈는 가루를 내어 세찬 서풍이 몰아치는 날 드넓은 하늘을 향해 훌훌 뿌려달라고 하자는 등, 괜한 걱정을 했다.

벽에 새겨진 제언의 글씨체는 각양각색이었다. 틈나는 대로 바르게 또박또박 쓴 것도 있는가 하면, 마음이 급해서인지 홧김에 써서인지 벽을 박박 긁어내 갈겨 쓴 것도 있었다. 또는 가문의 문장을 새겨 그 안에 예스럽고 아담한 글자를 남겼거나, 방패 모양을 그려서 그 안쪽에 읽기 힘든 글귀를 남긴 것도 있었다. 글씨체가 제각각이듯 언어 또한 한 가지만 적혀 있지 않았다. 영어는 물론이고 이탈리아어와 라틴어도 있었다. 좌측에 새겨진 '내 소망은 예수 그리스도에게 있나니'라는 문구는 성직자 존 파슬루*의 것이었다. 파슬루는 1537년 참수당했다. 그 옆에 'JOHAN DECKER'(요한 데커)라는 서명이 있었다. 데커가 어떤 사람인지는 모르겠다. 계단을 올라가자 문 입구에 'T.

• 1536년 '은총의 순례Pilgrimage of Grace'에 참여했다는 이유로 랭커스터에서 사망한 왈리수 도원의 원장이다. 은총의 순례란 수도원 해산을 반대하는 성직자와 튜더 왕조에 반감을 품은 귀족, 그리고 수용소 입소와 물가 앙등에 불안을 느낀 농민과 민중이 일으킨 반정부 운동이다.

C.'라는 머리글자가 보였다. 이 머리글자만으로는 누구인지 짐작이 가지 않았다. 그리고 약간 떨어진 곳에 무척 꼼꼼하게 새겨진 제언들이 있었다. 우선 우측 가장자리에 십자가를 그리고 심장 그림으로 장식한 후 옆쪽에 해골과 문장을 새겨넣은 것이 보였다. 조금 더 가자 방패 속에 써넣은 구절이 눈에 띄었다. '운명은 덧없이 무심한 바람에 호소하게 한다. 시간도 부스러져라. 나의 별은 슬프구나. 내게 매정하구나.' 다음에는 이렇게 새겨져 있었다. '모든 사람을 존중하라. 중생을 사랑하라. 신을 두려워하라. 왕을 경애하라.'

이 사람은 어떤 심정으로 이런 문장을 썼을까 상상해보았다. 무릇 세상에 고통스러운 일이 아무리 많다지만 무료만큼 고통스러울까. 숱한 세월을 허구한 날 같은 생각만 하며 보내는 것만큼 고통스러운 건 없다. 멀쩡한 육신이 보이지 않는 포승줄에 묶인 채 꼼짝달싹할 수 없는 것만큼 고통스러운 건 없다. 삶이란 활동하는 것이건만 이 활동을 억압당한 채 살아야 한다면 삶의 의미를 빼앗긴 것과 같으며, 그러한 자신의 처지를 자각할수록 죽음보다 더한 고통을 맛볼 뿐이다. 이처럼 벽의 곳곳을 제서題書로 도배한 사람들은 모두 죽음보다 더한 고통을 맛본 자들일 테다. 견딜 수 있고 버틸 수 있을 때까지 이 고통과 싸우다가, 끝내 막막해졌을 때 비로소 휘어져 못 쓰게 된 못이나 날카로운 손톱으로 무료한 시간 동안 소일거리를 찾아 태평하게 불평하고 평지풍파를 표현했으리라. 그들이 쓴 글자 하나, 획 하나는 대성통곡이나 눈물, 그 밖에 자연이 허락하는 한도 안에서 시름을 달래기 위한 모든 수단을 쓴 후에도 여전히 지칠 줄 모르는 본

능적 요구가 어쩔 수 없이 발현된 결과일 것이다.

또 상상해보았다. 태어난 이상은 살아야만 한다. 죽음이 두렵다는 말은 감히 입 밖으로 내지 말고 그저 살아내야 한다. 살아야 한다는 것은 예수와 공자 이전의 길이자, 예수와 공자 이후의 길이기도 하다. 여기엔 어떤 논리도 필요치 않다. 그저 살고 싶으니까 살아야 한다. 모든 사람은 살아야만 한다. 감옥살이하는 이 사람들 또한 이 근본적인 도덕에 따라 살아야만 했다. 동시에 그들은 이제 곧 죽어야 할 운명을 앞두고 있었다. 어떻게 하면 살아남을 수 있을까 하는 생각은 시시각각 그들의 뇌리에 이는 의문이었다. 일단 이 방에 들어온 자는 반드시 죽는다. 살아서 다시 햇빛을 본 사람은 1000명에 1명 있을까 말까다. 빠르든 늦든 그들은 어쨌든 죽는다. 그러나 고금에 걸친 대진리는 그들에게 살라고 가르친다. 끝까지 살라고 한다. 그들은 하는 수 없이 그들의 손톱을 간다. 날카로운 손톱 끝으로 단단한 벽에 한 획을 긋는다. 그 뒤에도 진리는 변함없이 계속해서 살라고 속삭인다. 끝까지 살라고 속삭인다. 그들은 닳아 없어진 손톱이 자라기를 기다린 다음 다시 두 번째 획을 긋는다. 도끼날에 살점이 튀고 뼈가 으스러지는 내일을 예상한 그들은 그저 살기를 바라며 차디찬 벽에 한 획씩 그어서 선을 만들고 글씨를 만든다. 벽에 가로세로로 남은 흠집에는 삶에 집착한 누군가의 혼백이 깃들어 있다. 여기까지 상상의 실마리를 풀어냈을 때, 문득 실내의 냉기가 등의 모공을 통해 몸속으로 혹 들어와서 나도 모르게 오싹해졌다. 그러고 보니 어쩐지 벽이 축축했다. 손끝으로 만져보니 이슬이 맺혀서 미끈미끈했다. 손끝을 보니 새빨갰다. 벽 구석에서 뚝뚝 이슬방울이 떨어졌다. 바닥을 보자 이슬방울이 떨어져서 생긴 듯한 선명한 주홍색 무늬가 들쑥날쑥하게 이어져 있었다. 아마도 16세기의 피가 배어 나온 것이리라. 벽 속에서 신음하는 소리마저 들리는 듯했다. 가까워질수록 소리는 어둠이 새어 나오는 무서운 노래로 변한다. 이곳은 땅속으로 통하는 움막이며, 안쪽에 두 사람이 있다. 귀신의 나라로부터 불어온 바람이 돌벽의 갈라진 틈으로 들어와 아담한 휴대용 석유등을 흔든다. 가뜩이나 어두운 움막의 천장도, 네 귀퉁이도, 휘몰아치는 누리끼리한 검은색 그을음으로 일렁인다. 어렴풋이 들리던 노랫소리는 움막에 있는 한 사람의 것이 분명하다. 노래의 주인공은 팔을 걷어붙인 채 녹로의 숫돌 위에 큰 도끼를 걸고서 열심히 날을 간다. 그 옆에 내팽개쳐진 도끼 한 자루의 흰 날이 바람이 불 때마다 번쩍번쩍 빛난다. 또 한 사람은 팔짱을 끼고 서서 돌아가는 숫돌을 보고 있다. 휴대용 석유등이 덥수룩한 수염 사이로 보이는 얼굴 반쪽을 비춘다. 불빛에 비친 낯빛이 마치 진흙투성이 당근 같다. "이렇게 매일없이 죄인들이 배로 호송되어오면 망나니 노릇도 벌이가 짭짤하겠어." 수염 난 사람이 말한다. "아이구, 말도 마. 도끼날 가는 일만 해도 힘들어서 죽을 지경이야." 노래의 주인공이 대답한다. 키가 작고 눈이 움푹 들어간, 검누런 사내다. "어제는 예쁜 걸 해치웠지?" 수염 난 사람이 아깝다는 듯 말한다. "아니야, 얼굴은 예쁜데 목뼈는 엄청 딱딱한 여자였어. 덕분에 이렇게 도끼날 이가 한 푼가량 빠졌다니까." 다른 사내가 말하며 녹로를 마구 돌린다.

쉭쉭쉭. 녹로가 돌아가는 동안 피직, 피지직, 불똥이 튄다. 도끼날을 갈던 망나니가 소리 높여 노래를 부른다.

베이지 않을 거야. 여자의 목을 베는 도끼는 한 맺힌 사랑에 이가 나가지.

쉭쉭쉭 소리 외에는 무엇도 들리지 않는다. 석유등 불빛이 바람에 흔들리며 도끼날을 가는 망나니의 오른뺨을 비춘다. 새카만 그을음 위에 주홍색 안료를 뿌린 듯하다. 잠시 후 수염 난 사람이 묻는다.

"내일은 누구 차례야?"

"내일? 내일은 그 할머니 차례지, 뭐."

도끼날을 가는 망나니가 태연하게 답한다.

숨어 자라는 백발은 바람기로 물들고, 목이 잘리면 피로 물든다네.

다시 목청껏 노래를 부른다. 쉭쉭쉭. 녹로가 돈다, 피직, 피지직. 불똥이 튄다. "핫하하하, 이만하면 됐겠지." 망나니가 도끼를 머리 위로 번쩍 쳐들고 등불에 날을 비춰본다. "할머니뿐인가? 다른 사람은 없어?" 수염 난 사람이 또다시 묻는다. "할머니 다음엔 그 애가 처형당할 거야." "가엾군. 벌써 처형당하다니." 수염 난 사람이 말하자 도끼날을 갈던 망나니가 새까만 천장을 보며 태연하게 떠들어댄다. "가엾지만 어쩌겠어."

움막도 망나니도 휴대용 석유등도 홀연히 싹 사라지고, 나는 뷰챔프타워 한가운데 망연히 서 있었다. 문득 정신을 차리고 보니 좀 전에 까마귀에게 빵을 주고 싶다던 사내아이가 그 수상한 여자와 여전히 함께 서 있었다. 사내아이가 벽을 보며 놀란 듯이 말했다. "엄마,

저기 개가 그려져 있어!" 여자는 조금 전과 다름없는 태도로, 마치 과거의 화신이라고 해도 믿을 만큼 단호한 어조로 대답했다. "개가 아니에요. 왼쪽은 곰, 오른쪽은 사자, 이건 더들리가의 문장이에요." 실은 나도 그것이 개나 돼지라고 생각하고 있었다. 설명을 듣고 나니 더욱더 이 여자가 이상하다는 생각이 들었다. 그러고 보니 방금 더들리라고 말했을 때 어쩐지 힘이 느껴졌다. 마치 본인 가문의 이름이라도 말한 듯했다. 나는 숨죽이고 두 사람을 주시했다. 여자는 설명을 계속했다. "이 문장을 새긴 사람은 존 더들리*예요." 존이라는 사람과 형제라도 되는 듯한 말투였다. "존에게는 네 명의 형제가 있었는데, 내가 알기론 이 곰과 사자 주위에 새긴 화초가 바로 그 형제들을 가리켜요." 자세히 보니 과연 네 가지 꽃 혹은 잎이 곰과 사자를 유화 테두리처럼 둘러싸고 있었다. "여기 있는 건 '에이콘Acorns'으로 '앰브로즈Ambrose'를 뜻해요. 이쪽에 있는 것이 '로즈Rose'로 '로버트 Robert'를 대표하고요. 아래쪽에 인동초가 그려져 있죠? 인동초는 '허니써클Honeysuckle'이니까 '헨리Henry'에 해당해요. 왼쪽 위에 모여 있는 건 '제라늄Geranium'으로 'G'……." 여자는 갑자기 입을 다물었다. 산호 같은 입술이 감전된 듯 부들부들 떨렸다. 쥐를 노리는 살모사의 혓바닥 같았다. 그러더니 곧 문장 아래에 적힌 글을 낭랑하게 읽었다.

이 짐승들이 능숙하게 행한 바를 보고 또 보는 이들이여,

그들이 왜 여기에 있는지를 쉽게 알지어다,

• 1504~1553. 에드워드 6세 때 실권자였던 노섬벌랜드 공작으로, 왕족인 제인 그레이를 본인의 아들과 결혼시키고 여왕으로 옹립했으나 메리 1세에게 처형당했다.

경계가 처지고, 그 안의 땅*을 찾고자 했던
네 형제의 이름이 있도다.**

여자는 이 구절을 태어난 후부터 지금까지 날마다 일과로 암송한 듯, 독특한 어조로 읽어 내려갔다. 사실상 벽에 적힌 글씨는 알아보기 매우 힘들었다. 나 같은 사람은 고개만 갸우뚱거리다 한 자도 못 읽고 포기할 성싶었다. 점점 더 이 여자가 수상했다.

왠지 으스스한 기분이 들어 여자를 지나 앞쪽으로 빠져나갔다. 총안이 놓인 모퉁이를 돌자 나타난 벽 위에는 엉망진창으로 쓰인 글씨인지 그림인지 모를 문장 속에 정확한 획으로 조그맣게 'Jane'(제인)이라고 적혀 있었다. 나도 모르게 그 앞에 멈춰 섰다. 영국의 역사를 읽은 사람 중 제인 그레이***의 이름을 모르는 이는 없을 것이다. 또한 짧은 생을 살다가 비참한 최후를 맞이한 여왕에게 동정의 눈물을 흘리지 않는 사람은 없을 것이다. 제인은 시아버지와 남편의 야심 때문에 꽃다운 열여덟 나이에 본인의 목숨을 죄 없이 그리고 아낌없이 형장에다 팔아넘겼다. 풍진 세상 속 처참히 짓이겨진 장미 꽃술이 머금은 향기는 오래도록 쉬이 사라지지 않고, 오늘날에 이르러서도 역사책을 펼치는 이의 마음을 그윽하게 사로잡는다. 그리스어로 플라톤을 읽어 일세를 풍미한 석학 애섬****마저 혀를 내둘렀다는 이 일

---

* 원문에 적힌 'grovnd'는 'ground'로서 '명분' '이유' '주장' 등으로 번역할 수도 있으나, 자세한 맥락을 알 수 없어 '땅'으로 옮겼다.

** 영문번역 진영종.

*** 1536~1554. 헨리 7세의 증손녀로 에드워드 6세가 사망한 후 더들리의 계략으로 영국의 왕위에 올랐으나 왕위 계승권을 가진 메리 1세에 의해 9일 만에 폐위되어 처형당했다.

**** 1515~1568. 로저 애섬은 영국의 대표적인 인문학자이며 교육자로 엘리자베스 여왕의 가정교사이자 에드워드 6세, 메리 1세, 엘리자베스 1세의 라틴어 비서였다. 주요 저서로 『교사론The School Master』 『궁술론Toxophilus』 등이 있다.

화는 시정詩情 넘치는 인물을 상상하기에 좋은 재료로서 많은 사람의 뇌리에 아로새겨질 테다. 나는 제인의 이름 앞에 멈춰 선 채 움직이지 않았다. 아니, 움직이지 않는다기보다 움직일 수가 없었다. 공상의 막은 이미 열렸다.

처음엔 양쪽 눈이 침침해서 잘 보이지 않는다. 이윽고 어둠 속 한 점에 불이 확 켜진다. 불이 점차 커지며 인기척이 느껴진다. 그 안이 점점 밝아지더니 쌍안경 도수를 정확히 맞춘 듯 선명하게 보인다. 풍경은 점점 커지며 가까이 다가온다. 정신을 차리고 보니 한복판에 젊은 여자가 앉아 있다. 오른쪽 끄트머리에 한 남자가 서 있는 듯하다. 둘 다 어딘지 모르게 낯이 익은데, 눈 깜짝할 사이에 내 앞으로 휙 다가와 10여 미터 앞에서 탁 멈춘다. 남자는 조금 전 움막에서 노래를 부르던, 움푹 팬 눈에 검누런 얼굴을 한 키 작은 놈이다. 방금 간 도끼를 왼손으로 짚고 허리춤에는 여덟 치 길이의 단도를 매단 채 경계하며 서 있다. 나도 모르게 흠칫 놀란다. 여자는 두 눈을 흰 손수건으로 가리고 있는데, 두 손으로 자신의 목을 얹을 받침대를 찾는 듯하다. 목을 얹을 받침대는 일본에서 장작을 팰 때 아래에 괴는 받침대만 한 크기로 앞부분에 쇠고리가 달려 있다. 받침대 앞에는 피가 흐르지 않도록 지푸라기를 흩뿌려놓았다. 두세 명의 여자가 뒷벽에 기대어 흐느낀다. 시녀라도 되는 걸까. 고개 숙인 신부가 흰 털 안감에 끝자락을 접은 기다란 법의 옷자락을 질질 끌면서, 여자의 손을 잡고서 받침대 쪽으로 이끈다. 여자는 눈처럼 새하얀 옷을 입고 있다. 어깨너머까지 드리워진 금발이 가끔 치렁거린다. 그 얼굴을 본 나는 깜짝 놀란다. 눈은 보이지 않아도 눈썹 모양, 갸름한 얼굴, 가냘픈 목덜미에 이르기까지 모든 것이 아까 사내아이와 함께 서 있던 여자의 모습 그대로다. 무심코 달려갈 뻔했으나 다리가 움찔해서 한 발자국도 앞으로 나아갈 수 없다. 여자는 간신히 참수대 쪽으로 가서 그위에 양손을 걸친다. 입술이 실룩거린다. 방금 전 사내아이에게 더들리 가문의 문장을 설명했을 때와 조금도 다르지 않은 모습이다. 이윽고 목을 약간 비스듬히 기울이더니 묻는다. "내 남편 길퍼드 더들리는 이미 신의 나라에 갔는가?" 어깨에서 흘러내린 머리카락 한 줌이 찰랑거린다. "모르겠소." 신부는 대답한 뒤 묻는다. "아직도 진실의 길로 들어갈 마음이 없는가?" 여자는 분명하게 말을 받는다. "나와 내 남편이 믿는 길만이 진실이오. 그대들의 길은 방황의 길이며, 잘못된 길이오." 신부는 아무런 말이 없다. 여자는 약간 차분한 말투로 말한다. "내 남편이 먼저 갔다면 뒤쫓아가리라. 혹 나중에 온다면 함께 가자고 하리라. 정의로운 신의 나라에, 올바른 길을 밟아 가리라." 말을 마치고는 받침대 위에 목을 툭 내던진다. 눈이 움푹 패고 얼굴이 검누런 키 작은 망나니가 묵직한 도끼를 에잇, 하며 고쳐 잡는다. 받침대에서 솟구친 피가 내 양복바지의 무릎에 두세 방울 튄 듯싶더니 모든 광경이 홀연히 사라져버렸다.

주변을 둘러보니 사내아이를 데리고 있던 여자는 어디로 갔는지 그림자조차 보이지 않았다. 나는 귀신에 홀린 듯한 얼굴로 뷰챔프타워를 나왔다. 돌아오는 길에 다시 종탑 아래를 지나는데 높은 창에서 가이 포크스*가 반짝 얼굴을 내비쳤다. "아, 한 시간만 더 빨랐더라

---

* 1570~1606. 1605년 가톨릭 탄압에 대항해 영국 국회의사당을 폭파하고자 '화약 음모 사건'을 일으킨 주동자로서 현대 대중문화에서는 '저항의 상징'으로 여겨진다. 영국에서는 매년 11월 5일을 '가이 포크스 데이'로 정해 전역에서 화려한 불꽃놀이를 벌인다.

면……. 이 성냥개비 세 개가 도움이 안 되다니, 정말 분하군!" 하는 목소리마저 들렸다. 아무래도 내 정신이 이상해진 듯하여 황급히 탑을 빠져나왔다. 타워브리지를 건너 뒤돌아보니 북반구에 있는 나라여서인지 이날도 언제부터인가 비가 내리고 있었다. 가는 빗방울이 바늘귀로 비어져 나온 듯 보슬보슬 내리는 가랑비가 온 도시의 흙먼지와 매연을 녹였다. 가랑비에 갇힌 자욱한 세상에서 런던탑이 지옥의 그림자처럼 불쑥 모습을 드러내고 있었다.

정신없이 집으로 돌아왔다. 오늘은 탑을 구경하고 왔다고 말하니 집주인이 까마귀 다섯 마리를 봤느냐고 물었다. 이런, 이 집주인도 그 여자의 친척인가 하는 생각에 가슴이 철렁했다. 집주인이 웃으면서 말했다. "신에게 바친 까마귀예요. 옛날부터 거기서 기르고 있어서 한 마리라도 비면 얼른 다른 곳에서 데려와 채웁니다. 그래서 런던탑의 까마귀는 언제나 다섯 마리지요." 집주인의 너무도 간단한 설명에 내 공상의 절반은 런던탑을 본 그날 깨져버리고 말았다. 이어서 집주인에게 벽에 새겨져 있던 죄수들의 글에 관해서도 말했다. 그러자 주인은 대수롭지 않다는 듯 점잖은 체하며 말했다. "아, 그 낙서 말인가요? 쓸데없는 짓을 해서 애써 아름다운 곳을 망쳐놨지 뭐예요. 뭐 죄수의 낙서네 뭐네 하지만 꼭 그렇지만도 않아요. 개중엔 가짜도 꽤 있으니까." 마지막으로 보았던 아름다운 부인에 대해 말하며 신기하게도 그 부인이 내가 모르는 일과 도저히 읽을 수 없는 글자를 줄줄 읽어 내려갔다고 하자, 집주인은 한심하다는 투로 말했다. "그야 당연하죠. 다들 거기 갈 때는 미리 안내서를 읽으니까요. 전혀 놀랄 일이 아니에요. 게다가 굉장히 미인이었다고요? 런던에 미인이 얼마나 많은지 알아요? 조심하지 않으면 위험해요" 괜히 엉뚱한 사람한테 불똥이 튀는 말이었다. 이것으로 내 공상의 나머지 절반이 또 깨졌다. 집주인은 20세기 런던 사람이었다.

앞으로는 사람들과 런던탑 이야기를 하지 않기로 했다. 또 두 번 다시 구경하러 가지 않기로 했다.

이 단편은 사실처럼 써 내려갔으나 실은 태반이 허구이므로 독자 여러분도 그런 마음으로 읽기를 바란다. 탑의 역사에 관해서는 그때그때 희곡적으로 흥미로운 내용만 골라 엮어보려 했는데 잘되지 않았다. 군데군데 어색한 흔적이 보인다 해도 어쩔 수 없다. 이를테면 엘리자베스(에드워드 4세의 왕비)가 유폐된 두 왕자를 만나러 오는 장면과 그들을 죽인 자객이 술회하는 장면은 셰익스피어의 역사극 『리처드 3세』에도 등장한다. 셰익스피어는 클래런스 공작이 탑에서 살해당하는 장면은 육필로 묘사하고, 왕자를 교살하는 상황은 자객의 말을 빌림으로써 이면을 통해 그 상황을 암시했다. 이 희곡을 읽었을 때 바로 그 점이 가장 흥미로웠으므로, 여기서도 그 점을 살려서 이용해보았다. 그러나 대화의 내용, 주위의 광경 등은 나의 공상일 뿐 셰익스피어와는 전혀 무관하다. 그리고 미리 언급해두건대 망나니가 노래를 부르며 도끼를 가는 장면은 전부 윌리엄 에인즈워스•의 소설 『런던탑 Tower of London』에서 가져왔을 뿐 창작과는 무관하므로, 나는 이에 대해 그 어떤

• 1805~1882. 영국의 작가로 정밀한 고증이 특징이다. 대표작으로는 도둑을 주인공으로 하는 『루크우드 Rookwood』 외에 『런던탑』 『윈저성 Windsor Castle』 『세인트 폴 성당 Old St.Paul's』 등이 있다.

사소한 것도 요구할 권리가 없다. 에인즈워스는 도끼날이 망가진 이유를 설명하는 장면을 솔즈베리 백작부인이 참수당하는 사건처럼 서술하고 있다. 이 책에서 망나니가 단두대에서 쓸 망가진 도끼날을 가는 장면은 불과 한두 페이지 정도로밖에 묘사되지 않았지만, 매우 재미있었다. 도끼를 갈면서 난폭한 노래를 태연하게 부르는 장면 또한 마찬가지로, 대략 15분 정도의 짧은 행동이지만 작품 전체에 활기를 줄 수 있을 만큼 충분히 희곡적인 요소라 몹시 흥미로웠으므로 그대로 답습하여 이 책에 가져왔다. 단 그 밖에 노래에 관한 의미나 문구, 두 망나니의 대화와 어두운 움막에서의 광경은 전부 내 공상으로 이뤄진 것임을 말해둔다. 계속하여 에인즈워스의 작품에서 효수집행인이 부른 노래를 소개하겠다.

도끼는 날카롭고 납처럼 무거워,
목을 스치면 목이 날아갔다.

휙, 휙, 휙, 휙!
앤 여왕은 자신의 하얀 목을 처형대에 올려놓고,
운명적인 내리침을 조용히 기다렸다.
도끼가 단번에 목을 두 동강으로 잘랐다.

휙, 휙, 휙, 휙!
솔즈베리 백작부인은, 오만한 귀부인이 그러하듯,

얌전하게 죽지는 않으려 했다.

나는 도끼를 치켜들고, 그녀의 머리통을 쪼갰다.

그후 도끼날의 이가 빠지고, 무뎌졌다.

획, 획, 획, 획!

캐서린 하워드 여왕은 편하게 죽기 위해,

나에게 수고비로 황금 줄을 주었다.

그녀의 비싼 선물은 제값을 했다,

내가 그녀 머리를 가볍게 친 순간, 목은 바로 날아갔으니.

획, 획, 획, 획!•

이 문단 전체를 직접 번역하려고 했으나 도저히 뜻대로 되지 않았을뿐더러 너무 길어질 우려도 있어 관두기로 했다.

두 왕자가 유폐된 장면과 제인이 처형되는 장면에서는 폴 들라로슈••의 그림이 내 상상에 적잖은 도움을 주었다는 사실을 덧붙이며 이에 감사를 표한다.

배에서 내린 죄수 중 와이엇이란 이는 유명한 시인의 아들로서 제인을 위해 군사를 일으킨 사람이다. 부자가 이름이 같아서 혼동하기 쉬우므로 이 역시 밝혀둔다.

탑 안 사방의 경치와 풍물은 독자에게 있는 그대로 소개해야

• William Harrison Ainsworth, *The Tower of London*, 1840, 영문번역 진영종.

•• 1797~1856. 프랑스의 역사화가이자 고전파와 낭만파의 화법을 결합한 절충파의 창시자다. 특히 초상화와 역사화로써 명성을 얻었다. 주요 작품으로 「제인 그레이의 처형The Execution of Lady Jane Grey」 「에드워드의 자녀들Les Enfants d'Edouard」 등이 있다.

하므로 좀더 세밀하게 묘사하고자 했다. 그래야 자연스럽게 그 땅을 밟고 있는 듯한 현장감을 불러일으킬 수 있기 때문이다. 그러나 이러한 초고를 쓸 목적으로 런던탑을 유람한 것도 아니었고, 더욱이 세월이 지나 풍경에 관한 기억이 가물가물하다. 따라서 자칫하면 주관적 문장이 더해져 더러 독자에게 불쾌함을 주지나 않을까 염려될 따름이지만, 이 점에 대해서는 어쩔 수가 없다.

❖ 1904년 12월 20일

아득한 시대의 보이지 않는 괴력을 빌린, '일편단심' 순애보를 그리고 싶었다. 그러나 내용이 일본의 정서와는 맞지 않는 듯해서 배경을 일본으로 삼진 않았다. 지식이 알량하여 고대 기사의 상황을 소상히 알지 못한 탓에 적절한 서사가 빈약하고 풍경 묘사도 실제와는 다른 부분이 많을 테니, 독자 여러분의 가르침을 기다리겠다.

먼 옛날의 이야기다. 배런이라는 자가 성을 짓고 그 주위에 해자를 파서 사람을 도륙하며 설쳐대던 옛날로 돌아가야 한다. 지금 시대의 이야기가 아니다.

전설에 따르면 아서 대왕의 치세 때라고만 전해질 뿐, 구체적으로 언제쯤인지는 알 수 없다. 브리튼의 한 기사가 어떤 여자를 연모했다. 그 시절 원수지간의 사랑은 불가능했다. 사랑하는 사람의 입술

에 불타오르는 연정의 숨결을 불어넣으려면 팔꿈치가 부러지고 목도
꺾여야 했으며 때로는 가차 없이 피 흘릴 각오까지 해야 했다. 브리튼
의 여자는 자신을 연모하는 브리튼의 남자에게 말했다. "네 사랑을
이루길 원한다면, 원탁의 용사를 모조리 쓰러뜨리고 내 이름을 대면
서 세상에 비할 데 없이 아름다운 여자라고 말해. 그리고 아서가 기
르는 고명한 매를 잡아서 내게 보내야 해." 남자가 알겠노라고 답하며
허리에 찬 장검에 맹세하자 온 세상에 그 뜻을 막을 자가 없었다. 마
침내 남자는 선녀의 도움을 받아 여자가 요구한 것을 빠짐없이 모두
이뤘다. 가는 금줄 끝에 묶여 매의 발에 감긴 양피지에는 사랑에 관
한 서른한 가지 조항이 씌어 있는데, 이것이 이른바 '사랑의 관청' 헌
법이다. ……방패 이야기는 이 헌법이 한창 시행되던 시대에 일어난
일이라고 생각하라.

　길목 막기는 그 당시 기사들이 행하던 관습이다. 한 기사가 좁은
길을 막아선 뒤 그 길목을 지나가는 기사에게 싸움을 건다. 두 사람
의 창끝이 휘고 말과 말의 코끝이 만나는 순간, 버티지 못하고 안장
에서 떨어지는 쪽은 그 관문을 무사히 넘어갈 수 없다. 갑옷, 투구,
말 등 그가 가진 모든 것을 빼앗긴다. 길을 막아선 기사는 무사의 이
름을 빌린 산적이나 다름없다. 기한은 30일, 기사는 길옆의 나무에
자신의 깃발을 꽂아 펄럭이게 하고서는 나팔을 불며 사람이 오기를
기다린다. 오늘도, 내일도, 모레도 계속해서 기다린다. 기한인 30일
을 채울 때까지. 간혹 그가 마음속으로 꿈꿔오던 미인과 함께 기다리
기도 한다. 만일 그 길목을 지나려는 귀부인이 있다면 개수일촉鎧袖一

觸, 즉 어떤 상대든 가뿐히 물리칠 만큼 실력이 출중한 기사의 보호를 받으며 관문을 빠져나가야 한다. 경호하는 기사는 길을 막아서는 기사와 반드시 창술을 겨룬다. 그렇지 않으면 본인은 물론이고, 부부의 연을 맺기로 한 여성조차 지나갈 수 없다. 1449년에 '버건디의 사생아'라는 한 뛰어난 기사가 라 벨 자르댕La Belle Jardin이라는 길을 30일 동안 무사히 지켰다는 일화는 지금까지도 사람들 사이에서 회자된다. 이 사생아와 함께 30일간 기거한 미인은 유감스럽게도 '청순한 순례자'라고만 알려졌을 뿐 이름은 알 수 없다. ……방패 이야기의 배경은 바로 이 시대다.

이 방패가 어느 시대의 것인지는 모른다. 온몸을 가릴 정도로 커다란 역삼각형 방패인 파비스Pavis와는 다르다. 방패 안쪽의 가죽끈으로 어깨에 메는 기지guige 종류도 아니다. 물론 후세의 방패처럼 철제 방패 윗부분에 쇠창살을 내어 그 중앙의 구멍에 총을 쏘는 장치가 달린 것도 아니다. 어느 시대에 어떤 사람이 벼린 방패인지는 주인인 윌리엄조차 모른다. 윌리엄은 이 방패를 자신의 방 벽에 걸어놓고 밤낮으로 바라보았다. 다른 사람이 이에 대해 물으면 신비한 방패라거나 영혼의 방패라고 대답했다. 또한 이 방패를 들고 전장에 나가면 삼대에 걸쳐 소원을 이룰 수 있다고 했다. 이름이 있냐는 질문에는 그저 환영의 방패라고만 답했다.

방패는 보름날 밤에 뜬 달처럼 둥글다. 만두 모양의 표면이 온통 강철로 뒤덮여 있어 반짝이는 색마저 달과 비슷하다. 테두리에는 새끼손톱만 한 대갈못이 동그랗게 원을 그리며 다섯 푼 정도의 간격으로 아름답게 박혀 있다. 대갈못의 색 또한 은색이다. 그리고 그 원 안쪽으로 네 치가량 들어간 부분에는 장인이 새긴 듯 정교한 솜씨의 당초문이 있다. 문양이 너무나도 세밀해서 얼핏 보면 살랑살랑 부는 산들바람에 수많은 잔물결이 넘실거리는 것 같다. 옛날에 상감 기법으로 조각한 흔적인 듯한, 꽃인지 담쟁이덩굴인지 혹은 잎인지 모를 문양이 빛이 쩽쩽하게 내리쬐는 곳마다 반사되어 유달리 눈부시다. 그보다 더 안쪽은 판자처럼 편평해서 여전히 거울처럼 빛나며 주변의 사물을 빠짐없이 비춘다. 윌리엄의 얼굴도, 투구에 꽂힌 깃털이 둥실둥실 바람에 나부끼는 모습까지도. 태양 쪽으로 돌리면 이글거리는 해의 모습도, 새를 쫓을 때면 메아리조차 주고받지 않고 10리를 날아가는 송골매의 모습도 비출 듯하다. 가끔 방패를 벽에서 내려 닦느냐고 물으면 아니라고, 영혼의 방패는 닦지 않아도 빛난다고 윌리엄은 혼잣말처럼 말했다.

방패 한가운데에 다섯 치가량 동그랗게 도드라진 부분은 무시무시하게 주조된 야차의 얼굴로 꽉 차 있다. 천지의 중간에 있는 인간을 영원히 저주하는 그 얼굴은 방패가 오른쪽으로 돌아가면 오른쪽을, 왼쪽으로 돌아가면 왼쪽을, 정면에서 보면 정면을 저주한다. 어떨 때는 방패 뒤로 몸을 숨긴 주인까지도 저주하지 않을까 싶을 만큼 무시무시하다. 머리카락은 사계절의 바람을 한꺼번에 맞은 듯 죄다 곤두서 있다. 심지어 머리카락 끝마다 달린 둥글고 납작한 뱀의 머리는 혓바닥을 날름거린다. 머리카락은 올올이 뱀이며, 모조리 머리를 치켜든 채 혀를 내두르며 뒤엉키거나, 맞붙어 싸우거나, 몸을 비비 꼬며

오르거나, 짓누르고 있다. 다섯 치의 원에서 포악한 야차의 얼굴만 제외하면 이 머리카락 뱀, 혹은 뱀 머리카락이 이마 언저리부터 얼굴의 좌우까지를 빼곡히 메우며 자연스럽게 원의 윤곽을 이루고 있다. 이것이 바로 먼 옛날의 고르곤이 아닐까 싶을 정도다. 당시 전설에 따르면 고르곤을 본 사람은 돌이 된다는데 이 방패를 유심히 본 사람이라면 그 말이 절대 부인할 수 없는 사실임을 깨달을 것이다.

방패에는 흠집이 나 있다. 오른쪽 위에서 왼쪽으로 비스듬히 내리친 칼자국이다. 고르곤 메두사를 닮은 야차의 귀 부근에 감긴 뱀의 머리를 쳐서 구슬을 늘어놓은 듯한 대갈못들 가운데 하나가 반쯤 찌그러졌고, 옆의 편평한 부분에는 길고 가느다랗게 파인 희미한 홈이 있다. 윌리엄에게 이 흠집이 생긴 연유를 물으면 아무런 답도 하지 않는다. 혹 모르느냐고 물으면 알고 있노라고 한다. 알고는 있으나 말하기 곤란하다고 답한다.

절대 발설해선 안 되는 방패의 유래에는 남에게 말할 수 없는 한 맺힌 사랑이 서려 있다. 다른 이에게 숨긴 방패의 역사에는 세상도 신도 등진 남자의 한 줄기 희망이 걸려 있다. 윌리엄이 밤낮으로 홀로 되뇌는 마음속 이야기는 이 방패와 운명의 굴레에 깊이 얽혀 있다. 이 방패는 마음속에서 아른거리며 좀체 사라지지 않는 해묵은 미련을 백일하에 드러내 똑똑히 확인시켜준다. 어디서 불어오는지도 모르는 업장業障의 바람이 헛헛한 가슴으로 새어 들어와 파란이 일다 잦아들기를 반복한다.

만일 그의 소망대로 이 방패를 들고 전쟁에 나간다면, 정말로 풍파 없는 옛날로 돌아갈 수 있을까? 월리엄은 방패가 걸린 벽을 바라본다. 천지인을 저주하는 야차의 모습도 그의 눈에는 그저 희미한 미소를 띤 그림 속 여신처럼 보인다. 때로는 자신이 사랑하는 사람이 아닐까 의심한 적조차 있다. 단지 그 사람이 방패에서 빠져나와 이야기를 나눌 수 없음이 안타까울 뿐이다.

사랑하는 사람! 월리엄이 사랑하는 사람은 여기에 없다. 작은 산을 세 개 넘고 커다란 강을 하나 건너면 나오는, 20마일 떨어진 밤까마귀夜烏성에 있었다. 밤까마귀성이란 이름부터가 불길하다고 종종 생각했다. 그러나 어릴 때는 그 밤까마귀성으로 여러 번 놀러갔다. 어릴 때뿐만 아니라 어른이 된 후에도 늘 찾아갔다. 클라라가 있는 곳이라면 바닷속이더라도 가지 않고는 배길 수 없을 테니. 불과 얼마 전까지만 해도 그는 밤까마귀성에 가서 온종일 클라라와 이야기를 나누며 시간을 보냈다. 사랑이라는 이름이 붙으면 1000리 길도 마다하지 않을 그에게 20마일이 대수일까. 밤을 지키는 별빛이 제풀에 사라지고 동쪽 하늘이 벵갈라를 문지른 듯 저녁놀로 붉게 물드는 시각, 하얀 성의 도개교 위로 말을 탄 기사가 나타난다. ……저녁에 성 본채의 망루에서 본 북점의 금성이 반짝거릴 때, 다시 멀리서 들리는 말발굽 소리가 밤낮의 경계를 깨고 하얀 성 쪽으로 다가온다. 채찍 소리와 함께 달려온 말은 입에 하얀 거품을 물고 온몸이 땀투성이건만, 말에 탄 사람은 휘파람을 불고 있다. 난세에 길든 습관이었다. 월리엄은 말의 등에서 어른이 된 것이다.

그런데 작년 봄쯤부터 새벽이면 하얀 성의 도개교 위로 나타나던 기사를 볼 수 없었다. 저물녘의 말발굽 소리 또한 들판 위를 덮쳐오는 어둠 속으로 빨려 들어갔는지 들리지 않았다. 그 무렵부터 윌리엄은 본인의 내면에 완전히 틀어박히려는 듯 갈수록 깊이 파고들었다. 꽃이 피고 지든 봄이 오든 말든 그저 남 일처럼 여긴 채, 단지 마음속에 쌓인 것이 말끔히 사라지기 전까지는 바깥세상과 완전히 담을 쌓고 지내려는 심산인 듯했다.

무사의 생명은 여자와 술과 전쟁에 있다. 윌리엄은 건배할 때 미주알고주알 떠드는 어느 사람들처럼 대놓고 이야기하진 않았으나, 기어드는 목소리로 이렇게 말하긴 했다. "나의 클라라를 위해서." 피 같은 포도주를 해골 모양 잔에 받아들고 행여 넘칠세라 긴 수염을 적셔가며 들이켜는 사람들 틈에서 그는 단지 손으로 이마를 짚고 비스듬히 거품을 불며 자리를 지켰다. 그런가 하면 산더미처럼 쌓인 맛있는 사슴고기에 다짜고짜 칼을 휘둘렀고, 앞에 놓인 접시만 가만히 바라보다가 돌아가기도 했다. 접시에 수북이 쌓인 먹음직스러운 고깃덩어리에 손도 대지 않는 날이 허다했다. 무사의 목숨을 삼등분하여 여자와 술과 전쟁으로 나눈다면, 윌리엄의 목숨 중 3분의 2는 이미 죽은 것이나 다름없었다. 그렇다면 나머지 3분의 1은? 전쟁은 아직 없었다.

윌리엄은 키가 여섯 자 한 치쯤 되었으며, 마르기는 했으나 탄탄한 근육질의 다부진 체격이었다. 4년 전 전쟁에서는 갑옷과 투구를 벗어 던진 채 알몸으로 성벽 안쪽에 설치해둔 투석기를 당겼다. 전쟁이 끝난 후 그 모습을 본 사람 중 하나는 윌리엄의 팔에서는 쇠로 된

알통이 나온다고 말하기도 했다. 그의 눈과 머리카락은 석탄처럼 까맣다. 소용돌이치는 머리카락은 고개를 흔들 때마다 반짝인다. 눈동자 안쪽 깊숙한 곳에는 또 한 쌍의 눈동자가 있어 서로 포개진 듯 빛난다. 이루지 못한 사랑 때문에 죽도록 술을 마시며 삶의 의지를 상실해가는 그는 다음 전장에서 목숨을 잃게 될까? 그는 말을 타고 온종일 밤새도록 들판을 달려도 지친 적이 없던 사내다. 빵 한 조각은커녕 물 한 방울조차 마시지 않고 동트기 전부터 땅거미가 질 때까지 일할 수 있는 사내다. 나이는 스물여섯. 그럼에도 싸우지 못하는 이유는 사랑하는 사람 때문인가? 고작 그런 이유로 싸우지 못한다면 무사의 집안에서 태어나지 않는 편이 나았을 것이다. 윌리엄 자신도 그렇게 생각한다. 환영의 방패를 치켜들고 싸울 기회가 있다면……하고도 생각한다.

하얀 성의 성주인 늑대 루퍼스와 밤까마귀성의 성주는 20년간 친분을 이어온 사이로, 자녀는 물론 말단 신하에 이르기까지 서로 왕래하지 않는 자가 드물 정도로 막역한 사이였다. 그런데 작년 초봄부터 불화가 생겼다. 사적인 일이 아닌 정치적인 의견이 갈린 결과가 그 원인이라는 이야기도 있었고, 매사냥을 마치고 돌아오는 길에 포획물을 놓고 벌어진 언쟁이 원인이라는 주장도 있었다. 소문에 따르면 밤까마귀성 주인의 사랑하는 딸, 클라라의 신상과 관련된 충돌에서 벌어진 일이라고도 했다. 지난날 벌어진 향연에서 상 위의 술이 동나고, 자리에 있던 이들이 혀가 꼬부라질 만큼 거나하게 취해 있을 때였다. 상석에 나란히 앉아 있던 두 사람이 무슨 연유에선지 서로 욕을 퍼붓는 소리를 그 자리에 있던 모두가 들었다. "달을 보고 짖는 늑대가······지껄이는 소리야." 손에 든 잔을 바닥에 내동댕이친 밤까마귀성의 성주가 자리에서 일어나며 말했다. 잔에 남아 있던 붉은 술이 바닥을 얼룩덜룩하게 물들인 것도 모자라 술잔의 깨진 조각과 함께 루카스의 가슴께까지 튀었다. "밤을 헤매고 다니는 까마귀의 검은 날개를 잘라 떨어뜨리면, 지옥의 어둠이 찾아온다지." 루퍼스가 가죽에 매달린 묵직한 양날 검의 손잡이를 네다섯 치쯤 뽑으며 말했다. 자리에 있던 이들의 시선이 일제히 두 사람에게 쏠렸다. 높다란 창문에서 새어 들어오는 저물녘 햇살을 등진 두 사람의 검은 모습은 이 세상 사람이 아닌 듯싶었다. 살짝 모습을 드러낸 날카로운 검날이 싸늘한 빛을 내뿜었다. 바로 그때 루퍼스의 옆자리에 앉아 있던 윌리엄이 오른손으로 루퍼스의 허리춤을 가리키며 말했다. "자네의 별명은 늑대가 맞지만, 검에 새긴 글을 부끄럽게 해서는 안 되지." 폭이 넓은 칼의 날밑 바로 아래에는 '영광과 조국을 위하여pro gloria et patria'라고 새겨져 있었다. 찬물을 끼얹은 듯 조용한 가운데 루퍼스가 뽑으려던 검을 다시 칼집에 넣는 소리만이 높이 울려 퍼졌다. 그후로 두 집안은 오래도록 서로 왕래하지 않았고, 그래서인지 윌리엄이 늘 타고 다니던 갈색 말도 조금은 살이 찐 듯 보였다.

요즘은 전쟁에 관한 소문도 자주 들려왔다. 원한이 맺혀 눈을 부라리며 으르렁거리는 사람은 억지 미소를 지어서라도 속일 수 있다지만, 풀리지 않는 심란한 가슴은 허공에서 부는 바람 소리에도 술렁인다. 원한을 품은 상대를 도륙하기 위해 밤낮으로 쉬지 않고 서슬 퍼런 칼날을 갈고 또 간다. 군주와 나라를 위해서라는 그럴듯한 명분을 내세워 사소한 싸움으로 1000리에 뻗친 원한을 갚고자 하기 때문이다. 정의나 인도라는 말은 아침 바람에 세차게 날리는 깃발에나 새기는 말일 뿐, 힘껏 내찌르는 창끝에서는 분노의 불꽃이 타오른다. 늑대가 어떻게 까마귀와 싸울 구실을 얻었는지는 모른다. 까마귀 또한 어떤 주장을 통해 늑대를 모함할 심산인지 모른다. 다만 핏줄기가 솟구치듯이 포도주가 사방으로 튀었을 때, 루퍼스가 끓어오른 원한을 풀겠노라며 세인트 조지•에게 맹세한 것만은 사실이다. 존귀한 문장은 검에나 새기고 힘차게 빼든 빛나는 칼로 울부짖는 늑대를 베겠다며, 밤까마귀성의 성주가 모든 성인에게 열심히 기원한 것 또한 사실이다. 그날이 언제인지가 문제일 뿐, 두 집안 사이의 전쟁은 도저히 피할 수 없었다.

대대로 충성하겠노라 맹세한 클라라의 집안을 배반하는 일은 윌리엄이 바라던 바가 아니었다. 하물며 전쟁에서 부상당하고 다 죽게 생긴 아버지와 제 앞가림도 못 하던 본인을 적진에서 구출한 루퍼스 일가에게 위기가 닥쳤을 때 가부좌를 틀고 앉아 있는 것 또한 도리가 아닌 듯싶었다. 아무리 봉건 시대에 흔한 일이라 해도, 주군이라 부르고 종복이라고 자처하는 위태로운 신세에 순종하는 그 자신을 보고서 비겁하다며 비웃는 소리를 듣는 건 죽기보다 싫었다. 투구도 쓰자, 갑옷도 손보자, 창도 갈자, 여차하면 선봉에 서자. ……그런데 클라라는 어떻게 되는 걸까? 전쟁에서 패하면 곧 죽음이다. 그러

• 성 게오르기우스로도 불리는 세인트 조지에 관한 이야기는 『황금전설』에 기록되어 있다. 세인트 조지는 3, 4세기 카파도키아의 기사였다고 전해지는데, 그가 리비아의 실레네silene에서 한 여인을 용으로부터 구한 이야기는 매우 유명하다.

면 클라라를 만날 수 없다. 루퍼스가 이기면 클라라는 죽을지도 모른다. 윌리엄은 무심코 하늘을 향해 십자가를 그었다. 차라리 지금 변장하고 클라라와 함께 북쪽으로 달아나버릴까? 이대로 도망치면 동료들이 뭐라고 할까? 루퍼스는 배신감에 치를 떨며 내가 사람도 아니라고 하겠지. 품에서 클라라가 준 머리카락 한 묶음을 꺼내보았다. 다듬이질로 보들보들해진 삼베 같은 긴 연보라색 머리카락이 찰랑거리며 윌리엄의 손에서 흘러내렸다. 머리카락을 바라보던 윌리엄의 시선은 멍하니 옆을 향하다가 저절로 벽에 꽂혔다. 벽에 걸어둔 방패 한 가운데에서 우아한 클라라의 얼굴이 웃고 있었다. 작년에 헤어질 때 얼굴 그대로다. 얼굴 주위를 감싸고 있는 머리카락이……. 윌리엄은 저주받은 사람처럼, 돌처럼 앉아 1000리 밖을 내다보는 듯한 눈빛으로 방패를 보았다. 햇빛 때문인지 새파랗다. ……얼굴 주위를 감싸는 머리카락이 아까부터 흐르는 물에 담근 것처럼 술렁술렁 움직였다. 머리카락이 아닌, 무수한 뱀의 혓바닥이 부단히 흔들리며 다섯 치 크기의 원 안을 돌아다니는 모습이 마치 은색 바탕 속에서 비단실처럼 가느다란 불길이 보일락 말락 하며 소용돌이치는 것 같기도 하고, 어느 땐 물결이 이는 것 같기도 했다. 또 일제히 얼굴 주위를 회전하는가 싶다가도, 어느 한 부분이 멈칫하면 그 옆이 잇달아 꿈틀거렸고 그런 순간마다 희미하게 서로 혀를 날름거리는 소리가 났다. 희미하긴 하지만 단 한 가지 소리만 나는 것은 아닌 듯했다. 간신히 들려오는 그 조용한 소리에 무수한 소리가 섞여 있었다. 방패 위에서 올올이 움직이는 수많은 뱀처럼 소리 역시 제각각이었다. 들으면 들을수록 여러 소리가 하나로 모여 점점 또렷해졌다. 가물가물하게 움직여서 희미하지만 사나운 소리는 아니었다. ……윌리엄은 클라라의 금발을 손에 들고 방패를 향해 세 번 흔들며 외쳤다. "방패여! 마지막 소원은 환영의 방패에 달려 있다."

전쟁의 기운은 감조천처럼 점점 고조되었다. 철을 두드리는 소리, 무쇠를 성냥하는 소리, 망치 소리, 줄칼로 쇳덩이를 쓰는 소리가 안뜰 한구석에서 끊임없이 들려왔다. 윌리엄도 남들처럼 출정 준비를 했지만, 때로는 이런 살벌한 소리에 귀를 막고서 성벽 모서리의 높다란 망루로 올라가 멀리 밤까마귀성 쪽을 바라보곤 했다. 시야를 가릴 만한 물체는 없으나, 본디 안개가 자욱한 나라이기에 날씨가 좋은 날에도 20마일 너머는 보이지 않았다. 온통 누리끼리한 물결무늬가 이어지는 광야에 선명하게 박힌 은빛 줄기는 그가 매일없이 말을 타고 얕은 물살을 건너던 강이리라. 하얀 물줄기가 유난히 시선을 끌어서 밤까마귀성은 저쯤이겠거니 하고 바라보았다. 안개 속에 갇혀 보이질 않으니 그쯤에 성이 있으리라고 짐작만 할 뿐이었다. 그러나 흐르는 은빛 강줄기가 연기가 되어버린 건 아닌지 의심스러울 만큼 점차 넓어지고 흐릿해진 탓에, 손으로 이마를 가리고 자세히 봐도 하늘인지 구름인지 분간할 수 없을 정도로 시야는 아득히 좁아졌다. 저 하늘과 저 구름 사이가 바다고, 파도가 세차게 때려 깎아지른 듯한 반암 위로 땅에서 솟아난 듯한 거대한 바위를 깎아 만든 것이 바로 밤까마귀성이리라. 윌리엄은 막연히 머릿속에 그려보았다. 만약 바닷바람을 고스란히 맞은 그 거뭇한 각창角窓에 한 인물을 더 그려 넣는다면 죽은 용은 홀연히 살아나 승천할 것이다. 화룡점정에 비할 만한 그 사람은 과연 누굴까? 윌리엄은 묻지 않아도 잘 알고 있었다.

평소에는 출정 준비로 눈이 핑핑 돌 만큼 바쁘고 낮에는 가뜩이나 심란해서 왕왕 흥분하기도 했으나, 초저녁이 지나 방으로 돌아오면 차가운 침대 위에 여섯 자 한 치의 장신을 내던지며 문득 생각했다. 처음 만났을 때 클라라는 열두세 살짜리 아이였으며 낯선 사람과는 말도 하지 못할 만큼 내성적이었다. 단, 머리는 지금처럼 금발이었다. ……윌리엄은 다시 품에서 클라라의 머리카락을 꺼내 바라보았다. 클라라는 윌리엄더러 검은 눈동자의 아이라며 곧잘 놀려댔다. 클라라의 말에 따르면 검은 눈동자의 아이는 심술궂고 고약한데, 유대인이나 집시가 아니라면 눈동자가 검지 않다고 했다. 그 말에 화가 난 윌리엄이 밤까마귀성에 다시는 오지 않겠다고 했더니, 클라라가 울음을 터뜨리며 용서해달라고 사과한 적이 있다. ……어느 날인가는 둘이서 성의 정원으로 나가 꽃을 딴 적도 있다. 윌리엄이 빨간 꽃, 노란 꽃, 보라색 꽃(꽃의 이름은 기억하지 못한다) 등 색색의 꽃으로 클라라의 머리와 가슴과 소매를 장식한 뒤 여왕님이라 부르며 그녀 앞에 무릎을 꿇었더니, 클라라는 창이 없는 사람은 기사가 아니라며 웃었다. ……지금은 창도 있고, 물론 당연히 기사이기도 하다. 그러나 클라라 앞에 무릎을 꿇을 기회는 이제 없으리라. 어느 때는 들로 나가서 민들레 꽃술 불기 내기를 했다. 꽃이 지고 남은, 보송보송한 털을 다발로 묶은 듯한 투명한 꽃송이를 잡아서 입으로 훅 불었다. 그러고 난 뒤에 남은 씨앗의 개수로 점을 쳤다. 소원이 이루어질까, 이루어지지 않을까, 하며 클라라가 한 번 혹 불었는데 씨앗이 하나 부족해 소원이 이뤄지지 않는다는 점괘가 나왔다. 클라라는 갑자기 풀이 죽어서 고개를 떨궜다. 윌리엄이 무슨 소원을 빌었냐고 묻자, 뭘 빌었든 무슨 상관이냐며 유난히 쌀쌀맞게 대답했다. 그날 윌리엄은 말도 제대로 못 하고 울적해했다. ……봄 들판에 핀 민들레를 모조리 뜯어다가 숨이 끊어질 때까지 불어 날려도 바라는 점괘는 나오지 않을 것이라고, 윌리엄은 퉁명스럽게 말했다. 그러나 아직은 방패라는 믿을 만한 것이 있다며 점괘를 부정하듯 덧붙였다. ……이건 피차 성인이 된 후의 일이다. 여름 들판을 수놓은 장미 숲에 앉아서 청보석을 닮은 푸른 하늘이 회색으로 변할 때까지 클라라와 이야기를 나눴다. 그날 윌리엄은 기사의 사랑에는 총 네 번의 시기가 있다고 클라라에게 가르쳐주었다. 윌리엄은 그때의 광경을 어제 일처럼 회상했다. ……"첫 번째는 망설임의 시기라고 해. 이건 여자가 사랑을 거절할까, 받아줄까, 고민하는 기간이지." 그렇게 말하면서 클라라를 보았더니, 고개를 숙인 채 배시시 웃었다. "이 시기에 남자는 단 한마디라도 사랑을 내비치는 말을 해서는 안 돼. 단지 지극한 애정과 숨결에서 새어 나오는 슬픔을 품고 낮에는 여자의 곁을, 밤에는 여자의 집 주변을 떠나지 않는 정성을 통해서 자기 마음을 알아달라고 넌지시 내비치는 거야." 이때 클라라는 연못 건너편에 세워진 대리석 조각을 유심히 보았다. "두 번째는 기원의 시기라고 해. 이때 남자는 여자 앞에 엎드려 정중하게 우리의 사랑이 이뤄지게 해달라고 청해." 클라라는 고개를 돌려 빨간 장미꽃을 입술에 대고 불었다. 꽃잎 한 잎이 날아가 잔잔한 연못가에 살포시 내려앉았다. 또 한 잎은 연못을 둘러싼 물매화풀 모양의 돌난간에 부딪혀 포석 위로 떨어졌다. "그다음은 승낙의 시기야. 남자의 마음이 진심이라고 판단한 여자는 재차 확인하기 위해서 남자에게 여러 가지 일을 시켜. 당연히 검의 힘, 창의 힘으로 해야 하는 일이지." 클라라가 윌리엄의 모습이 비친 눈을 희번덕거리며 "네 번째는?" 하고 물었다. "네 번째 시기는 드뤼에리druerie•라고 불러. 무사가 주군 앞에 머리를 조아리며 변치 않는 충성을 맹세하듯, 남자는 여자의 무릎 아래 꿇어앉아 여자의 손 사이로 두 손을 모아. 그럼 여자는 남자에게 답례로 입맞춤하면서 사랑의 의식을 마무리하지." 클라라는 먼 옛날 사람에게 이야기하는 듯한 목소리로 네 사랑은 어느 시기에 해당하느냐고 물었다. 윌리엄은 클라라와 얼굴을 맞대며 말했다. "사랑하는 사람에게 입맞춤을 받을 수만 있다면." 클라라의 뺨이 발그레해지더니 손에 든 장미꽃을 윌리엄의 귀 쪽으로 던졌다. 꽃잎이 그윽한 향기를 풍기며 눈처럼 흩날렸고, 꽃다발이 두 사람의 발밑에 떨어졌다. ……이제 드뤼에리의 시기는 이제 언감생심 꿈도 못 꾸게 생겼다면서, 윌리엄은 여섯 자 한 치의 몸을 일으켰다가 다시 털썩 돌아누웠다. 높은 벽에 뚫린 좁은 창으로부터 어슴푸레한 서광이 새어 들어왔다. 사물의 색조차 또렷이 보이지 않건만 환영의 방패만이 어둠 속에 매달린 커다란 거미의 눈처럼 빛났다. "방패가 있어. 아직 방패가 있다고." 윌리엄은 까마귀 깃털처럼 매끄러운 머리털을 쥔 채 벌떡 일어났다. 안뜰 모퉁이에서는 여전히 철을 두드리는 소리, 무쇠를 성냥하는 소리, 망치 소리와 함께 줄칼로 쓸

• 고대 프랑스어로 '연인'을 뜻한다.

거나 깎는 소리가 들려왔다. 전쟁은 하루하루 닥쳐오고 있었다.

　그날 저녁 성안 사람들이 천장이 높직한 식당에 둘러앉아 만찬을 즐길 때, 마침내 늑대 장군이 일어나 몸소 전쟁을 선포했다. 그는 우선 무사도에 어긋나는 밤까마귀성 성주의 죄를 열거한 다음, 가문의 체면을 지키기 위해 7일간의 밤을 보낸 후 밤까마귀성의 사람들을 전멸시킬 것을 명했다. 우렁찬 목소리는 만찬장 안을 빙 돌아 둥글게 짜 맞춘 천장에 부딪혀 쩌렁쩌렁 울렸다. 전쟁이 임박했다는 각오로 하루하루를 보냈다. 그러나 루퍼스의 입으로 드디어 7일 뒤 전쟁이 시작되리라는 말을 듣는 순간 애써 다잡은 마음이 덧없는 목숨처럼, 게거품처럼 온데간데없이 사라져버리고 말았다. 생생한 현실이라고 인정할 수 없을 때까지는 억지로나마 체념하고 사실로 받아들일 수 있다. 당장 눈앞에서 그 사실을 입증할 만한 사건이 벌어지기 전까지는 대수롭지 않게 넘기는 것이 인지상정이다. 그래야 안심이 되고 괴롭지 않다. 전쟁을 기정사실로 받아들이고 단단히 각오한 것은 어제오늘의 일이 아니었다. 매도 먼저 맞는 편이 낫다고, 어차피 겪을 일이라면 차라리 얼른 치르길 바란 적도 있었을 것이다. 1년은 365일이며 순식간에 지나간다. 7일은 1년의 50분의 1에도 채 못 미친다. 오른쪽 손가락에 왼쪽 손가락 두 개만 더 꼽으면 7이다. 이름 없는 귀신에게 사로잡힌 줄도 모르고서 이름이 없으니 귀신이 아니라며 박박 우기다가 돌연 그 정체를 알고 배신감이 드는 것 같은 마음이랄까. 윌리엄은 새파랗게 질렸다. 옆자리에 앉은 시워드가 어디가 아프냐고 물었다. 아니라고 대답하고는 얼른 잔을 입술에 가져다댔다. 순간 잔이 심하게 흔들리며 가득 차지도 않은 술이 넘쳐서 상 위에 흘렀다. 그때 루퍼스가 다시 일어나더니 밤까마귀성의 토대인 반석까지 통째로 바다에 처넣자면서 잔을 눈썹까지 들어올렸다가 송골매를 날리듯 바닥으로 내던졌다. 자리에 있던 사람들은 모두 "홀라!" 외치더니 피처럼 붉은 술을 홀짝이면서 윌리엄을 흘끔흘끔 곁눈질했다. 윌리엄은 홀로 자리에서 일어나 방으로 돌아온 뒤, 아무도 들어오지 못하도록 안쪽에서 쇠막대기를 채워 문을 잠갔다.

"방패야, 결국은 방패라고!" 윌리엄은 외치며 방 안을 이리저리 돌아다녔다. 방패는 여전히 벽에 걸려 있었다. 고르곤 메두사와도 견줄 만한 그 얼굴은 여느 때처럼 삼대에 걸쳐 천지인을 저주하는 것으로도 모자라서, 다가오거나 만지는 사람은 물론 마음에 들지 않는 풀과 나무까지 모조리 저주하기 전까진 멈추지 않을 모양이었다. 결국은 이 방패를 써야만 하는 것인가. 윌리엄은 방패 아래에 서서 벽면을 쳐다보았다. 그때 방문을 두드리는 듯한 기척이 나서 귀를 쫑긋 세웠다. 무엇도 아니었다. 다시 품속에서 클라라의 머리카락을 꺼냈다. 손바닥에 잠시 올려놓고 보다가 이번에는 구석으로 치워놓은 둥근 삼발이 탁자 위에 조심스럽게 내려놓았다. 윌리엄은 다시 가슴의 호주머니에서 어떤 문서 같은 것을 꺼내고는 방문으로 걸어가 가로로 채운 쇠막대기가 잘 빠지지 않는지 흔들어보았다. 문은 잘 잠겨 있었다. 윌리엄은 둥근 탁자에 기대어 품에서 꺼낸 문서를 천천히 펼쳤다. 종이인지 양피지인지 확실치는 않으나 퇴색된 상태로 미루어보면 요새 물건은 아닌 듯했다. 종이가 저절로 떨리는지 종이를 든 손이 떨리는지, 바람도 불지 않건만 종이의 표면이 옅게 움직였다. 문서의 첫머리에는 '환영의 방패에 얽힌 유래'라고 적혀 있었다. 오래되어서인지 글씨가 흐릿했다. "너의 조상 윌리엄은 이 방패를 북쪽 나라의 거인에게서 얻었다……." 윌리엄은 문서에 적힌 윌리엄이 그의 4대조 할아버지라고 혼잣말했다. "검은 구름이 땅을 건너는 날이다. 북쪽 나라의 거인이 구름에서 떨어진 귀신처럼 다가온다. 한 손에 든, 쇠 혹이 달린 주먹 같은 금속 봉을 머리 위로 번쩍 쳐들고 뼈가 으스러지도록 내리치면 말도 쓰러지고 사람도 쓰러진다. 구름은 피를 머금은 채 지나가고 바람 소리에서는 불꽃이 튄다. 단지 사람을 베는 전쟁이 아니라, 뇌를 깨뜨리고 몸을 짓이겨서 인간의 형상을 파멸시키기 전에는 끝나지 않을 치열한 전쟁이다……." 윌리엄은 용맹한 자들이여, 말하며 눈살을 찌푸리고 혀를 찼다. "우리가 맞서 싸운 이는 거인 중의 거인이었다. 동판에 모래를 바른 듯한 얼굴 한가운데 달린 눈이 벼락을 쐈다. 자신을 보고 꽁무니를 빼는 남방의 개에게 죽으라면서 정수리 높이에서 금속 봉을 내려쳤다. 시야 끝에 펼쳐진 하늘이 쩍 하고 두 쪽이 나더니, 쇠 혹 달린 금속 봉이 오른쪽 어깻죽지를 스쳤다. 순간 내 어깨를 덮고 있던, 맞붙인 강철판의 바깥쪽이 두 쪽으로 쪼개져 살 속으로 파고들었다. 내가 내리친 검이 거인의 방패를 비스듬히 베자 칼끝에서 딸가닥 소리만 났다……." 윌리엄은 갑자기 눈을 돌려 방패를 보았다. 그의 4대조 할아버지가 남긴 칼자국이 선명히 남아 있었다. 윌리엄은 다시 문서를 읽었다. "내가 거인을 세 번째로 베었을 때 장검은 날밑 부분에서 세 동강이 났고, 거인이 쓴 투구

의 머리 부분이 안쪽으로 찌그러졌다. 그다음 네 번째로 거인의 등뼈를 내려쳤을 때, 거인의 다리가 피를 머금은 진흙을 박차더니 초겨울 삭풍에 텐구다오시天狗倒し•, 즉 텐구의 삼나무가 쓰러지듯 거인의 몸이 한들거리는 엉겅퀴꽃들 속으로 철퍼덕 쓰러졌다. 거인이 벼락 치는 소리도 저리 가라 할 정도의 굉음을 내고선 쓰러져 있는 동안, 재빨리 거인의 몸을 꿰뚫는 내 번쩍이는 단도를 보라. 내가 한 일이지만 더없이 큰 공로다⋯⋯." 윌리엄이 작은 목소리로 "브라보" 하고 말했다. "늙은 소가 석양을 향해 울부짖는 듯한 목소리로 거인이 말했다. '환영의 방패를 남방의 풋내기에게 주겠다. 소중히 간직하라.' 내가 방패를 치켜들고 그 이유를 물었지만 거인은 묵묵부답이었다. 다시 이유를 묻자, 그가 두 손을 들어 북쪽 하늘을 가리키며 말했다. '발할라의 최고신 오딘의 측근인 까마귀가 불에 녹지 않는 무쇠를 얼음처럼 하얀 불꽃으로 녹여서 만든 것이 환영의 방패다'⋯⋯." 이때 방문 가까이에서 돌보다 단단한 복도를 걸어가는 발소리가 들렸다. 윌리엄은 다시 일어나 문짝에 귀를 댔다. 발소리는 방 앞을 지나쳐 점차 멀어지더니 이내 벽에 반사된 소리만 낭랑하게 들려왔다. 누군가가 어두운 움막으로 내려간 모양이었다. "이 방패에 어떤 영험한 힘이 있느냐고 묻자, 거인은 이렇게 말했다. '방패에 빈다면 무슨 소원이든 들어줄 것이다. 단, 신세를 망칠 수도 있음을 알아야 한다. 이 이야기를 다른 이에게 말해선 안 된다. 말하는 순간 방패의 영은 방패를 떠날 것이다. ⋯⋯네가 그 방패를 들고 전장에 나가면 주위의

•텐구는 깊은 산속에 산다고 전해지는 상상 속의 요괴로, 얼굴이 붉고 코가 높으며 신통력이 있어서 하늘을 자유로이 날아다닌다고 한다. 깊은 산속에서 갑자기 원인 불명의 무시무시한 굉음이 나거나 무너질 것 같지 않은 큰 건물이 무너졌을 때, 이를 텐구의 소행으로 여기기도 한다.

귀신이 너를 저주할 것이다. 저주받은 뒤 훗날에는 개천개지蓋天蓋地, 즉 하늘과 땅을 뒤덮는 큰 환희를 맛보리라. 오직 방패를 물려받은 자만이 이 비밀을 알아야 한다.' 남국의 사람은 이 상서롭지 못한 방패를 꺼려서 버리고 떠나려 했는데, 거인이 손사래 치며 말했다. '난 지금 정토인 발할라로 돌아갈 것이다. 그러므로 환영의 방패는 필요 없다. 100년 뒤 남쪽에서 붉은 옷의 미인이 부르는 노래가 이 방패의 얼굴에 닿을 때 너의 자손 가운데 방패를 끌어안고 기뻐서 손뼉을 치며 덩실덩실 춤추는 자가 있으리로다……'" 너의 자손이란 나를 말하는 건가? 윌리엄은 의심했다. 그때 바깥에서 발소리가 나더니 방문 앞에 멈춰 섰다. '엉겅퀴꽃 속에서 죽은 거인이 엉겅퀴꽃 속에 이 방패를 남겼다'라는 부분을 마저 읽고는 다시 벽에 걸린 방패를 보았더니 뱀 같은 머리카락이 또 꿈틀꿈틀했다. 뱀들이 뒤엉킨 머리카락을 속속들이 파고들어가 방패의 뒤쪽까지 뚫고 나오지는 않을까, 혹은 바르작거리며 방패 위로 오르던 중 도드라진 다섯 치의 원만 똑 떨어지는 건 아닐까 싶기도 했다. 밑으로 파고들어갈 때도 위로 버둥대며 올라갈 때처럼 맑은 물이 매끄러운 돌 사이를 맴도는 듯한 소리가 났다. 다만 이전에는 올올이 나던 소리가 하나로 합쳐져 귓가에 들렸다. 움직일 적마다 으레 소리가 났긴 했으나, 지금은 뱀 같은 머리카락이 일제히 움직이니 그 소리도 머리카락 수만큼 크게 나야 할 텐데 자못 나지막했다. 마치 꿈결처럼, 지옥의 밑바닥에서 전하는 전생의 속삭임을 듣는 듯했다. 윌리엄은 어리벙벙한 채 이 희미한 소리를 들었다. 전쟁도 잊고, 방패도 잊고, 자기 자신도 잊고, 문밖에서 들리던 발소리가 멈췄다는 사실도 잊은 채. 똑똑, 누군가 문을 두드렸다. 윌리엄은 귀신 들린 듯한 얼굴로 꼼짝도 하지 않았다. 똑똑, 다시 두드렸다. 윌리엄은 두 손으로 종잇조각을 받쳐든 채 의자에서 일어났다. 그러고는 꿈결 속을 걸어가는 사람처럼 문 쪽으로 몸을 돌려 세 걸음쯤 다가갔다. 시선은 문의 복판에 못 박혀 있지만, 뇌리에 각인된 형체는 문이 아닐 터였다. 바깥에서는 마음이 급한지 오밤중에 떡갈나무로 된 두툼한 문을 주먹으로 거리낌 없이 쾅쾅 두드렸다. 허공에 요란하게 울려 퍼지는 문소리가 빙판처럼 얼어붙은 정적을 깨자, 장승처럼 서 있던 윌리엄은 퍼뜩 제정신으로 돌아왔다. 그러고는 종잇조각을 황급히 품속에 감췄다. 밖에서는 다급한 듯 끊임없이 문을 두드렸다. 안 들리냐고 묻기까지 했다.

"문을 두드리는 게 누군가?" 윌리엄이 가로로 채워둔 쇠막대기를 풀었다. 문을 열자마자 낭떠러지 같은 이마에 검붉은 머리카락을 비스듬히 늘어뜨린, 매서운 눈매를 반짝이는 사내가 넙죽 방으로 들어왔다.

"나일세." 시워드는 윌리엄이 권하기도 전에 의자에 털썩 앉았다. "오늘 만찬 때 안색이 나빠 보여서 괜찮은지 보러 왔어." 그러면서 한쪽 다리를 들어 다른 쪽 무릎 위에 걸쳤다.

"별일 아니야." 윌리엄은 눈을 깜빡이며 외면했다.

"밤까마귀가 날갯짓하는 소리를 듣기 전에, 꽃이 만발한 나라로 갈 생각은 없어?" 시워드가 의미심장하게 물었다.

"꽃이 만발한 나라라니?"

"남쪽 말일세. 트루바두르troubadour. 음유 시인의 노래를 들을 수 있는 나라지."

"자네가 가고 싶어서 하는 말인가?"

"나야 못 가지. 자네도 알다시피 앞으로 해돋이를 여섯 번 본 뒤에는 밤까마귀의 소굴을 걷어차서 뿌리째 바다로 떨어뜨리는 역할을 해야 하니까. 해가 긴 나라로 가면 자네의 안색도 좋아질 것 같아서 베푸는 친절일세. 와하하하!" 시워드가 거들먹거리며 웃었다.

"울지 않는 까마귀가 어둠에 파묻힐 때까지는……." 윌리엄이 말하며 여섯 자 한 치의 몸을 펴더니 가슴팍을 두드렸다.

"안개 자욱한 나라를 떠나지 않겠다는 말인가? 저 금발의 주인과 함께라면 마냥 싫지만도 않을 텐데." 시워드가 둥근 탁자 위를 가리켰다. 탁자 위에는 조금 전 윌리엄이 품에서 꺼낸 클라라의 머리카락이 놓여 있었다. 깜빡하고 다시 넣지 않은 것이었다. 윌리엄은 몸을 꼿꼿이 편 채 머뭇거렸다.

"까마귀 사이에 섞인 흰 비둘기를 구할 마음은 없는가?" 그 말이 다시 풀숲의 뱀을 때렸다.

"지금부터 이레가 지난 뒤라면……." 허를 찔린 풀숲의 뱀은 어쩔 수 없이 대가리를 쳐들고 덤볐다.

"까마귀를 죽이고 비둘기만 살리자는 말인가……. 하긴, 좀 어렵긴 하지만 불가능한 일도 아니지. 남쪽에서 와서 남쪽으로 돌아가는 배가 있어. 잠깐만." 시워드가 말하고서 손가락을 꼽았다. "그래, 엿새째 밤이면 시간이 맞을 거야. 성의 동쪽 선착장으로 돌아가서 저 금발의 주인을 태우세. 평소에는 돛대 끝에 하얀색 작은 깃발을 달아두는데, 여자가 타면 빨간색으로 바꿔달라고 하세. 전쟁은 이레째되는 날 오후부터가 아닌가. 성을 포위하면 항구가 보일 걸세. 돛대위에 빨간 깃발이 보이면 천하태평이지……."

"하얀 깃발이 보이면……." 윌리엄이 말하며 환영의 방패를 노려보았다. 야차의 머리카락은 더는 움직이지도, 울지도 않았다. 클라라인가 싶은 얼굴이 언뜻 보였다가 다시 야차의 모습으로 돌아갔다.

"어이, 이보게, 어떻게든 될 테니 걱정하지 마. 그보다는 남쪽 나라의 재미있는 이야기라도 좀 하세." 시워드는 적갈색 수염을 아무렇게나 긁은 뒤 눈앞의 젊은이를 위로하려는 듯 말머리를 돌렸다.

"맞은편의 바다만 건너면 햇볕이 가득하고 따뜻한 곳이 나타나지. 그곳은 술이 달고, 흙 속에 금이 섞여 있어. 흙 한 됫박에 금이 한 됫박…… 거짓말이 아니야. 진짜래도. 손사래를 치는 걸 보니 귀에 거슬리는 모양이군. 앞으로는 지금처럼 차분하게 앉아서 함께 이야기를 나눌 기회도 없을 걸세. 시워드의 마지막 잔소리라고 생각하고 들어주게. 그렇게 우울해할 일도 아니야." 시워드는 저녁에 들이켠 술이 아직 덜 깼는지 꺼억, 하며 윌리엄의 얼굴에 술 냄새를 내뿜었다. "아, 이건 실례. 무슨 얘기를 하려고 했더라……. 그래, 맞아. 바다 건너편에 있는, 술이 솟아나고 흙에 금이 섞여 있는 나라에 대한 얘기였지." 시워드가 말하며 윌리엄의 얼굴을 빤히 들여다보았다.

"자네를 사랑하는 여자가 있다는 건가?"

"와하하하. 나도 친하게 지내는 여자는 많아. 그 얘기를 하려는 게 아니고, 보실회를 보았다는 이야기야."

"보실회?"

"모르는가? 어두컴컴한 섬나라에 살고 있으니 모를 테지. 그쪽에서는 프로방스의 백작과 툴루즈 백작의 친목회를 모르는 사람이 없다네."

윌리엄은 우울한 얼굴로 말했다. "흠…… 그래?"

"말은 은 편자를 신고, 개는 진주 목걸이를 하며……."

"황금 사과를 먹고 달의 이슬을 데워서 목욕하는……." 심란한 사람이 으레 그렇듯 윌리엄이 비아냥거려서 이야기의 맥이 끊겼다.

"그렇게 찬물 끼얹지 말고 들어봐. 거짓말이라도 흥미로울걸." 시워드가 다시 이야기의 맥을 이어 나갔다.

"경기가 열리면 시미니언의 태수가 흰 소 스물네 마리를 몰아서 울타리 안의 땅을 말끔하게 고르지. 그런 다음 금화 3만 닢을 뿌려. 그러면 어글루트의 태수가 이긴 자에게 줄 상을 책임지겠다며 10만 닢의 금화를 더 내놓지. 길렘은 촛불로 삶고 구운 진수성찬을 대접하겠다면서 은 접시와 사발을 답례품으로 곁들인다네."

"더는 못 들어주겠군." 윌리엄이 웃으면서 말했다.

"거의 다 끝나가. 마지막으로는 레이먼드가 지금까지 누구도 본 적이 없는 놀이를 하겠다며, 우선 경기가 벌어지는 성채 안에 서른 개의 말뚝을 꽂아. 그런 다음 거기에 서른 마리의 명마를 묶지. 안장 없는 말이 아니라, 안장도 없고 등자도 달고 재갈과 고삐까지 갖춘 호화로운 말들이야. 알겠나? 그리고 한가운데에 서른 명분의 갑옷과 칼,

투구는 물론 팔뚝과 정강이 보호대까지 곁들여 늘어놓았어. 금액으로 따지면 길렘의 진수성찬보다 더 높을 걸세. 그러고는 주위에 장작을 산더미처럼 쌓고 불을 붙여. 말도, 갑옷과 투구도 전부 불태워버리는 거야. 그쪽 사람들은 참 호화판으로 놀지 않나?" 이야기를 마친 시워드가 유쾌하게 껄껄 웃더니 마음속에 돌을 던지듯 윌리엄을 떠보았다. "그런 나라에 가보라는 건데, 자네 고집도 어지간하군."

"그런 나라에 검은 눈, 검은 머리의 사내는 쓸모가 없어." 윌리엄이 스스로 비웃듯이 말했다.

"역시 그 금색 머리카락의 주인이 있는 곳이 그리운 모양이로군."

"당연하지." 윌리엄은 정색하고 환영의 방패를 보았다.

안뜰 구석에서 쇠 두드리는 소리, 강철을 불리는 울림, 망치 소리, 줄칼로 쓸거나 깎는 소리가 들렸다. 어느새 희붐하게 먼동이 텄다.

이레 앞으로 다가온 전쟁은 이제 엿새 남았고, 수명은 하루 더 단축되었다. 윌리엄은 시워드의 권유대로 클라라에게 보낼 편지를 썼다. 마음이 조급하고 주위가 소란한 탓에 그의 마음을 만분의 일도 표현하지 못했다. 그저 이렇게만 적었다. '네 머리카락은 아직도 내 품에 있어. 이 전갈을 전해준 사람과 함께 무사히 도망치기만을 바랄게. 공연히 의심하다가는 일을 그르칠 수도 있어.' 이 편지를 전해줄 사람이 어디의 누구인지는 몰랐다. 그 무렵 유행하는 악사로 변장한 뒤 밤까마귀성에 잠입해서 전쟁이 일어나기 전날 밤 클라라를 빼내 무사히 배에 태울 것이었다. 만일 순서가 잘못된다면 틈을 노려 성에 불을 질러서라도 성공시키겠노라고, 시워드는 말했다. 이후의 일은…… 환영의 방패만이 안다.

아, 만나면 기쁘고 만나지 못하면 슬프다. 슬픔과 기쁨의 원천에서 구슬 같은 눈물이 샘솟았다. 이 청순한 자에게 왜 눈물을 흘리느냐 물으니 모른다고 했다. 모른다 함은 눈물이 저절로 나온다는 뜻일까? 윌리엄이 마리아상 앞에 무릎을 꿇고 앉아 간절히 기도한 뒤 일어섰을 때, 그의 긴 눈썹은 평소보다 무거워 보였으나 왜 무거운지는 그 자신조차 알지 못했다. 진심은 진심을 알아보지만 다른 것은 모른다. 그날 밤 꿈에서 그는 오색구름을 탄 마리아를 보았다. 겉모습은 마리아지만 그는 클라라를 모시고 있으니, 클라라는 지상에 사는 마리아일 것이다. 신에게 빌든 사람에게 빌든 형체는 달라도 기도하는 이에게는 그림자에 불과하다. 그리운 사람을 위해 성모를 모시고, 연모하는 사람을 위해 성모에게 엎드려 절한다. 윌리엄의 마음속에서 두 사람은 별개가 아니다. 별개가 될 여지가 있다면 이는 거짓된 사랑이다. 여전히 꿈속인지 알 수 없었으나 안뜰 구석에서 철을 두드리는 소리, 강철을 불리는 소리, 망치 소리, 줄칼로 쓸거나 깎는 소리가 들려오면서 언제나처럼 날이 밝았다. 전쟁은 코앞으로 닥쳐왔다.

손바닥 뒤집듯 빠르게 새날이 밝아왔고, 전쟁은 어느덧 닷새에서 나흘 앞으로 다가왔다. 그리고 손바닥을 다시 원래대로 뒤집는 사이에 사흘, 이틀이 또 휙휙 지나서 마침내 전쟁 당일이 되었다. 그야말로 손 쓸 틈조차 없는 공격을 퍼부었다. "달려!" 시워드가 윌리엄을 돌아보며 말했다.

머리를 나란히 하고 달리는 두 말에게서 거센 콧김이 피어오르고,

두 개의 투구가 달빛 아래에서 춤추는 작은 물고기처럼 가을 햇빛을 반사했다. "달려라!" 시워드가 외치며 발뒤꿈치를 반쯤 들어 말의 불룩한 배를 찼다. 두 사람의 머리에 길게 꽂은 새하얀 털이 당장이라도 떨어질 듯 바람에 세차게 나부꼈다. 밤까마귀성의 성벽을 비스듬히 바라보며 봉긋한 언덕을 달려가던 시워드가 오른손으로 이마를 가리며 항구 쪽을 보았다. "돛대에 걸린 깃발이 빨간색인가, 하얀색인가?" 뒤처진 윌리엄이 외쳤다. "하얀색이야, 빨간색이야?" 윌리엄은 연달아 외쳤다. 안장에서 일어섰던 시워드가 다시 앉더니, 아까처럼 말의 방향을 틀어 성문을 향해 쏜살같이 달려갔다. "계속 달려. 내 뒤를 따라오라고." 시워드가 윌리엄에게 말했다.

"빨간색이야, 하얀색이야?" 윌리엄이 또다시 외쳤다.

"한심하기는. 언덕으로 달리지 말고 해자 쪽으로 달려." 시워드는 성문을 향해 내처 달려갔다. 항구 입구의 부두에서는 물결이 밀려들었다 나갔다 하고, 비싼 구리 선박이 아슬아슬하게 출렁였다. 간밤에 가위에 눌린 터라 기분이 엉망이었다. 윌리엄은 좌우에 낮은 돛대를 두고 가운데로 높이 솟아오른 돛대의 바로 위쪽을 보았다. "하얀색이닷." 우물거리듯 말한 윌리엄은 앞니로 입술을 깨물었다. 때마침 전쟁을 알리는 소리가 밤까마귀의 성을 뒤흔들며 쓸쓸한 바다 위로 울려퍼졌다.

성벽의 높이는 네 장丈, 이보다 두 배 더 높은 둥근 망루가 이곳저곳에서 벽을 뚫고 서 있었다. 하늘에서 떨어진 기둥이 복판에 꽂힌 듯 보이는 게 성의 본채이리라. 높이 열아홉 장, 벽 두께는 세 장하고도 네 척의 4층 건물로 맨 위층에만 창문이 뚫려 있다. 성의 본채로 부터 우물 같은 길을 통해 내려가면 가장 낮고 어두운 곳에, 이른바 던전dungeon이라는 토굴 감옥이 지옥과 벽 한 겹을 사이에 두고서 설치되어 있다. 본채에서 좌우로 멀리 떨어진 두 개의 망루는 본채 2층과 지붕이 달린 다리로 연결되어 있어 드나들기 편리하다. 망루를 삼삼오오 둘러싼 건물 중에는 마구간도 있다. 또한 병사들의 거처는 물론이며 난리를 피해 영내로 들어온 가난한 백성들이 숨을 장소도 있다. 깎아지른 듯한 뒤쪽 절벽에서는 바다의 울음소리를 들으면서 부서지는 물보라 위로 내려앉았다가 날아오르는 갈매기도 볼 수 있다. 앞쪽에는 해자가 있다. 소도 집어삼킬 만큼 어두운 아치 위에서 금속이 돌에 부딪히는 소리와 함께 문을 내리고 도개교를 쇠사슬로 끌어올린다면 사람이 건널 수 없다.

해자를 건너면 문도 부술 수 있을 테고, 문을 부수면 본성도 빼앗을 수 있을 것이다. 뜻이 있는 곳에 길이 있으니 길이 있는 곳으로 가라면서, 루퍼스는 다짜고짜 깨진 문틈으로 강철을 두른 늑대의 얼굴을 내밀었다. 한 사람이 그 뒤를 따라가면 그 꽁무니를 따라 또 한 사람이 앞서 나갔다. 그렇게 하나둘씩 나오다가 이내 앞다투어 몰려들었다. 마치 퐁퐁 솟는 맑은 물 위로 자잘한 모래가 한꺼번에 떠올라 떠다니는 듯 보였다. 성벽 위에서는 온갖 활을 숨긴 채 공격군의 코앞으로 갈고리와 휘어진 화살촉을 퍼부으니, 영락없이 고슴도치 같은 형상이었다. 하늘을 나는 수천 개의 기다란 화살 소리가 하나로 모이며 지상에서 꿈틀대는 검은 그림자의 소리와 합쳐져 뜻밖의 소리를 내자 먼바다의 갈매기가 놀랐다. 정신이 사나운 것은 새만이 아니리라. 가을 석양을 받으며 앞쪽으로 뚫고 나가는 투구의 물결, 갑옷의 물결이 밀려왔다가 다시금 부서지고 밀려 나갔다. 파도가 밀려 나갈 때면 벽 위에서 망루 너머로 기울어가는 해를 떨어뜨릴 만큼 우렁찬 함성이 울려 천지를 뒤흔들었다. 그러나 파도가 밀려올 때면 투구의 물결, 갑옷의 물결 속에서 사납게 휘몰아치는 바람의 숨통을 일시에 끊어내는 목소리가 들려왔다. 물결이 밀려들었다가 도로 나가는 사이에 윌리엄과 시워드가 딱 마주쳤다. 시워드가 검을 들고 "살아 있었는가?"라고 묻자 윌리엄이 "죽을 뻔했어" 하고 답하며 방패를 높이 치켜들었다. 오른쪽에 우뚝 솟은 둥근 망루에서 날아온 화살이 야차의 이마를 땅각 스치더니 윌리엄의 발아래로 떨어졌다. 이때 무너져 내린 수많은 사람의 물결이 삽시간에 두 사람 사이를 가로막아 그들의 투구를 가렸고, 나부끼는 하얀 털조차 맴도는 소용돌이에 휩싸여 한동안 보이지 않았다. 전쟁은 정오를 지나 오후 2시쯤부터 시작되었으나 이후 대여섯 시간이 지나도록 끝날 기미가 보이지 않았다. 용맹으로 똘똘 뭉쳐 천주님까지 함락시킬 정도로 기세등등하던 공격군이 무엇 때문에 기가 꺾였는지, 날이 저물어 어둑어둑해지자 성문 밖으로 우르르 쏟아져 나왔다. 한동안은 공격 소리가 끊겼고 소란도 잠잠해졌다.

해가 완전히 저물고 칠흑 같은 어둠에 뒤덮여 사람과 말은 고사하고 한 치 앞도 보이지 않는 와중, 불현듯 파도 부서지는 소리가 크게 들렸다. 그때 처음 파도 소리를 그때 처음 들은 게 아니었다. 가슴이 문득 공허하여, 그전까지는 잠시 들리지 않았을 뿐이었다. 몇 리 밖의 먼바다에서 일었던 이 파도는 어째서 이 해변까지 와 부서지는 걸까? 아마 오래전에 울려 퍼진 메아리이기 때문이리라. 오랜 세월 시간을 관통하여 낯선 미래에 울려 퍼지는 것이다. 밤낮으로 종일 되풀이되는 진리가 영겁의 세월 속에서 무한한 메아리로 울리며, 검으로 내려치는 소리를 조롱하고 활시위 당기는 소리를 비웃는다. 100이네 1000이네 말하는 이들의 덧없고 가련한 외침을 욕하는 듯하다. 그러나 아우성이 잠시 그친 사이, 성을 지키는 자도 공격하는 자도 이 깊은 반향을 허투루 들을 뿐이며 어느 누구도 부끄럽게 여기진 않았다. 방패에 엉겨 붙은 핏자국을 본 윌리엄은 검으로 야차의 얼굴을 세 번 두드리며 말했다. "너는 나도 저주하느냐?" 루퍼스는 씩씩거렸다. "까마귀가 있다면 어둠 속에서 숨바꼭질하는 달이 비치기 전에 베어버려라." 시워드만은 이마에 깊숙이 박힌 듯한 두 눈을 들어 천주님이 계신 하늘을 응시한 채 아무 말도 하지 않았다.

바다에서 불어오던 바람이 방향을 바꿔 다시금 바다로 불고, 파도가 잇따라 밀려와 부서지는 동안에도 새로운 천지의 소리가 들렸다. 탑 주변을 돌아다니는 소리, 벽에 부딪히는 소리가 점점 심해지다가 문득 성안에서 사람들이 떠드는 기척이 느껴지더니 이내 격렬해졌다. 1000리 밑 땅속에서 시작된 지진이 촌각을 다투며 다가오고 있다는 사실을 알아차린 순간, 밤까마귀성 바로 아래쪽 땅이 갈라졌는지 진동이 느껴졌다. 시워드의 굵고 짙은 눈썹이 순간 송충이처럼 움츠러들었다. 망루의 창에서 검은 연기가 뿜어져 나왔다. 밤중에 밤보다 더 검은 연기가 어둠 속으로 뭉게뭉게 피어올랐다. 앞다투어 좁은 출구로 먼저 나오려 해서인지 연기의 양은 순식간에 늘어나고, 앞사람은 떠밀리고 뒷사람은 밀치며, 서로 양보하지 않으려고 악다구니하면서 우르르 몰려들었다. 점점 거세지는 태풍이 눈앞에서 흩날리고 둥글게 소용돌이치며 솟아오르는 연기를 창 안쪽으로 돌려보냈다. 바람에 막힌 소용돌이는 단번에 무너져 하늘로 흘러 들어갔다. 잠시 후 뿜어져 나오는 연기 속에 섞인 불똥이 순식간에 늘어나며 연기와 함께 바람에 휩싸여 넓은 하늘로 날아올랐다. 성을 덮은 하늘 일부에서 망루를 중심에 두고 생겨난 크고 붉은 원이 바다 쪽으로 불규칙하게 움직였다. 원은 나시지 마키에梨子地蒔繪처럼 빛나는 바탕에 불똥을 흩뿌려놓은 듯 한시도 쉬지 않고 반짝거렸다. 원 안쪽에서도 살아 움직이지 않는 자리가 단 한 점도 없었다. "됐다!" 시워드가 손뼉을 치더니 펄쩍펄쩍 뛰면서 기뻐했다.

검은 연기를 남김없이 토해내고 난 뒤, 굵은 불기둥은 바람과 함께 열기를 따라서 빗나간 화살인 양 밤의 세계로 솟구쳤다. 곧 엿을 네 말들이 나무통 크기의 펌프를 통해 넓은 하늘에 뿌리는 것 같았다. 끓어오른 불이 어둠 속으로 덧없이 사라지자 불길이 다시 소용돌이치며 치솟았다. 깊은 밤을 부글부글 불태우는 소리는 땅 위의 사람들이 내는 아우성조차 아니꼽다는 듯 온 하늘에 울려 퍼졌다. 그 와중에 잘게 부서진 불똥들이 오르락내리락하며 바다 쪽으로 퍼져나갔다. 성나게 몰아치는 탁한 파도의 빛깔이 거무스름한 정도라면, 망루의 주위는 그을음 사이로 햇살이 비칠 때보다도 더 밝았다. 둥근 망루를 에워싼 불은 그 정도로는 성에 차지 않는 듯, 옆으로 기어가 야트막한 담장의 앞자락을 덮쳤다. 불길은 자로 잰 듯이 왼쪽으로 계속 번져나갔다. 마침 한 줄기 바람이 불어와 주변을 날름날름 집어삼키는 불길의 방향을 위쪽으로 바꿨다. 회오리가 된 바람은 뒤쪽에서 별안간 덮쳐오기도 했다. 화마는 그처럼 위를 향했다가 다시 방향을 바꿔 스쳐간 바람을 쫓아갔다. 왼쪽으로 번지는 불길은 삽시간에 길어졌다가 또 넓어졌다. 결국에는 이곳에서도 저곳에서도 한 차례씩 불길이 일었다. 검은 그림자가 불길에 휩싸인 얕은 담장 위를 오락가락했다. 때로는 어두운 하늘에서 밝은 빛 속으로 사라진 뒤 두 번 다시 나오지 못하기도 했다.

불길에 휩싸인 높은 망루는 그 운명이 다했는지 불어오는 바람을 거슬러 잠시 불길과 함께 기우뚱하더니, 곧 3분의 2를 남겨둔 윗부분이 나락으로 곤두박질쳤다. 망루를 에워싼 화염이 확 피어올라 천지를 불태우던 그때, 한 여자가 얕은 담장 위에 불처럼 이글거리는 색깔의 머리카락을 마구 흩날리며 서 있었다. "클라라!" 윌리엄이 외친 순간 여자의 모습은 사라졌다. 잠시 후 불길에 휩싸인 말 두 마리가 안장을 얹은 채 허공을 달려왔다.

윌리엄이 쏜살같이 달리는 말의 꼬리를 삽시에 휙 낚아채자 앞서 달리던 말이 그의 앞에서 탁 멈췄다. 멈춰 선 앞발에 달려 나가던 힘이 아직 남아 있어 딱딱한 발굽이 흙 속에 절반쯤 비스듬히 파묻혔다. 방패로부터 두 치 앞에 놓인 말의 콧등이 야차의 얼굴에 불처럼 뜨거운 숨을 내뱉었다. "네 개의 다리도 저주를 받았나?" 윌리엄은 저도 모르게 말의 갈기를 쥐고서 높은 등 위로 훌쩍 올라탔다. 발을 얹지 않은 등자는 말의 살찐 배를 톡톡 건드리며 허공에서 흔들댔다. 그때 쇠 갑옷을 입은 누군가가 "남쪽 나라로 가"라며 단단한 손을 들어 말의 엉덩이를 세게 쳤다. "저주받았군." 그 말을 남기고 윌리엄은 말과 함께 허공을 달렸다.

윌리엄이 말을 쫓는 것도, 말이 윌리엄에게 쫓기는 것도 아니었다. 단지 저주 때문에 달렸다. 바람을 가르고 밤을 찢고 대지에 카랑카랑한 소리를 새기며 저주가 끝나는 곳까지 달렸다. 들판 끝까지 달려서 언덕으로, 언덕을 달려 내려가서 계곡으로 들어갔다. 날이 밝았는지, 해가 중천에 떴는지, 해가 지는지, 비가 오는지, 싸락눈이 내리는지, 태풍이 부는지, 삭풍이 부는지도 몰랐다. 똑바로 앞만 보고 달려야 하는 것이 그의 저주였다. 그의 앞을 가로막는 자는 부모라도 용서치 않았다. 돌을 차는 말발굽에 불꽃이 튀었다. 앞길을 막는 자는 주군이라도 쓰러뜨려라. 어둠을 불어 흐트러뜨리는 거센 콧김을 보라. 눈도 깜빡하기 전에, 지독한 사람과 말의 그림자를 에워싼 끔찍한 소리를 휙 뚫고서 지나가려 한다. 사람인지, 말인지, 형체인지, 그림자인지 의심하지 마라. 그저 미친 듯이 울부짖으며 가고 싶은 곳으로 가는 것 자체가 저주라고 생각하라.

그로부터 몇 리를 달려왔는지 윌리엄은 모른다. 타고 가던 중 죽어버린 말의 안장에 앉은 채 오른손으로 이마를 짚고서 무언가를 생각해내려 애썼다. 죽은 자가 다시 살아난 뒤, 과거의 자신과 현재의 자신을 잇는 사슬이 매정하게 끊겨 그 둘이 같은 사람인지 다른 사람인지 혹은 또 다른 어떤 관계가 있는 것인지 갈피를 잡지 못하는 듯한 모습이었다. 희로애락의 그림자는 죽은 자의 뇌리에 잠시도 깃들지 않을 것이다. 공허하던 마음이 문득 제정신으로 돌아오고 나면 지나간 일들이 주마등처럼 스쳐갈 것이다. 잇달아 떠오르는 기억을 받아들일 여지가 있다면, 그만큼 샘솟아난 기억들이 머릿속을 마구 헤집고 다닐 것이다. 윌리엄의 마음은 제정신으로 돌아왔을 때만 물처럼 맑고 깨끗했다. 지금은 빽빽이 들어찬 과거와 현재의 기억들이 실처럼 뒤엉켜 골머리를 앓고 있었다. 출정, 돛대의 깃발, 전쟁…… 순서대로 나열해보았다. 믿고 싶지 않지만 전부 사실이었다. "그리고." 기억을 더듬는 중 넘실대는 노란 불길이 보였다. "불이다!" 무심코 외쳤다. 불이야 나든 말든 상관없지만, 지금 마음의 눈에 떠오른 불길 속에서는 클라라의 머리카락이 일렁거렸다. 윌리엄은 어째서 그 불 속에 뛰어들어 함께 죽지 않았냐며 혀를 찼다. 그러고는 웅얼거렸다. "방패가 한 짓이야." 방패는 말의 머리에서 오른쪽으로 세 척쯤 떨어진 곳에 똑바로 놓여 있었다.

"이것이 사랑의 끝인가? 저주에서 깨어나도 내 사랑은 깨어나지 않는구나."

윌리엄은 다시 이마를 짚으며 번민의 바다에 빠져들었다. 바닥에 발이 닿을 때까지 바닷속 깊숙한 곳으로 가라앉아 세상만사 아무것도 모른다는 듯 골똘히 생각에 잠겨 있을 때, 어디선가 말총으로 실을 문지르는 듯한 소리가 희미하게 들려왔다. 윌리엄은 눈을 뜨고 주위를 둘러보았다. 어딘지는 몰라도 넓은 숲이 시야 가득히 펼쳐졌다.

숲이라고 말하긴 했으나 뒤섞인 가지들이 높이 뜬 해를 겨우 가리는 정도일 뿐, 둘레가 한 아름이나 두 아름이 되는 거목은 없었다. 나무는 한 평당 한 그루 정도의 비율로 서 있었으며, 크기도 전부 지름 예닐곱 치 정도 되어 보였다. 신기하게도 전부 같은 나무였다. 줄기에서 여섯 자 정도 갈라져 나온 낭창낭창한 나뭇가지들은 하늘을 향해 자라고 있었다. 가지들이 모인 한가운데는 부풀어오르고 위가 뾰족한 모양으로, 기보슈擬寶珠*나 붓끝이 물을 머금은 형상이었다. 모든 가지가 둥글고 노란 잎들로 빽빽하게 또 겹겹이 덮여 있었다. 가지가 겹치는 붓끝은 색이 달라서 갸름한 포도알 같고, 붓끝이 겹친 숲은 포도송이가 겹겹이 이어진 듯 보여서 운치가 있었다. 아래에서 쳐다보면 푸른 하늘도 조금씩 보였다. 시야 저 멀리로 줄기끼리 가까이 혹은 멀찍이 검게 늘어선 나무 사이에서 맑게 갠 가을 하늘이 거울처럼 빛나는 풍경이 흡족했다. 이따금 거울처럼 맑은 하늘 위로 나풀나풀 흩날리는 나뭇잎까지 보였다. 땅은 온통 이끼로 덮여 있었다. 가을로 접어들어 노르스름하게 물들은 곳도 보이고 옅은 갈색으로 말라가는 곳도 있었지만, 사람의 발길이 닿지 않은 덕에 노란 이끼도 연갈색의 이끼도 나름대로 예전의 모습을 고스란히 간직하고 있었다. 여기저기 벌어진 땅에서 자라난 양치식물 군락이 깊은 정념幽情을 더했다. 새도 울지 않고 바람도 지나가지 않았다. 적막한 태곳적 풍경이 사방에서 연출되었으나, 나무가 크지 않고 가지 사이사이로 가을 햇살이 들어와서인지 적막한 풍경에 비해 그리 무섭지는 않았다. 가을 햇살은 매우 청명했다. 바로 위에서 비추는 햇살이 노랗고 둥그런 무

• 난간 기둥에 다는 파꽃 모양의 장식.

수한 잎을 일제히 씻어낸 덕에, 숲속은 의외로 밝았다. 잎사귀가 난 방향은 일정하지 않았으므로 햇빛을 반사하는 방향도 제각각이었다. 같은 노란 잎이지만 투명하거나 반투명하기도 하고, 또 어떤 잎은 진하거나 연하기도 해서 각기 다른 느낌을 주었다. 겹겹이 어지러이 뒤섞인 잎들이 이끼를 비추면서 숲속은 호박 병풍에 둘러싸인 채 간접적으로 햇볕을 쬐는 듯 보였다. 잠을 깨면 괴로워하던 윌리엄은 꿈속에서 안정을 찾는 성싶었다. 차분해진 그의 귓가에 또다시 실 소리가 들렸다. 이번에는 이상한 소리가 나는 방향으로 시선을 돌렸다. 나무 줄기 사이로 난 반대쪽 하늘을 보니—물론 서쪽인지 동쪽인지는 모른다—그곳에만 나무가 겹겹이 서 있고 한 묘畝가량의 어스레한 땅 위에 난 연못이 눈에 띄었다. 크지 않은 연못으로, 좁은 폭 위를 가로지른 나무 그늘이 여물다 만 오이처럼 드리워져 있었다. 태고의 연못이므로 그 안에도 역시 태고의 물이 가득 담겼을 터였다. 오싹해질 정도로 푸른 연못 위에 언제 떨어졌는지 모를 작고 노란 잎들이 둥둥 떠다녔다. 이곳에도 세상의 바람은 부는지 나뭇잎들이 바람에 떠밀려 곳곳에 옹기종기 모여 있었다. 무리에서 떨어져 흩어진 잎들은 물론 헤아릴 수 없었다. 그때 세 번째 실 소리가 들렸다. 고무바퀴가 미끄러운 언덕을 느릿느릿 올라가듯 자연스럽게 낮은음에서 높은음으로 바뀌더니 뚝 끊겼다.

안장에서 내린 윌리엄은 연못을 보며 소리가 나는 쪽으로 천천히 걸어갔다. 걸음마다 부슬부슬 부스러지는 이끼의 겉면이 두껍고 부드러워서, 숲속을 걸을 때도 앉아 있을 때처럼 으슥하며 고요했다.

발소리 덕분에 스스로 움직인다는 사실을 깨닫긴 했으나 소리가 나지 않으면 움직인다는 사실조차 잊어버렸다. 그래서인지 윌리엄은 무의식중에 비트적비트적 연못가까지 걸어갔다. 연못의 폭이 조금 좁아지는 부분의 건너편에는 바위가 엎드린 소처럼 물가를 따라 웅크리고 있었다. 윌리엄과 바위 사이의 거리는 겨우 한 장도 되지 않을 듯했다. 바로 그 바위 위에서 눈부시게 아름다운 다홍색 옷차림의 여자가 낯선 세상의 것으로 보이는 악기를 들릴락 말락 켜고 있었다. 냉기가 사무치는 푸른 물의 표면 위로 여자의 그림자가 거꾸로 서 있었다. 긴 치맛자락에 감춰진 다리 끝까지 또렷하게 비쳤다. 물은 잔잔했다. 여자가 움직이지 않았으므로 그림자도 움직이지 않았다. 현악기의 활을 켜는 오른손만이 실을 따라서 천천히 움직였다. 머리에 걸친 실에 꿴 진주 장식이 맑은 연못 바닥에서 샛별처럼 빛났다. 검은 눈을 가진, 검은 머리의 여자였다. 클라라와는 조금도 비슷하지 않았다. 이윽고 여자가 노래했다.

"바위 위의 내가 진짜일까, 물 밑의 그림자가 진짜일까?"

맑고도 쓸쓸한 노랫소리였다. 바람이 미치지 않는 나뭇가지 끝에서 노란 잎이 팔랑팔랑 내려와 여자의 붉은 옷에 닿았다가 연못 위로 떨어졌다. 고요한 그림자가 그 작은 파문에 잠시 일렁이더니 다시 원래대로 돌아갔다. 윌리엄은 망연히 서 있었다.

"진짜는 골똘히 생각하는 마음속 그림자. 마음속 그림자를 거짓이라고 하는 것이 거짓." 여자는 문득 노래를 멈추고 조용히 윌리엄을 돌아보았다. 윌리엄은 눈도 깜빡이지 않고 여자의 얼굴을 응시했다.

"사랑하는 이 때문에 원통한 목숨의 앞날을 방패에게 물어라. 환영의 방패에."

윌리엄은 절벽을 달려가는 수사슴처럼 되돌아가서 방패를 들고 돌아왔다. 여자가 말했다. "그저 열심히 방패의 앞면을 바라보라." 윌리엄은 말없이 방패를 안고 연못가에 앉았다. 광활한 하늘 아래 소슬한 숲속, 음습하고 싸늘한 연못 위에서는 소리라고 할 만한 그 어떤 것도 들리지 않았다. 다만 윌리엄이 응시하는 방패의 안쪽 원이 여느 때처럼 돌아가서, 불현듯 옛날과 다름없는 희미한 소리가 그의 귀에 날아들 뿐이었다.

"방패 속에 무엇이 보이지?" 여자가 연못 건너편에서 물었다.

"뱀 같은 머리카락이 모조리 움직여." 윌리엄이 눈을 떼지 않고 대답했다.

"소리는?"

"거위 깃으로 만들어진 펜이 종이 위에서 매끄럽게 움직이는 소리 같아."

"끊임없이 망설이다가 움직이기를 반복하는 마음이야. 소리 없는 사람에게서 소리를 듣지 말지어다. 소리를 듣지 말지어다."

여자는 거의 노래하듯이, 혹은 이야기하듯이 연못 건너편에서 윌리엄에게 너울너울 손을 흔들었다. 머리카락이 움직임을 차츰 멈췄고 희미하게 들리는 소리도 저절로 끊겼다. 넋을 잃고 바라보던 방패가 갑자기 뿌옇게 보여 의아해했으나, 곧 방패의 겉면에 검은 막이 드리워졌다. 보고도 못 본 척하며 듣고도 못 들은 척하고, 난세에 사는 자신을 이상히 여기며 말했다. "어두워, 어두워." 자신의 목소리조차 들리지 않을 만큼 희미하게 났다.

"캄캄한 밤에 까마귀가 보이지 않는다며 한탄하고, 울지조차 않건만 소리가 들리지 않는다며 그리워하네. 몸도 목숨도 아무도 모르게 버리면, 몸도 목숨도 아무도 모르게 건지면 기쁠 테지." 여자가 노래하는 소리가 100척 벽을 뚫고 새어 나와 거미집처럼 좁은 통로로 들려왔다. 노래는 잠시 그치고 현악기 활을 켜는 소리가 멀리서 살랑살랑 부는 바람결에 실려오며 때로는 높고 때로는 낮게, 윌리엄의 귀에 한없이 청량한 기운을 불어넣었다. 그 순간 어둠 속에서 백옥 같은 빛이 반짝이며 한 점 나타났다. 지켜보는 동안 점은 점점 커졌다. 어둠이 걷히는 건가? 빛이 들어오는 건가? 윌리엄의 시야는 사면이 텅비고 층층이 얼어붙은 만 리의 얼음을 세워서 늘어놓은 양 맑게 갰다. 머리를 덮는 하늘도 없고 발 디딜 땅도 없는, 영롱하고 허무한 풍경의 한복판에 홀로 서 있었다.

"지금 어디 있어?"

여자가 묻는 소리가 희미하게 들렸다.

"무하유無何有의 세계인가, 아니며 수정 병 속인가?"

윌리엄이 되살아난 사람처럼 대답했다. 그는 아직 방패에서 눈을 떼지 못했다.

여자가 노래했다. "이탈리아의 바다, 새벽녘 이탈리아의 자줏빛 바다."

"넓은 바다에 어슴푸레 동이 트고…… 주황색 태양이 물결에서 나온다." 윌리엄이 말했다. 그의 눈은 여전히 방패를 보고 있었다. 마음속에는 오로지 방패뿐이었다. 자신의 몸도, 이 세상도, 그 무엇도 없었다. 머리카락 끝부터 발톱 끝까지, 오장육부와 이목구비마저, 모두 환영의 방패에 비할 바가 아니었다. 그의 온몸은 완전히 방패 그 자체가 되어 있었다. 방패가 윌리엄이고, 윌리엄이 방패였다. 두 객체가 거짓이나 꾸밈이 없는 극락정토에서 딱 만났을 때, 이탈리아의 하늘에 저절로 태양이 뜨고 날이 밝았다.

여자는 다시 노래했다. "돛을 달면 배도 떠나겠지. 돛대에 무엇을 달고……."

"빨간색이다." 윌리엄이 방패 속을 향해 외쳤다. "하얀 돛이 산 그림자를 가로질러 바닷가로 다가오고 있어. 돛대 세 개 중 양옆의 두 개는 알 바 아니야. 가운데 돛대 위에 봄바람을 받아 나부끼는 깃발이 빨간색이야. 빨강이라고. 클라라의 배야." 배는 평온한 바다를 미끄러지듯 조용히 움직여 해안으로 수월하게 다가온다. 햇살에 반짝이는 금발을 흩날리며 뱃머리에서 발돋움하고 있는 사람은 말할 것도 없이 클라라다.

여기는 남쪽 나라여서 하늘도 바다도 짙은 쪽빛으로 물들어 있고, 그 가운데 가로놓인 먼 산 또한 짙은 쪽빛을 머금고 있다. 조르르 밀려와 해변에 부딪치는 봄의 파도 자락이 한없이 긴 흰 천처럼 보인다. 언덕에는 감람나무가 짙은 녹색 잎을 따사로운 햇살 속으로 드러내고, 그 잎 속에는 봄을 노래하는 많은 작은 새가 숨어 있다. 정원에는 노랑 꽃, 빨강 꽃, 보라 꽃, 주홍 꽃 등 총천연색의 모든 봄

꽃이 흐드러지게 피었다가 꽃잎을 흩날리며 지고, 졌다가 또다시 피어나 겨울을 모르는 하늘을 자랑한다.

따뜻한 풀 위에 앉은 두 사람은 아득히 먼 저 아래에 파란 비단을 깔아놓은 듯한 바다를 바라본다. 두 사람 모두 반점이 박힌 대리석 난간에 몸을 기댄 채 다리를 앞으로 뻗고 있다. 난간에 기댄 두 사람의 머리 위로 사과나무가 비스듬히 꽃뚜껑을 드리우고 있다. 꽃이 지면 클라라의 머리에 잠시 머무르거나 윌리엄의 머리에 걸리기도 하고, 두 사람의 머리와 소매에 한꺼번에 팔랑팔랑 떨어지기도 한다. 때때로 가지에 매달아놓은 새장 안의 앵무새가 요란하게 소리친다.

"남쪽의 해가 이슬에 잠기기 전에." 윌리엄이 말하며 뜨거운 입술을 클라라의 입술에 댄다. 두 사람의 입술 사이에 사과나무 꽃잎 하나가 끼어 젖은 채로 붙어 있다.

"이 나라의 봄은 영원해요." 클라라가 나무라듯이 말한다. 윌리엄은 기쁜 목소리로 외친다. "드뤼에리!" 클라라도 따라 외친다. 새장 속의 앵무새 또한 날카로운 소리로 말한다. "드뤼에리." 두 사람의 발아래로 아득히 펼쳐진 봄의 바다도, 바다 건너 먼 산도 모두 대답한다. "드뤼에리." 나아가 언덕을 뒤덮은 모든 감람나무와 정원에 핀 노랑 꽃, 빨강 꽃, 보라 꽃, 주홍 꽃 등 모든 봄꽃과 모든 봄 풍경이 일제히 대답한다. "드뤼에리." 여기는 방패 속의 세계였다. 그리고 방패는 윌리엄이었다.

100세는 축하와 동시에 고마움을 느끼게 만드는 나이다. 그러나 좀 따분하다. 즐거움도 많겠지만 그만큼 괴로움도 길 테다. 날마다 밍밍한 맥주를 들이켜기보다는 혀가 타는 듯한 독주를 반 방울 맛보는 편이 더 낫다. 100년을 10으로 나누고 10년을 100으로 나눈 후에 남는 짧은 시간에 100년의 고락을 곱하면, 역시 100년의 생을 누린 것과 같지 않겠는가. 아무리 큰 태산이라도 작은 카메라 속에 담기고, 수소도 식으면 액체가 된다. 목숨을 건 달콤한 사랑을 한 점에 응축시킬 수 있다면—그러나 평범한 사람에게 이는 불가능한 일이다. 이 강렬한 경험을 한 사람은 예로부터 지금까지 오직 윌리엄뿐이다.

세상에 전해지는 토머스 맬러리의 『아서 왕의 죽음』은 간결하고 소박하다는 점에서 귀한 책으로 여겨지지만, 고대의 작품인 만큼 한 편의 소설로 보면 산만하다는 비평을 면할 수 없다. 하물며 그 일부분을 소재로 글을 쓰려는 상황이라면 원저만을 철저하게 기초로 삼긴 어렵다. 따라서 이 작품에서도 작가가 임의로 앞뒤의 사실을 바꾸기도 했고, 때로는 사건을 만들거나 등장인물의 성격을 고침으로써 가능한 한 소설에 가깝게 재탄생시켰다. 하나 주의할 게 있다면, 단지 이런 과정이 재미있어 써보려 했던 것이지 맬러리의 작품이 재미있어 소개하려 한 것은 아니란 점이다. 그 점

• 해로가는 한위漢魏 시대에 상여가 나갈 때 운구하던 사람들이 부르던 만가로 그 유래는 다음과 같다. 초한 전쟁 중에 제나라의 왕 전횡田橫이 그를 따르는 무리 500인과 함께 섬으로 들어갔다. 한고조 유방이 그를 부르자 어쩔 수 없이 낙양으로 나오다가 30리 앞에서 굴욕을 거부하고 자살했다. 섬에서 이 소식을 들은 500명이 모두 슬퍼하며 따라 죽었는데 이들의 넋을 달래려고 부른 노래가 바로 해로가다. "염교 잎 위 아침 이슬, 어이 쉬이 마르는가薤上朝露何易晞. 이슬이야 마른대도 내일 아침 다시 지리露晞明朝更復落, 사람 죽어 한번 가면 어느 때나 돌아올꼬人死一去何時歸." 염교의 잎은 폭이 좁고 이슬이 맺히기 힘들어서 쉽게 마르므로 고달픈 삶을 사는 인생의 무상함을 비유한 것이다. 또한 행行은 고시古詩에 속하는 것을 이른다.

을 참고해서 읽어주길 바란다.

솔직히 말해서 맬러리가 묘사한 랜슬롯은 어떤 점에서는 인력거꾼 같고, 기네비어는 인력거꾼의 정부 같다. 이 한 가지 점만으로도 고쳐 쓸 필요는 충분하다고 생각한다. 앨프리드 테니슨•의『신 아서 왕의 목가들Idylls of the King』은 유려하고 고상한 문체로 쓰였다는 점에서 고금의 걸작일 뿐만 아니라 그 성격 또한 19세기의 인간이 고대의 무대 위에서 춤추는 듯한 필치로 묘사되어 있어서, 이 단편의 초안을 쓸 때 가장 중요하게 참고해야 할 장시長詩였다. 원래 기억을 새로이 하려면 일단 다시 읽어야 할 테지만, 그러면 무심코 흉내를 내고 싶어질 것이므로 그만두었다.

◀ 1. 꿈 ▶

100명, 200명, 모여 있던 기사들이 북쪽의 시합장으로 남김없이 서둘러 떠나자 돌에서조차 오랜 세월이 느껴지는 카멜롯 저택에는 왕비 기네비어가 긴 옷자락을 끄는 소리만이 남았다.

옅은 주홍색 옷을 입는 둥 마는 둥 대충 어깨에 걸쳐 하얀 두 팔마저 훤히 드러나 있건만, 등 뒤의 옷자락은 돌층계의 두 번째 계단 아래까지 늘어뜨린 채 구슬 달린 신을 덮은 치맛자락을 나울거리며 사뿐사뿐 올라갔다. 옅은 먹색 실로 커다란 꽃을 짜넣은 커튼이 아무도 없는 저택이 원망스러운 듯 맨 위의 섬돌 안쪽으로 미동도 없이

• 1809~1892. 영국의 계관시인으로, 대표작으로는『율리시스』『인 메모리엄』등이 있다.

축 처져 있었다. 기네비어는 커튼 한 겹 너머의 소리를 들으려는 듯 그곳에 한쪽 귀를 댔다. 그러고는 다시 정면으로 고개를 돌려 매서운 눈으로 돌계단 아래를 바라보았다. 자잘한 반점이 이어진 대리석 위에서 하얀 장미가 어둠을 뚫고 곳곳으로 부드러운 향기를 뿜어냈다. 그 사람이 초저녁에 보낸 화환은 언제 흩어질 미련일까? 한동안은 본인의 발에 휘감기는 비단 소리조차 걱정하던 사람이 무슨 생각에선지 똑바로 몸을 가누며 가느다란 손을 움직였다. 커튼이 크게 물결치더니 맞은편 방의 눈부신 빛이 기네비어가 머리에 쓴 왕관을 화살처럼 비췄다. 이마에 박힌 금강석이 빛을 받아 반짝였다.

"랜슬롯." 기네비어는 커튼을 헤치고 나왔다. 하늘을 무서워하고 땅을 두려워하면서도 힘이 담긴 목소리로 체면을 불고하고 외쳤다. 견딜 수 없는 사랑이므로, 자신의 머리에 쓴 왕관조차 두려워하지 않았다.

"기네비어!" 방에서 대답하는 목소리는 사람의 것이라고는 생각되지 않을 만큼 부드러웠다. 넓은 이마를 반쯤 가린 채 소용돌이치는 머리는 검은빛을 뿜내며 흐트러져 있지만, 뺨은 그와 어울리지 않게 창백했다.

여자는 커튼을 치던 손을 쓱 놓고 안으로 들어갔다. 갈라진 틈으로 새어 나와 비스듬히 대리석 계단을 가로지르던 햇빛은 단번에 사라지고, 어둑한 실내에서 커튼의 무늬만이 도드라져 보였다. 좌우로 펼쳐진 회랑에 둥근 기둥의 그림자가 겹쳐서 드리워져 있었으나 그림자이므로 아무런 소리도 나지 않았다. 오직 방 안의 두 사람만이 살아 있는 것 같았다.

"북쪽에서 열리는 경기에도 가지 못했으니, 흐트러진 건 이마에 흘러내린 머리카락만이 아니겠지." 여자가 무언가 사연이 있는 듯 물었다. 수심에 찬 얼굴로 억지웃음을 띠며 애써 밝은 표정을 지어 보였다.

"나에게 보내준 장미 향기에 취해서." 남자는 그렇게만 말하며 높은 창으로 밖을 내다보았다. 5월이었다. 저택을 둘러싸고 천천히 흐르는 강물 위로 수많은 버드나무가 선명하게 그림자를 드리우고, 하늘에서 흩어지는 뭉게구름조차 물속으로 흘러 들어갔다. 찰랑찰랑 떠 있는 흰 돛단배에 탄 사람이라면 재밌는 가락의 뱃노래도 흥겨웁겠지. 강 건너 나무 사이로 하얀 실연기 한 줄기가 보일락 말락 피어올랐다. 오늘 아침 햇볕이 내리쬐는 이 큰길로 아서와 원탁의 기사들이 힘차게 내달리는 말발굽 소리와 함께 먼지를 일으키며 북쪽으로 달려갔다.

"기쁘기는 하지만, 내 죄를 생각하며 오래오래 속죄하겠노라고 비는 괴로운 신세야. 당신 혼자 저택에 남는 오늘이 오기를 남몰래 기다리는, 오늘만 허락된 연분이라면 괴롭겠지."

말하는 여자는 마음이 편치 않은지 산호 같은 입술을 바르르 떨었다.

"오늘만 허락된 연분이라니? 무덤으로 가로막힌 저세상에서도 변치 않을 거야." 남자가 말하며 검은 눈동자로 여자의 얼굴을 가만히 훑어보았다.

"그러니까." 여자가 오른 손바닥을 옆으로 세워 높이 쳐들고 랜슬롯에게 가져갔다. 손목에 찬 황금 팔찌가 반짝 빛난 순간, 랜슬롯의 눈동자가 자신도 모르게 움직였다. "그러니까!" 여자가 되풀이했다. "우리 둘만 장미 향기에 취하는 병에 걸렸어. 이 카멜롯에 모인 기사는 다섯 손가락으로 50번을 꼽아도 모자라지만, 홀로 북쪽으로 가지 않는 랜슬롯의 병을 의심하는 사람은 없어. 그러나 찰나의 위험한 사랑을 탐하면서 오랫동안 밀회를 즐겨온 심경에 변화가 인다면……." 여자가 손을 탁 내렸다. 팔찌가 다시 반짝이더니 보석끼리 부딪혔는지 잠시 딸가닥 소리가 났다.

남자는 과연 대담하여 이렇게 말했다. "긴 목숨은 선물이지만, 사랑은 목숨보다도 오래가는 선물이니 안심해."

여자는 두 손을 뻗어 머리에 쓴 왕관을 양쪽에서 누르며 말했다. "이 왕관 때문이야. 내 이마가 뜨거운 것은 바로 이 왕관 때문이야.". 바라던 소원이 이루어지면 이 황금 관과 보석 장식을 벗어 창밖으로 던져버리고 싶노라고 말하는 듯했다. 하얀 팔이 비단옷을 스치며 쓱 미끄러졌다. 소용돌이치는 풍성한 머리카락은 그 무게를 버티다 못해 반짝이는 보석이 박힌 왕관 아래의 뺨 언저리로 나부끼며 흘러내렸다. 어깨에 모인 옅은 주홍색 옷소매는 가슴을 지나면서 풍성한 주름을 만들어냈고, 바닥까지 끌리는 팽팽한 옷자락에 부드러운 선이 세 개 정도 생겨났다. 랜슬롯은 그저 그윽한 눈길로 다소곳이 여자를 바라보았다. 과거와 미래를 끊고 현재에 집중하는前後裁斷[●] 동안 오직 기네비어의 모습만이 생생하게 보였다.

● 전후재단, 즉 과거도 미래도 끊고 현재에 집중하라고 설파한 다쿠안沢庵 선사의 말이다.

거울은 여자의 물건 중 내면의 미묘한 사정을 가장 잘 비추는 것이라고 한다. 괴로움을 견디다 못해 머리를 움켜쥔 기네비어를 지켜보려니 마음이 아렸다. 고통이 날아가는 새의 그림자처럼 여자의 가슴을 획 스쳤다. 괴로움은 거미줄처럼 털어버려서 반가운 이를 향한 사랑만 남았다. "그렇다면." 말하는 여자는 아슬아슬한 순간 절박한 심정으로 맛보는 짧은 즐거움이 영원히 계속되기를 바랐다. 여자의 두 뺨에 웃음이 번졌다.

"그래서는 안 돼." 남자는 처음보다 단호한 태도로 말했다.

"하지만." 잠시 후 여자는 다시 입을 열었다. "그러지 않길 바란다면…… 북쪽에서 열리는 경기에 가. 오늘 아침에 떠난 사람들의 말발굽 자국을 뒤쫓아가서 아직 병이 낫지 않았다고 말해. 항간에 떠도는, 우리를 둘러싼 험담과 의혹의 구름을 걷어줘."

"남의 이목을 그렇게 두려워해서야 어찌 사랑이 이루어지겠어." 남자는 헝클어진 머리를 넓은 이마 위로 넘기고서 애써 껄껄 웃었다. 고요하고 높은 방 안에서 평소와는 달리 기분 나쁜 진동이 느껴졌다. "바람도 없는데 커튼이 움직이는 것 같군." 웃음을 딱 그친 남자가 말하며 입구까지 걸어가더니 새삼스레 두꺼운 커튼을 흔들어보았다. 수상한 진동은 가라앉고 원래의 적막한 분위기가 돌아왔다.

"어젯밤에 꾼 꿈…… 아직도 생생한 그 꿈에서 들었던 소리인가." 여자의 얼굴에서 순식간에 붉은빛이 가시더니 왕관의 별빛이 반짝반짝 흔들리기 시작했다. 남자도 불길한 예감이 들었던지 어젯밤 꾸었다는 꿈 이야기를 들려달라고 했다.

"장미꽃이 핀 날에 당신과 단둘이 하얀 장미, 빨간 장미, 노란 장미 사이에 누워 있었어. 어스레한 저물녘이었고 이 즐거움이 사라지는 일은 영원히 없으리라고 생각했지. 바로 그때 이 관을 쓰고 있었어."

여자가 손가락을 들어 이마를 가리켰다. 왕관 아래쪽에 두 겹으로 사린 뱀의 몸뚱이에는 황금 비늘이 촘촘히 새겨져 있었고, 치켜든 대가리에는 사파이어 눈이 박힌 채였다.

"살 속으로 파고드는 왕관은 뜨거웠고, 머리 위에서 옷깃이 스치는 소리가 들리더니 이 황금 뱀이 내 머리를 감으며 움직였어. 머리는 당신 쪽으로, 꼬리는 내 가슴께로 꾸물꾸물 기어왔지. 그 모습을 보던 사이 당신과 나는 비린내 나는 밧줄에 묶인 채로 죽을 위기에 처했어. 우리는 네 자쯤 떨어져 있었는데 서로에게 다가갈 힘이 없어서 각자의 자리에서 지켜보는 수밖에 없었어. 설령 불길한 인연이라 해도 이 밧줄이 끊어져 두 사람이 따로 떨어져 있는 것보다는 낫다면서 괴로운 마음을 달랬지. 슬프게도, 설사 물리거나 쏘일지라도 뱀이 썩어 문드러질 때까지 이대로 있겠노라고 마음을 굳혔는데, 색색의 장미꽃 중 붉은 장미가 우리를 감은 뱀을 태우려는 듯 활활 타올랐어. 잠시 후 뱀은 한 길 남짓 떨어진 당신과 나 사이에서 파란 연기를 토해냈고, 황금 비늘의 색이 점차 바뀌더니 괴상한 냄새를 풍기고는 뚝 끊겼어. 이 순간을 마지막으로 몸도 영혼도 사라지기를 비는데, 갑자기 귓가에 누군가 깔깔대며 웃는 소리가 들려서 꿈에서 깨어난 거야. 꿈에서 깬 뒤에도 여전히 불쑥불쑥 그 소리가 들리곤 했는데, 지금 네가 웃는 소리도 어젯밤에 꾼 꿈을 떠오르게 해서 뼈에 사무쳐."

여자는 기다란 속눈썹에 가려진 불안한 눈으로 랜슬롯의 안색을 살폈다.

일흔다섯 번의 격투 경기를 벌이는 동안 말 등에서 미끄러지거나 등자를 헛디딘 적조차 없던 이 용사 또한 그 꿈을 기이하게만 여기지는 않았다. 여자의 꿈 이야기가 아무래도 꺼림칙했는지 그의 미간이 저절로 찌푸려졌고, 이는 악물 수밖에 없었다.

"그렇다면 가도록 하지. 늦기는 했지만 북쪽으로 갈게." 남자는 팔짱을 풀고 여섯 자 두 치의 몸을 훌쩍 일으켰다.

"가려고?" 기네비어가 미심쩍은 투로 말했다. 그 말속에선 뒤늦게나마 은연중에 헤어지기 아쉬워하는 마음마저 비쳐졌다.

"갈 거야." 남자는 딱 잘라 말하고는 성큼성큼 걸어가 문 앞에 내려진 커튼을 반쯤 걷어올렸다. 이내 슬쩍 발길을 돌리더니 여자를 마주 보며 하얀 손을 잡아올리고는, 열이라도 나는 건지 의심스러울 만큼 뜨거운 입술을 차갑고 부드러운 손등 위에 댔다. 백합 꽃잎에 송골송골 맺힌 새벽이슬을 들이마시는 느낌이었다. 그런 다음 랜슬롯은 뒤도 돌아보지 않고 돌층계를 뛰어 내려갔다.

이윽고 말 울음소리가 세 번 울리고 안뜰의 돌 위에서 뚜거덕뚜거덕 말발굽 소리가 들려올 때, 누각에서 내려온 기네비어는 기사가 나서는 문 바로 위쪽에 난 창에 기대어 그가 출발하기를 이제나저제나 하고 기다렸다. 문 아래로 검은 말의 콧등이 보인 순간 몸 바쳐 싸우고자 떠나는 이를 위해 한 자쯤 되는 하얀 비단을 흔들었다. 머리에 쓴 금관이 아름다운 머리카락에서 흘러내려 멀리 보이는 말의 코를 스치더니 흐트러진 채 돌 위로 떨어졌다.

랜슬롯이 창끝에 왕관을 걸어서 창가로 내민 순간 둘의 시선이 딱 마주쳤다. "불길한 왕관이여." 여자가 왕관을 받아들면서 말했다. "안녕." 말한 남자는 말의 옆구리를 찼다. 하얀 투구에 꽂은 깃털을 휙 나부끼며 나아갔고, 이윽고 뭉게뭉게 피어오른 먼지만이 남았다.

◀ 2. 거울 ▶

있는 그대로의 세상을 보지 않고 거울에 비친 세상만 보는 샬럿의 여자는 높은 전각에서 홀로 살았다. 살아 있는 세상이 오직 거울 속 세상뿐인 줄 알기에, 친구와 얼굴을 마주할 길이 없었다.

봄이 그립다며 지저귀는 갖가지 새소리에 귀 기울이다가 나뭇잎 그늘에 감춰진 날개의 색이 궁금하면 창문이 아닌 벽에 끼운 거울로 향했다. 거울은 선명한 깃털의 색부터 햇살의 색까지 그대로 비쳤다.

샬럿의 들판에서 보리 베는 사내나 보리타작하는 여자가 부르는 노래인가? 다른 세상으로부터 온 소리가 계곡을 건너고 물을 건너며 실처럼 가늘어져서 높은 전각에 희미하게 높은 닿을 무렵, 샬럿의 여자는 귀를 막은 채 다시 거울 앞으로 갔다. 아마도 그 소리는 끝이 하늘인지 들판인지 분간이 가지 않는 강 너머, 부옇게 보이는 버드나무 사이에서 흘러나오는 슬픈 가락일 것이었다.

샬럿의 길을 가는 사람 또한 모조리 여자의 거울에 비쳤다. 어떨
때는 빨간 모자를 쓴 사람이 세차게 도리질하며 말을 쫓아가거나, 흰
수염을 기르고 헐렁한 옷을 걸친 순례자가 긴 지팡이 끝에 작은 호리
병을 매단 채 지나가기도 했다. 또 어느 때는 새하얀 윗옷 하나를 머
리부터 뒤집어써서 어디가 눈과 입이고, 또 어디가 손과 발인지 모를
사람이 요란하게 징을 울리며 가는 모습도 보였다. 이것이 나병 환자
가 전생의 업을 스스로 세상에 알리는 가혹한 짓이라는 사실을 샬럿
의 여자는 알 길이 없었다.

도붓장사의 등에 짊어진 보따리 속에 빨간 리본이 들었는지, 아니
면 흰 속옷이나 산호, 마노, 수정, 진주가 들었는지, 거울 속에 비치지
않으면 그녀의 눈동자에도 비치지 않았다.

거울은 오랜 세월 여러 세대를 비추었고 현재는 샬럿에 있는 모든
것을 비추었다. 어떤 것도 가리지 않고 모조리 비치기에 샬럿의 여자
의 눈에 비치는 것 역시 한없이 많았다. 단, 모두가 그림자이기에 비
쳤다가 이내 사라졌다. 설사 하늘에 뜬 태양이라 할지라도 거울 속에
오래 머물 수는 없었다. 살아 있는 세상의 그림자여서 덧없는 건지,
아니면 살아 있는 세계가 그림자인지, 샬럿의 여자는 가끔 의심하기
도 했다. 또렷이 볼 수 없는 세상이므로 그림자라고도 실체라고도 단
언할 수는 없었다. 그림자라면 그 무상한 모습은 거울로만 봐도 충분
했다. 그런데 만약 그림자가 아니라면? 때로는 불현듯 거울 밖 세상
을 마음껏 보고 싶은 충동이 일어 창가로 달려가기도 했다. 창으로
세상을 내다볼 때면 샬럿의 여자는 저주에 걸리곤 했다. 따라서 샬럿

의 여자는 거울 속의 세계에서만 몸을 움츠린 채 숨어 살아야만 했다. 한 겹 두 겹 벽을 치고, 넓은 세상을 네모나게 자른다 해도, 자멸의 시기를 촌각이라도 앞당길 수는 없었다.

그러나 있는 그대로의 세상은 이미 더러운 죄로 물들었다고 한다. 살다가 지쳐 산으로 달아나면 마음도 편하리라. 네거리에서 오가는 사람들과 마주치다 보면 괴로운 일이 닥치므로 주의해야 한다. 하지만 좁은 거울 속 우주에서는 그런 일로 힘들어할 필요가 없다. 한번 인과의 물결이 일면 드넓은 세상의 혼란은 영겁의 세월이 지나도 끝나지 않는다. 머리도, 손도, 다리도 소용돌이에 휩쓸려버려서 그 끝을 알 수 없다. 홀로 너무 오랫동안 높은 전각에서 산 나머지 하얗게 빛나는 은거울 속 작은 세상이 진짜인지, 거울 밖 세상이 진짜인지조차 헷갈릴 정도다. 목숨이 붙어 있는 내내 이처럼 흙도 밟지 않고 작은 환영의 세계에 갇혀 살다니, 영리하기는커녕 어리석기 짝이 없는 사람이다. 심지어 움직이는 세상 그 자체도 아니고 고정된 거울로 보는 세상이라니. 오색이 영롱한 천지 만물의 생사여탈, 삶과 죽음을 고요한 거울 속 세상에서 상상하는 것이다. 이렇게 보면 반드시 한탄할 만한 운명은 아니지만, 샬롯의 여자는 왠지 심란해져서 창밖의 세상을 보려 했다.

거울의 길이는 다섯 자가 채 되지 않았다. 검은 무쇠를 광내서 본래의 흰색으로 되돌리는 마술로 유명한 마법사 멀린이 말했었다.

"거울에 안개가 껴서 가을 해가 떠도 마음이 울적하니, 불길한 징조다. 안개 서린 거울에 맺힌 이슬이 목부용木芙蓉에 방울져 떨어지는 소리를 들으면, 맞이할 이의 신상에 위험한 일이 생긴다. 숨이 이유 없이 턱까지 차올라서 헉헉거리는 소리가 나고 가로세로로 흰 줄이 나타나면 그 사람의 최후가 온 것이니 각오하라."

샬럿의 여자가 얼마나 오랜 세월 이 거울을 보았는지는 모른다. 아침저녁으로 보는 거울 속 해와 달에 싫증을 내는 법조차 잊어버린 여자는 거울에 안개가 끼거나 이슬이 앉는 일은 물론이고 심지어 갈라질 염려가 있다는 사실은 꿈에도 알지 못했다. 가을 하늘 아래 가득 고인 잔잔한 수면 위를 지나는 영롱한 삼라만상의 모습이 어지러이 흩어져 사라진 뒤에는 색이 없는 태고의 땅이 눈앞에 드러났다. 두드리면 소리가 나는 은으로 주조된, 다섯 자 거울 가득히 한없이 펼쳐진 하늘을 샬럿의 여자는 밤낮으로 보았다.

거울을 끼고 사는 여자는 날마다 밤마다 거울을 마주하며 주야장천 길쌈을 했다. 어떨 때는 밝은 색깔의 천을, 또 어떨 때는 어두운 색깔의 천을 짰다.

샬럿의 여자가 베틀의 북을 던지는 소리를 들은 행인은 쓸쓸한 언덕 위에 서서 높은 전각의 창을 흠칫흠칫 쳐다보곤 했다. 마치 부모도 자식도 세상을 떠나고 새로운 시대에 홀로 남은, 질긴 목숨을 원망하는 노인 같은 표정을 한 채. 샬럿의 여자가 사는 언덕 위의 집은 날마다 달마다 분주해 보였다. 끊임없이 흔들리는 진자처럼, 담쟁이덩굴에 갇힌 낡은 창에서 새어 나오는 베틀의 북소리는 그야말로 저세상의 소리였다. 평소 샬럿에서는 베틀 북이 오가는 소리만 희미하게 들릴 뿐, 공기마저 무겁게 가라앉아 쥐 죽은 듯 고요했다. 이럴 때 느껴지는 적막은 고요할 때보다 훨씬 더했다. 행인은 흠칫흠칫 높은 전각을 쳐다보며 귀를 막고 달렸다.

샬럿의 여자는 평소에도 베를 짰다. 새싹이 움트는 봄철, 빼곡히 우거진 수풀 속에 야트막하게 핀 초롱꽃은 돋보이게끔 유독 짙은 색깔로 짰다. 깊이를 알 수 없는 넓은 바다에서 눈처럼 하얗게 흩어지는 물보라를 얇은 천 한 장에 담기도 했다. 어떨 때는 검은 바탕 위에 이글거리는 불꽃 같은 색으로 십자가를 짜넣었다. 더러운 세상에 휘몰아치는 죄장罪障의 바람이 날실과 씨실에도 들어갔는지, 이글거리는 십자가가 베틀 위에 덩그러니 떠 있었다. 어둑한 여자의 방이 불타서 주저앉지 않는 것이 이상할 정도로 밝았다.

북이 지나간 자리에 사랑의 실과 진실의 실이 종횡으로 교차하자 깍지 낀 손을 어깨에 얹고 하늘을 우러러보는 마리아의 모습이 됐다. 베틀을 앞둔 채 광기는 날실, 분노는 씨실에 담아 삭풍이 불고 싸라기눈이 내리는 밤을 새워 길쌈하자 흰 수염을 흩날리며 황야에 선 뒷모습이 등장했다. 부끄러움을 담은 주홍색 실과 원망을 담은 쇳빛 실을 하나로 꼬아서 닿을락 말락 하는 연인의 마음을 헤아렸다. 수수한 노란색 실과 도도한 보라색 실로 번갈아 짜던 거만한 표정의 아가씨가 홀린 듯 으스댔다. 긴 소맷자락에 구름처럼 휘감긴 것은 차마 다른 사람에게는 말할 수 없는 엉클어진 소원의 실이었다.

샬럿의 여자의 눈동자는 깊게 패었으며, 이마는 넓고, 입술마저 여느 여자처럼 얇지 않았다. 여름 해가 뜨더니 모래시계를 아홉 번 뒤집자 어느새 정오를 지난 시각이었다. 창을 비추는 햇살이 눈부시게 밝았으나 방 안은 여름을 모르는 동굴처럼 어두웠다. 반짝이는 것은 오로지 다섯 자 남짓한 쇠거울과 어깨에서 찰랑거리는 긴 머리카락뿐이었다. 오른손으로 던진 북을 왼손으로 받던 여자가 문득 거울을 보았다. 시퍼렇게 벼린 검보다 더 싸늘한 빛이 평소처럼 솜털 끝을 비추는데, 안개라도 꼈는지 난데없이 휙 흐려졌다. 거울은 거인의 숨결을 정면에서 받은 양 순식간에 빛을 잃었다. 샬럿의 해안가에 줄지어 서 있어 늘 여자의 눈동자에 비치던 버드나무가 숨어서 보이지 않았다. 버드나무 사이를 흐르는 샬럿의 강도 사라졌다. 강을 따라서 오가는 사람의 모습 역시 비치지 않았다.

베틀의 북소리가 뚝 끊기고 여자의 눈꺼풀이 검은 눈썹과 함께 파르르 떨렸다. "흉사인가?" 거울 앞으로 다가가며 외치던 순간, 흐릿하던 날씨가 단번에 개고 강도 버드나무도 사람도 예전처럼 거울 속에 나타났다. 베틀의 북이 다시 움직였다.

잠시 후 여자는 세상에 존재해서는 안 될 만큼, 너무도 슬픈 목소리로 노래했다.

이 세상을
제정신으로 살면
괴로울 테지.
예나 지금이나.
거울에 비친
아름다운 사랑

비치는 거울 속에서 퇴색하겠지.

아침저녁으로.

거울 속 멀리서 바람에 나부끼는 버드나무 가지 사이로 홀연히 은빛이 비치더니 살포시 뜨거운 먼지가 일었다. 은빛은 남에서 북을 향해 곧장 샬럿으로 다가왔다. 여자는 어린양을 노리는 독수리처럼, 그것이 환영인 줄 알면서도 눈도 깜짝 않고 거울 속을 바라보았다. 열정 폭의 버드나무 숲을 바람처럼 달려 빠져나온 자는 잘 불린 무쇠 갑옷을 걸친 온몸에 햇볕을 받으면서 무쇠 투구에 꽂힌 한 자가 넘는 하얀 털만을 치렁치렁 나부끼고 있었다. 가죽으로 머리와 가슴까지 감싼 늠름한 갈색 말은 가을밤의 별자리星宿를 고운체로 쳐서 한곳에 모아놓은 듯 수많은 징으로 장식되어 있었다. 여자는 숨을 죽이고 거울을 응시했다.

기사는 구부러진 둑을 따라 걷다가 말 머리를 약간 왼쪽으로 돌렸다. 지금까지 옆모습만 보였던 사람이 이제 거울을 향해 정면으로 다가왔다. 기사는 굵은 창을 거치대rest•에 꽂고 왼쪽 어깨에 방패를 걸치고 있었다. 여자는 목을 길게 빼고 방패에 새겨진 무늬를 보려 했다. 그러나 기사는 쇠거울을 뚫고 나올 기세로 거침없이 눈앞으로 돌진했고, 놀란 여자는 엉겁결에 북을 던지고 거울을 향해 소리쳤다. "랜슬롯!" 랜슬롯은 투구의 챙 아래에서 반짝이는 눈을 들어 샬럿의 높은 전각을 쳐다보았다. 반짝이는 기사의 눈과 한껏 예민해진 여자의 날카로운 눈이 거울 속에서 딱 마주쳤다. "랜슬롯 경!" 샬럿의 여

• 돌진할 때 창끝을 받치는 갑옷의 창 받침을 뜻한다.

자가 다시 외치면서 갑작스레 창 옆으로 달려가 그 창백한 얼굴을 밖으로 반쯤 내밀었다. 기사와 말은 높은 전각 아래를 달려서 지진처럼 멀어져갔다.

밝게 빛나는 거울이 갑자기 쩍 하고 두 동강이 났다. 깨진 표면이 다시 얼음처럼 쩍쩍 갈라지더니 결국엔 산산조각이 나서 방 안으로 튀었다. 짜다 만 비단 일고여덟 필이 갈가리 찢어지더니, 바람도 없는데 쇳조각과 함께 공중으로 두둥실 떠올랐다. 붉은 실, 초록 실, 노란 실, 보라 실은 흐트러지고 찢어지고 풀리고 엉켜서 거미가 집을 짓듯이 샬럿의 여자의 얼굴에, 손에, 소매에, 기다란 머리카락에 엉겨 붙었다. "샬럿의 여자를 죽이는 것은 랜슬롯, 랜슬롯을 죽이는 것은 샬럿의 여자. 우리의 마지막 저주를 짊어지고 북쪽으로 달려라." 여자가 두 손을 하늘 높이 올리고, 태풍을 맞은 썩은 나무처럼 오색실과 뒤섞여서 얼음 조각처럼 흩어진 거울의 파편 사이로 쿵 쓰러졌다.

◀ **3. 소매** ▶

가련한 엘라인은 사람들의 눈에 띄지 않는 제비꽃처럼 애스틀랫의 고성古城을 비추다가, 남몰래 떨어져서 진한 보랏빛으로 물든 이슬 같은 봄밤의 별을 보며 세월을 보냈다. 두 오빠, 그리고 눈썹까지 하얗게 센 아버지와 함께 사는 엘라인을 찾는 사람은 애초에 아무도 없었다.

"기사 양반은 어디로 가십니까?" 노인이 온화한 목소리로 물었다.

갑옷과 투구를 벗고 노란색 누비 무명옷으로 갈아입은 기사가 대답했다. "북쪽에서 열리는 경기에 가려고 급히 말을 채찍질해서 뒤쫓아왔습니다. 긴 여름 해와 달리 금세 날이 저물고 어두워져서 길마저 엇갈렸지요. 타고 온 말도 은혜에 보답하려고 울지 않는군요. 하룻밤 묵어가게 해준 인심 후한 주인장에게 보답할 것이 없어 부끄럽습니다." 샬럿을 달릴 때부터 가을날 우묵한 바위에 고인 청량한 물을 뒤집어쓴 듯 창백하던 뺨이 잠시 머물 곳을 구한 지금도 유난히 눈에 띄었다.

엘라인은 아버지의 등 뒤에 작은 몸을 숨긴 채, 가끔 비쩍 마른 노인의 어깨 사이로 두 눈을 수줍게 내리깔고는 흘끔흘끔 랜슬롯을 보았다. 이 애스틀랫에 무슨 바람이 불어서 이렇게 늠름한 대장부가 온 것일까. 유채꽃, 콩꽃이라면 가지고 놀 수도 있으련만. 깊은 골짜기에서 도도하게 모른 체하는 소나무 가지로 날아갈 방법이 도무지 없던 하얀 나비는 얇은 날개를 접고서 미동조차 하지 않았다.

"뻔뻔스럽지만 잠자리를 내준 사람에게 한 가지 부탁하겠소." 잠시 후 랜슬롯이 말했다. "내가 내일 개최되는 경기에 뒤늦게 합류한다는 사실이 사람들에게 알려지면 영 흥이 나지 않을 것입니다. 새것도 좋고 헌것이라도 상관없으니, 사람들이 본 적 없는 방패가 있으면 빌려주십시오."

노인이 손뼉을 탁 쳤다. "원하시는 방패를 빌려드리지요. 제 장남인 티어는 지난번에 열린 기사들의 마상 결투에서 다리를 다쳐 지금도 자리보전하고 있습니다. 그때 그 애가 흰 바탕에 붉은 십자가를 그린 방패를 들었죠. 유일하게 나간 경기에서 다친 상처가 아직 낫지 않은 탓에 붉은 피의 십자가는 덧없이 벽에 걸려 고물이 되어가고 있습니다. 그 방패를 들고 마음껏 사람들을 놀라게 해주십시오."

랜슬롯이 노인의 팔을 꽉 움켜쥐며 말했다. "내 마음을 잘 아시는군요." 노인이 다시 말을 이었다. "둘째 아들인 라벨은 보기에도 기특한 젊은이인데, 아서 왕이 개최하는 경사스러운 경기에 함께 가지 못한다면 기사로서 억울할 것입니다. 그저 기사 양반의 갈색 말 뒤꽁무니라도 쫓아가게 해주십시오. 내일은 서둘러야 한다고 말해둘 테니."

랜슬롯은 안심한 듯 선뜻 말했다. "알겠습니다." 노인이 반색하자 겹겹이 주름진 볼이 잠시 실룩였다. 여자만 아니라면 나도 따라갈 텐데, 엘라인은 생각했다.

나무에 기댄 담쟁이덩굴, 대대로 얽혀서 떨어지지 않네. 저녁에 만나 아침에 헤어지는 그대와 나. 우리에게는 얽힐 세월도 없네. 새삼속 根無し葛• 가지에 가녀린 몸을 기대면 폭풍이 불어도 쓰러지지 않으련만. 그대에게 찰싹 붙어서 은밀히 옭아매는 사랑의 실, 그대는 뿌리치고 떠나겠지요. 사랑이 녹아내려 눈에 그렁그렁한 이슬 속의 빛을 보지 못하네. 사는 집은 오래되었을지라도 내가 겪은 봄은 그저 열여덟 번째에 지나지 않는다네. 가슴에 넘치는 이 불쌍한 마음은 갇혀 있던 구름이 저절로 걷혀 화창한 햇살이 대지에 뻗치는 순간과 다르지 않구나. 들판 가득, 계곡 가득, 1000리 밖까지 따뜻한 빛을 드리우네. 해맑은 그대를 만난 지금의 마음은 구덩이를 나와서 온 세상의

• 메꽃과의 한해살이 기생 식물로 줄기는 누런 갈색의 철사 모양이며, 잎은 없다.

봄바람을 맞는 것처럼…… 말 한마디 주고받지 못한 채 내일 헤어져야 한다니 야속하구나.

등불이 꺼지고 밤이 이슥해질수록 엘라인은 새날이 머지않음에 아쉬워했지만, 손님은 잠자리에 들었다. 자리에 누운 엘라인은 차마 감기지 않는 눈꺼풀 사이로 비집고 들어오려는 남자의 모습을 몇 번이고 떨쳐내려 애썼으나 어쩔 도리가 없었다. 두 눈을 질끈 감고 쫓아내려 하면 어느새 그 사람의 모습은 눈꺼풀 속에 숨어들어 있었다. 괴로운 꿈을 꾼 밤이면 세상이 무서워지기도 한다. 혼비백산할 만한 귀신 이야기를 듣고 두려움에 떨며 쉬이 잠들지 못하다가 닭 울음소리가 들려오면 기뻐하며 일어나기도 한다. 그러나 두려움도 괴로움도 모두 본인이 편안해지기를 바라는 마음에서 비롯되는 반응에 불과하다. 가위에 눌리고 귀신의 뒤탈을 참아서 생기는 것이 두려움과 고통이다. 하지만 오늘 밤의 고민은 그런 것이 아니다. 나 자신의 영혼은 사라져버리고, 얻기를 바라지만 끝내 얻을 수 없다는 사실을 알기에, 놀라고 방황하여 결국은 비참해지니 이토록 혼란스럽다.

나를 지배하는 사람이 내가 아니라 조금 전에 본 사람이라는 사실이 기이하고 불가사의하며 슬프고도 힘들다. 어느새 나는 랜슬롯으로 바뀌어 있고 언제부턴가 평정심은 잃고 말았다. "엘라인." 분명 내 이름을 불렀건만, 대답은 내가 아니라 안뜰에 말을 묶어두고 챙이 달린 투구를 눌러쓴 채 높은 망루를 쳐다보는 랜슬롯이 한다. 다시 또 이름을 불렀더니 엘라인이 대답한다. "랜슬롯이래도." 엘라인이 죽었느냐고 묻자 살아 있다고 한다. 어디 있느냐고 물으니 모른다고 한다. 엘라인은 아주 미세한 모공 속에 숨어들어 어느 옛날의 모습으로 돌아가려고 한다. 엘라인에게 있는 8만4000개의 모공에 8만4000개 항아리의 향유를 부어 날마다 피부를 매끄럽게 하더라도, 숨어버린 엘라인은 끝내 모습을 드러내지 않을 것이다.

잠시 후 엘라인은 자기 방의 커튼을 걷고 벽에 걸어둔 기다란 옷을 꺼냈다. 등불에 비춰보니 한낮의 햇빛처럼 이글거리는 선홍빛 옷 한 벌이 방 안 가득한 밤의 어둠을 빨아들였다. 엘라인은 오른손에 늘어뜨린 옷이 눈부시게 아름다워서 잠시 바라보다가 이내 칼집에 든 단도를 꺼내 왼손으로 두어 번 휘둘렀다. 어둠 속에서 섬광처럼 지나치는 칼날에 아름다운 옷의 한쪽 소매가 미련 없이 싹싹 잘려나갔고, 나머지는 바닥에 떨어져 칼집을 뒤덮었다. 순간 손잡이가 달린 촛대의 촛불이 한 줄기 바람에 휙 꺼졌다. 바깥의 이슥한 밤하늘에는 반달이 떠 있었다.

엘라인은 오른손에 든 촛불에 의지한 채 어두운 방을 빠져나왔다. 오른쪽으로 꺾으면 오빠의 방, 왼쪽으로 끝까지 가면 오늘 밤 찾아온 손님이 묵는 방이었다. 나긋나긋한 여자는 꿈속에서 허공을 걷는 듯, 그림자보다도 조용하게 랜슬롯의 방 앞에 섰다. ─랜슬롯의 꿈은 아직 이뤄지지 않았다.

듣건대 아서 왕이 기네비어를 아내로 맞아들일지 말지 망설일 때, 가만히 앉아 미래를 꿰뚫어 보던 멀린은 고개를 저으며 혼인을 말렸다고 한다. 이 여자는 나중에 뜻밖의 사람과 사랑에 빠질 테니 아내로 맞았다가는 후회할 것이라며 아서 왕에게 간곡히 간언했더랬다.

그 순간 랜슬롯 자신은 무죄했으며 그 뜻밖의 인물에 대해서는 알 길이 없었기에 그냥 흘려듣고 말았다. 그리고 이후 뜻밖의 인물이 누구인지 알게 된 순간, 하늘 아래 태어나는 수많은 사람 중 왜 하필 내가 이런 슬픈 운명을 타고난 건지 원망했다. 그러나 한편으로는 이고마운 행운을 누리게 된 것이 기뻐서 기대와 괴로움이 뒤섞인 인연의 줄을 굳이 끊으려 하지 않고 세월을 보냈다. 양심의 가책을 느끼기는 싫었다. 꺼림칙하지만 꿀처럼 달콤하기도 했다. 꺼림칙할수록 그만큼 더 달콤하게 느껴지기도 했으므로, 뜻을 함께하는 원탁의 기사인 스스로를 의심하는 이날까지 왕비를 버리지 못했다. 의심이 쌓이고 증거가 모여 기네비어가 말뚝에 묶인 채 화형당하기 전까지, 랜슬롯은 미련을 버리지 못할 것이었다.

잠들지 못하는 그의 방문을 누군가 살짝 만진 것 같았다. 고개를 들어 소리가 난 쪽을 잠시 돌아보았으나 인기척은 없었다. 시체 같은 고성은 맥박조차 뛰지 않아 고요했다.

잠시 후 누군가 방문을 아예 쿵쿵 두드렸다. 사람이라고 확신한 랜슬롯은 침대에서 천천히 일어나 문고리를 반쯤 당기며 물었다. "누구시오?" 열린 문으로 들어온 바람에 앞으로 고쳐 잡은 촛불의 빛이 문가에 서 있는 아가씨를 비췄다. 아가씨의 얼굴은 머리 위로 치켜든 빨간 소매에 가려져 보이지 않았다. 달아오른 얼굴은 불빛 때문만이 아니었다.

"이 야심한 시각에…… 길이라도 잃었나?"

놀란 남자가 혀를 내두르며 띄엄띄엄 말했다.

"낯선 길이라면 잃을 수도 있겠지요. 하지만 이 집에서 태어나고 자란 세월이 얼만데……. 쥐라도 길을 잃지는 않을 거예요."

여자가 희미한 목소리로 당차게 대답했다.

남자는 그저 의아한 표정으로 여자의 얼굴을 응시했다. 여자는 한 자도 되지 않는 붉은 비단 칸막이에 꽃보다 아름다운 얼굴을 숨겼다. 뜨거운 피가 활발히 돌기 때문인지, 산뜻한 빨간색 비단 덕인지, 뺨이 오늘따라 유난히 예쁘고 통통해 보였다. 숨길 수 없는 머리카락이 어깨 위로 흐트러졌고, 머리에는 흰 장미 세 송이를 고리에 끼워 꽂은 채였다.

흰 장미 향기가 코를 찌르고 비단 너머의 꽃이 몇 송이인지까지 알아볼 수 있을 때쯤, 문득 기네비어가 들려준 꿈 이야기가 랜슬롯의 가슴속에 떠올랐다. 그 순간 이유 없이 온몸이 마비되어 손에 든 촛대를 떨어뜨릴 뻔하여 퍼뜩 정신을 차렸다. 아가씨는 자신 앞에 서 있는 사람의 마음을 헤아릴 길이 없었다.

"이 붉은색 소매에는 저의 진심이 담겨 있습니다. 청하지도 않으신 일인지라 부끄럽지만 바치겠습니다. 이걸 투구에 감고 경기에 나가세요."

엘라인은 떠넘기듯이 소매 한 짝을 앞으로 내밀었다. 남자는 선뜻 대답하지 않았다.

"여자의 선물을 거절하는 기사가 있던가요?" 엘라인은 사정하는 듯한 눈빛으로 랜슬롯의 얼굴을 쳐다보았다. 그는 어정쩡한 태도를 한 채 얇은 입술을 일자로 굳게 다물었다. 타오르는 불꽃 같은 색깔의 소매를 오른손에 받아들고서는 당혹감에 미간을 찌푸렸다. 잠시 후 그가 말했다. "크고 작은 전쟁을 60여 차례 겪어왔고, 결투장에서 맞부딪친 창의 수는 헤아릴 수가 없소. 나는 이제껏 미인의 선물을 몸에 지녀본 적이 없었소. 인정 많은 주인장의 딸이 주는, 깊은 애정이 담긴 선물을 거절하는 것은 예의가 아니지만……"

"예의라는 말은 함부로 들먹이지 마세요. 이 밤에 그런 말을 들으러 여기 왔을까요? 마음이 담긴 이 한쪽 소매를 천하의 용사에게 바치려고 온 거예요. 그러니 사양 말고 부디 받아주세요."

가냘픈 아가씨가 이토록 집요하게 말하니 한사코 거절할 수만은 없었다. 랜슬롯은 망설였다.

카멜롯에 모인 기사라면 강한 자든 약한 자든 내 방패에 새겨진 문장紋章을 모르는 이가 없다. 또한 내 팔에서, 내 투구에서 아름다운 사람이 준 물건을 본 적도 없다. 내일 경기에 늦게 출전하는 까닭은 애초부터 출전할 마음이 없었으나 중도에 마음을 돌렸기 때문이다. 결투장에 늦게 왔다고 수군거리더라도 나에 대한 염문은 그걸로 끝일 것이다. 그러나 병 때문에 출전하지 못한다더니 이는 꾀병이라는 증거다, 하고 말하면 뭐라고 답해야 할까? 지금 다행히 낯선 사람의 방패를 빌렸고 낯선 사람의 소매까지 투구에 감았으니 20, 30명의 기사를 쓰러뜨릴 때까지 투구를 눌러쓴 채 얼굴을 숨겼다가 황혼녘 즈음 정체를 밝힌다면 그들 또한 놀라서 내가 일부러 늦게 온 것이라 여기며 인정할 것이다. 어쩌면 병으로 앓아누웠다고 둘러댄 내계략을 재밌어하는 사람도 있을지 모른다. 랜슬롯은 마침내 마음을 정했다.

랜슬롯이 방 한구석 빛나는 갑옷의 몸통에 기대어놓았던 자신의 방패를 한 손으로 가뿐히 들어 여자 앞에 내려놓고서 말했다.

"고마운 사람의 진심을 투구에 감는 것은 기사의 명예요. 고맙소." 그가 여자가 건넨 소매를 받았다.

"받아주시는 건가요?" 엘라인의 한쪽 뺨에 미소가 번졌다. 은방울 꽃에 아침 해가 비쳐 우거진 나무에 맺혔던 이슬이 흔적도 없이 마르는 듯했다.

"내일 경기에서는 쓰지 않을 이 방패를 유품으로 남기겠소. 경기가 끝나고 이곳에 다시 들를 때까지 간직해주시오."

"소중히 간직할게요." 여자는 무릎을 꿇고 두 손으로 방패를 안았다. 랜슬롯은 엘라인이 준 긴 소매를 눈썹 부근까지 들어 올리더니 말했다. "참으로 붉구나."

그때 까마귀가 울며 망루 위를 지나갔고, 밤하늘은 희붐하게 밝았다.

◀ 4. 죄 ▶

아서를 미워해서가 아니라 랜슬롯을 사랑해서라고, 기네비어는 마음속으로 자신을 타일렀다.

북쪽에서 열린 경기가 어느덧 끝나고 그곳에 갔던 사람들은 모두 저택으로 돌아왔으나 랜슬롯만은 그림자조차 보이지 않았다. 돌아오기를 바라던 사람의 소식은 끊기고, 그저 볼일 없는 이들만이 말머리를 나란히 하고 카멜롯으로 돌아왔다. 하루가 가고 이틀, 사흘이 지나 열흘을 손꼽아 기다린 오늘까지도 여전히 돌아오리라는 희망을 놓지 않았다.

"여태 오지 않는 사람은 대체 누가 붙잡고 놓아주질 않는 건지."

아서가 덤덤하게 말했다.

높은 방의 정면에 돌로 쌓은 두 계단 중앙에는 두툼한 양탄자가 덮여 있었다. 단 위의 커다란 의자에 아서가 유유히 기대앉아 있었다.

"붙잡는 해도, 달도 없는데." 기네비어가 대꾸하는 둥 마는 둥 하며 얼렁뚱땅 넘어갔다. 그녀는 왕에게서 두 자 정도 왼쪽으로 떨어진 의자에 앉아 있었다. 가냘픈 손가락은 깍지를 낀 채였고 무릎 아래는 긴 치맛자락에 가려서 구두조차 똑똑히 보이지 않았다.

데면데면하게 대답했으나 그 사람의 이름을 듣기만 해도 마음이 두근거렸다. 모처럼 이야기꽃이 피었는데 분위기가 냉랭해지자 뭔가 억울했다. 기네비어는 다시 입을 열었다.

"늦게 간 사람은 늦게 와야 한다는 규정이라도 있나요?" 덧붙이는 그녀의 한쪽 뺨에 웃음이 번졌다. 여자의 웃음은 때론 위험하다.

"늦는 이유는 규정이 아니라 사랑의 법칙 때문이오." 아서도 잔잔한 미소를 지었다. 아서의 미소에는 특별한 의미가 있었다.

사랑이라는 말을 듣자마자 화들짝 놀란 기네비어의 가슴이 마치 송곳에 찔린 것처럼 아파왔다. 귓속에서는 쏴 소리가 나고 얼굴이 후

끈 달아올랐다. 아서는 짐짓 모르는 체했다.

"그 소매의 주인이야말로 진정 아름답겠지……."

"소매라니요? 소매의 주인이라니요? 아름답다니요?" 기네비어는
숨을 헐떡였다.

"투구에 하얀 깃털을 꽂고, 투구를 쓰기 전에는 머리에 빨간 천을
감았소. 어떤 사람이 떠나보내면서 준 선물인 듯했소. 그러니 매인
거지." 아서는 다시 껄껄 웃었다.

"그 사람의 이름은요?"

"이름은 모르겠소. 그냥 아름다워서 아름다운 소녀라고 부른다더
군. 지난 열흘 동안 매여 있었고, 이 행운의 사나이는 며칠 더 머물다
가 돌아오겠다더군. 당장 카멜롯으로는 오지 않을 거요."

"아름다운 소녀! 아름다운 소녀!" 연달아 외친 기네비어는 밑창이
얇은 구둣발로 돌바닥을 세 번 굴렀다. 어깨에 걸쳐진 두 자 남짓한
길이의 머리카락이 가닥가닥 흘러내리며 찰랑거렸다.

남편을 두고 변심해서는 안 된다는 신의 가르침은 고리타분하다.
신의 길을 따르면 마음이 평안해지는 것도 모르는 바가 아니다. 그러
나 그 사람 때문에 기꺼이 마음의 평화를 내팽개쳤다. 마음 탓인지
봄바람에 꽃봉오리가 저절로 벌어졌다. 꽃에 죄가 있다는 말은 후세
사람들이 만들어낸 말에 불과하다. 사랑을 비치는 거울이 맑은 것은
거울 덕이다. 사랑하는 마음을 환하게 비치는 거울 덕분에, 사람과
세상으로부터 버림받았을 때 위로를 얻었다. 그렇게 생각하기로 마
음을 정한 지금 내가 서 있던 발판이 뒤집혔음에도 발꿈치를 받쳐주

는 먼지 한 톨조차 없다. 서로를 저절로 끌어당기는 철과 자석처럼, 허물도 두려워하지 않고 세상의 꺼리는 이목만 이겨낸다면 영원히 행복하리라 믿었다. 그런데 자석이 부싯돌로 바뀌는 바람에 철은 무한한 허공으로 빨려 들어가 저승에 떨어졌다. 내가 앉은 의자의 바닥이 꺼지고, 내가 올라선 단의 바닥이 무너지며, 내가 밟고 있는 땅 표면이 갈라져서 나를 받치는 모든 것이 사라진 것과 다를 바 없다. 기네비어는 팔짱 낀 손을 가슴 앞에 모은 채 양쪽에서 뼈가 으스러지도록 눌렀다. 스스로 버거워서 손을 떼고 남모르는 고민을 털어놓을까 생각하기도 했다.

"무슨 일이야?" 아서가 물었다.

"무슨 일인지 모르겠어요." 그 대답은 아서를 속이려고 한 것도, 자신을 위해 꾸며낸 것도 아니었다. 사실은 엉겁결에 툭 튀어나왔으나, 모르는 것을 모른다고 했을 뿐이었다.

밀물 때는 썰물 때와 달리 파도가 돌변하여 절벽이 깎여 나갈까 의심스러울 만큼 무시무시한 기세로 절벽에 덤벼든다. 우연히 들은 소식에 놀라고 당황한 기네비어는 이성을 잃어 거의 제정신이 아니었다. 이내 정신을 차렸으나 그에 대한 그리움은 평소보다 더 애틋해졌다. 아서가 도무지 이해할 수 없다는 듯한 표정으로 그녀를 바라보며 눈살을 찌푸렸다. 그제야 자신의 남편이 다름 아닌 아서라는 사실을 깨달았지만, 기네비어의 눈에 비친 아서는 조금 전의 아서가 아니었다.

남에게 상처 입힌 죄를 뉘우칠 때 가장 죄책감을 느끼는 순간은 순간은 정작 상처 입은 사람이 그 상처를 깨닫지조차 못하고 있을 때다. 기독교도를 채찍질한 죄에 관한 두려움은 응당 받아야 할 벌을 받지 않은 죄책감 때문에 느끼는 것이다. 따라서 자신을 의심하는 아서에게 부끄러웠지만, 마음속으로 자책하던 때만큼 아프지는 않았다. 기네비어는 추위처럼 뼈에 사무치는 두려움에 몸을 옹송그렸다.

"역지사지로 생각하시오. 연모하는 사람이 없었던 옛날이라면 모를까, 시집온 지도 여러 밤이 지났소. 빨간 소매의 주인이 랜슬롯을 생각하는 마음은 당신이 나를 생각하는 마음과 같아야 할 것이오. 그와 같은 선물을 받는다면 나도 열흘이고 스무 날이고 돌아오기를 잊을 테니, 그를 욕하는 건 치사한 짓이오." 아서가 미심쩍은 표정으로 왕비를 보았다.

"아름다운 소녀!" 엘라인을 가리키는 그 말을 기네비어는 세 번 반복했다. 날카로운 목소리로 말한 건 아니었다. 그렇다고 동정하는 것처럼 느껴지지도 않았다.

아서가 의자에 기댄 몸을 약간 돌리며 말했다.

"당신과 내가 처음 만났던 날을 기억하시오? 열 자 남짓한 돌 십자가를 땅속 깊이 묻은 날은 담쟁이덩굴이 자라기 시작한 봄쯤이었지. 길을 잃고 성당에 잠시 쉬러 들어갔을 때, 은에 아로새긴 제단 앞에서 구름처럼 풍성한 금발에 어깨부터 걸친 하늘색 옷을 입은 채 서 있던 사람은 누구였소?"

"아아!" 여자는 떨리는 목소리로 그렇게만 말했다. 그립지도, 그립지 않은 것도 아닌 옛날, 지금은 그저 잊는 것만이 마음의 평화를 얻는 길이라 믿으려던 차에 홀연히 떠오르는 생각을 견딜 수가 없었다.

"불안한 마음을 안은 채, 버리고 간 사람이 돌아오길 기다릴 것이라며 풀 죽어 말하던 당신의 목소리를 듣기 전까지는 하늘에서 내려온 마리아가 성당의 신단에 서 있는 줄로만 알았소."

가는 세월은 쫓아가도 돌이킬 수 없으니 영원히 어둠에 묻어둘 수도 없다. 생각하지 않겠노라고 맹세한 마음에 명중한 오래된 불꽃도 있다.

"함께 저택으로 돌아가지 않겠느냐고 하자, 금빛 머리카락을 움직이며 '어디로'라고 묻고서는 고개를 끄덕이……" 아서는 말하다 말고 몸을 일으켜 양손으로 기네비어의 뺨을 감싸고 얼굴을 들여다보았다. 새로운 사랑의 물결이 새로운 기억에 이끌려 또 한 차례 밀려온 것이리라. 왕비의 뺨은 시체를 끌어안은 듯 차가웠다. 아서는 얼떨결에 뺨을 감싸던 손을 뗐다. 때마침 멀리 화랑에서 발소리가 들리고, 수많은 사람이 고래고래 욕을 퍼붓는 소리가 점차 아서의 방에 가까워졌다.

방 입구에 친 두꺼운 커튼은 묶지 않고 길게 늘어뜨려 바닥을 가리고 있었다. 발소리가 문 가까이에서 잠시 멈추더니, 머리숱이 많고 키 큰 사내가 드리워진 커튼을 가르며 나타났다. 모드레드였다.

모드레드는 인사도 하지 않은 채 방 안으로 성큼성큼 걸어 들어와 왕이 서 있는 단 아래에 멈춰 섰다. 뒤이어 아그라베인이 들어왔다. 헐렁한 소매 바깥으로 드러난 팔뚝이 우람하고 빳빳한 목깃에 꽉 긴 목이 빨갛게 변할 만큼 뚱뚱한 남자였다. 두 사람이 들어온 후 기사들이 헤아릴 틈도 없이 앞다투어 우르르 몰려 들어와 모드레드의 뒤로 죽 늘어섰다. 전부 열두 명. 아무래도 심상치 않았다.

모드레드가 왕에게 숙였던 머리를 들더니 굵고 낮은 목소리로 말했다.

"죄지은 자를 벌하는 것이 왕의 일 아닙니까?"

아서는 새삼스럽다는 표정으로 대답했다. "물으나 마나 한 말이지."

"죄를 지으면 지위가 높은 사람이라도 물러나야 하지 않습니까?" 모드레드가 다시 왕에게 물었다.

아서는 가슴을 두드리며 말했다. "부정한 자는 황금 왕관을 쓸 수 없네. 임금의 옷은 악을 숨기지 않아." 그가 단 위에서 발돋움했다. 가슴을 펴자 어깨에서 묶은 주홍빛 옷자락이 벌어지며 눈처럼 하얀 안감이 빛났다.

"죄지은 자를 용서하지 않겠다고 맹세하신다면, 곁에 앉아 있는 여자도 용서하셔서는 안 됩니다." 모드레드가 주눅 들지 않고 한 손가락으로 기네비어의 미간을 가리켰다. 기네비어는 자리에서 벌떡 일어났다.

어리둥절한 아서는 순간 번갯불에 맞아 목소리를 잃은 듯, 땅 위로 솟은 큰 바위처럼 자신의 앞에 서 있는 이를 지켜보았다. 기네비어가 입을 열었다.

"내가 죄를 지었다고 모함하는 것인가? 대체 무슨 죄목과 증거로? 거짓이 있다면 하늘도 나를 굽어살피실 것이다." 기네비어가 하늘 높이 가냘픈 손을 쳐들었다.

"당신의 죄는 하나, 랜슬롯에게 물으시오. 그것이 증거요." 모드레드가 눈을 부릅뜨며 말하자 뒤에 늘어선 열두 명의 기사들도 하나같이 오른손을 높이 치켜들더니 저마다 말했다. "신도 그 죄를 알고 계시오. 그러니 벌을 면할 수 없을 것이오."

기네비어는 쓰러질 듯 휘청거리더니 벽걸이 장식을 잡고 버티며 희미하게 외쳤다. "랜슬롯!" 왕은 망설였다. 어깨에 걸친 주홍빛 옷자락을 펄럭이며 오른 손바닥을 들어 열세 명의 기사를 저지한 채 갈팡질팡했다.

"검구나, 참으로 검어." 이때 저택 안에서 외치는 소리가 낮은 돌담에 반사되어 멀리 깊고 어두운 곳으로부터 부는 삭풍처럼 들려왔다. 이윽고 녹슨 쇠사슬이 삐걱거리더니 강의 수문을 여는 소리가 하늘에 울려 퍼졌다. 저택 안의 사람들은 서로 얼굴을 마주 보았다. 예삿일이 아니었다.

◖ 5. 배 ◗

"투구에 감은 비단의 색채에 창을 맞댄 적의 눈도 번쩍 뜨이는 듯했어. 랜슬롯은 그날 경기에서 20여 명의 기사를 쓰러뜨리고 물러나기 직전에야 비로소 어떤 이의 이름을 댔지. 놀란 사람들이 정신을 차리기 전에, 그는 나와 함께 경기장을 나섰어. 행선지는 물론 애스틀랫이었고."

경기가 열린 지 사흘이 지나서 애스틀랫으로 돌아온 라벤이 아버지와 여동생에게 말했다.

"랜슬롯은?" 놀란 아버지가 두 눈을 치켜뜨며 말했다. "아아!" 외마디 신음을 내는 여자의 머리에 꽂힌 화사한 꽃이 파르르 떨렸다.

"20여 명의 적과 싸우는 동안 누군가의 창에 맞았는지 갑옷의 몸통이 두 치 정도 흘러내려 왼쪽 허벅지에 상처를 입고……."

"상처가 깊었나요?" 여자가 눈을 휘둥그레 뜨며 마른침을 삼켰다.

"말을 탈 때 참지 못할 정도는 아니었어. 여름 해가 더디게 저물어 가는데, 저녁때는 푸른 풀이 우거진 들판만 걸어서 말발굽이 이슬에 젖었지. 우리는 한마디도 주고받지 않았어. 랜슬롯이 무슨 생각에 잠겼는지는 모르지만, 나는 낮에 보았던 다시없을 화려한 경기를 회상하고 있었지. 주변에 나무라고는 없어서 바람이 나뭇가지에 스치는 소리도 없었고, 땅을 울리는 말발굽 소리만 높았어. 잠시 후 우리 앞에 두 갈래 길이 나타났지."

"거기서 왼쪽으로 꺾으면 여기까지 10마일 거리지."

노인이 유식한 체하며 말했다.

"랜슬롯은 말 머리를 오른쪽으로 돌렸어요."

"오른쪽? 오른쪽은 샬럿으로 가는 길인데, 필시 15마일쯤 될걸." 역시 노인의 설명이었다.

"샬럿으로 향하는 길을 따라갈 때 그는 내가 뒤에서 아무리 불러도 돌아보지 않았어요. 그저 말발굽 소리만 내며 갔어요. 어쩔 수 없이 나도 따라가려 했지요. 방향을 바꾸려 말 머리를 돌렸을 때 신기하게도 말이 앞발을 버둥거리며 괴상한 소리로 울더군요. 말 우는 소리가 끝없이 펼쳐진 여름 들판으로 퍼져나가다가 이내 사라지고, 버둥거리던 말의 고삐를 당겼을 때 랜슬롯은 희미한 어둠 속으로 자취를 감춘 후였습니다. 나는 안장을 두드리며 뒤쫓았지요."

"따라잡았어?" 아버지와 여동생이 한목소리로 물었다.

"따라잡기에는 이미 늦었어. 나는 어둠 속에서 가쁜 숨을 하얗게 몰아쉬는 말을 더더욱 채찍질해서 먼 길을 쏜살같이 내달렸어. 그 사람인가 싶은 검은 그림자가 두 정쯤 앞에 나타난 순간 있는 힘껏 '랜슬롯!' 하고 소리쳐 불렀지만, 검은 그림자는 듣지 못했는지 말발굽 소리만 희미하게 나더라고. 그림자가 별반 서두르는 것 같진 않았는데 묘하게도 쉽사리 따라잡을 수 없었어. 간신히 한 정가량 거리를 좁혔을 때 검은 그림자는 밤의 어둠에 빨려 들어간 듯 갑자기 사라졌어. 그 상황이 좀처럼 이해되지 않았던 나는 점점 더 빨리 쫓아갔어. 말발굽이 부서져라 달려서 샬럿의 입구에 걸린 돌다리 앞에 선 순간, 말의 앞발에 무언가가 걸려 몸이 심하게 휘청하면서 말과 함께 그대로 앞으로 고꾸라졌지. 순간 돌 위에 떨어진 줄 알았는데, 알고 보니 돌이 아니라 나보다 먼저 넘어진 사람이 입고 있던 갑옷의 소매였어."

"위험해!" 노인이 눈앞에서 벌어진 일인 양 외쳤다.

"위험한 건 내가 아니었어요. 나보다 먼저 넘어진 랜슬롯이었지요……"

"넘어진 사람이 랜슬롯이었어?" 기겁하며 소리친 여동생이 의자의 가장자리를 꽉 쥐었다. 의자 다리가 부러져서 그런 게 아니었다.

"다행히 다리 옆 버드나무 숲속에 사람이 사는 것처럼 보이지 않는 자그마한 암자가 있었어. 혹시나 해서 두드려보니 세상을 등진 은둔자가 살고 있었어. 몸이 얼음장처럼 차가운 그 사람을 둘러업고 얼른 안으로 옮겼지. 투구를 벗겨보니 눈까지 얼었더라고……."

"약초를 캐고 삶는 일은 은자들이 늘 하는 일이지. 그래서 랜슬롯은…… 살려냈느냐?"

아버지가 말을 다 듣지도 않고 끼어들었다.

"살려내기는 했습니다. 하지만 산송장이나 매한가지였어요. 정신을 차린 랜슬롯은 온전한 상태가 아니었지요. 악마에게 씌어 헛소리하는 사람처럼 무심코 터무니없는 말만 했는데 어떨 때는 죄, 죄라고 외치고, 어떨 때는 왕비, 기네비어, 샬럿이라고 했어요. 은둔자가 정성껏 달인 약초의 향기도 그의 이상해진 머리를 식힐 만큼 서늘한 기운을 불어넣지는 못했습니다."

'그의 머리맡에 내가 있었더라면.' 소녀는 생각했다.

"하룻밤이 지나고 나서야 겨우 평온해져 예전의 조용한 모습이 얼핏얼핏 보일 무렵, 랜슬롯이 내게 떠나라고 말했어요. 그러나 마음이 놓이지 않은 은둔자는 떠나지 말라고 했지요. 그렇게 이틀이 지나고 셋째 날 아침, 잠에서 깬 나와 은둔자가 환자의 안색이 어떤가 살펴러 갔는데 그는 사라지고 없었습니다. 자신이 누워 있던 곳의 낡은 벽에 '죄는 나를 쫓고 나는 죄를 쫓는다'라는 글을 칼끝으로 새겨놓았더군요."

"달아난 게냐?" 아버지가 물었고, 여동생은 "어디로?"라고 물었다.

"어디로 갔는지 알면 편지를 보냈겠지. 광활한 여름 벌판에 부는 바람은 끝을 알 수 없어. 동서로 해가 지나는 길목은 확인하기 힘든데, 그는 결국 돌아오지 않았어. 은둔자가 말하길 그는 병이 나은 줄 알고 떠났겠지만 지금 생명이 위독하다더군. 그가 미친 듯이 달려간 곳은 카멜롯일 거라고 했어. 비몽사몽간에 했던 말을 생각하면 그렇게 추측할 수도 있지만, 내 생각에는 꼭 그런 것 같지는 않아."

라벤은 호언장담하며 술잔에 담긴 쓴 술을 단숨에 들이켰다. 동생은 자리에서 일어나 자신의 방으로 들어갔다.

봄철 꽃 속에서 노니는 나비의 날갯짓을 보고 있노라면 온 천하의 근심을 모르는 듯하다. 그러나 해가 져서 달마저 어둠 속에 숨은 쌀쌀한 밤이나, 이슬이 내리는 우거진 숲을 생각하라. 그 얇디얇은 날개를 팔랑거리며, 저 세상의 넓은 들판에 작은 가조각假爪角●만 한 것으로 숨어 있다고 생각하라. 접은 날개에 맺힌 이슬의 무게에 겨워 꿈조차 괴로울쏘냐. 끝을 알 수 없는 벌판에서 무기력한 몸을 움츠린 채 바람결에도 부서질까 걱정하는 삶은 쓸쓸할 것이다. 엘라인은 오래 버티지 못했다.

엘라인은 방패를 보며 지냈다. 랜슬롯이 맡기고 간 방패에는 한 기사가 키 큰 여자 앞에 무릎을 꿇고서 사랑과 신의를 맹세하는 모습이 그려져 있었다. 기사의 갑옷은 은, 여자의 옷은 타오르는 불꽃 같은 색이며, 바탕은 검은색에 가까운 남색이었다.

엘라인은 방패 속의 여자를 본인이라고 여기고 무릎 꿇은 기사를

● 비파를 탈 때 줄을 짚기 위하여 오른손의 검지와 중지, 약지에 끼우는 뿔로 만든 두겁.

랜슬롯이라고 생각하기까지 했다. 자신도 모르게 마음속을 비집고 나온 간절한 바람이 방패의 표면에 고스란히 투영됐을 것이다. 그렇게 엉뚱한 토대를 구축한 뒤 상상 속에서 거짓을 일삼았고, 그 거짓은 거짓된 미래마저 낳기도 했다.

거듭된 공상은 아이가 작은 돌로 탑을 쌓으며 놀다가 발로 차서 쓰러뜨릴 때처럼 허무하게 무너져내렸다. 그후 정신을 차릴 때면 랜슬롯은 없었다. 정신이 나간 채 멀리 카멜롯으로 달려간 사람이 내 곁에 있을 까닭이 없잖아. 헤어질 때 맹세조차 나누지 않았으니, 거미줄을 쳐서 1000리 밖에 있는 그를 쫓아가 마음을 떠볼까. 랜슬롯과 나는 무엇을 맹세했지? 엘라인의 눈에서 눈물이 흘러내렸다.

눈물을 흘리며 엘라인은 다시 생각했다. 랜슬롯은 맹세하지 않았어. 나 홀로 한 맹세가 변할 리 없지. 둘이서 같이해야만 맹세인가. 나 홀로 영원히 사랑하기로 한 약속도 맹세야. 이 맹세만은 깨지 않겠노라고 스스로 다짐했다. 엘라인의 뺨은 점차 생기를 잃었다.

죽음은 두렵지 않았으나 죽은 뒤에 랜슬롯을 만나지 못하는 것은 두려웠다. 그러나 이승에서 만날 수 없다면 차라리 다음 생에 편히 만나는 편이 낫다는 생각도 들었다. 양귀비꽃이 지는 모습을 슬프게만 보지 마라. 꽃이 져야 또다시 꽃 피는 여름이 오는 법. 엘라인은 곡기를 끊었다.

불이 봄의 들판을 태우듯 엘라인은 삽시간에 무너져내렸고, 옷의 무게만으로도 버거운 그 작은 가슴은 깊은 근심으로 뼈를 깎는 고통 속에서 갈가리 찢겼다. 지금까지는 목숨이 길다고만 생각했다. 영원히 살게 해달라고 욕심을 부리지는 않았어도 죽음은 꿈에서조차 생각해본 적이 없었다. 요즘 비로소 봄이 짧게 느껴져 유심히 세상을 살펴보니 대낮에 벌어지는 꽃봉오리에도 한은 있었다. 둥글게 비치는 보름달의 내일을 물으면 쓸쓸했다. 엘라인이 이 세상에 존재하는 유일한 이유는 죽음이었다.

이제 목숨이 얼마 남지 않았다고 생각했을 때, 엘라인은 아버지와 오빠를 머리맡으로 불러 말했다. "저를 위해서 랜슬롯에게 보내는 글을 써주세요." 아버지는 펜과 종이를 꺼내어 꺼져가는 생명이 남기는 말을 일일이 받아 적었다.

"하늘 아래에 연모하는 사람은 그대뿐이에요. 그대 한 사람 때문에 죽는 나를 불쌍히 여겨주세요. 아지랑이가 피어오르는, 길게 흐트러진 검은 머리가 흙이 된다고 할지라도, 가슴에 새긴 랜슬롯이라는 이름은 세월이 흘러 후세가 와도 지워지지 않을 거예요. 사랑의 불꽃에 물든 글자가 흙과 물의 운명을 이어받을 이유는 없을 테지요. 속눈썹에 맺힌 이슬방울에 비치는 듯싶다가 부서지는 여린 그대의 모습, 그렇게 여린 내 목숨을 위해서도 부디 눈물 흘려주세요. 죽는 날까지 제가 청순한 처녀였음을 예수님도 아실 거예요."

다 쓴 편지는 글자가 엉망이어서 똑바로 알아볼 수 없었다. 노인의 손이 떨렸기 때문인지, 슬픔 때문인지는 알 수 없었다.

여자가 다시 말했다.

"숨이 끊어져 몸이 식기 전에 이 편지를 오른손에 쥐여주세요. 손과 발 모두 싸늘하게 식은 뒤에는 온갖 아름다운 옷으로 저를 치장해서 검은 천을 빈틈없이 깐 작은 배에 태워주시고요. 산과 들에 핀 하얀 장미, 하얀 백합을 전부 따다가 배에 뿌린 뒤 띄워 보내야 해요."

이 말을 끝으로 엘라인은 눈을 감았다. 두 번 다시 잠든 눈을 뜨지 않으리라. 아버지와 오빠는 유언대로 순순히 가엾은 소녀의 유해를 배에 실었다.

엘라인은 잔물결조차 없이 잠잠하며 오래된 강 위에 띄워졌다. 죽어서 바람이 부는 것을 모르는, 평온한 얼굴이었다. 배는 이제 초록으로 뒤덮인 그늘을 떠나 중류로 나아갔다. 노를 젓는 이는 오직 한 사람, 백발에 흰 수염을 기른 영감이었다. 천천히 떠가는 배의 주변에 이는 물결이 늘쩍지근하게 움직여서 노를 한 번 저을 때마다 납덩이 같은 빛으로 반짝였다. 배는 물 위에 뜬 채로 잠든 수련 사이를 소리 없이 지나갔다. 꽃받침이 기울어진 꽃은 배가 지나간 뒤에는 가볍게 이는 물결에 잠시 흔들렸지만, 곧 평소의 고요한 모습으로 돌아갔다. 떠밀려 갈라졌다가 다시 떠오른 잎의 표면에는 때아닌 이슬방울이 송골송골했다.

배는 아련히, 그리고 정처 없이 떠났다. 아름다운 유해와 옷, 아름다운 꽃, 그리고 사람으로 보이지 않는 일개 노인을 태우고. 노인은 말하지 않았다. 그저 기다란 노로 잔잔한 물결을 가르며 계속해서 나아갈 뿐이었다. 나무에 새긴 사람을 채찍질로 일어나게 한 듯, 노를 젓는 팔 외에는 살아 있는 곳이 없어 보였다.

눈보다 흰 백조가 펼친 날개를 다시 접고 파도를 가르며 왕처럼 긴 목을 꼿꼿이 세운 채 조용히 물 위를 지나갔다. 주위를 압도하는 그 고상한 모습에서는 그 어떤 걱정도 엿보이지 않았다. 노인은 뱃머리에 서서 한눈팔지 않고 열심히 노를 저었다. 배는 새의 날개가 가르는 물결과 엇갈리며 나아갔다. 양쪽 기슭의 버드나무는 푸르렀다.

배가 샬롯을 지날 무렵, 왼쪽 기슭에서 들려온 정처 없이 슬픈 목소리가 오래된 물의 적막을 깨고 잔잔한 물결 위로 퍼졌다. "이승을…… 생시…… 에 살면……." 그 소리는 긴 여운을 남겼다가 또다시 잠깐 끊겼다. 듣는 사람은 죽은 엘라인과 그 옆에 앉은 노인뿐이었다. 노인은 귀를 기울이지 않았다. 아니, 귀가 들리지 않는 듯했다. 그저 노로 잔잔한 물결을 가르며 계속해서 지나갈 뿐이었다. 하늘은 솜을 타서 두껍게 깐 것처럼 무겁게 내려앉았다. 흐르는 물을 사이에 두고 양쪽 기슭에 서 있는 버드나무들은 온통 파랗고 연기로 자욱했다. 이승과 저승의 경계에 서서 방황하는 사람들이 있고 그들의 영혼을 늘어세운다면 분명히 이 광경과 같을 터였다. 배를 타고 다른 세계로 가는 그림 같은 소녀를 줄지어 서서 배웅하는 것이리라.

배는 카멜롯의 수문에서 멈췄다. 백조의 그림자는 어느덧 파도에 가라앉고, 낭떠러지 높이에 우뚝 솟은 누각은 물에 검게 비쳐서 끔찍한 풍경을 자아냈다. 수문이 좌우로 열리고 나타난 돌계단 위에는 아서와 기네비어를 선두로 한 성안의 남녀가 전부 모여 있었다.

엘라인의 시체는 이제껏 본 시체 중 가장 아름다웠다. 구름처럼 흩어진 금발에 묻혀 생긋이 시치미를 뗀 듯한 표정으로 누워 있는 그 모습. 육신에 달라붙은 모든 부정을 씻어낸 뒤 이목구비에 드러난 모습은 맑고 또 지극히 청순했다. 고통과 근심, 원한, 분노 등 이 세상

불길한 것들의 흔적이 없다면 흙으로 돌아갈 사람으로는 보이지 않는다.

왕은 엄숙한 목소리로 물었다. "누구인가?" 노 젓는 손을 멈춘 노인은 목소리를 잃은 듯 입을 열지 않았다. 기네비어가 돌계단을 걸어내려와 흩어진 백합 속에 누운 엘라인이 오른손에 쥔 편지를 집어들었다. 그러고는 궁금해하며 봉투를 뜯었다.

"……아름다운…… 사랑, 색이…… 비치네." 그때 슬픈 목소리가 다시 물을 건너 들려오더니 가느다란 실을 흔들어 물결을 일으킬 때처럼 사람들의 귀를 관통했다.

편지를 다 읽은 기네비어는 몸을 뻗어 배 안에 누운 엘라인의 투명한 이마에 떨리는 입술을 대며 말했다. "아름다운 소녀!" 동시에 뜨거운 눈물 한 방울이 엘라인의 차가운 뺨 위로 떨어졌다.

열세 명의 기사는 서로의 눈을 바라보았다.

맥베스의 유령에 관하여

자연의 법칙과 동떨어지거나 물질계의 원리에 어긋나는 사건들, 혹은 현대 과학으로 밝히기 힘든 사건들은 종종 시나 산문에 담기기도 한다. 따라서 문필가는 초자연적 현상을 일컫는 어절을 등한시할 수 없다. 비록 요긴한 어절이 아니라고 해도, 과학으로 겹겹이 포장된 고상한 시어를 냉철하게 부감하는 이유를 논하는 일은 학생이 연구할 가치가 있는, 꽤 흥미로운 문제다.

셰익스피어의 비극 『맥베스』에 등장하는 유령은 분명히 이 어절 안에 속한다. 따라서 자세히 논하기에 앞서 말한 것과 같은 문제의 명확한 해결책부터 제시해야 하겠지만, 조사할 여유가 없으므로 생략하겠다. 이처럼 논증을 잠시 미뤄두기로 한 나는 한마디로 심오한 잡귀신牛鬼蛇神* 이야기, 이상한 버릇을 가진 귀신의 이야기, 그 밖의 이른바 초자연적 현상을 일컫는 어절들이 동서문학의 알맞은 자료라는 결론을 내렸다. 이 이론을 읽고자 하는 사람은 일단 서두에서 밝

---

* 소귀신과 뱀 귀신이라는 뜻이다. 온갖 잡귀신이나 악인을 비유하는 고사성어로, 당나라 때의 시인 두목杜牧이 이하李賀의 시를 평한 글에서 유래했다.

311

힌 주장에 동의하거나 이를 가설로 인정해야 한다. 유령이 등장하는 문제 자체를 두고 섣불리 가타부타 논하다가는 흥미가 사라지면서 결국 논점에서 벗어나고 만다.

맥베스는 계산적인 사람이다. 또한 상상력이 뛰어나고 시상이 풍부하다. 일단 문을 나서서 왼쪽으로 한 걸음 가면 결코 오른쪽으로는 말 머리를 돌리지 못하는, 아니, 아예 오른쪽으로는 갈 생각을 하지 않는 사람이다. 국왕으로 재위하는 동안 다시없을 정력가는 아니었다 해도, 굳세고 의젓하게 항간의 고초를 견뎌낼 만한 사내였다. 뒷일을 생각하여 일신의 안녕을 꾀하므로 현자라고는 할 수 없지만, 목적한 바를 이루고자 타고난 머리로 추리하는 지략가다. 졸렬한 꾀와 더럽고 치사한 계략도 태연자약하게 꾸밀 수 있는 천성을 지닌 사람이다. 극 중에 발생하는 비참한 사건은 모두 이 약삭빠른 성격이 진화한 결과다. 주인공의 선천적인 성격 또한 귀신의 울음소리가 들려오는 상황에 맞춰서 적나라하게 드러난다. 부귀영화를 누리고픈 욕망에 사로잡혀 밤잠을 설치던 그는 결국 국왕을 시해하고 세 번의 살인을 저지르는 지경에 이른다. 허공에서 들려온 말 한마디에 이끌려 덩컨 왕을 시해하기 위해 비수를 들고 주홍색 커튼 너머로 비치는 침대를 향해 다가간다. 과연 그는 계획대로 인자한 왕을 죽일 수 있을까. 새삼 마음이 편치 않다. 너는 잠들지 못하리라는 환청이 들린다. 세상의 물을 한없이 쏟아부어도 양손에 묻힌 피를 씻을 길이 없음을 안다. 그는 그저 잠이 들기를, 그리고 피가 씻기기만을 바란다. 이러한 수단을 쓰더라도 간절한 소원을 이루는 것 외에는 물러설 길이 없음을 깨닫는다. 자신의 피로 속죄하고 지하에서 안식을 누린다는 쉬운 길을 택하지 않은 그는 영원히 남의 잠을 빼앗아야만 잠들 수 있고, 남의 피를 부어야만 손을 씻을 수 있다. 그래서인가 재차, 삼차 사람을 죽인다. 덩컨을 시해하는 것만으로는 잠들 수가 없으니 뱅쿠오마저 죽인다. 뱅쿠오를 죽인 그의 손은 점점 더 붉게 물들고, 그후에는 맥더프 일족을 몰살한다. 첫발을 잘못 내디딘 그가 원하는 바는 오로지 영혼의 위로다. 이 위로를 얻기 위해 그가 시종일관 선택한 유일한 수단은 살인이다. 그리고 덩컨에 이어 뱅쿠오를 죽인 날 밤, 성대한 연회를 즐기던 맥베스 앞에 그 유명한 유령이 두 번 등장한다. 후대의 학자들은 이 장면을 분석해서 번갈아 다른 의견을 제기했다. 먼저 나온 망령은 덩컨이고 나중에 나타난 유령은 뱅쿠오라는 의견과, 전자야말로 뱅쿠오고 후자는 덩컨이라는 의견이 그것이다. 혹자는 전자나 후자나 모두 똑같은 뱅쿠오의 원귀라고 주장한다. 이 유령에 관한 전문가의 시각을 논평하고, 그에 대한 결론과 함께 일반 독자에게서 가르침을 얻고자 이 글을 쓴다.

앞서 언급한 논점들이 삭제되거나 오염되는 폐해를 막기 위해 이를 세 가지로 나누어 차례대로 해명하도록 하겠다. (1) 이 유령은 하나인가, 둘인가. (2) 만일 하나라면 그것은 덩컨의 혼령인가, 뱅쿠오의 혼령인가. (3) 맥베스가 본 유령은 환영인가, 환상인가. 여기서 첫 번째와 세 번째는 단지 두 번째 항목에 부수적으로 생기는 의문일 뿐이다. 즉 이 연구의 토대는 바로 두 번째 항목이다.

(1)

전문가는 논평에서 이 유령이 덩컨인지 뱅쿠오인지의 문제를 떠나, 유령의 수가 하나 혹은 둘이라고 단정하지는 않는다. 따라서 학자의 설을 예로 들어 설명했다가는 필시 두 번째 항목의 문제가 발생한다.

이에 대해 평론가 나이트와 시모어*는 이렇게 말했다. 우선 나이트는 뱅쿠오가 연회에 참석하지 않았다며 애석해하는 맥베스 앞에 뱅쿠오의 혼령이 다시 등장한다면, 그 장면은 예술의 극치가 아닐 것이라라고 이야기했다. 시모어는 더 나아가 똑같은 막에 똑같은 혼령이 다시 나타났다고 한들 얼마나 더 두렵고 뒤숭숭하겠느냐 물었다. 요컨대 유령의 정체에 관한 설명도 없이, 짧은 시간 안에 똑같은 망령이 연이어 등장하는 일은 예술적이지 못하다는 것이다.

이 두 사람의 주장에 수긍하려면 같은 장소에서 같은 일을 반복하는 잘못을 관객이 미리 눈치채는 일 자체가 없어야 한다. 그들의 명제 자체가 참인지도 의심스럽다. 중복을 피하는 것도 아름답지만, 중복 자체도 아름다울 수 있다. 문학은 감흥을 불러일으키는 수단이다. 시가를 짓는 솜씨로 감흥을 자아내지 못한다면 중복을 피한들 무슨 이득이 있을까. 중복을 위하여 빼어난 색채를 곁들이고 저민 고기 반쪽半臠을 넣어 깊은 맛을 낸다면, 중복은 많으면 많을수록 좋은 수단이 되는 동시에 문학의 극치를 이루게 된다. 이런 의미에서 본다면 시의 운각韻脚은 중복이다. 서로 대응하는 문장 또는 수사법을 통해 문장의 뜻을 점점 강하게, 혹은 크거나 높게 만들어 절정에 이르게 하

---

* 이 장에 나오는 평론가 중 대다수는 전체 이름을 확인할 수 없으나, 확인 가능한 인명에는 따로 주를 달아 표기했다.

는 '클라이맥스' 역시 어떤 의미에서는 중복이 될 수 있다. 소설에는 시종일관 중요한 역할을 담당하는 남자 주인공과 여자 주인공이 등장한다. 이 또한 명백히 일종의 중복이다. 그러므로 『맥베스』의 망령을 감상할 때 우리가 고려해야 할 점은 중복 그 자체가 아니라 중복이 됐을 때 감흥을 망치느냐 그렇지 않느냐에 있다. 만일 한 걸음 양보해서 중복이 예술이 아니라고 말한다 해도, 맥베스와 망령의 관계는 애초부터 온전한 중복이 아닌 것을 어찌할 것인가. 즉 나이트와 시모어의 안중에는 망령밖에 없다. 그러므로 재차 등장한 똑같은 망령을 보며 중복이라고 추측하는 것이다. 그렇지만 이 장면의 초점은 분명 망령에만 머물러 있지 않다.

맥베스는 이 연극의 주인공이자 이 장면의 주인공이다. 객석을 가득 메운 관객의 시선은 살인자 맥베스의 심리, 표정, 대사, 동작에 집중된다. 만일 첫 번째 혼령이 나오든 두 번째 혼령이 나오든 관객이 보는 맥베스의 심리, 표정, 대사, 동작이 한결같다면 이것이야말로 중복일 테다. 그러나 우리의 마음은 흐르는 물처럼 시시각각 끊임없이 변한다. 생활 속의 일상다반사 역시 그러하거늘 하물며 시적인 맥베스라면 어떨까. 잇달아 눈앞에 등장한 유령을 보고 평정심을 잃을 위기에 놓인 그의 처지를, 동요하는 그의 미묘한 내면이 겉으로 드러낸 흔적을 관객은 얼마나 다양한 방식으로 알아차리게 될까. 연극 전체의 중심이자 생생한 장면을 표현해내야 하는 주인공으로서 잇달아 등장하는 유령을 응시하며 체념하는 맥베스. 연회장의 모든 손님이 그의 신상에 벌어진 이러한 변화를 눈치챘다면 유령은 단지 조연

일 뿐, 전반부에서 감흥을 줄 만한 요소가 되진 않는다. 더군다나 중복해서 등장하는 유령조차 무의미하게 배치된 것이 아니다. 이 유령은 맥베스의 마음속에서 메아리치는 의심에 초점을 맞춰서 새롭게 삽입한 색다른 환영이다. 섬뜩한 분위기를 연출하기에 탁월한 선택임은 확실하다(시모어의 두 번째 질문에 대한 설명을 보라). 만일 리처드 3세가 열한 명의 남녀를 죽여서 열한 명의 영혼을 보고 맥베스는 덩컨과 뱅쿠오를 죽여서 그 두 사람의 환영을 보는 것이라고 말한다면, 나는 이렇게 답하겠다. 열한 명의 남녀는 제각기 내키는 대로 머리맡에 서 있는 것이고, 악랄한 맥베스에게 살해된 세 명 중 두 명은 게을러서 저승에서 이승으로 나오기를 귀찮아하는 것이라고.

(2)

앞서 말했듯이 유령은 둘 중 하나면 충분하다. 그렇다면 누가 좋을까. 유령은 뱅쿠오인가, 덩컨인가. 이 문제는 다음에 해석하기로 하겠다.

1836년, 존 페인 콜리어●는 저서 『셰익스피어에 관한 책The Dramatic Works of William Shakespeare』에서 의사 포먼의 기록을 공개했다. 포먼은 본인의 책에 실은 1610년 4월 20일 자 기사에서 이 비극에 관해 언급했는데, 아마도 그날 밤 글로브극장●●에서 「맥베스」를 관람하고 돌아와서 쓴 소회인 듯하다. 기사에 따르면 그날 밤 맥베스는 신료를 모아서 성대하게 연회를 벌이던 중 뱅쿠오도 이 자리에 있

● 1789~1883. 영국의 셰익스피어 평론가이자 위조자.

●● 1599년 버비지 형제가 런던 템스강 남쪽 사우스워크에 세운 팔각형 모양의 극장이자 셰익스피어가 속했던 극단 '로드 체임벌린스 멘Lord Chamberlain's Men'의 본거지로, 수많은 셰익스피어의 명작을 초연했다.

었으면 좋았으련만 하며 애석해했다. 그후 맥베스가 모든 사람을 위해 축배를 들려고 자리에서 일어선 틈을 타서 나타난 유령이 맥베스의 키만 한 의자에 앉았다. 다시 자리로 돌아가려고 몸을 돌린 맥베스는 유령과 얼굴을 마주했다. 그 순간 극도의 공포와 분노를 느낀 맥베스는 자기도 모르게 뱅쿠오가 죽은 사실을 떠벌렸고, 이에 그 자리에 있던 모든 사람이 비로소 뱅쿠오가 이 세상 사람이 아님을 알게 되면서 급기야 맥베스를 의심하기에 이르렀다.

이 기록 덕분에 사실상 의문의 절반은 풀렸다고 해도 과언이 아니다. 그러나 사실은 사실일 뿐이다. 허구가 극의 흥미를 더하거나 줄인다면, 평론가의 의무는 마땅히 이에 대해 논평하는 것이다. 또한 포면의 기록은 사실의 앞부분만 들춰낸 것에 불과하다. 그래서인지 전문가마다 각자 의견을 오만하게 내세우며 논쟁하기에 급급하고 있다.

시모어와 헌터처럼 맥베스의 양심을 자극하고 악행을 뉘우치게 한 첫 번째 환영은 인자하고 너그러운 덩컨이며, 두 번째 망령은 맥베스의 동료인 뱅쿠오라고 하는 평론가들도 있다. 이는 인간의 심리 작용을 몰라서 하는 말이다. 사람은 소중한 사람을 잊고 사소한 일을 염두에 둘 때가 있다. 가령 병든 부모보다 바둑에 더 신경을 쓰거나, 눈앞의 거지에게 푼돈을 주고 고향의 처자식을 등한시하는 식이다. 오밤중에 불이 나서 집으로 불길이 번지는 중이라면 불을 끌 생각을 하는 것이 옳은가, 아니면 작년에 파산한 은행에 정신이 팔려 있는 게 옳은가. 화재의 피해는 일시적이지만 파산은 평생의 재앙이다. 물론 경중을 가리자면 둘 다 우열을 가릴 수 없다. 그런데도 극의 흥미를 더하거나 줄이는 허구에 관해 논평해야 할 평론가가 이 사실을 잊고서 의무를 저버린다. 그런 비평가의 말을 따를 것인가? 발등의 불부터 꺼야 한다. 지금 덩컨과 뱅쿠오의 차이는 화재와 파산의 차이처럼 심하지 않다. 또한 어차피 둘 다 발등의 불이다. 맥베스의 마음은 큰 비중을 차지하는 덩컨은 잊고, 비중이 작은 뱅쿠오를 두려워한다. 이것은 당연한 이치다. 앞서 말한 평론가들은 맥베스가 유령을 욕하면서 "납골당과 무덤에서 우리가 묻은 자를 되돌려 보낸다면"*이라고 말했으므로, 여기서 가리키는 사람은 당연히 덩컨이라고 주장한다. 지금 덩컨은 죽어서 무덤 속에 있다. 그러므로 '무덤에서 나온다'라는 표현이 꼭 들어맞지만, 뱅쿠오는 방금 죽어서 나올 무덤은커녕 둔덕조차 없다. 만일 이 유령이 뱅쿠오라면 이 말을 어떻게 설명할 것인가. 일리가 없는 의견은 아니지만, 혹평하자면 문구의 해석에 집착하는 사람이 주장하는 설이라 하겠다. 앞서 말했다시피 맥베스는 시상이 풍부한 사람이어서 감정이 격해질 때마다 이를 멋진 잠언에 담아서 흘려보낸다. 가장 기발한 단어는 '납골당'이다. 무덤은 항상 죽음을 연상시킨다. 죽은 사람이 유령이 되어 사바세계를 방황할 때, 이를 시적으로 표현하여 무덤이 시체를 내뱉는다고 말한다. 참으로 적절한 표현이다. 관객은 물론, 이 말을 한 당사자도 시체가 묻혔든 말든 따져서 무얼 하겠는가. 한편 이런 사상을 가진 셰익스피어에게는 그다지 진기한 일도 아니다. 『햄릿』을 보아도 이런 구절이 있다.

"무덤들은 입주자들을 잃고, 수의를 입은 망자들이 로마의 거리로

• 윌리엄 셰익스피어 지음, 최종철 옮김, 『맥베스』, 민음사, 2004, 74쪽.

쏟아져나와 찍찍 쨱쨱 소란을 피웠었지."•

그렇다고 해서 이미 죽은 사람의 유령을 막연히 '무덤에서 나온다' 라고 표현했다고는 볼 수 없다. 또한 맥베스가 부인에게 한 말 중 "내가 여기 서 있듯 그를 봤소"••라는 대사가 있다. 평론가들은 이때 맥베스 부인이 아직 뱅쿠오가 죽은 사실을 모르고 있으므로, 맥베스의 말에 담긴 '그'라는 대명사는 바로 부인과 공모해서 시해한 덩컨을 가리키는 것이라고 주장한다. 그러나 이 또한 시해 음모와 관련이 없는 이론이다. 사람을 보고 설법하라는 말은 평소 담소를 나눌 때나 통한다. 물론 언어로 의사소통을 할 때는 상대방이 이해할지 말지를 참작해서 어휘를 선택해야 한다. 하지만 본디 사람은 너무 갑작스러운 상황에서는 본인만 생각할 뿐, 남의 사정은 티끌만큼도 아랑곳하지 않는다. 남이 나를 이해하든 말든 아무런 상관이 없다. 옛날에 한 친구가 영국인 아무개와 말다툼을 했는데, 그의 말을 일언반구도 알아들을 수 없었다고 한다. 그런데 그는 날마다 이 영국인의 수업을 듣고 필기를 해야 했다. 고지식한 이 영국인 강사는 평소에도 불같이 화를 내며 내 친구를 윽박질렀다. 아마 지금 맥베스의 사정도 그럴 것이다. 평소의 그가 아닌 것이다. 정서적으로 혼란스럽고, 심장은 고동치며, 머리는 부글부글 끓어오른다. 냉정하게 판단하기도 힘든 이 판국에 뱅쿠오를 가리켜 '그'라고 하면 부인이 알아들을지 어떨지 헤아릴 여유가 없다. 오죽했으면 뜬금없이 뱅쿠오를 '그'라고 불렀을까 싶긴 하다. 그러나 이 한마디는 한층 분위기를 고조시켜서, 절묘하게도 주위의 상황과 조화를 이루지 않게끔 만든다. 또 불가사의는 비밀

• 윌리엄 셰익스피어 지음, 이경식 옮김, 『햄릿』, 문학동네, 2016, 17쪽.
•• 윌리엄 셰익스피어 지음, 최종철 옮김, 『맥베스』, 민음사, 2004, 75쪽.

을 의미한다. 비밀은 공교롭게도 왕성한 문학적 결실을 낳는다. 우리는 이해할 수 없는 미치광이의 헛소리를 듣고 괴로워하면서도, 한편으로는 일종의 말할 수 없는 처참함을 느낀다. 모든 이가 잠들어 자연계의 온갖 소리가 멎은 심야에 홀연히 옆에 누운 이가 깔깔대며 웃는다. 무슨 뜻인지는 모른다. 그저 이처럼 뜻 모를 웃음이 한없이 소름 끼친다. 현재로선 맥베스가 엉겁결에 실수로 내뱉은 '그'라는 난해한 단어가 그의 심경을 가장 잘 드러내고 있다. 또 여기서는 작가가 옆 사람의 엉뚱한 행동이 공포심을 자극하여 무심코 이 말을 내뱉게 하도록 얼마간 의도했다고 보아야 한다.

헌터가 첫 번째 유령을 덩컨이라고 주장한 이유가 역시 '납골당'이라는 말 때문이라면, 재차 논하지 않겠다. 그가 두 번째 유령을 뱅쿠오라고 말한 까닭은 맥베스가 유령에게 건넨 "혹은 다시 살아나 칼 가지고 나에게 사막에서 덤벼라"[*]라는 말이 겸손하고 온화한 성품의 왕보다는 매우 난폭하고 교만한悍驕傑張 무사의 원귀에게 하는 것으로 추측했기 때문이다. 물론 나는 두 유령 모두 덩컨이 아니라 뱅쿠오라고 주장하는 사람이므로 이 설을 반박할 필요가 없다. 다만 이 말을 토대로 삼아 앞서 말한 결론에 도달하기에는 그 근거가 대단히 빈약하다. 맥베스는 살아 있는 덩컨에게 싸움을 걸지 않는다. 살아 있는 덩컨은 너그럽고 덕이 높은 사람이었다. 그러나 아무리 군자라 해도 그 유령이 따스한 바람 같을 리는 없다. 적어도 이토록 친히 맥베스 앞에 나타나지는 않을 것이다. 따라서 검과 화살을 다루는 무사 가문 출신의 남자가 이 유령을 손짓해 부르고는 번쩍이는 검 아래에

• 앞의 책, 『맥베스』, 76쪽.

서 승부를 가리고자 하는 일은 절대로 있을 수 없다. 그러므로 두 번째 유령만이 뱅쿠오라는 헌터의 설은 확신을 갖기에 그 효과가 미흡하다.

앞서 말한 두 평론가와는 달리 나이트는 첫 번째 유령이 뱅쿠오며 두 번째 유령을 덩컨이라고 생각한다. 그 첫 번째 근거는 "머리에 큰 상처를 스무 개나 입"고 죽었다는 뱅쿠오에게 맥베스가 "지금은 머리에 치명상을 스무 개나 입고도"●라고 한 말이 꼭 들어맞는다는 데 있다. 요컨대 이것 역시 문구에 관한 의견에 불과하다. 단지 이 구절만으로 첫 번째 유령이 뱅쿠오라고 경솔하게 결론짓기에는 근거가 다소 빈약하다. 나아가 그가 제시한 두 번째 이유 또한 쉽게 수긍하기 힘들다.

일단 줄거리를 말해보겠다. 처음 나타난 유령과 다시 나타난 유령을 대하는 맥베스의 태도에서 우리는 언어의 변화를 볼 수 있다. 이미 변화가 나타났다면 그 둘을 똑같은 환영이라고 단정하기는 어렵다. 심약한 왕이 첫 번째 혼령을 보고 기겁하자 부인이 꾸짖는다. "당신이 남자예요?" 이에 왕은 "암, 담대한 남자지. 악마가 오싹할 것조차 난 감히 노려봐"●●라고 대꾸한다. 그런데 두 번째 유령에 대해서는 "꺼져라! (…) 땅속에 들어가!"라고 말하고 "그 모습만 아니라면"이라고 하거나 "저리 가, 끔찍한 망령아!"●●●라고도 한다. 앞의 단락과 비교하면 모두 한층 더 감정적이고 격앙된 표현인데, 그 이유는 두 번째 유령이 첫 번째 유령보다 흉포하다고 추측했기 때문이다.

● 앞의 책, 72~75쪽.
●● 위의 책, 74쪽.
●●● 위의 책, 76쪽

이 추측을 변론하려면 다시금 이미지가 변화하는 문제부터 살펴보아야 한다. 나이트에게 알짱거리는 유령은 보여도, 살아 숨 쉬는 맥베스는 보이지 않는다. 맥베스는 그의 안중에 아예 없다. 그러나 두 환영이 자연스럽게 잇달아 등장하는 이 장면에서는 맥베스가 보인 상반된 태도를 염두에 둬야 한다. 맥베스의 복잡한 내면이 드러난 대사로 미루어 볼 때 유령이 '하나가 아니라 둘'이라는 주장은 괜한 억측이다. 그리고 물론 중심점인 맥베스의 행동은 조연인 유령의 역할보다 더 강한 생명력을 극 전체에 불어넣는다. 그렇다면 맥베스는 이 활인화活人畵 속에서 어찌 행동하며, 어떤 화려한 빛깔로 차례차례 단장하고 있을까. 맥베스의 변화는 물이 낮은 곳으로 흐르고 가을이면 단풍이 물드는 것처럼 지극히 당연한 자연의 섭리를 따른다. 누군가 머리카락을 잡아당기고 장난을 친다면 처음에는 웃어넘길 것이다. 그러나 잠시 후 또다시 머리카락을 잡아당긴다면 어떨까? 미소는 사라지고 얼굴을 찡그릴 것이다. 서너 번 더 같은 장난을 치면 필시 발끈하며 일어서서 그 사람을 때릴 수도 있다. 그 사람이 친 장난은 처음에 했던 장난과 똑같다. 그렇지만 처음에는 웃어넘기다가 나중에는 얼굴을 찡그리고 결국 그 사람을 두드려 팬다. 장난으로 시작된 일이 이토록 커진 이유는 무엇일까? 애초에 그 장난을 받아주었기 때문이다. 애초 맥베스는 덧없는 세상의 대범한 위인은 아니다. 빼어나게 용맹하면서도 한편으로는 도리를 모르는, 지극히 평범한 아둔패기다. 그러므로 늘 유령을 향한 두려움과 분노 사이에서 방황한다. 그는 여전히 눈에 선한, 그가 살육한 옛 주군과 옛 친구의 환영을 보기가 너무도 두렵다. 한편으로는 싸늘한 시체가 된 그들이 일부러 눈앞에서 알짱거리며 본인을 경멸한다며 성낸다. 맨 처음 유령을 보았을 때는 두려움보다 분노가 더 크다. 그러나 유령이 사라졌다가 또다시 나타나자 분노보다 더 큰 두려움이 밀려온다. 처음에 왔던 망자를 떠나보내고 마음속에 인 파란을 올바로 수습하려 할 때 지난번과 똑같은 망자를 만난다. 망자는 맥베스를 안심시키려고 일부러 물러간 다음, 겨우 안심할 때쯤 또다시 나타나 그의 허를 찌른다. 처음 나타난 뒤로 물러가지 않고 계속해서 맥베스를 흘겨보는 것보다 더욱 짓궂은 장난을 친 셈이다. 이는 끝까지 그를 우롱하는 수법이다. 분하고 한스러운 유령의 이러한 태도를 보고서 용감하게 마음을 다잡은 맥베스에게 호되게 복수하는 일이라 부르지 않을 수 있겠는가. 맥베스가 첫 번째 유령보다도 두 번째 유령에게 이를 갈며 욕설을 퍼붓는 까닭은 바로 이 때문이다. 게다가 똑같은 유령이 제멋대로 왔다가 사라지는 것도 그를 실컷 조롱하기 위해서다. 그러므로 나는 나이트의 의견과는 반대로, 변하는 것은 유령이 아닌 오히려 맥베스라고 단정한다.

다이스*와 화이트는 두 유령을 모두 뱅쿠오라고 본다. 다이스는 '지문'이란 본래 단순히 배우에게 지시하고자 만든 것이므로, 만일 셰익스피어가 죽은 덩컨과 뱅쿠오의 귀신을 등장시킬 계획이었다면 처음부터 혼란을 초래하지 않도록 정확히 써야 했다고 말한다. 이 의견에는 당연히 동의하는 것 외에 달리 덧붙일 말이 없다. 화이트의 가설은 전문가의 평론 중 가장 귀담아들어야 하는 말이다. 그의 말에

• 1798~1869. 알렉산더 다이스는 스코틀랜드의 극작가이자 문학사가다.

따르면 맥베스의 마음을 괴롭히는 복잡한 사정은 다름 아닌 뱅쿠오로부터 비롯된 것이고, 유령이 출현한 시기는 맥베스가 뱅쿠오에 관해 말한 이후다. 따라서 첫 번째 유령은 의심할 여지 없이 뱅쿠오다. 두 번째 유령 또한 명백히 같은 사람이다. 맥베스가 뱅쿠오를 죽인후 그리 오랜 시간이 지나지 않았으므로 이때 그의 마음을 지배하는 이는 뱅쿠오임이 분명하다. 맥베스가 자신을 둘러싼 의혹을 풀고자 연회에 모인 사람들 앞에서 짐짓 뱅쿠오를 치켜세웠을 때 별안간 유령이 나타났으니, 유령은 뱅쿠오임이 당연하지 않은가. 화이트의 설은 간단하며 요점이 명확하다. 나는 그의 의견에 대체로, 주저 없이 동의한다. 여기에 대해 지금부터 자세히 논해보고자 한다.

뱅쿠오의 원귀는 단지 맥베스에게 암살당했다는 단순한 이유 때문에 모습을 드러낸 게 아니다. 만일 그것이 유령 출몰의 합당한 이유라면, 덩컨의 원귀도 당연히 등장하여 활보해야 했을 테다. 그러나 셰익스피어는 뱅쿠오의 원귀를 등장시키기 전까지를 용의주도하게 준비했다. 적어도 내 눈에 비친 비극 『맥베스』는 단순한 학살 이외에도 흥미진진한 심리적 과정을 다루고 있다. 맥베스의 사주를 받은 세 악당은 길에서 잠복하다가 만찬에 참석하고자 성 밖에서부터 말을 타고 오던 뱅쿠오를 살해한다. 성안에서는 암살을 사주한 주인이 성대하게 연회를 벌여 신하들을 대접한다. 신하들을 대접하는 맥베스는 악당의 손에 목숨이 달아날 수 있음을 알지 못한다. 마음속의 번민만을 알 뿐이다. 그 번민의 초점은 말할 필요도 없이 뱅쿠오에 맞춰져 있다. 연회는 이미 열렸다. 뱅쿠오를 살해한 악당들이 성 밖에 도착했다. 맥베스는 그들의 얼굴에 튄 붉은 점을 보고 말한다. "얼굴에 피 묻었군. (…) 그의 몸 안보다 네놈 밖에 있어서 좋구나."• 그는 오늘 밤 연회에서 뱅쿠오의 얼굴을 보지 않기를 바랐다. 그리고 계략이 성공했음을 알고 이내 안도한다. 그를 짓누르던 고민이 구름 걷히듯 사라진다. 연회는 이미 열렸다. 맥베스는 사람들을 향해 일어서서 뱅쿠오가 자리에 없음을 애석해하며 말한다.

"자비로운 뱅쿠오 장군께서 오셨으면 지금 우린 이 나라의 귀인을 모실 텐데. 난 그의 불운을 동정하기보다는 무성의를 문제 삼고 싶소이다!"••

이는 분명 뱅쿠오가 이 자리에 올 수 없음을 예상한 그의 심사가 투영된 말이다. 물론 이때도 그의 머릿속은 뱅쿠오에 관한 생각으로 가득하다. 또 한편으로는 뱅쿠오를 다시 볼 염려가 없다고 믿는다. 또한 고위 신료들 앞에서 뱅쿠오가 죽은 사실을 모르는 척 연기하며 이런저런 말을 하다 보니, 모처럼의 흥이 깨지고 만다. 바로 이때 유령이 소리 없이 연회장에 들어와 맥베스의 의자에 앉는다. 그 유령은 맥베스가 잠재의식 속에 묻어둔 덩컨의 유령으로 봐야 하는가, 아니면 잠시도 그의 머릿속을 떠나지 않던 뱅쿠오의 유령으로 봐야 하는가. 사실 파악은 잠시 미뤄두겠다. 만일 이것이 덩컨의 유령이라면 급격하게 흥미가 식는다. 모든 사람을 거뜬히 속여 넘길 수 있다고 믿는, 또 뱅쿠오가 결코 이 방에 들어올 리 없다고 믿는 맥베스가 자기 자리로 돌아가기 위해 뒤돌아선 순간, 그는 두 눈을 의심했다. 분명히 이 세상 사람일 리 없는 뱅쿠오가 믿을 수 없이 깨끗한 모습으로

• 앞의 책, 71쪽.

•• 위의 책, 73쪽.

자신의 의자에 단정히 앉아 있다. 오싹하고도 벌벌 떨리는 맥베스의 마음은 일반 관객에게까지 전해져 짜릿한 전율을 느끼게 한다. 친구를 죽이고 신하를 속였다며 잠시 우쭐해하던 그는 얼마 지나지 않아 유령에게 농락당하고 만다.

유령은 곧 떠나고 맥베스의 마음속 파란도 겨우 잦아든다. 이번에야말로 안심할 수 있겠지 싶다. 그래서 그는 다시금 앞서 신료들을 속여 넘긴 수단에 호소한다.

"포도주 좀 꽉 채워라. ─참석하신 모두의 기쁨과 없어서 섭섭한 짐의 절친 뱅쿠오 장군에게 건배하오. 그가 여기 있었으면!"•

그는 아직 이승을 떠나지 않은 뱅쿠오를 혹여나 다시 볼까 염려한다. 배짱이 두둑한 그가 신료들을 우롱한다. 기고만장한 그가 흐뭇한 표정으로 다른 이들을 농락한다. 그처럼 미묘한 표정을 지으며 흐뭇해할 때 유령이 다시 홀연히 등장해서 그의 코를 납작하게 만든다. 맥베스가 원통해할 만도 하다. 그러나 이 장면을 아무리 꼼꼼히 살펴봐도 두 번째 유령을 덩컨이라고 생각할 수는 없다. 이상이 두 번째 질문에 대한 나의 답이다.

(3)

마지막으로 살펴볼 문제는 맥베스가 본 유령을 환영이라고 해야 하느냐, 환상이라고 해야 하느냐. 이 유령의 실체를 무대에 등장시키느냐 마느냐와 관련된 두 가지 의견이 있다. 첫 번째는 이 유령은 그저 맥베스의 눈에만 거슬릴 뿐 연회에 참석한 다른 사람의 눈에

• 앞의 책, 75쪽.

는 보이지 않으므로, 누구의 눈에나 보이는 실물을 무대에 등장시키는 일은 합당치 않다는 의견이다. 클라크, 켐벨, 나이트는 모두 이렇게 주장한다. 두 번째 의견은 이 유령이 맥베스의 망상이 날조한 환영 덩어리에 불과하다는 주장을 멈춰야 한다는 것이다. 허드슨은 두 번째 유령에 관해선 이 의견을 고집하고 있다. 첫 번째 설은 타당하지만, 이 주장을 관둔다 해도 실제 유령 못지않은 감흥을 불러일으킬 수 있다. 누차 말했듯이 이 극의 중심은 맥베스다. 맥베스를 향한 관객의 태도는 연회에 함께 참석한 신료의 태도와 다르다. 우리는 극의 중심인 맥베스의 성격이 어떻게 진화했는지 추적해봐야 한다. 따라서 관객은 신료들보다 맥베스와 더 밀접한 관계를 갖고 있고, 또한 그들보다 더 깊이 맥베스의 마음속에 들어갈 권리를 작가에게서 부여받았노라고 가정해도 좋다. 관객은 연극을 보자마자, 또는 연극을 보기 전에 미리 이 가정을 인식한다. 이 사실에 따라 논하자면 같은 연회에 앉은 이에게는 보이지 않은 유령이 관객의 눈에 보였다고 해서 잘못됐다고는 할 수 없다. 고로 두 번째 설에 대한 내 의견은 다음과 같다. 문학은 과학이 아니다. 과학이 환영을 인정하지 않는다고 해서 문학 또한 환영을 받아들이면 안 된다는 주장은 과학과 문학을 혼동한, 도리에 맞지 않는 편향된 주장이다. 문학에서 독자 혹은 관객의 감흥을 불러일으키는 동시에 과학의 요구를 충족하고자 이를 배척하는 어리석은 짓을 해서는 안 된다. 그저 과학의 요구를 충족시키려는 목적으로 시가詩歌의 감흥을 저해한다면 문학 전체가 과학을 희생시키는 꼴이 되고 만다. 그러므로 맥베스의 유령에 관해서는, 과학이 환영을 허락하지 않아서 등장시키지 않는 게 아니라 환영이어서 흥미를 망치기 때문에 등장시켜서는 안 된다고 말해야 할 것이다. 또 과학이 허락하는 공상이어서 흥미로운 게 아니라, 공상이기 때문에 여러 방법으로 흥미를 더하는 게 가능하다고 설명해야 한다. 앞서 말했다시피 실제 유령이 등장하는 이 괴이한 장면이 극의 흥미를 돋우기는커녕 도리어 떨어뜨릴 우려가 있다면 없애도 좋다. 혹은 맥베스의 공상을 볼 수 있다고 해서, 환영이라고 여겨서는 안 된다고 생각한다. 세 번째 문제에 관해 좀더 상세하고 분명하게 해결하고자 하나, 아쉽게도 시간이 부족해서 여의치 않다. 글과 사상 모두 난삽하니 부디 이를 헤아려주기를 바란다.

◀ 1895년 ▶

적적한 이 마른 들판에 나가

여우조차 복국 먹다 죽은 꿈을 꾸는 밤에도

새끼 밴 암컷 아귀鮟鱇를 줄에 매달아 배를 가르고

겨울의 앙상한 나무들이 서 있는 절에 뱀의 뼈를 전했도다

　　　미요시 히데야스三好秀保가 이무기의 목을 친

　　　와키가 연못湧ヶ淵●

이무기의 목을 벤 바위라고 하니 연못은 춥고

시의 신은 으스름달밤에 나오는 요괴인가

● 이시테강石手川 상류의 명승지로 이 연못에 살던 이무기가 미녀로 둔갑해서 마을 사람들에게 고약한 짓을 저지르자 명사수였던 미요시 히데요시三好秀吉의 장남인 미요시 히데야스가 퇴치했다고 한다.

봄날 큰 지진이 나서 탑도, 파꽃 모양의 난간법수도 뒤틀렸도다

설날에 태어나기 전의 부모님이 그립구나

으스름달이 뜬 밤에 피로써 경서를 베껴 쓰니 무섭기도 하구나

마른 들판을 달리는 기차로 둔갑한 너구리

봄날 저녁 이를 가는 하녀가 참으로 무섭구나

❊ 신선체神仙体 • 10구 3월

봄날 밤 선녀의 사당에서 비파 소리 들리도다

길도 없는 아름답고 으리으리한 누각에 핀 매화

지붕의 용마루에는 봄바람 부는 소리를 내는

하얀 깃털이 달린 화살白羽の矢 ••

대합과 이따금 보이는 바다의 성

안개가 피어올라 주홍색 다리가 사라졌도다

봄의 산 어딘가에서 부르는 내 이름

드넓은 하늘과 안개 속에서 들려오는 전장의 함성

옥잔玉杯에 비친 산속에서는 저무는 봄이 흘러나온다

흰 구름이 피어나는 신이 사는 봄 산

• 소세키의 한시에서 아이디어를 얻은 하이쿠 작가 무라카미 세이게츠村上霽月의 '덴나긴轉和吟'(한시의 시구에서 연상되는 것을 하이쿠로 바꿔서 낭송하는 기법)이 바탕이 되었다. 길게 이어지는 시구와는 달리 더 시각적이고 음악적이다.

•• 산 사람을 제물로 바치라는 신의 명령에 한 소녀가 자원하고 나서자 신이 그 소녀의 집 지붕에 남몰래 하얀 깃털이 달린 화살을 꽂아두었다는 전설에서 비롯된 말로 '희생자가 된다'거나 '눈독 들인 대상이 된다'는 뜻으로 사용된다.

사이바라催馬樂*와 어렴풋한 섬 하나

무시무시한 쓰나미가 지나가자마자 닥친 장마

비 한 모금 마시고 객실을 빠져나가는 반딧불이인가

◀ 1897년 ▶

어느 날 밤 꿈에 인형에게 장가를 들고서 니혼슈日本酒를 마셨도다

제비꽃만 한 작은 사람으로 태어나고자 헤엄쳐 올라온

갓파河童**도 놀랄 더위로구나

박쥐와 도적이 술 마시는 고택

◀ 1898년 ▶

아이의 몸은 참새에서 대합으로 바뀐다네***

저무는 가을에 사람을 홀리러 온 여우가 말한다

• 나라奈良 시대의 속요를 헤이안 시대에 아악 형식으로 가곡화한 곡.

•• 물속에 산다는 어린아이의 모습을 한 상상의 동물.

••• 작입대수위합雀入大水爲蛤. 먼 옛날 중국 사람들이 초가을이면 해변에 모이는 참새를 보고 바다에 들어가 대합이 된다고 생각했던 미신에서 유래한 말로, 24절기의 하나인 한로寒露를 말한다. 날씨가 추워지면 사람이 사는 마을에 참새가 적게 보이는 까닭은 바다에서 대합이 되었기 때문이라고 여겼다.

황량한 겨울철에 너구리를 매단 처마 밑

가난을 불러오는 귀신貧乏神이 재앙을 내려서 매화를 바치는구나

매실나무 속에 누군가 살아서 희미한 등불

붉은 매화와 원령이 사는 고택

구름을 부르는 매실나무 옆 열선전列仙傳•

매실나무의 정령은 미인이고 소나무의 정령은 노인이다

가을바람이 불고

가을비가 내리니 물고기를 잡아 물의 신에게 제사도 지내지 않는

수달獺老••이 늙어서 은혜 갚은 너구리分福茶釜•••로 둔갑하는가

《 1902년 》

노란 안개 낀 번화한 거리에 움직이는 사람의 그림자

• 중국 전설상의 신농神農인 황제黃帝 무렵부터 전한前漢의 무제武帝에서 선제宣帝 때까지의 신
선 일흔 명에 관한 일화를 전기 형식으로 기록한 것이다. 육조 시대 진晉의 갈홍葛洪의 『신선
전』과 함께 중국 고대의 신선 전설을 알기 위한 귀중한 자료로 여겨진다.

•• 가와우소란 이름의 일본 수달 요괴로 늙어서 갓파가 된다는 등의 괴담이 곳곳에 전해
진다.

••• 덫에 걸린 너구리가 가난한 노인 덕에 목숨을 구하고 은혜를 갚고자 차 솥으로 변신하여
절로 팔려 간다는 설화.

◀ **1903년** ▶

뭉게구름이 벼락을 막아 봉긋하구나

◀ **1904년** ▶

3

해골을 두드려본 제비꽃인가

5

밤새 오락가락하는 가을비. 자지 말라고 종을 친다

9

인형 홀로 움직이는 긴 낮인가

※ '어린 양 이야기'라는 제목의 10구(발췌)

◀ **1905년** ▶

『하룻밤』에서

거미가 연잎 위에 내려앉아 향을 피우네

◀ 1906년 ▶

어슴푸레한 꽃 그림자, 여인의 그림자
이나리신사稻荷神社, 온화한 봄 하늘에 으스름달이 뜨고
밤하늘에서 떨어진 별은 밤길을 가는 여인으로 둔갑한
그림자의 머리에서 비녀처럼 반짝인다
해당화의 정령이 나타나는 달밤이로구나

◀ 1907년 ▶

오늘 밤 달에는 별의별 그림자가 어른거린다
　　　거슬리는 일이 있어 어느 사람*의 연회 초대를
거절하는 편지의 끝에
두견이 울건만 공교롭게도 변소에 있어서 바로 나가 들을 수가
없다
연꽃 옆에서 더욱 흰 명주여
양허집漢虛集에 벼락이 떨어진 것은 너무 우쭐댔기 때문이다

•1907년 내각총리대신으로 임명된 사이온지 긴모치西園寺公望가 '우세이카이雨聲會'라는 살롱을 열고 문인들을 초대하자, 소세키가 쌀쌀맞은 글로 초대를 거절해서 문제가 되었다고 한다.

눈앞에, 붓 끝에 정령이 다가온다

이번에 후타바문고蠅葉文庫에서는 '문호 괴기 컬렉션文豪怪奇コレクション' 시리즈 출간을 시작했다. 제1탄이 바로 이 『나쓰메 소세키 기담집』(원제 '환상과 괴기의 나쓰메 소세키')이고, 다음 달에는 제2탄 『엽기적이고 요염한 아름다움의 에도가와 란포獵奇と妖美の江戶川乱步』가 출간된다.

　1탄과 2탄의 인기에 따라 속간도 나올 수 있으니(웃음), 이쪽 장르를 좋아하는 독자들의 많은 응원을 부탁한다.

　이 세상에 문호라고 칭송받는 거장은 많지만, 그들의 작품을 보다 보면 재미있게도 대부분이 괴기 소설이나 환상 소설 분야에 호의적이라는 사실을 깨닫게 된다. 예를 들어 종전 후인 1970년경 미시마 유키오三島由紀夫*가 젊은 시부사와 다쓰히코澁澤龍彦**에게 이즈미 교카

• 1925~1970. 일본 전후문학을 대표하는 작가이자 정치활동가로, 주요 작품으로는 『가면의 고백』과 『금각사』 『봄눈』 등이 있다.
•• 1928~1987, 소설가, 평론가, 프랑스 문학자로 사드 후작의 작품을 일본에 소개했다. 주요 저서로 『쾌락주의 철학』 『독약 수첩』 『세계의 악녀 이야기』 『호미기狐媚記』 등이 있다.

泉鏡花*와 우치다 햣켄内田百閒**, 이나가키 다루호稲垣足穂*** 같은 작가들의 환상문학을 극구 칭찬했던 일 등이(자세한 내용은 헤이본샤 라이브러리平凡社ライブラリ의 『환상 소설이란 무엇인가-미시마 유키오 유령 소품집幻想小説とは何か-三島由紀夫怪異小品集』을 참조할 것) 기억난다. 그뿐만 아니라 단지 본인이 좋아한다는 이유로 이 장르의 글을 쓰는 거장도 적지 않다. 자타가 공인하는 문호인 만큼 훌륭한 명작도 허다하다.

오랜 시간 이와 관련된 작업에 참여해온 내 생각으로는, 적어도 문호의 반열에 오른 작가의 두 명 중 한 명은 이 같은 장르의 작품을 문고본 한 권에 수록할 만큼 집필하여 남겼을 것이다. 이처럼 일본의 괴기환상문학사에서 문호들의 역할은 무척 크다고 할 수 있다.

이 책의 주인공 나쓰메 긴노스케, 잘 알려진 이름으로는 나쓰메 소세키 또한 근대 일본을 대표하는 대문호인 동시에 '잘 알려지지 않은 괴기환상문학 작가' 중 한 사람이다. 긴노스케는 1867년 1월 5일(양력으로는 2월 9일), 에도 우시고메 바바시모요코정(현재의 도쿄 신주쿠 기쿠이정喜久井町) 일대의 민정을 돌보던 나누시名主 나쓰메가에서 8남매 중 막내로 태어났다. 그는 태어나고 얼마 되지 않아 다른 집에 양자로 들어갔고, 부모들의 형편에 따라 양부모의 집과 본가를 오가는 불안정한 유소년기를 보냈다고 한다. 본가의 맏형들이 잇따라 요절하

• 1873~1939. 환상문학 소설가로 일본의 요괴나 민담, 전통 예능을 소재로 한 작품들을 집필했다. 주요 저서로는 『고야산 스님』 『초롱불 노래』 『외과실』 등이 있다.

•• 1889~1971. 소설가이자 학자로 1917년 『나쓰메 소세키 전집』 교열 작업에 참여했다. 유머와 풍자로 통해 삶의 심오한 면면을 드러내는 독특한 작품세계로 유명하며, 주요 저서로는 『햣키엔 수필』 『노라야』 『명도冥途』 『뒤순 입성식旅順入城式』 등이 있다.

••• 1900~1977. 소설가로 천체와 문명의 이기를 소재로 한 환상적인 작품으로 주목받았다. 훗날 소년애少年愛를 주제로 한 작품을 썼다. 주요 저서로는 소설 『일천일초 이야기一千一秒物語』 『미륵彌勒』과 에세이 『A 감각과 V 감각A感覚とV感覚』 등이 있다.

자 1888년부터는 다시 나쓰메란 성을 썼다.

　소세키는 다이이치고등학교에서 동창인 마사오카 시키正岡子規와의 만남을 계기로 문학에 흥미를 갖기 시작하여 한시문漢詩文과 하이쿠 짓는 일에 열중했다. 제국대학 영문학과를 졸업한 후에는 에히메愛媛와 구마모토熊本에 영어 교사로 부임했으며, 38세 때인 1905년부터 본격적으로 소설가를 지망하기 시작했다. 그는 1904년에 하이쿠 전문 잡지 『호토토기스ホトトギス』를 주재하는 다카하마 교시高浜虚子•의 의뢰로 『나는 고양이로소이다』의 원고를 집필했고, 1905년 1월부터 이 소설을 『호토토기스』에 연재하며 엄청난 화제를 불러일으켰다. 이 듬해에는 같은 잡지에 또 하나의 초기 대표작 『도련님』을 발표했다. 1907년에는 아사히신문사朝日新聞社의 요청으로 소설가로서 전속 계약을 맺고 모든 교직에서 물러났다.

　소세키가 병으로 죽은 해가 1918년이니, 그가 작가로서 활동한 기간은 겨우 10년 남짓에 불과하다. 길지 않은 기간임에도 소세키는 이름을 떨친 초기의 2대 명작과 더불어 『풀베개』 『우미인초』부터 『마음』 『명암』에 이르는 장편들을 연이어 집필했고, 이른바 '고로쇼오紅露逍鷗'(오자키 고요尾崎紅葉••, 고다 로한幸田露伴•••, 쓰보우치 쇼요坪内逍遙••••,

---

• 1874~1959. 하이쿠 시인이자 소설가로 일본 문화훈장을 수상했다. 저서로 『조선』 『하이카이 짓는 사람俳諧師』 『풍류참법風流懺法』 『오백구五百句』 등이 있다.

•• 1868~1903. 소설가로 주요 저서로는 성격과 심리 묘사에서 새로운 경지를 개척한 『다정다한多情多恨』 외에 『금색야차』 『두 여승의 참회二人比丘尼色懺悔』 등이 있다.

••• 1867~1947. 소설가이자 문학평론가로 중국과 일본의 고전 연구에 몰두해 다수의 고전 평론, 연구 논문, 역사 소설을 집필했다. 일본 문화훈장을 수상하고 제국예술원 회원으로서 오자키 고요와 더불어 일본의 근대문학 형성에 지대한 공헌을 했다. 주요 저서로 『오층탑』 『연환기』 『노력론』 등이 있다.

•••• 1859~1935. 평론가이자 소설가, 극작가이며 일본 근대문학의 선구자로 『소설신수』 『현대서생기질當世書生氣質』로 사실주의 문학을 개척했다.

모리 오가이森鷗外*) 시대를 계승할 대문호로서 명성을 떨쳤다.

소세키가 교직을 버리고 작가를 지망한 배경에는 1900~1902년에 걸친 런던에서의 유학 생활, 그리고 귀국 후 도쿄제국대학 영문학과 강의 중 맛본 좌절의 영향이 있는 듯 보인다.

그의 유학 체험은 이 책에 수록된 「열흘 밤의 꿈」 「긴 봄날의 소품」 등 몇 가지 작품에도 일부 반영되어 있다. 유학 중 그의 신경증은 상당히 악화되었으나, 소세키가 당시 영국에서 유행하던 세기말 예술과 심령주의를 접하며 문학적 활동의 핵심에 다가가는 단서를 얻었으니 이는 오히려 전화위복이 되었다고 할 수 있다.

도쿄제국대학에서는 전임자인 고이즈미 야쿠모小泉八雲**(귀화 전 이름은 라프카디오 헌)의 강의가 다른 나라의 젊은 문학도들에게 정열을 쏟아 가르친 명강의로서 너무나 훌륭하다는 평가를 받았는데, 대학 측이 그를 일방적으로 해임(일본인 교관의 채용을 우선시한 결과였다)하자 이에 학생들의 불만이 여기저기서 터져 나왔다. 아마도 이 사건이 그의 후임으로 온 젊은 소세키를 괴롭히는 결과가 되었던 모양이다.

여기에 관해서는 소세키 본인 또한 "고이즈미 선생님은 영문학의 태두이기도 하고 전 세계에 영향을 준 대단한 문호이시니, 후임으로 온 나 같은 촌뜨기 신출내기 서생에게 그렇게 훌륭한 강의는 언감생심일뿐더러 학생들도 만족할 리가 없다"(나쓰메 교코夏目鏡子의 말, 마쓰오카 유즈루松岡讓 기록 『소세키의 추억漱石の思い出』)라고 못난 소리를 했다(소

• 1862~1922. 도쿄대학 의학부 출신의 군의관이자 소설가, 시인으로 학자로서도 여러 업적을 남겨 나쓰메 소세키와 쌍벽을 이룬다. 주요 저서로 『아베 일족』 『기러기』 『청년』 『무희』 등이 있다.
•• 1850~1904. 아일랜드계 영국인으로 40세 때 신문사 특파원으로 일본에 왔다가 귀화하면서 중학교 영어 교사로 정착했다. 이후 도쿄제국대학 교수, 와세다대학 교수를 역임했다.

세키와 헌의 기이한 인연에 관해서는『소세키 산방기념관 소식激石山房記念館だよ
り』제4호에 소생이 기고한「요괴를 좋아하는 사람의 기이한 인연おばけずきの奇緣」
을 참조하시길 바란다).

또 비록 진위가 확실하진 않으나, 당시 다이이치고등학교에 다니
던 학생인 후지무라 미사오藤村操가 게곤폭포華嚴瀧에서 투신자살한
사건이 엄청난 화제를 불러일으킨 적이 있다. 이때 미사오가 자살 직
전 소세키의 영어 수업에서 질책받은 일이 사건에 영향을 미쳤다는
설도 나왔다. 이는 미사오가 자살한 이후 다이이치고등학교 기숙사
에서 미사오의 유령이 출몰한다는 소문을 통해 알려진 이야기다(소세
키의 반응에 관해서는 나중에 말하겠다).

이상과 같은 점을 바탕으로, 다음 수록된 작품에 대해 아는 바를
기술해보겠다.

◀ 귀신이 곡하는 절에서의 하룻밤, 물 밑의 느낌 ▶

이 두 작품 모두 신체시이다. 소세키가 쓴 단편과 콩트掌篇는 그 수
가 적으며, 더구나 괴기·환상 장르의 작품에 대해선 누구나 비슷한
선택을 하기 쉽다는 폐단이 있다. 따라서 이 책에서는 한 가지 계책
을 세웠는데, 첫머리에는 신체시를, 마지막에는「소세키 요괴 구절 모
음집」을 배치하는 것이었다.

「귀신이 곡하는 절에서의 하룻밤」은 1904년경에 쓰인 작품이다.

제목으로 보나 내용으로 보나 소세키가 만년에 집필한 「하룻밤」과 「열흘 밤의 꿈」으로 이어지는, 여인의 환상이 넘쳐흐르는 중요한 작품이다. 노能˙의 세계와 일맥상통하는 짜임새를 지녔다는 점도 주목할 만하다.

마찬가지로 「물 밑의 느낌」도 1904년경, 2월 8일 데라다 도라히코 앞으로 보낸 엽서의 여백에 적은 글이다. 여기에는 '후지무라 미사오 여자藤村操女子'라고 적혀 있는데, 이는 미사오의 자살에 영향을 받아 쓴 것이 자명하다. 소세키는 「나는 고양이로소이다」와 「풀베개」에서도 이 사건을 다루고 있다.

◀ **열흘 밤의 꿈, 긴 봄날의 소품(발췌), 하룻밤, 나는 고양이로소이다 (발췌)** ▶

소세키의 환상적인 작품 가운데 대표작을 고르라고 하면 누구나 「열흘 밤의 꿈」을 꼽을 것이다(초판은 『도쿄아사히신문東京朝日新聞』 1908년 7월 25일~8월 5일자 수록). 별로 지적할 만한 사항은 아니지만, 소세키는 이 작품을 우란분재 기간에 집필해서 발표했다. 1908년은 이즈미 교카의 신작인 환상 장편 『초미궁草迷宮』이 설날(1월 1일)에 간행되고, 여름에는 교카를 중심으로 한 '요괴회化物會'가 무코지마에서 개최된 해였다. 또한 문단에서는 소품문의 명수로 명성을 떨친 미즈노 요슈水野葉舟˙˙를 중심으로 '괴담 연구회'가 결성되었으며, 요슈의 친구인

• 일본의 전통 가면극.

•• 1883~1947. 시인이자 소설가로 단편집 『미온微溫』, 소품집 『풀과 사람草と人』 등으로 자연주의 문학 분야에서 독자적인 위치를 차지했다.

사사키 기젠佐々木喜善*(『도노 모노가타리』의 화자)이 야나기타 구니오柳田
國男**의 집을 찾아가서 '요괴 이야기회お化話の會'를 연 시기이기도 하
다. 이처럼 문단 동향에 일었던 괴담 열풍에 소세키가 무지했으리라
고는 생각하긴 어렵다. 「열흘 밤의 꿈」이 호평을 받고, 『오사카아사히
신문大阪朝日新聞』에 이듬해 1월부터 3월까지 「긴 봄날의 소품」이라는
제목의 콩트 연작 24편을 게재했다(『도쿄아사히신문』에 그중 14편을 게
재). 그 안에는 '뱀'과 '마음'처럼, '꿈'이라는 틀과는 무관한 방식으로
초자연적인 유령에 접근하는 작품도 드문드문 보인다. 이는 훗날 문
인이 된 우치다 햣켄과 나카 간스케中勘助***의 '꿈을 소재로 한 소설'
로서 계승이 시도되기도 했다.

　단발로 발표된 「하룻밤」(초판은 『주오코론中央公論』 1905년 9월호 수록)
도 꿈인지 생시인지 분간이 가지 않는 '여인의 환상' 세계를 그린 이
색 작품이다.

　소세키의 소설 가운데 데뷔작이자 대표작이 된 장편 『나는 고양이
로소이다』에서도 '요괴를 좋아하는おばけずき' 소세키의 이러한 기질은
곳곳에서 엿볼 수 있다. 이 책에는 그와 같은 작품 중에서도 잘 알려
진 '목을 매는 소나무首縊りの松'를 둘러싼 이야기를 일부 수록했다.

• 1886~1933. 민화연구가이며 일본 민속학의 개척자다. 도쿄 유학 당시 알게 된 야나기타 구
니오에게 자신의 고향인 이와테현岩手縣 도노遠野 지방에 관한 전설과 옛날이야기를 알려주고,
야나기타 구니오가 이를 책으로 정리한 것이 『도노 모노가타리』다. 저서로는 『에사시군 옛날
이야기江刺郡昔話』 『소설 소문聽耳草紙』 등이 있다.

•• 1875~1962. 『아사히신문』 논설위원으로 민속학을 연구했다. 향토 연구와 민간 전승을 비
교·연구하여 일본 민속학을 체계화했다. 일본 문화훈장을 수상했으며 저서로는 『수렵전승기
後狩詞記』 『석신문답石神問答』 『도노 모노가타리』 등이 있다.

••• 1885~1965. 시인이자 소설가로 나쓰메 소세키에게 사사했다. 아사히 문화상을 수상했
으며 저서로는 『은수저』 『제바달다提婆達多』 『개犬』 등이 있다.

◀ 환청에 들리는 거문고 소리, 취미의 유전 ▶

이 같은 소세키의 '요괴 취미'를 더욱 직접적으로 구현했다고 생각되는 작품이 바로 「환청에 들리는 거문고 소리」(초판은 『칠인七人』 1905년 5월호 수록)와 「취미의 유전」(초판은 『제국문학帝國文學』 1906년 1월호 수록)이다. 두 작품에서는 당시 서구에서 유행하던 심령주의의 영향이 뚜렷하게 느껴진다. 특히 「환청에 들리는 거문고 소리」 서두에 등장하는 쓰다는 '이 바쁜 세상에 그런 한물간 내용의 책을 탐독하는' 학생으로서, 한때 소세키 본인의 모습과 비슷하다고 단언해도 무방할 것이다.

영국에서 귀국한 소세키는 작품상의 이유로 유령 현상에 일시적인 관심을 가졌으며, 이후에도 그와 관련한 증언이 나왔다.

"그날 밤은 무서운 이야기만 하시더니, 선생님이 드디어 유령에 관한 기록이 있노라고 하셨어요. 조금 이상하다 싶었지만, 이토록 훌륭한 분이 하신 말씀이니 정말로 있나 보구나 했지요. 선생님과 오키미 씨와 나는 무릎을 맞대고서 밤새도록 무서운 이야기만 했어요. 똑똑히 기억하는 바로는, 선생님은 그런 이야기를 하시면서도 좋은 이야기 또한 많이 들려주셨어요"(우메가키 기누梅垣きぬ의 「소세키 선생님」에서, 도가와 신스케十川信介 편집, 『소세키 회고漱石追想』, 이와나미 문고岩波文庫 수록).

위 글은 기온祇園의 '문학 기생'으로 알려진 긴노스케(본명은 우메가키 기누)라는 여성의 회상이다. 작가로 유명해진 뒤에도 영계靈界에 관한 소세키의 관심은 시들지 않았노라는 것을 엿볼 수 있는 귀중한 증언이라고 할 수 있다.

◀ 런던탑, 환영의 방패, 해로행, 맥베스의 유령에 관하여 ▶

1905년, 작가로서 첫출발한 소세키는 「나는 고양이로소이다」를 연재하면서 영국 유학 당시 보고 들은 지식을 활용한 작품들을 각종 잡지에 발표한다. 그 작품들이 바로 「런던탑」(초판은 『제국문학』 1905년 1월호 수록), 「환영의 방패」(초판은 『호토토기스』 1905년 4월호 수록), 「해로행」(초판은 『주오코론』 1905년 11월호 수록)이다.

언뜻 보기에 「런던탑」은 기행문의 형식을 갖추고 있지만, 실은 영국의 역사소설가 윌리엄 에인즈워스의 고딕 소설 『런던탑』의 내용을 대담하게 도입한 희대의 괴이한 작품이다. 「환영의 방패」와 「해로행」은 '아서 왕 전설'을 바탕으로 쓴 독특한 판타지 단편 소설인데, 이 작품들은 분명 소세키가 유학하던 당시의 체험을 통해 비로소 소설의 형식을 갖췄을 것이다. 고상한 문체가 화가 되었는지, 지금은 별로 읽는 사람이 없어서 아쉬움이 남는다.

1904년 소세키는 이러한 작품들에 앞서 『제국문학』 1월호에 논문 「맥베스의 유령에 관하여」를 발표했다. 이 논문은 앞서 말한 소설 작품을 과장해서 난해한 형식으로 엮은 탓에 현재는 관심을 보이는 사람이 적다. 그러나 분명 '이른바 초자연적인 현상을 설명한 동서문학의 자료로 알맞은' 지극히 선구적인 논문으로서, 이 글을 이해하는 독자 또한 있으리라. 그렇게 믿고서 일부러 이 책에 추가했다. 아울러 소세키는 『문학론文學論』에서 『오트란토성』*을 비롯한 영국의 고딕 로맨스**도 언급했다. 이는 고이즈미 야쿠모의 도쿄제국대학 강의와 비견될 만큼, 일본 초창기의 귀중한 선례라고 할 수 있다.

◀ 소세키 요괴 구절 모음집 ▶

소세키는 그의 동지 마사오카 시키에게서도 영향을 받았다. 특히 시키가 살아 있는 동안 소세키는 대략 2600편에 이를 만큼 많은 하이쿠를 지었다. 그중에서도 그가 특히 사랑하는 (심상치 않은) 요괴의 모습을 그린 작품을 엄선하여 이 책에 수록해보았다. 이 책을 이후 나타날 신체시와 소설 작품으로 이어지는, '괴기환상문학 작가' 소세키의 마음속에 내재된 원초적인 풍경으로 음미한다면 좋겠다.

마지막으로 이 책의 간행을 위해 편집부의 히라노 유카平野優佳 씨가 배려해주셨다. 또한 장정은 앞서 출간된 「열흘 밤의 꿈」 도판을 쓰도록 흔쾌히 허락해주셨다. 판화가 가나이다 에스코金井田英津子 씨, 이번에도 멋진 형식을 마련해주신 장정가 오지 히로미大路浩實 씨께도 신세를 졌다. 자료에 관하여 정확한 조언을 해주신 소세키 산방기념관

• 영국의 작가 호러스 월폴의 고딕 소설로 1764년에 간행됐다. 월폴이 제2판에서 '고딕 이야기Gothic Story'라는 부제를 붙인 후에 고딕 소설이 문학 용어로 사용되었다. 고딕 소설은 18세기 후반에서 19세기 초까지 사람들로부터 큰 인기를 얻었다.

•• 18세기 후반 영국에서 시작된 소설 장르로, 주로 고딕풍의 건물을 배경으로 초자연적이고도 괴기스러운 이야기를 다루며, 공포감을 특징으로 내세운다.

의 곤노 요시노부今野慶信 씨와 가메야마 아야노亀山綾乃 씨께도 진심으로 감사의 뜻을 표하고 싶다.

오늘날의 관점으로 보면 이 책에는 편견과 차별, 그 외에 몇 가지 고려해야 할 표현이 있으나, 이 책에 수록된 작품은 집필 당시의 시대를 반영하였으므로 그러한 제약에서 벗어날 수는 없다. 이와 같은 뜻에서 내용을 삭제하거나 개편하는 것이 차별 의식의 해소로 이어지지는 않는다는 판단하에 초고 그대로 실었으니, 이 점에 대해서는 널리 이해해주기를 바란다.

열흘 밤의 꿈 ─『아사히신문』1908년 7~8월호.

긴 봄날의 소품 ─『아사히신문』1909년 1~2월호.

하룻밤 ─『주오코론』1905년 9월호.

나는 고양이로소이다 ─『호토토기스』1905년 2월호.

환청에 들리는 거문고 소리 ─『칠인』1905년 5월호.

취미의 유전 ─『제국문학』1906년 1월호.

런던탑 ─『제국문학』1905년 1월호.

환영의 방패 ─『호토토기스』1905년 4월호.

해로행 ─『주오코론』1905년 11월호.

맥베스의 유령에 관하여 ─『제국문학』1904년 1월 10일.

소세키 요괴 구절 모음집(1896년) ─『메사마시구사めさまし草』1896~1902년.

나쓰메 소세키 기담집

기이하고 아름다운 열세 가지 이야기

1판 1쇄 2024년 5월 10일
1판 3쇄 2024년 6월 18일

지은이 나쓰메 소세키
엮은이 히가시 마사오
옮긴이 김소운
펴낸이 강성민
편집장 이은혜
기획 노만수
책임편집 함윤이
편집 진상원
마케팅 정민호 박치우 한민아 이민경 박진희 정유선 황승현
브랜딩 함유지 함근아 고보미 박민재 김희숙 박다솔 조다현 정승민 배진성
제작 강신은 김동욱 이순호

펴낸곳 (주)글항아리 | 출판등록 2009년 1월 19일 제406-2009-000002호

주소 10881 경기도 파주시 심학산로 10 3층
전자우편 bookpot@hanmail.net
전화번호 031-955-2689(마케팅) 031-941-5160(편집부)
팩스 031-941-5163

ISBN 979-11-6909-220-3   03830

잘못된 책은 구입하신 서점에서 교환해드립니다.
기타 교환 문의 031-955-2661, 3580

www.geulhangari.com